La GUILDE des AVENTURIERS

Zack Loran Clark et **Nick Eliopulos** sont les meilleurs amis du monde, et travaillent à New York, en tant qu'éditeurs. Ils prennent tous les jours leur pause-café ensemble, et jouent à *Donjons et Dragons* chaque semaine depuis des années. Tandis que Zack espère de tout cœur que la magie existe, Nick, lui, espère surtout que les monstres n'existent pas. *La Guilde des Aventuriers* est leur première série.

Pour Zack Lewis,
formidable compagnon d'aventure.
ZLC

Pour Andrew, qui m'a jeté un sort.
NE

Ouvrage publié en langue originale aux États-Unis
par Disney • Hyperion Books, une maison d'édition
du Disney Book Group, sous le titre : *The Adventurer's Guild – Twilight of the Elves*

Cette traduction est publiée en accord avec Disney • Hyperion Books.

18, rue Barbès 92128 Montrouge Cedex
ISBN : 978-2-7470-9210-4
Dépôt légal : février 2021

Loi n° 49-956 du 16 juillet 1949 sur les publications destinées à la jeunesse.

ZACK LORAN CLARK & NICK ELIOPULOS

La GUILDE DES AVENTURIERS

Le crépuscule des elfes

Traduit de l'anglais (États-Unis)
par Françoise Nagel

bayard jeunesse

Pierrefranche
Caverne
des Halfelins
Routes incertaines
Refuge des Chutes
de Céladon

LETHANYL
Quartier des elfes de la nuit
Académie de magie
Maison de Callum
QG des Éclaireurs
Porte principale

Chapitre un

ZED

Zed se faufilait dans la forêt enneigée, frissonnant de froid dans sa lourde cape.

Il avançait rapidement, coupant à travers les arbres, sans jamais perdre de vue les traces de pas laissées par leur guide. Derrière lui, en file espacée, ses amis faisaient bruyamment crisser la neige sous leurs pieds. Au-dessus de leurs têtes, les étoiles scintillaient en silence.

Ils marchaient depuis le lever du jour. Le soleil s'était couché depuis pas mal de temps, et Zed était épuisé. Il se sentait pataud sur ses jambes engourdies, comme monté sur des échasses. À quelque distance devant lui, leur chef fit brusquement halte et leva une main. Zed s'arrêta, pas mécontent de cet instant de répit. Il allait pouvoir reprendre son souffle. Son haleine forma un panache de buée dans l'air froid.

Au bout d'un long moment, comme ils ne s'étaient toujours pas remis en route, Zed songea enfin à fouiller la forêt des yeux.

– Qu'est-ce qu'il y a ? chuchota-t-il. Un Danger ?

Il réprima une vague de panique avant qu'elle ait eu le temps d'enfler en lui. Et, par précaution, il alla aussi puiser en son for intérieur un zeste de mana. Juste au cas où. Il la ressentit presque aussitôt – comme la sensation de tremper le bout de ses doigts dans une flaque d'eau.

Ses doigts de chair et de sang se mirent à frémir, parcourus de flammèches vertes vacillantes. Il était prêt.

Mais leur chef se retourna, survola des yeux le groupe des apprentis.

Et quels yeux !... Si verts, si pareils à des pierres précieuses qu'ils en étincelaient. Leurs iris étaient énormes, beaucoup plus gros et brillants que ceux des yeux humains.

Ces yeux appartenaient à un elfe. Et pas n'importe lequel : Callum était le chef des Éclaireurs, les forces d'élite de Llethanyl. C'était un elfe des bois, la plus répandue des trois familles elfiques. Sa peau était lisse et pâle, teintée d'une pointe de vert ; sa chevelure auburn brillait au clair de lune comme une fleur humide de rosée. Comparées à ses longues oreilles effilées comme des poignards, celles de Zed, pourtant pointues, paraissaient presque rondes.

Dans un craquement de neige, Brock se glissa derrière Zed, suivi de Liza, Micah et Jett. Tous les cinq portaient des capes de voyage bleu foncé.

Leurs manteaux, doublés d'une fourrure chaude et douce, étaient neufs. C'était le plus beau vêtement que Zed eût jamais possédé. Au cours des six semaines précédentes, la Mer d'Étoiles s'était fait beaucoup d'amis à Pierrefranche, des amis impatients de couvrir ses héroïques jeunes apprentis de cadeaux somptueux taillés sur mesure. Il fallait s'attendre à produire ce genre d'effet quand on sauvait une ville, supposait Zed. Récemment encore, les forgerons s'étaient mis en quatre pour accorder à la guilde des ristournes exceptionnelles ; même la mère de Zed s'était vu offrir une coquette augmentation de la part de sa maîtresse.

– Que se passe-t-il ? demanda Brock. On est déjà arrivés ?

Zed haussa les épaules.

– Je n'en sais rien, répondit-il à voix basse. Callum a juste...

Derrière eux, Liza leur ordonna de se taire.

– Avancez ! maugréa Micah avec impatience. Il fait glacial ici, encore plus froid que les compliments de Frond.

– Tu es bien placé pour le savoir, pouffa Jett.

– En tout cas, je sais que ta mère est...

– Chuuut ! siffla Liza.

Les cinq amis effectuaient leur expédition d'apprentissage, une mission de reconnaissance de vingt-quatre heures, à l'issue de laquelle la guilde évaluerait le mérite de ses nouveaux membres. Tout apprenti ayant passé l'épreuve avec succès aurait le droit de participer à des missions plus longues à l'extérieur des remparts.

Zed savait qu'ils se dirigeaient vers une sorte d'abri pour y passer la nuit. Ils ne devaient plus en être loin, maintenant que le soleil était si bas derrière les arbres. Mais il ne voyait toujours rien qui ressemblât à une construction humaine. Seulement des amoncellements sans fin de duvet blanc.

À mesure que l'obscurité s'épaississait, Zed devenait de plus en plus nerveux. La plupart des Dangers chassaient la nuit, et beaucoup à Pierrefranche croyaient que les horribles créatures qui avaient poussé les elfes à quitter leur ville avaient dû les suivre dans leur exil. Difficile, dans cette forêt silencieuse, de ne pas imaginer des monstres tapis au creux de chaque ombre.

L'expédition d'apprentissage se faisait ordinairement sous la surveillance d'un maître Aventurier, sinon par Frond, la maîtresse de la guilde elle-même. Le fait que Frond eût confié à Callum la tâche de guider ses cinq jeunes recrues en disait long sur l'elfe et sur les liens que les Aventuriers humains et les éclaireurs elfiques avaient noués au fil des ans.

Zed espérait seulement que le Grand Éclaireur ne se montrerait pas aussi taciturne et maussade que Frond. Sur les mille questions qu'il désirait soumettre à Callum, il n'avait pu en poser que quelques centaines avant que l'elfe finisse par lui imposer silence.

Jett fut le premier à repérer le lieu de leur destination.

– Là-bas ! grommela-t-il.

D'une main, le nain pointa son maillet de fer vers une congère particulièrement imposante.

Zed plissa les yeux pour mieux voir ce que leur indiquait son camarade – et soudain il l'aperçut. La couverture neigeuse s'écartait au-dessus d'une arche étroite au bas du monticule. Ils ne se trouvaient pas devant un simple amas de neige. Ils étaient parvenus à une entrée.

Ils s'avancèrent avec précaution, se rassemblèrent autour de la porte partiellement ensevelie. Liza entreprit de pelleter la neige avec son bouclier, et bientôt tous les apprentis joignirent leurs efforts aux siens pour dégager l'ouverture. Callum s'abstint de leur donner un coup de main ou de faire le moindre commentaire. Il se contenta de les observer, ses yeux luisant dans la clarté de la lune.

Une fois qu'ils eurent fini de déblayer, ils constatèrent que la porte était recouverte d'une épaisse couche de glace – du givre durci par le temps. Zed distingua à peine une poignée et un cadenas enfouis sous le verglas. La porte semblait faite de métal solide.

Jett désigna son marteau flambant neuf, une lueur d'impatience dans le regard. Il mourait d'envie de l'utiliser au cours de cette mission, mais il n'en avait pas encore eu l'occasion.

Micah et Liza secouèrent la tête avec solennité pour l'en dissuader. Leurs yeux noirs et leurs visages au teint olivâtre affichaient la même expression grave. C'était l'un de ces rares moments où les jumeaux étaient d'accord.

Brock esquissa un petit sourire en coin, puis lança un regard interrogateur à Zed, tout en agitant les doigts en direction de la porte.

– Bon, ben..., murmura Zed. Reculez, tous !

Il planta solidement ses pieds dans le sol et leva les mains, paumes tournées vers la porte gelée, pouces accrochés l'un à l'autre. Puis il ferma les yeux. Il entendit la neige craquer sous les pas de ses camarades qui s'écartaient en un large demi-cercle autour de lui.

Zed jeta un dernier coup d'œil par-dessus son épaule pour vérifier si Callum le regardait. L'elfe le gratifia d'un léger hochement de tête.

Sans mot dire, Zed invoqua sa mana.

Les flammes commencèrent à fuser, d'abord sous forme de rubans verts serpentant entre ses doigts.

Mais bientôt elles se rassemblèrent pour jaillir en un étincelant torrent couleur émeraude. Après six semaines d'apprentissage auprès d'Hexam, Zed n'avait pas encore réussi à retrouver la puissance ni la précision dont il avait fait preuve lors de sa première utilisation du sortilège – la formidable explosion qui avait détruit l'horrible monstre menaçant tous les habitants de Pierrefranche.

Malgré cela, tout ce qui se trouvait à moins de deux mètres devant lui brûlerait, et brûlerait vite. Les flammes vertes semblaient plus avides que celles d'un feu ordinaire... ou même de tout autre feu d'origine magique.

Zed rouvrit les paupières. La glace fondait rapidement. Une lueur d'outremonde éclairait les visages de ses amis d'un éclat étrange et mystérieux. Zed étouffa sa mana avec un soin prudent, de peur qu'elle démolisse la porte entièrement. Les flammes s'éteignirent en crachotant entre ses mains, laissant apparaître la porte métallique encore fumante, haute d'à peine deux mètres.

Zed sourit, satisfait de son œuvre. Après des semaines de cafouillage, c'était son incantation la plus réussie.

Il lança un regard derrière lui en direction de Callum... et découvrit avec consternation que celui-ci s'était déjà détourné. L'elfe gratta le sol et porta une poignée de terre gelée à ses narines. Les paupières plissées, il la renifla, avant de l'émietter entre ses doigts.

Brock s'approcha à son tour pour toucher avec précaution le cadenas métallique attaché à la porte. Apparemment convaincu que l'objet ne lui grillerait pas la paume, il le souleva d'une main et coula un regard dans le trou de la serrure. Puis il sortit de sa manche un crochet et un tendeur d'un geste si rapide qu'on aurait juré qu'il les avait extraits du lourd vantail lui-même.

Il s'inclina de manière théâtrale devant Liza, qui, pour toute réponse, émit un petit grognement. Brock s'entraînait à exécuter ce tour de passe-passe depuis des semaines.

Tandis que son ami s'appliquait à crocheter la serrure, Zed avait le plus grand mal à réfréner une violente fringale. La fatigue accumulée pendant toutes ces heures où il avait marché sans prendre un seul véritable repas lui tiraillait soudain l'estomac. Une fois à l'intérieur du refuge, ils pourraient, avec un peu de chance, prendre le temps de manger autre chose que des biscuits d'avoine et des miettes de fromage.

– Hé, regardez ! s'exclama Jett. Un raton laveur !

Zed leva les yeux. Une créature trapue à l'allure féline les observait avec curiosité depuis les arbres. Sous un masque de fourrure noire, les yeux brillants de l'animal réfléchissaient la lumière. Au cours des semaines passées, Zed avait appris les noms de quantité de bêtes étranges – de celles qui ne vivaient qu'au-delà des remparts de la ville. Parfois, il était difficile de se rappeler lesquelles appartenaient à la nature et lesquelles étaient des Dangers.

– Tu n'as pas froid, petit bonhomme ? demanda Jett.

Le raton laveur cligna des yeux, mais demeura immobile. Même si Zed ne savait pas grand-chose de ces créatures, il n'en devinait pas moins que celle-ci n'était pas en bonne santé. Ses côtes saillaient sous son maigre pelage. Une vilaine plaie noire témoignait d'un coup de griffe qui lui avait labouré le flanc.

Au clair de lune, ses yeux étincelants semblaient presque rougeoyer. Ils étaient d'une couleur pourpre maladive.

– Apprentis, appela Callum d'une voix posée, dans laquelle perçait néanmoins un sentiment d'urgence qui fit sursauter les cinq amis. Entrez ! Tout de suite !

Suivit un déclic sourd. Zed regarda Brock décrocher le cadenas de la serrure et se rendit compte que lui-même serrait les mâchoires avec force.

Prenant la tête du groupe, Liza poussa la porte. Le vantail tourna sur ses gonds avec un couinement métallique qui résonna à travers toute la forêt. Micah émit un sifflement et leva les yeux au ciel, mais Liza n'était déjà plus là pour le voir. Elle avait disparu dans l'ouverture.

Un par un, les apprentis aventuriers s'empressèrent de se glisser à l'intérieur, au cœur de l'obscurité.

*

– C'est quoi, cet endroit ? chuchota Zed, une fois la porte refermée et verrouillée derrière eux.

Maintenant qu'ils avaient quitté la forêt, ses épaules se relâchaient peu à peu.

L'entrée s'ouvrait sur un large escalier, qui s'enfonçait dans la terre. Zed n'avait aucune idée de la profondeur à laquelle il descendait. Au-delà de quelques marches, on ne distinguait plus rien.

Les murs en pierre taillée étaient étonnamment bien conservés. Il faisait frais – ce qui, en fait, constituait une nette amélioration par rapport à l'extérieur.

– Nous sommes dans la Caverne des Halfelins, un refuge entretenu à la fois par les éclaireurs et les membres de votre guilde, annonça Callum avec son accent chantant.

Zed n'avait encore jamais rencontré un seul elfe qui n'eût pas une voix mélodieuse.

– Elle fait partie des nombreux abris qui jalonnent la route entre Llethanyl et Pierrefranche. Chacun d'eux est fourni en armes, en provisions et matériel.

Mon peuple a été contraint de contourner ce refuge en se rendant à Pierrefranche. Cela fait donc six ans que personne ne s'y est arrêté. Parvenir jusqu'ici était votre premier objectif.

– On est en sécurité ? voulut savoir Jett. La porte était verrouillée et prise dans la glace. Ça veut dire qu'il n'y a pas de Dangers, ici, n'est-ce pas ?

L'elfe laissa échapper un rire, aussi amer que magnifique. Zed aurait juré que l'écho s'harmonisait avec le son de sa voix.

– Les Dangers trouvent toujours moyen de forcer les fermetures les plus hermétiques, répondit Callum. Il n'existe *aucun* lieu sûr à Terryn, jeune nain. Comme vous le savez tous par expérience.

Zed jeta un coup d'œil inquiet vers le bas de l'escalier.

– Qui a la lampe ?

– Qui a *besoin* d'une lampe ? ironisa Micah.

Soudain, un flot de lumière ambrée réchauffa l'air. Le flamboiement lumineux tomba en cascade le long des murs, comme une vague ondulante de miel. Zed se retourna pour voir la main gauche de Micah levée, rayonnante, à croire qu'on en avait esquissé les contours à grands traits de lumière.

– N'épuise pas ton anima, le réprimanda Liza, sans grande conviction toutefois.

Micah était capable de continuer comme ça pendant des heures – et ils ne le savaient tous que trop bien ! Le garçon était devenu tellement expert dans l'art de la guérison que c'en était énervant. Zed se demandait souvent si les guérisseurs du temple de la Voie d'Or avaient la moindre idée de ce qu'ils avaient perdu quand ils avaient laissé Mère Brenner jeter leur novice à la rue.

Callum contempla un moment la main resplendissante de Micah, puis reporta son regard vers l'escalier.

– Votre mission consiste à rassembler toutes les fournitures que vous pourrez et à les rapporter à Pierrefranche. Allez-y, les enfants, passez devant.

Liza partit en tête. Depuis peu, elle avait abandonné sa tenue de cuir au profit d'une cotte de mailles fabriquée sur commande par la guilde des Forgerons et offerte par son père en guise de cadeau d'anniversaire. (Micah, lui, avait reçu une paire de chaussettes.)

Zed ne savait vraiment pas comment Liza pouvait tenir debout sous cette masse de métal, et encore moins marcher des heures durant. Elle avait beau ressembler à n'importe quelle adolescente de son âge, cette fille de la noblesse était une force de la nature.

Liza descendit lentement les marches, épée au clair, bouclier brandi. Micah et Brock la suivaient de près, Zed et Jett fermaient la marche.

– Comment va ta jambe ? demanda tout bas Zed au nain.

– Je parie qu'elle est moins douloureuse que les tiennes, plaisanta Jett.

– Tu as sûrement raison, sourit Zed.

Jett avait perdu une partie de sa jambe lors de l'attaque lancée par un monstre, au cours de leur toute première nuit d'apprentis Aventuriers. Au-dessous du genou, il portait une prothèse argentée, offerte par les elfes éclaireurs, forgée dans un métal appelé mithril.

« De l'acier elfique », l'avait surnommé Jett d'un ton de connaisseur. « Très impressionnant. Mais pas autant que l'acier des nains », s'était-il empressé d'ajouter.

Les elfes utilisaient le mithril pour confectionner toutes leurs prothèses. Ce matériau était plus flexible que la plupart des métaux et plus résistant que le bois. La jambe toute neuve de Jett se terminait par un long pied joliment découpé en forme de lame. À force d'entraînement, il avait d'abord appris à marcher sans canne, puis à courir. Même s'il n'avait jamais été particulièrement porté sur la course à pied.

– Pour être franc, reprit Jett plus sérieusement, ça me picote. J'ai toujours l'impression qu'elle est là, je la sens… comme une démangeaison. Sauf que je ne peux pas me gratter. Quant au moignon, il me fait un mal d'enfer.

– Micah pourra t'aider avec ça, chuchota Zed. Une fois qu'on sera installés.

Jett leva les yeux au ciel.

– Si je comprends bien, j'ai le choix entre avoir mal à la jambe et me faire casser les pieds.

Lorsqu'ils arrivèrent en bas, la lumière émise par la main de Micah écarta les rideaux de ténèbres pour dévoiler une autre porte, en bois celle-là.

Elle était entrouverte.

Zed jeta un coup d'œil à Callum, qui fermait la marche. L'elfe plissa les paupières, leva la main et émit un bref sifflement en guise de mise en garde. Le groupe pila net.

Callum se faufila entre les apprentis et s'agenouilla devant l'ouverture.

Il glissa un regard à l'intérieur.

Zed sentit une goutte de sueur dégouliner dans son dos. Tous étaient silencieux.

– Vous êtes vraiment négligents, vous autres, humains, déclara finalement l'elfe.

Il se releva et poussa la porte, révélant un baraquement d'aspect austère mais propre.

– Il faudra que je rappelle à Frond de fermer la porte intérieure la prochaine fois.

Un concert de soupirs soulagés s'éleva dans l'escalier. Zed et ses camarades pénétrèrent dans le refuge. Des lits de camp étaient soigneusement empilés sur plusieurs rangées, en nombre suffisant pour coucher une douzaine de voyageurs. Une table de bois se dressait au milieu de la pièce, sur un tapis marron à moitié moisi – seule décoration des lieux.

Il y avait aussi des armes sur leurs râteliers et des armures sur leurs supports, ainsi qu'une demi-douzaine de coffres contenant... quoi ? Seules les Fées le savaient.

– Comment sommes-nous supposés transporter tout ça ? rouspéta Micah.

– Consciencieusement, répondit Callum avant de glisser de nouveau un regard vers l'escalier. Et en silence, je vous le conseille. Mais cela peut attendre demain matin. Vous dormirez ici cette nuit.

L'éclaireur tira sur les attaches de ses gants pour les ajuster et annonça :

– Si vous pouvez survivre sans moi pendant un moment, je vais ressortir.

– *Maintenant ?* protesta Zed. Mais il fait nuit dehors. Est-ce qu'on ne devrait pas manger un morceau d'abord ?

Callum secoua la tête, son visage s'adoucit.

– Vous pouvez manger sans moi. D'après ce que j'ai entendu dire, l'exercice de la magie donne faim.

– Callum, intervint Liza, est-ce que tout va bien ?

Le Grand Éclaireur fronça les sourcils.

– Je vais juste inspecter les environs, répondit-il en décrochant l'arc attaché dans son dos. Je reviens très vite. Dans le cas contraire, ne partez *surtout* pas à ma recherche. Attendez le lever du jour et, ensuite, retournez immédiatement à Pierrefranche.

– Soyez prudent, conseilla Liza.

Callum opina de la tête, puis quitta la pièce et remonta l'escalier.

Micah, Jett et Brock s'affalèrent chacun sur un lit de camp, tandis que Liza entreprenait d'allumer une lanterne aux plaques de verre barbouillées de saletés, qui pendait au mur.

– J'ai mal partout, gémit Brock. On devrait au moins être dispensés d'une journée de manœuvres après ça, non ?

– À mon avis, la Godiche n'est pas du genre à accorder des jours de repos, railla Micah, recourant au surnom dont il avait affublé Lotte, l'intendante de la guilde qui faisait aussi office d'instructrice chargée de leur entraînement.

– Lotte, peut-être, objecta Jett, qui avait posé son marteau près du lit de camp et massait ce qui restait de sa jambe, juste au-dessus de la prothèse. Mais Frond ? Sûrement pas. À moins que l'un de vous veuille se porter volontaire pour aller se faire mordre par un monstre.

– Mieux vaut ne pas tenter le sort, recommanda Liza.

À la lumière de sa lanterne, elle examinait le matériel au fond de la pièce.

– J'ai l'impression que certains de ces trucs appartiennent aux elfes, poursuivit-elle. Zed, regarde, on dirait une grande baguette, là. Ou peut-être un petit bâton. En tout cas, il y a un cristal au bout.

– Vraiment ? demanda Zed, tout excité, en retirant ses bottes. Il s'agit peut-être d'un sceptre. En général, ils ont un focaliseur enchâssé à l'extrémité pour canaliser la magie.

Liza continuait son inspection.

– Cette armure a l'air encore utilisable, mais nous en avons de meilleures à la Maison.

Elle s'arrêta devant les coffres. Il y en avait six en tout. Cinq étaient de même taille et de même facture – de simples caisses en bois avec des armatures métalliques. Le sixième avait un tout autre aspect. Biscornu, il penchait d'un côté, comme si le tonnelier qui l'avait fabriqué avait un peu trop forcé sur la bière des nains.

Liza s'agenouilla et tendit la main pour ouvrir la première malle.

C'est alors que le sixième coffre, celui qui était si bizarre, souleva de lui-même son couvercle. Aussitôt, les parois intérieures se transformèrent, le bois lisse explosa en centaines de pointes recourbées. Le fond, tapissé de tissu écarlate, enfla en une boursouflure de chair visqueuse. En un clin d'œil, le coffre fut rempli de plusieurs rangées de dents acérées et irrégulières, autour d'une énorme langue dégoulinante.

– Liza ! hurla Zed.

La jeune fille se retourna à l'instant même où la langue jaillissait de la hideuse gueule et lui agrippait le bras, telle une grenouille attrapant une mouche. Liza poussa un glapissement aigu et fut tirée violemment vers le coffre monstrueux. Elle tenta de dégager sa main de l'étau de la langue, mais celle-ci la tenait fermement et la traîna par terre en direction des horribles dents.

Zed se précipita, mains levées, tâchant de mobiliser sa mana aussi rapidement qu'il le pouvait.

– Non ! cria Brock, en l'arrêtant net dans son élan. Tu risques de la brûler !

Il avait raison, bien sûr : Liza se trouvait trop près du coffre. Elle se ferait engloutir par les flammes.

Les trois garçons en étaient encore à tâtonner pour s'emparer de leurs armes. De toute façon, ils étaient trop lents et trop éloignés pour venir au secours de Liza. Le Danger imprima de nouveau à sa langue charnue une brusque secousse, et Liza fut brutalement soulevée du sol. Son bras retomba dans la gueule béante du coffre, qui se referma d'un coup sec. Les dents aiguisées se rabattirent sur le bras de Liza. Elle poussa un rugissement de douleur.

Soudain, comme sorti de nulle part, Brock surgit derrière le Danger. Il leva bien haut ses deux dagues et en enfonça les lames effilées dans le couvercle du coffre métamorphosé. La créature laissa échapper une série de croassements de détresse, son corps s'affaissa, sa forme de caisse fondit comme neige au soleil. Le monstre se changeait à vue d'œil en une grenouille géante.

– Vise la langue ! cria Liza. Et tâche d'éviter ma main !

– Ça fait trop d'ordres à la fois, se plaignit Brock. Comment veux-tu que je me les rappelle tous ?

Il arracha les lames de la tête du Danger, et un visqueux liquide jaune vif suinta des deux blessures.

La gueule du coffre se rouvrit mollement et lança un couinement pitoyable. Liza en profita pour s'arc-bouter des deux pieds contre le bord de la malle et tâcher d'en extirper son bras. Sa cotte de mailles l'avait en partie protégée contre la morsure de la créature, mais il lui faudrait soigner sa blessure sans attendre.

La langue du monstre tenait bon, cependant, ruisselante non seulement de bave, mais aussi d'une dégoûtante substance jaunâtre. Zed accourut aux côtés de Liza, aussitôt rejoint par Micah. Ensemble, les deux garçons empoignèrent le bras de la jeune fille, toujours empêtré dans la langue immonde, pour l'aider à se libérer de l'emprise de la créature. Tandis qu'ils tiraient de toutes leurs forces, la main lumineuse de Micah projetait toute la scène en ombres chinoises sur les murs du refuge.

Vif comme l'éclair, Brock poignarda la langue avec ses deux dagues à la fois. Les lugubres coassements du monstre se muèrent en un rugissement glaçant, et le coffre difforme se mit à osciller de droite et de gauche. Comme il desserrait peu à peu son étau, Liza agrippa la langue et l'enroula autour de son bras, comme un vulgaire rouleau de corde gluante. Le visage trempé de sueur, elle se campa solidement sur ses jambes pour immobiliser le coffre vacillant.

– C'est quand vous voulez ! grinça-t-elle.

C'est alors que Zed vit Jett – et son gigantesque marteau brandi à bout de bras. Le nain poussa un mugissement, qui se répercuta contre les murs de pierre, et abattit son arme sur la tête du Danger.

Le cri de la bête hideuse se brisa net, remplacé par un grand bruit mouillé d'écrabouillage. *Crunch !* La pièce entière, les murs, le matériel et les apprentis se retrouvèrent aspergés par un torrent de bouillasse jaunâtre.

Il y eut un moment de silence, seulement entrecoupé par les respirations saccadées des cinq compagnons.

Puis la porte de bois s'ouvrit à la volée, et Callum fit irruption dans la pièce. À sa main pendaient trois cailles accrochées au bout d'une corde. Ses yeux s'agrandirent devant la scène qui s'offrait à sa vue.

– On devrait peut-être faire un brin de toilette avant le dîner, souffla Brock.

*

Le lendemain soir, Zed et ses camarades arrivèrent en vue de Pierrefranche. Devant eux, les remparts de la cité se dressaient fièrement au-dessus des arbres. Zed ne pensait pas avoir déjà vu plus beau spectacle de toute sa vie. Chaque apprenti portait sur son dos un énorme sac rempli d'équipement. À tour de rôle, ils avaient en plus remorqué un traîneau de fortune contenant l'armure récupérée dans le refuge. C'était pour l'heure au tour de Jett de le haler, car le nain avait insisté pour faire sa part du travail.

Zed entendit la sonnerie des cors annoncer leur arrivée. Il serra plus fort le sceptre entre ses doigts. Ce trophée-là, il était fermement décidé à le garder pour lui. Même Hexam ne pourrait lui arracher des mains l'instrument magique.

Le grand portail s'ouvrit en grinçant avant même qu'ils aient franchi la barrière magique de protection. Plusieurs silhouettes se tenaient debout sous le porche.

Alabasel Frond se tenait en tête du groupe, les bras croisés. Son visage couturé de cicatrices était aussi impassible et solennel que jamais.

Derrière la maîtresse de la guilde, Lotte et Hexam affichaient un air légèrement plus surpris. Zed prit alors conscience que ses amis et lui devaient former un tableau pour le moins insolite. Tous les cinq étaient recouverts d'une croûte jaune séchée, leurs capes bleues – naguère si belles – étaient à présent maculées et crasseuses.

De tous les membres de la guilde, une seule était venue les accueillir en compagnie des trois maîtres Aventuriers. Plantée à côté d'Hexam, Jayna se tordait nerveusement les mains. La jeune magicienne avait effectué son parcours d'apprentissage l'année précédente et n'avait donc pas été autorisée à accompagner ses amis dans leur mission.

La veille de leur départ, Jayna était allée trouver Frond, avec l'intention de lui demander une permission spéciale pour participer à l'expédition. Elle avait rassemblé son courage, cherché Frond dans la Maison entière et s'était approchée tout doucement de la maîtresse de la guilde. Alors qu'elle n'était plus qu'à cinq pas, Frond avait tourné les talons.

Jayna avait détalé dans le couloir comme un lapin.

Tandis que les jeunes Aventuriers franchissaient les limites invisibles de la barrière protectrice qui entourait la cité, Frond s'avança à leur rencontre.

– Eh bien, Grand Éclaireur, comment mes

apprentis se sont-ils débrouillés ? demanda-t-elle à Callum. Se sont-ils montrés dignes de notre mission ?

Callum dépassa promptement les cinq novices. Leurs visages accusaient la fatigue de leur longue et pénible marche à travers la forêt. Lui seul ne portait aucune trace de substance visqueuse sur ses vêtements.

– Vous avez formé d'excellentes recrues, déclara-t-il en désignant de la main Zed et ses amis. Je dirais qu'ils méritent tous d'appartenir à votre guilde. Mais, Frond…

Interrompant l'éclaireur, Jayna laissa échapper un petit couinement de joie et s'élança vers Liza pour la serrer dans ses bras. Les deux filles se prirent par la main et se mirent à danser une ronde endiablée. Avec l'arrivée en masse des éclaireurs dans leur Maison, les Aventuriers avaient dû se serrer pour leur faire de la place, et toute notion de quartiers privés appartenait maintenant au passé. Chaque apprenti partageait désormais sa chambre avec un ou une camarade : Jayna avec Liza et Brock avec Jett. Quant à Zed, il s'était retrouvé coincé avec Micah avant même la venue des elfes.

Depuis qu'elles avaient emménagé ensemble, Jayna et Liza étaient devenues inséparables. Zed les observa un moment avec une pointe de jalousie, qui menaçait de gâcher sa propre joie. Il jeta un coup d'œil à Brock, occupé à se débarrasser de son lourd fardeau. Le sac tomba par terre avec un bruit de ferraille.

Autrefois, Zed et Brock auraient fêté ensemble leur réussite. Mais les choses avaient changé au cours de ces dernières semaines. Zed et son ex-meilleur ami s'étaient éloignés l'un de l'autre. Pour l'heure, Brock se tournait vers les portes de la cité ; son regard survola Zed sans s'arrêter.

– On dirait que vous avez rencontré quelques problèmes, remarqua Frond, en scrutant ses apprentis.

– Un Danger avait infesté le refuge, expliqua Callum. Un métamorphe, dissimulé au milieu du matériel. Je ne l'avais pas repéré. Frond, nous *devons*…

– Vous saviez qu'il existait des monstres capables de se déguiser en coffre ? demanda Brock. Parce que, là, vraiment, ce n'est pas juste !

– Mais personne n'a été blessé ? s'inquiéta Lotte, en s'approchant du petit groupe.

Elle avait attaché ses longues boucles blondes en queue-de-cheval. Elle souleva de terre le sac de Brock comme s'il n'avait pas pesé plus qu'une plume.

– Liza a été mordue, mais le guérisseur s'en est occupé, expliqua Callum. Frond, nous avons à discuter de problèmes plus urgents. La Liche…

Callum s'interrompit. Il lança un regard vers les apprentis puis vers les Chevaliers qui montaient la garde au-dessus du portail. Il se rapprocha de Frond avant de continuer à voix basse.

Frond écarquilla les yeux.

La Liche.

Près de deux mois plus tôt, une armée de Dangers s'était relevée d'entre les morts et avait quitté les cryptes de Llethanyl sous la conduite du mystérieux conquérant. Zed ne savait pas grand-chose à son sujet, sinon qu'il s'agissait d'un ministre de haut rang, qui avait profané les coutumes les plus sacrées des elfes.

Et, puisque les morts-vivants venaient de l'intérieur même de la cité, l'attaque avait pris Llethanyl par surprise. Les elfes s'étaient défendus, bien sûr, mais ceux qui étaient tombés sous les assauts de la horde s'étaient à leur tour relevés pour grossir les rangs des troupes infâmes de la Liche.

Pour finir, les survivants n'avaient eu d'autre choix que de fuir. Les elfes avaient perdu leur ville, et Zed tout espoir de jamais visiter le lieu où son père était né.

Hexam et Lotte se joignirent à Frond et Callum, et tous les quatre se mirent à discuter avec animation en faisant de grands gestes.

– Que se passe-t-il ? chuchota Jayna. Qu'est-ce que vous avez vu là-bas ?

– Je... je ne sais pas trop, bredouilla Liza. Callum a dit que ce n'était rien.

– Les adultes mentent comme des arracheurs de dents, souligna Micah en s'étirant. Tu n'as pas encore compris ça, sœurette ?

Finalement, Frond leva une main, fit demi-tour et franchit le portail à grandes enjambées, sans un autre regard pour les apprentis. Callum esquissa une grimace et lui emboîta le pas.

Avec un soupir, Hexam considéra un instant les jeunes Aventuriers avant de s'éloigner à son tour. Zed, qui avait remarqué la façon dont le magicien lorgnait son sceptre, serra l'objet contre sa poitrine.

– Laissez le matériel ici, ordonna Lotte aux apprentis. Je vais demander à Syd et à Fife de venir chercher tout ça.

– Lotte..., commença Jett.

Mais l'intendante secoua la tête. Elle avait soudain l'air très fatiguée.

– Plus tard, dit-elle. On a préparé un grand repas, avec de l'ambroisie à profusion. Mais, si j'étais vous, je ne traînerais pas. Ces vauriens seraient trop contents de commencer les festivités sans les invités d'honneur.

Lotte gratifia les compagnons – y compris Micah – d'un sourire las. Son regard exprimait assez de fierté pour deux : elle *et* Frond.

– Je suis désolée, les enfants. Je me doute bien que vous espériez davantage en matière de félicitations. Mais, sincèrement, vous avez fait du bon boulot.

Zed sentit ses oreilles s'empourprer. Il se tourna vers Brock, un grand sourire aux lèvres.

– Au moins, on aura une longueur d'avance sur Fife. Tu viens ?

– Hmm, grommela Brock pour toute réponse. Garde-moi une assiette. Il faut d'abord que j'aille en ville, vite fait.

Il dégrafa sa cape crottée, la laissa tomber par terre, mais garda sa tenue de voyage en cuir.

– Ah bon ? s'étonna Zed. Tout de suite ? Où vas-tu ?

– Juste une course à faire, répondit Brock. Je serai revenu avant la dernière cloche… ou peu de temps après.

Zed se rembrunit.

– Qu'est-ce que je dois dire aux autres s'ils m'interrogent ? Quelle tête d'animal tu veux porter pour la fête ?

Mais Brock s'éloignait déjà. Zed perdit son ami de vue avant même qu'il eût passé le portail.

Chapitre deux

Brock

Pierrefranche avait changé depuis l'arrivée des elfes.

Brock avait passé presque sa vie entière dans l'enceinte de la cité. Il avait arpenté chaque rue et chaque ruelle, exploré chaque place et chaque échoppe du marché. Il connaissait les meilleurs raccourcis, savait quels bancs étaient les mieux exposés au soleil pendant les après-midi d'automne. Et, surtout, il avait parfaitement gravé dans sa mémoire les grandes statues des Défenseurs de Pierrefranche. Celles-là, il pouvait même les voir les yeux fermés : le visage sévère du Paladin lançant des regards furieux de derrière son heaume ; la baguette ornementée de l'Enchanteresse levée bien haut ; la Prêtresse, avec ses bras tendus ; et Dox, l'Assassin, impassible, regardant à jamais sans ciller la cité que ses compagnons et lui avaient sauvée, il y avait si longtemps de cela.

Brock se demandait ce que Dox penserait de cette ville à présent.

Laissant derrière lui les remparts, Brock dirigea ses pas vers la Haute-Ville. Il contourna le vaste espace jadis occupé par la place du marché. Là où les artisans et les marchands exerçaient autrefois leur métier sous une mer de toiles aux couleurs vives, il n'y avait plus qu'un campement. Les tentes colorées avaient été recyclées pour fournir de frêles abris aux milliers d'elfes qui avaient survécu à l'exode depuis leur lointaine cité de Llethanyl.

La population de Pierrefranche avait explosé du jour au lendemain. Sans surprise, cela avait causé quelques problèmes.

Si le regard de Brock voletait parmi les elfes, en réalité, il s'employait surtout à dénombrer les chevaliers humains – les Fils de la Pierre – qui se trouvaient parmi eux. Les Fils avaient toujours été chargés du maintien de l'ordre à Pierrefranche, mais d'ordinaire leur mission se résumait à monter la garde devant les bâtiments importants, à arpenter le chemin de ronde au sommet des remparts et, de temps en temps, à mettre fin aux rixes qui éclataient dans les tavernes. Brock n'en avait jamais vu autant postés au même endroit avant la venue des elfes.

Si aucune loi n'obligeait ces derniers à se cantonner à l'intérieur du camp, le déploiement d'un si grand nombre d'hommes armés devait suffire à leur faire comprendre où était leur place. Et, d'après ce que Brock avait pu constater, les elfes n'étaient pas très bien accueillis ailleurs dans Pierrefranche. Leur façon de parler, bizarre et poétique, leur valait des regards suspicieux et même hostiles. Leurs physionomies étrangères et leur curieuse manière de s'habiller étaient devenues les sujets de plaisanterie préférés des bardes de Pierrefranche. Mais le pire, c'était l'idée largement répandue que les elfes étaient en quelque sorte responsables de leur propre malheur. Comme si leurs singulières coutumes et leurs talents pour la magie avaient rendu la chute de Llethanyl inévitable. Comme si cela atténuait l'atrocité de la tragédie.

Brock laissa échapper un soupir attristé et poursuivit son chemin.

Près du centre de la ville, juste avant le pont-levis qui conduisait au château de Pierrefranche, s'étendait un des rares espaces naturels de la cité. Ce parc était entouré d'une rangée de majestueuses demeures très anciennes, dont le style architectural témoignait d'une époque plus prospère, quand la pierre et le bois étaient moins précieux et pouvaient encore être utilisés pour fabriquer des fioritures fantaisistes. Brock aimait ces bâtiments pour leur étrangeté. Chaque fois qu'il venait là, il tâchait de découvrir un petit détail qui jusque-là lui aurait échappé, un motif ornemental ou une sculpture qu'il n'aurait pas remarqués.

Le plus grand des bâtiments abritait la guilde des Marchands. Brock s'y rendait depuis son enfance, et l'édifice se dressait toujours de manière aussi imposante que dans sa mémoire. Avec ses hautes colonnes de marbre et ses portes gigantesques, il n'avait jamais cessé de dominer le jeune garçon de son opulence.

On racontait que Dox l'Assassin avait fondé la guilde des Marchands au lendemain du Jour des Dangers. Foster, son meilleur ami et compagnon d'aventures, avait été le sorcier responsable de la destruction des portails entre les différents plans d'existence, permettant ainsi aux monstres de déferler en si grand nombre qu'ils avaient ravagé tout Terryn. Il avait incombé à Dox d'exécuter son ami et, ce faisant, Dox avait sauvé le monde – ou ce qu'il en restait.

Brock avait toujours pensé que la création de la guilde des Marchands était, à certains égards, la plus remarquable des réalisations. Les Marchands avaient l'œil à tout. Ils veillaient à ce qu'il y ait toujours dans Pierrefranche assez de nourriture et d'eau potable, assez de minerais et de bois pour construire et réparer. Bien sûr, il y avait eu des périodes de vaches maigres, où chacun avait dû se serrer la ceinture, mais depuis deux cents ans la guilde subvenait aux besoins de la cité. Les marchands en avaient fait une science.

Du moins en allait-il encore ainsi avant que les elfes débarquent.

Cette nuit, cependant, tout semblait suivre son cours normal au sein de la maison de la guilde. Un banquet battait son plein ; une douzaine de lustres et quatre fois plus de candélabres aux murs éclairaient de leurs trois cents bougies l'immense salle centrale. Des musiciens jouaient, des serviteurs circulaient avec leurs plateaux, et une fastueuse débauche de nourriture constituait la principale attraction d'un rassemblement apparemment très animé. Brock, avec ses vêtements de cuir tachés et encore humides de sueur et de neige fondue, détonnait sérieusement dans pareil endroit. Il s'éclipsa rapidement vers des toilettes, où les serviteurs avec lesquels il s'était lié d'amitié le laissèrent emprunter des habits de rechange.

Débarbouillé de frais, revêtu d'une tunique fleurant bon la lavande, Brock se sentait moins gêné lorsqu'il regagna la grande salle. Qu'il y eût ou non sa place, au moins faisait-il illusion. Il n'avait pas avancé de deux pas qu'un serviteur lui présenta un plateau de pâtisseries.

Il se mit aussitôt à saliver. Il prit un gâteau et le fourra dans sa bouche. La gourmandise était si sucrée qu'il en eut des fourmis dans les joues. Deux bouchées de plus, et la pâtisserie fut entièrement engloutie.

Sans la moindre honte, Brock se lécha ensuite consciencieusement les doigts.

– Ça alors, murmura-t-il entre ses dents. Je croyais qu'on devait se rationner.

– Eh bien, quoi, les elfes ne mangent pas de gâteaux, n'est-ce pas ? fit une femme à ses côtés.

– Pas s'ils n'ont pas de quoi payer, répondit un homme.

Et tous deux pouffèrent.

Brock se rembrunit. Soudain, la petite douceur avait un arrière-goût d'amertume dans sa bouche.

Il traversa la salle à grandes enjambées, animé d'une détermination renouvelée. Dans un coin de la pièce, il s'approcha d'un candélabre fixé au mur et, après avoir humecté de salive son index et son pouce, pinça la mèche de l'une des chandelles pour en étouffer la flamme.

Il ne fallut que quelques secondes avant qu'un serviteur apparaisse.

– Permettez-moi de la rallumer, messire, offrit-il.

– La lumière me blesse les yeux, énonça Brock.

C'était le mot de passe que le domestique attendait. Lorsque celui-ci hocha la tête et s'éloigna, Brock comprit qu'il devait le suivre.

Tout en longeant les murs de la grande salle, Brock survola la foule des yeux à la recherche de son père. Il savait où il aurait les plus grandes chances de le trouver. Depuis quelques semaines, messire Dunderfel ne quittait plus Borace Quilby, le maître de la guilde des Marchands.

Debout au centre de la pièce, la face rougeaude et joviale, aspergeant le sol du vin de sa coupe, Quilby régalait d'une de ses histoires les hôtes rassemblés autour de lui. À ses côtés, le père de Brock riait aux moments opportuns. Son statut vis-à-vis de Quilby n'avait apparemment pas été remis en cause par les relations houleuses entre Brock et le maître de la guilde.

En revanche, Brock fut sincèrement surpris de voir l'autre personne qui se tenait auprès de Quilby. Sire Brent, maître de la guilde des Chevaliers, tirait sur le col de sa tunique blanche de cérémonie et tentait de sourire, tandis que Quilby poursuivait son laïus. Ce sourire factice ne lui allait pas du tout. Sire Brent était un homme de belle prestance qui, dès qu'il entrait dans une pièce, devenait d'ordinaire le centre de toutes les attentions. Pour l'heure, cependant, au milieu des lèche-bottes de Quilby, il avait l'air aussi mal à l'aise qu'un chaton dans un panier de kobolds.

Brock était dévoré par la curiosité. D'après son expérience, quand les maîtres des guildes de la cité se réunissaient, il en résultait rarement de bonnes choses. Mais, évidemment, ce n'était pas comme s'il avait pu s'immiscer dans cette conversation. Quilby ne lui avait même pas accordé un regard depuis la tentative manquée d'évincer Alabasel Frond de la guilde des Aventuriers. Ce qui ne préoccupait pas Brock le moins du monde. Il savait, à présent, qui était réellement aux commandes.

Le serviteur l'entraîna hors de la salle, lui fit traverser les cuisines pour le conduire finalement devant une porte de bois d'apparence ordinaire, qu'il déverrouilla à l'aide d'une clé et ouvrit en grand. Brock entra. Au lieu de le suivre, le serviteur referma derrière lui.

Brock descendit un escalier en colimaçon puis s'engagea dans un long couloir bas de plafond, éclairé par des torches placées à intervalles réguliers. Les murs de pierre devenaient de plus en plus humides à mesure qu'il progressait sous les douves du château de Pierrefranche, en direction de ce qui avait été jadis les oubliettes.

Pierrefranche n'avait plus besoin d'oubliettes. Depuis le Jour des Dangers, la cité ne pouvait plus se permettre de gâcher de précieuses provisions pour nourrir des criminels. Exécutions et exils étaient depuis longtemps devenus la norme.

Aussi les oubliettes servaient-elles désormais à un usage très différent. Elles abritaient les Ombres de la guilde des Marchands, le cœur du marché noir de Pierrefranche – là où tout avait un prix, et un prix exorbitant de surcroît.

Avant de franchir la dernière voûte, Brock rabattit sa capuche et tira de sa poche un loup – simple masque noir en forme de huit – qu'il se colla au visage d'un geste expérimenté. Question camouflage, l'objet ne cachait pas grand-chose de son identité. Mais c'était une formalité nécessaire, l'une des rares règles en vigueur à la cour de dame Gray.

Brock émergea dans un souterrain plus vaste, éclairé non par des flammes, mais par ces globes incandescents qui avaient la faveur des mages. La salle était creusée dans la même roche que celle du couloir, mais sa froideur y était adoucie par des tapis, des tentures murales et des tas de coussins faisant office de sièges. De la fumée d'encens masquait l'odeur d'humidité. Quelque part, une boîte à musique enchantée égrenait les notes mélodieuses d'un carillon.

Une demi-douzaine d'hommes et de femmes étaient disséminés à travers la pièce. Tous portaient des masques. Et, même si aucune des conversations murmurées du bout des lèvres ne s'interrompit une seconde, Brock sentit tous les regards converger vers lui. Son arrivée ne passait pas inaperçue. L'homme de taille imposante qui tenait le bar à l'autre bout de la pièce leva sa large main en signe de bienvenue. Brock traversa la salle. Il croisa au passage une femme en robe élégante, dont le masque pailleté de vert réfléchissait la lumière ambiante.

– Apprenti, dit-elle en inclinant la tête.

– Madame Venin, salua-t-il à son tour. Maître Poignard, ajouta-t-il avec un signe de tête à l'adresse de l'homme qui l'accompagnait et dont le masque finement ouvragé avait été façonné dans de l'acier.

– Apprenti, répondit ce dernier.

L'homme au bar accueillit Brock avec plus de chaleur. Il sourit, tendit le bras au-dessus du comptoir pour le gratifier d'une tape sur l'épaule.

– Ça fait plaisir de te voir, mon garçon, dit-il d'une voix rocailleuse.

– Salut, Gramit.

Gramit était une exception parmi les Ombres. Comme tous les autres, il avait un titre. On le connaissait comme le « Facilitateur », et il était impliqué dans toutes les entreprises de la guilde. Mais il tenait à ce qu'on l'appelle par son nom. Il arborait le simple loup d'un apprenti – lequel ne réussissait en rien à camoufler ses traits. Avec son crâne chauve bosselé, son nez cabossé et son pâle visage grêlé, il rappelait à Brock une pomme de terre délavée.

– Qu'est-ce que tu nous apportes, aujourd'hui ?

– Des richesses qui perdent leur valeur dès qu'on en parle, répondit Brock.

Gramit lâcha un petit rire. C'était devenu une rengaine usée depuis le temps, mais Brock ne manquait jamais de savourer leurs plaisanteries amicales et le rire décontracté de Gramit. Tous les autres membres du cercle de dame Gray se montraient beaucoup trop sérieux à son goût.

– Elle t'attend, annonça Gramit en désignant la porte à l'extrémité du bar.

Brock hocha la tête d'un air las.

– Je m'en doute, répondit-il.

S'il n'avait pas su à quoi s'attendre en pénétrant dans le bureau de dame Gray, Brock aurait très bien pu ne pas la remarquer. D'apparence quelconque, d'âge indéterminé, la Dame avait une prédilection pour les gris ternes de la guilde des Serviteurs et possédait un don surnaturel pour se fondre dans son environnement.

– Bonjour, apprenti, dit-elle. J'ai appris le succès de votre expédition.

– En effet, répliqua Brock. On est devenus tellement bons pour manquer de se faire tuer qu'on a gagné le droit de recommencer plus souvent. Et encore plus loin de chez nous ! Super ! conclut-il en agitant les poings de façon moqueuse.

La Dame sourit sans une ombre de gaieté sur son visage.

– Je voulais juste engager la conversation.

– Vous pouvez me faire chanter et me forcer à jouer les espions pour vous. À voler pour vous. Mais les conversations aimables ne font pas partie de notre marché.

Sans y être invité, Brock gagna le mur du fond, dont il retira un panneau factice pour en sortir un morceau de parchemin. C'était une carte ancienne, datant d'avant les Dangers, et par conséquent d'une valeur inestimable... et aussi en grande partie inutile. Une centaine des sites qui y figuraient n'existait simplement plus.

– Venons-en au fait, dans ce cas, rétorqua dame Gray sans se laisser démonter. La guilde des Forgerons a récemment reçu une cargaison de minerai ne provenant pas de la région des carrières. Y a-t-il quelque chose de suspect là-dedans ?

– Non, répondit Brock, en trempant une plume dans l'encre. C'était nous. Lotte avait besoin de leurs forges pour permettre aux éclaireurs de réparer leurs armes. Frond a autorisé l'échange.

– Très bien, déclara la Dame.

Elle écrivit une note dans son registre. Brock se renfrogna.

Il détestait cette femme, et pour cause. Elle savait, d'une manière ou d'une autre, que Zed avait joué avec le feu en pratiquant une magie bien au-delà de ce qui était considéré comme convenable et sans danger. Le premier jour de leur apprentissage en tant qu'aventuriers, il s'était servi d'un bâton pour puiser, non pas dans le plan des Fées, comme le faisait la guilde des Mages, mais dans celui, plus sombre, des

Enfers. Et ça ne s'était pas arrêté là. Brock n'ignorait pas que son ami gardait en sa possession un livre de magie démoniaque. Or, si Brock était au courant, il y avait de fortes chances pour que dame Gray le soit aussi. Elle semblait avoir des yeux et des oreilles partout. Et elle avait menacé de révéler au grand jour ce qu'elle avait découvert à propos de Zed si Brock refusait de lui servir d'agent secret au sein de la guilde des Aventuriers.

Jusqu'alors, cependant, il avait été difficile de remettre en cause les objectifs réels de la Dame. Quelqu'un, délibérément ou non, avait introduit dans Pierrefranche un parasite monstrueux, celui-là même qui avait détruit Mère Brenner. Attendu que les Aventuriers étaient les seuls à franchir les barrières magiques de protection – et à renoncer, de ce fait, à la sécurité qu'elles procuraient –, il était pratiquement impossible de ne pas les soupçonner. Et effectivement, après enquête, dame Gray avait constaté qu'un membre de la guilde faisait commerce de marchandises provenant d'au-delà des murailles – toutes sortes de choses, des fleurs sauvages aux viscères de monstres, étaient arrivées sur le marché noir de Pierrefranche.

Puis cet approvisionnement s'était tari complètement. Le coupable avait disparu de la circulation. Pourtant, dame Gray ne s'avouait pas vaincue. Elle continuait à le traquer.

– Vous voulez bien indiquer l'endroit sur la carte ? demanda-t-elle. Celui d'où vient le minerai, j'entends.

Brock serra les dents.

– Bien sûr.

Il marqua un temps d'arrêt pour examiner la carte avant de lever sa plume. Il détestait laisser des marques sur un objet ancien, d'avant le Jour des Dangers, mais cela faisait partie de son travail. Du moins tâchait-il de l'accomplir avec précaution, aussi soigneusement que possible.

Dame Gray tapota son livre de comptes, dans lequel elle consignait les transactions non autorisées – tout ce qui entrait ou sortait des stocks d'une guilde sans la permission des Marchands. Alors que le mystérieux trafiquant s'était apparemment retiré des affaires, les Aventuriers continuaient à faire du troc directement avec les habitants de la cité, sous la direction vigilante de Frond – c'était sa manière à elle d'empêcher Quilby de mettre son nez dans les affaires de la guilde. Mais, évidemment, cela ne facilitait pas les choses pour dame Gray, quand celle-ci voulait savoir si une transaction non autorisée n'était qu'un échantillon des activités commerciales avisées et en grande partie légales de Frond… ou la preuve que le contrebandier avait repris son trafic.

– Les tisserands ont reçu, il y a peu, une grande quantité de tissus d'origine inconnue.

– C'est encore nous, expliqua Brock. On avait besoin de capes pour l'hiver.

Il poussa un gros soupir au souvenir de l'état pitoyable dans lequel se trouvaient maintenant ces vêtements.

– Elles étaient très belles, ajouta-t-il avec une pointe de regret dans la voix.

Il marqua sur la carte le chemin que ses compagnons et lui avaient emprunté, notant aussi exactement que possible l'emplacement du refuge dans lequel ils s'étaient arrêtés, sans oublier ce curieux bosquet où les feuilles en forme de paille étaient si vertes qu'on se serait cru en plein été.

– Tout ce qui figure dans mon registre a donc une origine licite, remarqua dame Gray. Notre trafiquant, quel qu'il soit, s'est bel et bien envolé.

– Je crois que j'ai résolu le mystère, fit Brock, pince-sans-rire, avant de sortir plusieurs petites enveloppes de sa poche. Ces jours-ci, c'est *moi* le trafiquant.

La dame eut un sourire doucereux.

– Ah, certes, mais vous êtes *le mien*. Ça n'a rien à voir.

– Je n'ai pas trouvé grand-chose de vivant là-bas, mais je vous ai rapporté des graines, continua Brock en lui tendant les enveloppes. Tout est étiqueté. Il y a de l'herbe-aux-Elfes, qui est consommable une fois germée. Et quelques noyaux de fruits sulfureux.

– C'est peu, vu la durée de l'expédition, souligna-t-elle en triant les enveloppes.

Brock retint son souffle. Elle avait prononcé ces mots d'un ton léger, presque nonchalant, mais il avait perçu, sous la désinvolture affichée, une menace implicite. Si elle n'était plus satisfaite de son travail, si elle estimait qu'il négligeait sa part du contrat, alors elle n'aurait plus aucune raison de taire le secret de Zed. Or, l'hostilité de la population à l'égard des elfes était telle qu'il paraissait à Brock plus important que jamais d'étouffer toute rumeur susceptible de nuire à son ami.

– Je fais de mon mieux, se défendit-il avec un calme forcé. Nous avions un éclaireur sur le dos en permanence, il ne nous lâchait pas d'une semelle. Sans compter cette constante menace de mort.

Il se remémora la façon dont le sang-froid de Callum lui-même avait failli flancher à la vue du raton laveur.

– Et puis, il y a eu cet animal, qui avait l'air malade, poursuivit-il. Avec des yeux pourpres étincelants. Avez-vous déjà entendu parler d'une chose pareille ?

– Tss tss, fit-elle pour exprimer sa désapprobation. Ça n'a rien de particulièrement effrayant.

– On aurait pourtant juré que l'éclaireur était terrifié, objecta Brock. Ensuite, quand on est rentrés, Frond et lui ont eu une discussion très vive. Peut-être que dans le bestiaire des Dangers que tient Hexam...

La Dame tendit brusquement la main pour lui couper la parole. Devant l'air interloqué du garçon, elle pointa un doigt vers sa propre oreille.

Alors, Brock l'entendit aussi. Lointaine et assourdie, mais reconnaissable entre mille. C'était la voix des cloches.

Les cloches sonnaient pour plusieurs raisons à Pierrefranche. Elles marquaient le passage du temps. Elles signalaient le début des jours de fête et, en de rares occasions, elles carillonnaient sans interruption pour annoncer la naissance d'un nouveau membre de la famille royale.

Mais les notes graves et monotones qui résonnaient à présent ne pouvaient signifier qu'une chose : quelqu'un à Pierrefranche était mort.

*

Brock regagna la grande salle à temps pour voir sire Brent quitter précipitamment le banquet. Il lui emboîta le pas, constatant avec mécontentement que les bavardages et les rires avaient déjà repris. Comme si les cloches, et ce qu'elles signifiaient, ne représentaient guère plus qu'un désagrément passager, les pleurnicheries d'un bébé que l'on peut ignorer en haussant la voix.

Une petite troupe de chevaliers rejoignit sire Brent au moment où celui-ci descendit les marches devant la maison de la guilde. Alors qu'il les dépassait, Brock dut résister à l'impulsion subite qui le poussait à tendre l'oreille à leurs conversations. Après tout, ce n'étaient pas ses affaires, et son lit l'attendait. Il s'apprêtait à s'engager dans les ruelles pavées, silencieuses à cette heure de la nuit, lorsqu'un vacarme d'armures retentit derrière lui. Il s'écarta pour laisser passer les Fils de la Pierre, tout d'abord contrarié qu'ils aillent dans la même direction que lui – puis carrément inquiet.

Deux mois plus tôt, la situation était encore très différente. Mais, désormais, presque toutes les personnes qui comptaient pour lui vivaient dans la Basse-Ville.

Brock s'élança à la suite des chevaliers, tout en restant à distance respectueuse pour ne pas se faire repérer. Ses craintes augmentaient à mesure que les maisons devenaient plus modestes et exiguës, les fenêtres, plus crasseuses. Il ne faisait aucun doute qu'ils se dirigeaient vers le quartier le plus pauvre de la ville, où les Aventuriers avaient élu domicile.

Arrivée en bordure de la Basse-Ville, la troupe changea brusquement de direction. Brock les suivit – avant de piler net lorsqu'il se rendit compte de leur destination.

Les chevaliers ne ralentirent même pas l'allure et grimpèrent quatre à quatre les marches du temple de la Voie d'Or.

Brock ne put réprimer un frisson. Les armes étaient strictement interdites dans le temple des Guérisseurs. Cette règle datait de la fondation même de la guilde, à l'époque où Mère Aedra avait décrété que rien de ce qui avait trait à la guerre, à l'argent ou à la politique n'avait sa place dans un lieu dédié à la guérison. Depuis deux cents ans, cette décision n'avait jamais été contestée. La vue d'une douzaine de chevaliers en armure se ruant sur le temple mit Brock terriblement mal à l'aise. D'autant plus que, depuis qu'on avait découvert que Mère Brenner, la précédente maîtresse de leur guilde, avait utilisé le temple pour s'approvisionner en nourriture, il se sentait embarrassé en présence des guérisseurs. L'irruption soudaine de sire Brent sur les lieux avait-elle quelque chose à voir avec ça ?

La curiosité l'emporta sur la prudence et l'épuisement, et Brock se faufila dans le sillage des chevaliers.

Les moines, les nonnes et les novices qui vivaient là possédaient peu de chose, si bien que l'intérieur du temple offrait un contraste saisissant avec le luxe affiché par la guilde des Marchands. À une exception près, et pas des moindres. Au-delà de l'entrée faiblement éclairée, sur le pourtour de la vaste salle qui constituait le cœur du temple, on pouvait admirer cinq magnifiques vitraux. Quatre d'entre eux représentaient les Défenseurs de Pierrefranche en pleine action, tandis que le cinquième montrait une nuée de dents pointues et d'yeux menaçants – tout portrait de Foster ayant été depuis longtemps prohibé. Ensemble, les images formées de chatoyants polygones de verre bleus, jaunes et rouges, relataient le Jour des Dangers.

À l'exception de ces scènes colorées, tout était blanc dans la salle : les murs de pierre, le sol carrelé et la multitude des pans de toile servant à préserver autant que possible l'intimité des patients. Il devait y en avoir des dizaines, alignés sur plusieurs rangées. Brock n'avait jamais vu l'endroit aussi bondé. Les rideaux ondulaient, s'écartaient çà et là pour dévoiler des visages curieux de malades et de vieillards. Brock vit une nonne s'éclipser d'un pas vif et silencieux par une porte latérale, tête baissée, comme si elle craignait de croiser les regards des chevaliers.

À mi-chemin de l'allée centrale, les Fils de la Pierre se mirent au garde-à-vous en rangs serrés. À leur tête, sire Brent se dressa devant deux femmes qui leur barraient le passage. Des elfes, constata Brock. Leurs yeux brillants avaient la couleur de l'ocre. L'une d'elles – cheveux auburn et peau brune – avait rejeté les épaules en arrière en un geste de défi. L'autre – teint clair rougissant et longue chevelure blonde teintée d'une touche de vert – s'était recroquevillée sur elle-même. Elle serrait ses bras contre elle et se mordillait les lèvres.

– Le moment est arrivé, déclara sire Brent. Je suis venu chercher l'enfant.

– Nous n'avons pas d'enfant, rétorqua la femme aux cheveux brun roux.

Elle portait un simple sarrau effrangé et rapiécé à l'aide de morceaux de tissu multicolores. Brock songea que, vu du ciel, le camp des elfes réfugiés, avec ses tentes bariolées, devait ressembler à ce vêtement.

L'autre femme laissa échapper un petit sanglot et se cramponna encore plus fort à ses propres coudes.

– Je regrette, dit Brent. Mais vous devez vous écarter de mon chemin. C'est la loi.

Brock éprouva une soudaine démangeaison au creux de ses paumes. Il se surprit en équilibre sur la partie antérieure de ses plantes de pieds, prêt à intervenir. Mais il demeura immobile et silencieux. Quoi qu'il fût en train de se passer, les rares fois où il avait eu affaire à sire Brent au fil des ans, celui-ci lui avait donné l'impression d'être un homme sévère mais juste – le genre de personne qui, aux dîners organisés par ses parents, se révélerait terriblement ennuyeuse, mais en aucun cas mauvaise.

Difficile, malgré tout, de ne pas ressentir une certaine affinité avec l'elfe, qui regarda l'homme armé droit dans les yeux et riposta :

– Vos lois ne nous concernent pas. Elles n'ont pour nous pas plus de valeur que les miaulements d'un chaton consignés sur un parchemin. Pas plus d'effet que la flamme d'une bougie dans la clarté du soleil de nos vénérables traditions.

Brent lâcha un soupir.

– Ce sont pourtant vos « vénérables traditions » qui vous ont mis dans ce pétrin, si j'ai bien compris. Et je serai trois fois maudit avant de laisser la même chose arriver ici.

Il y eut un moment de silence tendu, puis le chevalier reprit :

– Votre fils est mort. Je suis venu chercher le corps. S'il le faut, je m'en emparerai par la force.

– Attendez ! cria une voix.

Un homme tout de blanc vêtu venait de franchir la porte par laquelle la nonne taciturne avait battu en retraite.

– Sire Brent, ayez la bonté de patienter juste un instant.

Père Pollux, le nouveau maître de la guilde de la Voie d'Or, se fraya un chemin dans le dédale de rideaux mouvants. Brock savait que l'homme était un guérisseur accompli – il l'avait constaté de ses propres yeux le jour où Pollux avait contribué à sauver la vie de Jett, quelques semaines auparavant. Mais Brock avait du mal à l'imaginer à la hauteur de ses nouvelles responsabilités en tant que chef de l'une des Hautes Guildes de Pierrefranche. Alors que sa prédécesseure avait toujours montré une détermination sans faille, on ne pouvait pas en dire autant de Pollux.

– Sire Brent, comment allez-vous ? s'enquit le guérisseur, en s'approchant.

Il s'interposa entre le chevalier et les deux femmes. Brent mesurait une tête de plus que lui et avait fière allure dans sa tunique de cérémonie. Pollux, lui, déglutissait avec peine, épongeait la sueur de son front et tentait de rajuster sa robe.

– Je sais que ceci est encore nouveau pour vous, *Père*, mais vous n'avez aucun droit d'interférer dans les questions concernant la sécurité de Pierrefranche.

– Oui, je sais, acquiesça Pollux. Chaque guilde doit s'occuper de ses propres affaires. Vous avez raison.

– Alors, si vous le voulez bien...

– Au fait, comment s'est passée la collecte de fonds de Quilby ce soir ? s'enquit Pollux avec une feinte innocence. A-t-il réussi à recueillir l'argent dont vous avez besoin pour acheter des armes flambant neuves ?

De nouvelles armes ? s'étonna Brock. Était-ce pour cette raison que Brent frayait avec Quilby ?

Quilby avait-il organisé un gala de bienfaisance pour acheter des *armes*, pendant que les elfes mouraient de faim et de froid dans les rues de la ville ?

Sire Brent décocha un regard noir au guérisseur.

– Et vous, est-ce là le meilleur usage que vous ayez trouvé pour vos ressources ?

D'un grand geste de la main, il désigna l'hôpital de fortune autour d'eux.

– On se croirait revenus au Jour maudit des Dangers. Combien d'humains avez-vous refoulés pour leur faire de la place ?

– Aucun, répondit Pollux sans hésitation, bien que d'une voix soudain chargée de tristesse. Nous ne refusons personne ici, sire Brent. Jamais.

Brock jeta un regard alentour et s'aperçut que plusieurs patients s'étaient levés de leurs paillasses. Presque tous étaient des elfes.

– Je passe du temps avec nos hôtes, continua Pollux, qui se redressa quelque peu. Chaque membre de la Voie se rend auprès d'eux depuis des semaines, et nous leur avons ouvert nos portes, comme vous avez pu le remarquer. Ce faisant, nous avons appris quelques petites choses sur leurs coutumes. Nous pourrions peut-être œuvrer ensemble pour trouver une solution diplomatique à cette affaire. Qu'en pensez-vous ?

Brent bouillait de rage.

– Nous n'avons pas le temps de discuter, Pol... *Père Lumineux*, cracha-t-il entre ses dents serrées. Vous pourrez, si vous le souhaitez, parler diplomatie devant le bûcher funéraire, mais nous allons brûler le cadavre de ce garçon, même si je dois y mettre le feu moi-même.

– J'en ai assez entendu, fit une voix derrière Brock, sur le ton mordant de la réprimande.

Brock s'écarta instinctivement pour laisser passer la personne qui venait de prendre la parole. Tous les elfes présents, même les femmes éplorées, portèrent aussitôt deux doigts à leurs lèvres, en signe de salutation et de respect.

Les elfes, comme Brock l'avait remarqué, ne s'inclinaient jamais. Pas même devant leur reine.

Celle-ci était superbe. Vêtue d'une simple robe verte et d'une cape ordinaire, avec pour tout ornement un discret diadème d'argent sur la tête signalant son statut de souveraine, elle resplendissait de majesté. Si les elfes ne se prosternèrent pas, Brock, lui, dut se retenir pour ne pas tomber à genoux devant elle.

Et pourtant ce n'était pas seulement son impériale beauté qui fascinait. Il y avait indéniablement quelque chose de dangereux dans sa manière de se mouvoir. Elle était chasseresse autant que reine. Des yeux, elle survola les chevaliers assemblés, s'arrêta sur Brent et le scruta – sans doute à la recherche de son point faible –, tout en saluant Pollux d'un signe de tête.

Comme si elle n'était pas déjà assez intimidante, la reine ne se déplaçait jamais seule. Deux femmes elfes en étincelante armure argentée la suivaient à un demi-pas de distance. Elles passèrent devant Brock sans sembler lui prêter attention, mais il n'en eut pas moins l'impression que, s'il faisait le moindre geste un peu vif en leur présence, il s'en mordrait les doigts.

– Reine Me'Shala, dit Brent avec un léger salut de la tête. Je suis heureux de vous voir. Mon roi m'a ordonné de réitérer son invitation...

– Ayez l'amabilité de remercier votre roi, sire Brent, le coupa la reine. Mais je n'ai aucun désir de profiter des splendeurs de son château quand mon peuple est si démuni. Ma place est auprès des miens.

Pris entre deux feux, Brent hésita. À l'évidence, ce n'était pas la réponse que le roi Pierrefranche souhaitait entendre. Malgré tout, le chevalier répondit :

– À votre guise.

– Mais auriez-vous la gentillesse de renouveler *mon* invitation auprès de votre souverain ?

– De quelle invitation s'agit-il, Votre Majesté ?

– Celle par laquelle je lui demande de se joindre à moi pour reprendre Llethanyl, cela va de soi.

Brent fut incapable de dissimuler son aigreur.

– Je la lui transmettrai, Votre Majesté. En attendant, je me vois dans l'obligation de vous rappeler le caractère sacré des lois de Pierrefranche. Dès lors que votre peuple est accueilli comme un hôte de marque entre nos murs, nous insistons sur la nécessité...

– Oh, j'ai entendu de quelle nécessité il était question, l'interrompit la reine. Le bûcher funéraire, n'est-ce pas ?

– C'est notre coutume, répondit-il sans la quitter des yeux.

– Une coutume barbare, intervint la plus audacieuse des deux elfes.

– Si nous pouvions seulement..., tenta Pollux.

La reine leva une main pour imposer silence. Le geste n'avait rien d'agressif, mais il fut obéi avec docilité, tant par les elfes que par les humains.

– Vous devez comprendre, sire Brent, que pour notre peuple la mort n'existe pas. Quand nous perdons l'un des nôtres, que ce soit à cause de l'âge, de la maladie ou d'un Danger, il ne s'agit que d'un état temporaire. Une sorte de sommeil. Jadis, nos vénérables ancêtres étaient immortels. Selon ce que nous enseigne une tradition ancienne, lorsque les elfes auront prouvé leurs mérites, les druides recommenceront à arpenter les chemins forestiers de Llethanyl, et nous retrouverons notre immortalité. Compromettre cet aboutissement – *détruire* un elfe disparu, comme vous le proposez – est considéré comme une offense très grave.

– Veuillez excuser ma franchise, Votre Majesté, répliqua Brent, mais, si j'ai bien compris, la...

situation… de Llethanyl résulte directement de cette coutume d'enterrer vos morts. Combien de temps exactement avez-vous été capables de résister à vos « vénérables ancêtres » quand ils ont commencé à sortir de leurs tombes ?

Le regard chaleureux de la reine s'assombrit, et un courant d'air traversa le temple, agitant les pans d'étoffe alentour. Brock se souvint que la reine était elle-même une redoutable magicienne.

Pollux recula d'un pas. Brent ne bougea pas.

– Je ne crois pas être disposée à pardonner votre franchise, chevalier.

Les femmes armées derrière elle paraissaient prêtes à tirer l'épée.

– J'ai des ordres, Votre Majesté, répondit Brent, en posant une main sur la poignée de son arme.

– Attendez ! s'écria Brock.

Tous se tournèrent vers lui, y compris les chevaliers au grand complet et les gardes du corps de la reine. Mais ce fut le regard de cette dernière, encore bouillonnant de fureur, qui l'incita à reconsidérer sa décision de prendre la parole.

Le mépris perceptible dans les yeux de sire Brent, toutefois, l'encouragea à se ressaisir. Selon toute vraisemblance, le chevalier avait reconnu Brock et ne le tenait pas en très haute estime. Or, plus Brock se savait sous-estimé, mieux il se portait.

– Votre Majesté, commença-t-il, en portant les doigts à ses lèvres comme il avait vu les elfes le faire.

Puis il se tut. Après l'avoir toisé un instant, la reine lui adressa un signe de tête. Son regard était redevenu clair.

– J'ai réfléchi à votre problème, reprit Brock, et je pense avoir peut-être une solution.

La reine laissa échapper un rire, bref et sourd, et se tourna vers Brent. Son animosité s'était envolée comme un bref orage d'été.

– Ce jeune homme est-il des vôtres ?

– À peine, répondit Brent.

– Voici Brock Dunderfel, annonça Pollux, visiblement heureux du changement de conversation. C'est l'un des nouveaux protégés d'Alabasel Frond.

– Alabasel Frond, répéta la reine avec un grand sourire. Je me demandais justement pourquoi elle n'était pas encore venue me voir.

– Vous connaissez Frond ? s'étonna Brock.

La reine hocha la tête.

– Alabasel est le seul être humain à avoir jamais tenté de me gifler.

Brock dut se retenir d'enfouir son visage entre ses mains.

– Et comment le jeune protégé d'Alabasel résoudrait-il un problème aussi épineux que celui auquel nous sommes à présent confrontés ?

– Eh bien, je pensais..., commença Brock. Il est illégal d'enterrer un... elfe *disparu* dans Pierrefranche. Mais la guilde des Aventuriers n'est pas confinée à l'intérieur des murs de la cité. Nous pourrions enterrer votre cher disparu en dehors de la ville.

Sans sembler réfléchir à la proposition, la reine s'adressa aux femmes en deuil.

– Trouvez-vous cette offre acceptable ?

Les elfes se consultèrent du regard. Au terme de leur échange muet, elles acquiescèrent d'un hochement de tête.

La reine se tourna alors vers Brent.

– Et vous ?

– Il faudrait que... je vérifie, répondit-il. Je n'aime pas l'idée d'ouvrir les portes de la ville toutes les cinq minutes, mais, du strict point de vue de la loi, rien ne s'oppose à ce que les gens de votre peuple entrent et sortent à leur guise. Ni ceux de Frond, naturellement.

– Naturellement, répéta la reine. J'avais presque oublié que tous les humains ne suivaient pas l'exemple de votre *noble* roi.

Brent se raidit, mais ne souffla mot.

La reine se tourna de nouveau vers Brock.

– Tu as toute ma gratitude, jeune humain. Je me préoccupe tellement de suivre la procédure correcte... J'avais besoin qu'on me rappelle qu'un chef véritable doit parfois chercher des solutions dans les endroits les plus improbables.

Tournant le dos à Brent et à Pollux, elle baissa ensuite la voix pour signaler que ce qu'elle s'apprêtait à dire n'était destiné à nulle oreille humaine autre que celle de Brock.

– Il se pourrait que j'aie encore besoin de tes conseils très bientôt.

Brock arbora un sourire béat, mais n'en éprouva pas moins une pointe de panique sous le regard scrutateur de la souveraine.

– Bien sûr, Votre Majesté, approuva-t-il à voix basse. Mais que pourrais-je... ?

– Cette nuit, ma présence est requise ici, expliqua-t-elle, les yeux fixés sur les scènes de bataille peintes sur les vitraux étincelants. Mais demain se tiendra un conseil de guerre. Demain, j'irai rendre visite à Alabasel Frond.

Chapitre trois

Zed

Zed se réveilla de bonne heure le lendemain matin, l'esprit encore embrumé par les festivités de la nuit. Il avait mal aux dents d'avoir bu trop d'ambroisie. Sa mère aurait piqué une crise si elle avait su qu'il s'était couché une fois de plus sans s'être brossé les dents. Seulement, l'hygiène dentaire ne figurait pas parmi ses préoccupations prioritaires ces temps-ci. Deux nuits plus tôt, il avait dû, en guise de rituel du coucher, dégager le bras de Liza des mâchoires d'un monstre.

D'habitude, le féedie – jour des Fées –, Zed étudiait la magie, mais, ce jour-là, le cours serait retardé – et encore, à condition qu'il ait bien lieu. Hexam, Frond, Lotte et Callum avaient brillé par leur absence au repas de fête donné en l'honneur des apprentis la veille au soir.

Zed projetait de passer le début de la matinée chez sa mère, avant qu'elle commence son service. Elle se faisait constamment du souci à propos de la façon dont son timide rejeton s'intégrait à cette bande de chahuteurs et de têtes brûlées qu'étaient les Aventuriers.

À l'autre bout de la chambre, Micah ronflait bruyamment. Du moins, Zed pouvait s'estimer heureux qu'il dormît encore. Dans le meilleur des cas, les relations entre les deux garçons étaient distantes et maladroites. Et dans le pire des cas ? Micah était tout ce que Zed avait craint. L'ex-noble se montrait mal élevé, tyrannique et désordonné à un point que Zed n'aurait jamais cru possible s'il ne l'avait pas vécu personnellement.

Fils d'une servante, Zed avait appris, dès son plus jeune âge, à faire grand cas de la propreté. Or, un mois et demi plus tôt, Micah n'avait, de son côté, probablement jamais ramassé une chaussette sale de sa vie. Et, lorsque Zed jetait un coup d'œil effaré sur les tas de linge crasseux qui jonchaient la partie de la chambre attribuée à son camarade, il doutait encore que Micah en eût depuis fait une seule fois l'expérience.

Zed sortit avec précaution de son lit, enfila sans bruit une tunique, un pourpoint et un pantalon propres. Puis il ouvrit le tiroir de son chevet, dans lequel il rangeait son pendentif en bois représentant un renard douillettement enroulé dans sa queue touffue. L'objet était suspendu à une chaîne argentée scintillante.

Zed attacha la chaîne autour de son cou.

Au cours des six semaines qui s'étaient écoulées depuis qu'il avait failli mourir et fait cet étrange rêve – une sorcière l'attendait dans la forêt et lui offrait le pouvoir de sauver ses amis et tous les habitants de la ville –, il n'avait plus eu de nouvelles de la Vieille Makiva. Aucune apparition n'était sortie de l'ombre pour réclamer son dû. Aucune odeur bizarre, aucun bruit inquiétant ne hantait le sommeil de Zed. À part Micah, évidemment.

À croire que le rêve n'avait été que cela : une hallucination et rien d'autre.

Pourtant, on ne pouvait nier la drôle de petite flamme verte qu'il était désormais capable de faire apparaître. Une flamme qui brûlait comme aucune autre et semblait toujours plus facile à invoquer quand il portait le talisman et la chaîne que Makiva lui avait donnés le matin de son Recrutement.

Zed n'avait encore parlé à personne de son rêve. Pas même à Brock. Chaque fois qu'il rassemblait son courage, son ami s'éclipsait, se volatilisait quelque part dans la cité. Au début, Zed ne s'était guère soucié de ces absences. Après tout, les apprentis n'étaient pas obligés de rester enfermés dans la maison de la guilde une fois leurs tâches accomplies, et Brock aussi avait une famille qui s'inquiétait pour lui.

Mais, à mesure que le temps passait et que Brock trouvait toujours de nouvelles excuses pour filer en douce, la suspicion s'était lentement insinuée en Zed, aussi froide et inévitable que l'hiver.

Son meilleur ami l'évitait.

Après tout ce que Zed avait traversé ces derniers temps, toutes les peurs et les épreuves, ce fardeau-là était celui qui lui pesait le plus.

– Oui, bon, c'est un très joli collier, grommela Micah.

Zed sursauta. Il n'avait même pas remarqué que les ronflements avaient cessé.

– Maintenant, arrête de l'admirer et *va-t'en*.

– Désolé, chuchota Zed, les oreilles en feu. J'essayais de ne pas faire de bruit.

– Eh bien, c'est encore pire, maugréa Micah, de savoir que tu es en train de goupiller je ne sais quoi en cachette. Pourquoi tu ne pourrais pas péter et te cogner dans les meubles le matin, comme les gens normaux ?

– En fait, j'allais partir, annonça Zed, la mine sombre.

– Tant mieux !

Micah roula sur sa paillasse et lui tourna le dos.

– Et brosse-toi les dents pendant que tu y es. Je sens d'ici ton haleine fétide. Tu as été élevé dans une étable ou quoi ?

Zed ressentit une envie soudaine et furieuse de commencer immédiatement les exercices d'entraînement qu'il pratiquait chaque jour pour maîtriser le jaillissement des flammes dans ses mains. Il referma violemment le tiroir, saisit son sceptre et sa vieille cape usée jusqu'à la trame, et sortit de la chambre en faisant un vacarme de tous les diables.

*

La neige fraîchement tombée avait voilé de blanc la Basse-Ville. Zed s'emmitoufla dans sa cape, sortit de la Maison et se dirigea vers l'ouest. Les murailles de la ville, qui dressaient leur silhouette imposante sur sa gauche, jetaient une ombre sinistre sur presque tout le quartier.

Si le calme régnait encore dans les rues à cette heure matinale, elles étaient loin d'être désertes. Des chevaliers défilaient sur les pavés verglacés, effectuant des patrouilles régulières jusque dans la Basse-Ville. Avant l'arrivée des elfes, Zed n'avait jamais vu les Fils de la Pierre aussi vigilants. La destruction de Llethanyl avait mis la cité entière sur les nerfs.

Mais qui pouvait affirmer avec certitude que la Liche ne suivrait pas les elfes jusqu'à Pierrefranche ? Et, après ce qui était arrivé avec Mère Brenner, pouvait-on encore se fier aux barrières magiques de protection pour empêcher le monstre de pénétrer dans la ville ?

Rien ne garantissait plus la sécurité de Pierrefranche, désormais. La cité semblait perpétuellement au bord de la guerre.

Alors que Zed tournait en direction du nord dans l'avenue qui menait chez lui, une voix dure déchira le silence :

– Pierrefranche d'abord !

L'homme baraqué qui avait lancé ces mots était trop peu vêtu pour le temps qu'il faisait, songea Zed. Mais, si le froid le gênait, ça ne se voyait pas. Son visage était rouge de colère, son attitude, résolue et pleine de défi. Zed reconnut en lui Dimas Orlov, un maçon de la guilde des Bâtisseurs et son voisin de longue date.

D'aussi loin que Zed se souvînt, Dimas avait toujours été un bon à rien et une brute – traitant Zed de « gobelin » ou de « petite *fée* » chaque fois qu'il le croisait. Un jour, il avait conseillé à la mère de Zed de jeter son « changelin » par-dessus les remparts afin que lui, Dimas, puisse lui donner un vrai fils, et cela, alors même que Zed se trouvait à portée de voix.

Sa mère lui avait recommandé d'éviter Orlov, mais ce n'était pas toujours si simple. La haine, comme toute maladie, avait besoin de nouvelles victimes pour se développer. Et les gens comme Dimas ne demandaient pas mieux que de la répandre.

– Ces *elfes*, cracha Dimas – à l'entendre, on aurait dit qu'il s'agissait d'une espèce particulièrement répugnante de cafards –, ont détruit leur propre cité. Et maintenant ils ont l'intention de détruire la nôtre. Leurs péchés les suivront jusqu'ici, croyez-moi. Si nous ne faisons rien, les morts viendront gratter à nos portes avant la fin de l'hiver !

– Ferme-la, Orlov ! cria un homme. Il est trop tôt pour ça.

Zed regarda autour de lui et s'aperçut que d'autres habitants de la Basse-Ville s'étaient arrêtés pour observer, ahuris, la cause du tapage. Un petit attroupement commençait à se former.

– Mieux vaut trop tôt que trop tard ! gronda Dimas. Renvoyons-les chez eux. C'est aux *elfes* de régler les problèmes des *elfes*.

De nouveau, dans la bouche de Dimas, ce mot sonnait comme une injure. Zed eut un mouvement de recul.

Plusieurs « Bravo ! » et autres « Bien dit ! » fusèrent dans la foule.

– Ils ne souhaitent que la paix ! intervint une femme. Il y a de braves gens parmi eux. J'en connais quelques-uns !

– Et les autres ? lança Dimas d'un ton hargneux. J'ai vu comment ils traitent ceux de leur propre espèce. Ils détestent nos façons de faire. Moi, je dis : Pierrefranche d'abord !

– Pierrefranche d'abord ! brailla une autre femme en écho.

– C'est une ruse des elfes ! Ils attendent leur heure pour passer à l'attaque !

– Eux-mêmes sont en partie des monstres !

Zed fouilla les alentours du regard, mais aucun Fils de la Pierre n'était en vue. C'était sans doute le moment ou jamais de presser le pas. Il pivota sur ses talons et s'élança vers la ruelle qui conduisait à la maison de sa mère. Mais, avant qu'il ait pu se frayer un chemin à travers la cohue, la voix de Dimas l'arrêta net dans son élan.

– Tu vas où comme ça, jeune gobelin ?

Zed se figea sur place. Il aurait voulu continuer à avancer, mais il ne se serait pas senti très rassuré de savoir Dimas derrière son dos. Lentement, il fit volte-face et, paupières plissées, regarda le maçon.

– Ça fait un bout de temps qu'on n'a pas vu tes petites oreilles pointues par ici, railla l'homme. Je suppose que tu traînes avec tes copains les elfes, hein ? Tu n'as plus de temps à perdre avec les humains, maintenant, tu es trop occupé à jeter des sorts et à tresser des fleurs dans tes cheveux, pas vrai ?

Zed ne répondit pas, se contenta de fixer l'homme d'un regard noir. Sous sa cape, ses mains tremblaient.

– Qu'est-ce que tu as, gobelin ? grogna Dimas, dont les lèvres s'étirèrent en un rictus de prédateur.

Tu n'oses pas parler ? Tu as trop peur ? Peut-être que les fées ont fini par te frapper d'idiotie après tout.

Le maçon s'avança d'un pas pesant.

Le plus blessant dans tout ça, c'était que Dimas avait raison. Zed avait trop peur pour protester. Si Brock avait été là, il aurait eu une réplique cinglante toute prête pour remettre le bonhomme à sa place. Mais Zed, lui, était seul au milieu de la foule – et paralysé par la frayeur.

Dimas s'approcha encore un peu. Son sourire de loup s'élargit.

Pourtant, Zed n'était pas sans défense. Loin de là.

Il plongea en lui-même pour puiser dans sa mana, et un flot soudain d'assurance et de vitalité l'envahit. Sous sa cape, les extrémités de ses doigts se mirent à fourmiller, l'air entre ses phalanges à devenir chaud… puis brûlant. Zed leva la main, écarta les plis de son vêtement.

– Dimas Orlov, tu la fermes maintenant !

D'un geste vif, Zed cacha de nouveau sa main sous son manteau. Une petite femme âgée se frayait un chemin hors de l'attroupement, un doigt crochu pointé vers le maçon.

– Ce garçon a sauvé notre ville. C'est un héros. Tu lui dois la vie, espèce de crétin ingrat. Allez, ça suffit ! Tu en as assez dit pour aujourd'hui !

Et, comme sur un claquement de doigts, les autres se retournèrent contre Dimas. Des cris approbateurs retentirent derrière la femme.

– Retourne donc au travail, fainéant ! Vaurien !

– Encore trop tôt pour ces idioties.

La mine renfrognée, Dimas recula d'un pas, faisant crisser la neige sous ses bottes. Ses yeux se détournèrent de Zed, pleins de ressentiment.

– Vous êtes tous des imbéciles, maugréa-t-il.

Néanmoins, lorsque l'attroupement se dispersa, tel un lambeau de brume dans le froid mordant, Dimas aussi se retira. Avant d'avoir eu le temps de dire *ouf*, Zed se retrouva seul dans la rue.

Il s'attarda un moment dans le silence retombé, reniflant et frottant le bout de son nez gelé. Puis il battit plusieurs fois des paupières pour chasser son trouble et tendit la main devant lui.

Des traînées de fumée s'échappaient du bout de ses doigts – cinq minuscules semonces, qui s'envolèrent dans l'air glacé du matin.

*

– Tu es en retard ! remarqua la mère de Zed lorsqu'il se glissa dans le logis exigu.

Les odeurs familières de la maison le submergèrent d'un seul coup. Ça sentait la quiétude et la savoureuse potée que préparait sa mère. Quelques braises mourantes luisaient encore dans l'âtre – celles-là n'étaient pas vertes, mais délicieusement orangées.

– Désolée, maman, s'excusa-t-il. J'ai été retenu.

– Oh, je vois. Le roi Pierrefranche est encore passé vous voir ?

Zed ne s'était trouvé en présence du souverain que deux fois – et l'une de ces rencontres s'était soldée par le confinement de toute la guilde dans l'enceinte de leur propre quartier général –, mais sa mère se plaisait à croire que son fils entretenait des rapports de familiarité avec la maison royale.

– Il t'envoie ses amitiés, dit Zed en s'affalant sur une chaise pour retirer ses bottes. J'ai une bonne nouvelle. J'ai réussi mon test d'apprentissage. Je suis officiellement digne de faire partie de la guilde des Aventuriers.

– Oh, c'est... merveilleux !

La mère de Zed sortit de sa chambre, épinglant le chignon qu'elle portait durant son service auprès de sa patronne, une dame de la noblesse. Comme Zed, elle avait les cheveux bruns, le teint ocré, des traits menus et des yeux marron expressifs. Mais, à la différence de celles de son fils, ses oreilles étaient arrondies et tout à fait humaines.

– Ça veut dire que tu devras te risquer hors des murs ? Plus souvent ?

Zed hocha la tête.

– Mais pas sans un maître Aventurier. J'espérais que tu serais fière de moi.

– Mais je le suis, fière, tu le sais, protesta sa mère. Et je me rends compte qu'il s'agit de ta vie à toi, maintenant. Mon fils, le héros ! C'est juste... difficile, avoua-t-elle avant de balayer la pièce des yeux. Brock n'est pas avec toi ?

Zed s'efforça d'afficher un air désinvolte.

– Non, pas aujourd'hui.

– Ça fait longtemps qu'il ne m'a pas rendu visite. Avant que vous soyez tous les deux recrutés par la guilde, je le voyais ici plus souvent que je ne te voyais, toi. Est-ce que tout va bien ?

Non. Je ne sais pas. J'ai conclu un pacte avec une sorcière et mon meilleur ami m'évite. Je partage ma chambre avec une brute, et, tout à l'heure, j'ai failli mettre le feu à notre voisin.

– Oui, tout va super bien, tenta de sourire Zed.

Mais sa mère retournait déjà dans sa chambre pour y chercher son tablier.

– J'espère que vous veillerez l'un sur l'autre quand vous partirez à l'aventure à l'extérieur des murs. Je sais que je n'ai pas besoin de te le répéter, mais après ce qui est arrivé à ton ami Jett... et à cette horrible Mère Brenner.

– Ce n'était pas la faute de Brenner, maman, protesta Zed. Elle avait été transformée en monstre.

– Oh, voilà qui est très rassurant, en effet, de savoir qu'une chose pareille peut arriver. Espérons que Père Pollux ne suivra pas les traces de sa prédécesseure.

Elle revint dans la pièce, lissant son tablier des deux mains. Elle resta un long moment ainsi, appuyée contre le chambranle de la porte, à contempler son fils en silence.

– Qui vous a emmenés dans cette expédition ? Frond ?

La mère de Zed n'avait jamais porté la maîtresse de la guilde des Aventuriers dans son cœur. Elle trouvait l'idée d'une femme guerrière inconvenante. Toutefois, au cours des dernières semaines, ses opinions sur le sujet s'étaient quelque peu tempérées. Zed soupçonnait que Liza – que sa mère affectionnait particulièrement – y était pour beaucoup, en tout cas bien plus que Frond elle-même.

Les elfes aussi autorisaient les femmes à être soldats. On racontait que la reine Me'Shala avait auprès d'elle les dénommées « sœurs d'épée » comme gardes du corps d'élite.

– Non, pas Frond, répondit Zed. C'était un des éclaireurs, en fait. Le *Grand* Éclaireur.

– Oh... un elfe.

Sa mère marqua un temps d'arrêt. L'expression de son visage était devenue indéchiffrable.

– Ça doit te faire plaisir d'apprendre à connaître l'autre partie de ton hérédité.

Zed approuva d'un signe de tête. Sauf qu'en réalité c'était exactement le contraire. Quand les elfes étaient arrivés à Pierrefranche, il en avait presque perdu la tête tellement il était excité. Bien que son propre père eût été un elfe, Zed ignorait pratiquement tout de leur culture.

Il n'avait donc pas tardé à se transformer en véritable casse-pieds. Il avait collé aux basques des éclaireurs pendant des journées entières, les bombardant de questions sur leurs coutumes, leur histoire et leur magie. À sa grande déconvenue, cependant, les éclaireurs s'étaient montrés avares de leurs connaissances. Et encore ! De tous les elfes, c'étaient eux les moins distants.

– Si tu veux, tu peux passer dire bonjour, proposa-t-il.

Sa mère secoua la tête en souriant.

– Tu es vraiment un gentil garçon. Mais je n'ai connu ton père que pendant deux semaines, expliqua-t-elle avec un brin de nostalgie. Et, même si ces jours ont été parmi les plus heureux de ma vie, c'est à peine si je me rappelle les autres elfes auxquels Zerend m'a présentée. Ils ne se souviendront sans doute pas d'une modeste servante tout juste sortie de son apprentissage.

Les sourcils froncés, Zed baissa la tête.

– Je dois y aller de toute façon, ajouta sa mère. Je suis déjà en retard.

Une ombre tomba aux pieds de Zed lorsque sa mère s'approcha. Elle lui leva le menton pour le forcer à croiser son regard.

– Je suis fière de toi, Zed, répéta-t-elle. J'espère que tu n'en doutes pas. Je ne pourrais être plus satisfaite du jeune homme que tu es devenu. Le roi ne l'a pas dit, mais tout le monde sait que toi et tes amis avez sauvé cette ville. Et ceux qui l'ignorent encore entendent parler de moi.

– *Maman*, gémit Zed.

Pourtant, un sourire s'était dessiné sur son visage sans qu'il y prenne garde.

Sa mère sourit à son tour.

– Dis à Brock que j'attends sa visite très bientôt, dit-elle. Sinon, je vais finir par le prendre mal.

– Je le lui dirai.

– Accompagne-moi un bout de chemin, tu veux ? demanda-t-elle en décrochant sa cape de la patère. La situation est un peu tendue dans le quartier, ces jours-ci. Mon fils le mage ne serait pas de trop à mes côtés pour faire fuir les fanatiques.

Zed jeta un coup d'œil vers la porte. Il repensa à Dimas et à son sourire mauvais. Qu'aurait-il fait au maçon si la vieille femme n'était pas intervenue ?

– Ne t'inquiète pas, maman. Je te protégerai.

*

Zed se tenait à l'orée de la place du marché, hésitant à entrer.

Sa mère l'avait quitté là pour continuer son chemin vers la Haute-Ville. Quand elle fut finalement hors de vue, Zed rabattit sa capuche sur sa tête et – au lieu de regagner la maison de la guilde – se faufila dans un coin tranquille. Il jeta un regard inquiet autour de lui pour vérifier s'il n'y avait pas de visages familiers dans les parages.

À l'exception des chevaliers en armure, la plupart des habitants de Pierrefranche évitaient de s'attarder dans les environs de ce qui avait été naguère le marché de la ville. Zed vit quelques rares serviteurs passer d'un pas pressé, mais tous prirent soin ne pas se risquer au-delà de l'entrée. Aucun n'accorda un regard à Zed.

Le quartier où s'étaient réfugiés les elfes était maintenant un endroit à part, comme si tout un secteur de la ville avait totalement disparu.

– Zed, c'est toi ? Pourquoi tu as remonté ta capuche ? Tu essaies d'éviter quelqu'un ?

Zed laissa échapper un couinement, entre cri d'effroi et grincement de gonds rouillés. Il fit volte-face et se retrouva nez à nez avec une jeune elfe. Elle avait la peau sombre et les yeux d'un bleu ravissant. Pas le bleu pâle des humains ou des nains au teint clair, non, les yeux de Fel avaient l'intense couleur bleu foncé du cobalt. La couleur des saphirs.

– Fel ! souffla Zed. Tu m'as fichu une de ces trouilles ! J'essaie de rester incognito.

Fel était une éclaireuse – la plus jeune d'entre eux, en fait. Ses parents avaient péri lors de l'attaque d'un monstre quelques années plus tôt, la laissant orpheline. Elle avait été élevée par les éclaireurs. Même si elle était en principe trop jeune pour devenir membre de leur ordre, elle était officieusement reconnue comme l'une des leurs et, en tant que telle, logeait avec les autres dans la Maison des Aventuriers.

Pour Zed, elle constituait une précieuse source d'information pour tout ce qui concernait les elfes. Alors que la plupart gardaient leurs distances vis-à-vis des humains, Fel se montrait presque incorrigiblement amicale. Elle s'était rapidement liée avec les apprentis et guidait même Zed lors de ses excursions hebdomadaires dans le campement des elfes.

Fel posa un doigt sur ses lèvres et examina la cape de Zed.

– « Incognito »... Je ne connais pas ce mot. Ça veut dire « débraillé » ?

– Non, répliqua Zed, sur la défensive.

– « Suspect » ?

– Ça veut dire que j'essaie de me fondre dans le paysage, soupira-t-il. Les elfes n'arrêtent pas de me regarder quand je viens ici. Comment suis-je supposé apprendre à les connaître si ma seule présence les énerve ?

Fel opina de la tête avec gravité.

– Zed, mon peuple est parfois lent à accorder sa confiance, mais, après ce qui est arrivé à Llethanyl, tu ne peux pas lui en vouloir. Cela prendra peut-être du temps, mais te glisser parmi eux en douce ne fera que nuire à ta cause.

Elle se redressa, carra ses épaules et poursuivit :

– Fais comme moi. Souris et montre-leur que tu es digne de leur respect.

Fel gratifia Zed d'un sourire si étincelant qu'il en eut presque mal, rien que de le regarder.

– C'est facile à dire pour toi, ronchonna-t-il. Tu es une elfe pur sang, alors, forcément, ils te respectent déjà. Moi, je suis un étranger, aussi bien pour les habitants de Pierrefranche que pour les elfes.

Fel soupira et se mordilla la lèvre. Elle semblait sur le point d'ajouter quelque chose, mais au même instant une ombre sauta du balcon au-dessus de leurs têtes et atterrit entre eux. Zed poussa de nouveau un cri et tomba à la renverse dans la neige.

Devant lui se tenait une créature si difforme et couverte de cicatrices, si hideuse qu'elle en était arrivée, d'une certaine manière, à paraître... mignonne. C'était la chatte de Fel, une bête tigrée à moitié sauvage, dont le nom elfique imprononçable signifiait quelque chose comme « le cauchemar de toutes les créatures petites et simples ». Les apprentis l'appelaient Calamité des Souris, ou plus simplement Calamité.

– Calamité, tu m'as fait peur ! s'écria Zed.

Il tendit la main pour gratifier l'animal d'une timide caresse, mais la chatte émit un feulement aigu et fila se réfugier derrière les chevilles de Fel.

Les yeux écarquillés, la jeune fille aida Zed à se relever.

– Je crois qu'elle commence à t'apprécier ! Elle ne t'a pas griffé ni mordu, cette fois.

– Je finirai bien par l'apprivoiser, décida Zed, en époussetant la neige de sa cape.

Bien que la chatte l'eût pris en grippe dès leur première rencontre, il n'en restait pas moins déterminé à l'amadouer.

Fel lança un coup d'œil vers l'entrée du marché. Au-delà, les tentes et les éventaires s'entassaient dans leur habituel fouillis coloré, mais les marchands avaient déserté les lieux.

– On y va ?

Dès qu'ils eurent pénétré dans l'enceinte du marché, tous les yeux se tournèrent vers les deux jeunes visiteurs. Le brouhaha des conversations s'éteignit, comme par enchantement. Un grand sourire aux lèvres, droite comme un i, Fel avançait tranquillement, sans tenir aucun compte des regards fixés sur eux. Zed, de son côté, sentit ses oreilles s'enflammer. Il tira sa capuche un peu plus bas sur son front.

Cela faisait quand même une drôle d'impression de voir le marché grouiller d'elfes au lieu d'humains. Un peu comme quand Zed s'était aperçu que ses anciens copains de la Basse-Ville avaient poussé de plusieurs centimètres depuis le Recrutement et que leurs voix avaient mué.

Tout ce qui lui était familier semblait se transformer et, même si Zed refusait de se rallier à de sales individus comme Dimas, il ne pouvait s'empêcher de ressentir une pointe de tristesse à la pensée que peut-être certaines choses avaient définitivement changé.

Il se rendit soudain compte que deux elfes les observaient avec attention. Cramponnée à sa mère, la gamine aux yeux couleur rubis les regarda passer. La mère et la fille avaient toutes deux le teint cuivré et les cheveux d'un brun profond striés de mèches vertes.

La petite souriait, mais, lorsqu'elle fit mine de tendre un bras vers eux, sa mère la tira vivement en arrière. La fillette se mit à brailler, et la femme se hâta de l'entraîner dans une tente voisine. La porte de toile se rabattit avec un claquement sec, révélant l'image élaborée d'un arbre, peinte sur le devant. *Des elfes des bois*, songea Zed. Il lui avait fallu des semaines pour mémoriser les noms elfiques des trois branches de leur peuple : *cel'shea, ain'shea* et *dro'shea.*

Les elfes des bois, du soleil et de la nuit, en langue commune. Il y en avait eu d'autres, jadis, avant que le monde ne prenne fin.

Aux yeux de Zed, tous les elfes avaient l'air différents, et au sein d'un même groupe il pouvait exister une large gamme de couleurs. La carnation des elfes des bois variait du rose clair à l'ocre foncé ; leurs cheveux et leurs yeux étaient teintés de vert, de rouge ou de brun. Tous semblaient partager la même palette de couleurs boisées, comme s'ils étaient issus de la forêt elle-même.

Les elfes sylvestres constituaient de loin la plus répandue des trois familles elfiques. Fel prétendait qu'ils avaient fondé Llethanyl. Les autres étaient venus plus tard.

Un peu plus loin, Zed repéra un groupe d'elfes solaires plus âgés, absorbés dans un jeu qui semblait compliqué, avec des cailloux de toutes les couleurs. Leur teint allait de l'ambre pâle à une nuance plus foncée ; leurs cheveux et leurs yeux avaient des reflets dorés, jaunes ou blancs. Fel et Zed se penchèrent pour regarder par-dessus l'épaule de l'un d'eux, mais le joueur s'énerva et s'empressa de se déplacer pour leur boucher la vue.

– *El sal fal'en !* les salua Fel avant de poursuivre son chemin. Ça signifie : « Puisse votre partie divertir le ciel qui vous observe », ajouta-t-elle à l'intention de Zed. C'est un truc que disent les elfes du soleil.

Les elfes solaires, Zed le savait, étaient arrivés jadis à Llethanyl d'une lointaine contrée du nord, une sombre région d'hiver perpétuel. Si bien que les *ain'shea* adoraient le ciel et la lumière du jour. Les oiseaux étaient omniprésents dans leurs motifs ornementaux.

– Alors, Zed, gazouilla Fel, où aimerais-tu aller aujourd'hui ?

Zed inspira profondément pour humer les étranges senteurs qui émanaient du camp des elfes. Même leurs odeurs étaient différentes, imprégnées de la fragrance mentholée propre à la magie.

– En fait, commença Zed, j'espérais que tu pourrais me montrer où les elfes de la nuit ont installé leur camp. Des elfes des bois et du soleil, j'ai en déjà vu plein un peu partout, mais où se cache ton peuple ?

Les *dro'shea* étaient, semblait-il, les plus rares et les plus mystérieux de tous les elfes. Leur teint allait du plus clair au plus foncé et contenait souvent une pointe de gris. Mais dans leurs chevelures et dans leurs yeux brillaient des éclats de couleur – des touches de bleu, de violet et d'argent scintillant.

Lorsque Fel s'arrêta brusquement, Zed faillit lui rentrer dedans. Avec un feulement hargneux de mise en garde, Calamité se glissa entre les chevilles de sa maîtresse pour la protéger.

– C'est assez loin d'ici, répondit Fel. Je ne crois pas que nous aurons le temps d'y aller avant ton cours avec Hexam.

Zed lâcha un soupir. Il avait presque oublié. Combien de temps s'était-il passé depuis la deuxième cloche ? Peut-être serait-il préférable de faire simplement un rapide petit tour avant de rebrousser chemin.

Il jeta un coup d'œil sur sa gauche et ne put retenir un hoquet de stupeur.

Une énorme traînée noire s'étalait sinistrement sur le sol de pierre, entourée d'un cercle peint en rouge dans lequel était tracé un X.

C'était l'emplacement précis où la tente de la Vieille Makiva s'était naguère dressée, avant d'être mystérieusement réduite en cendres la nuit où la prophétesse avait disparu.

Personne n'avait revu Makiva depuis – hormis Zed dans son rêve étrange – et les rumeurs allaient bon train à propos de ce qu'il était réellement advenu d'elle. Au cours des semaines qui s'étaient écoulées depuis, les magistrats de la cité avaient déclaré Makiva fugitive et sorcière. Une coquette somme était offerte en récompense à quiconque la livrerait aux Fils de la Pierre. Vivante *ou* morte.

À l'évidence, les elfes aussi avaient entendu parler d'elle. Ou alors ils sentaient intuitivement que l'endroit était maudit. Alors même que le campement était plein à craquer, ils s'arrangeaient toujours pour rester à distance du cercle funeste.

Six semaines durant, Zed avait réussi à éviter ce lieu. Jusqu'à ce jour.

Il brûle, Zed.

Instinctivement, il recula d'un pas. Une odeur désagréable flotta un instant dans l'air, puis s'évanouit avant qu'il ait eu le temps de l'identifier. Soudain, il n'avait plus du tout envie de se trouver là.

Fel lança un regard vers le cercle, puis de nouveau vers Zed.

– Ça va ? Tu es tout pâle.

– Ce n'est rien, répondit-il. Je viens juste... je viens juste de me rappeler que je devrais sans doute...

Il fut interrompu par un vacarme de cloches en provenance du temple de la Voie d'Or, non loin de là. Zed crut d'abord que l'heure du troisième carillon était déjà arrivée, mais, comme la sonnerie n'en finissait pas – un son aigu, perçant, réservé aux incendies et autres urgences –, il se rendit compte que quelque chose ne tournait vraiment pas rond.

Autour d'eux, les elfes commençaient à se bousculer et à crier à tue-tête. Zed entendit une voix hurler au loin.

– On ferait bien d'y aller, décida-t-il.

Balayant la place du marché d'un regard inquiet, Fel acquiesça d'un hochement de tête.

Ils se frayèrent un chemin dans la cohue, en direction de la sortie vers la Basse-Ville. Plus ils s'approchaient de la lisière du camp, plus la foule devenait dense. Par-dessus le tumulte, le tocsin de la Voie d'Or continuait de sonner, strident, comme pris de panique.

Zed vit des éclats de métal étinceler à travers la multitude.

Qu'est-ce que c'est ?

Fel et lui parvinrent enfin à la sortie du marché, où ils se heurtèrent à un mur d'acier.

Sous la conduite de sire Brent, des Fils de la Pierre, en rangs serrés – un véritable barrage, en fait –, encerclaient le camp. Le maître de la guilde beugla un ordre et, comme un seul homme, les chevaliers marchèrent sur la foule pour repousser les elfes dans leur enclos.

Des voix eurent beau s'élever pour protester, les elfes se replièrent. On était en train de les parquer comme un vulgaire troupeau.

– Sire Brent ! appela Zed. Attendez, s'il vous plaît !

Le seigneur chevalier jeta un coup d'œil dans sa direction et laissa échapper un grognement de mauvaise humeur en l'apercevant.

– Pour l'amour de... Pourquoi faut-il qu'il y en ait toujours un parmi vous pour se fourrer dans le pétrin ?

– Que se passe-t-il ? demanda Zed.

La bouche de sire Brent se tordit en un rictus.

– Ce matin, la maîtresse de *ta* guilde a annoncé qu'un mort-vivant avait été repéré aux environs de Pierrefranche. Une sorte de bête sauvage. Les elfes sont donc confinés dans l'enceinte du marché, le temps que le roi décide de la meilleure conduite à adopter.

Zed ouvrit la bouche pour émettre une objection, mais le chevalier avait déjà levé son gantelet pour lui couper la parole.

– Oui, des exceptions seront accordées, au cas par cas.

Il se tourna vers l'un de ses hommes.

– Laissez passer ce garçon, mais personne d'autre.

Zed saisit la main de Fel.

– Elle est avec moi ! Fel fait partie des éclaireurs.

Brent plissa les yeux, laissa son regard glisser de Zed à la jeune elfe. Une grimace crispa son visage.

– Bon, lâcha-t-il. Vous pouvez y aller.

Zed s'empressa d'entraîner Fel dans une brèche ouverte entre les chevaliers, mais avant de le suivre la jeune fille se retourna un instant pour regarder derrière elle, les yeux agrandis par l'horreur. Dès qu'ils furent passés, les Fils de la Pierre resserrèrent les rangs.

Les visages anxieux des elfes disparurent derrière une barrière d'acier.

Chapitre quatre

Brock

– Remets-m'en une, dit Brock.

L'espace d'un instant, il craignit que le grand costaud barbu qui, assis en face de lui, le fixait d'un regard noir, ne le prît au mot.

Mais l'homme se contenta de jeter une carte sur la table, et Brock s'en empara prestement.

– Ooh, fit-il semblant de se réjouir en la retournant. Un quatre de dragons. Exactement ce qu'il me fallait !

Sauf que c'était faux ! Brock avait une très mauvaise main. Un quatre de dragons, un huit de griffons et une licorne d'atout – difficile d'imaginer jeu plus médiocre. Mais l'intérêt de la partie consistait à bluffer, et ça, c'était quelque chose que Brock savait faire. Les joueurs autour de la table pouvaient en témoigner : un à un, ils s'étaient couchés, persuadés que Brock disposait de meilleures cartes que ce qu'il avait en réalité.

Tous les six étaient compagnons au sein de la Mer d'Étoiles, le rang intermédiaire dans la hiérarchie de la guilde. Alors qu'ils n'étaient pas encore passés maîtres, comme Hexam, Lotte ou Frond, tous avaient effectué avec succès leur apprentissage – et y avaient survécu. Une distinction malheureusement trop rare, comme Brock avait fini par s'en rendre compte.

Pourtant, cela ne l'avait pas empêché, au début, de les considérer tous comme suspects. Sur l'insistance de dame Gray, Brock avait passé ses six premières semaines en tant qu'Aventurier à lier connaissance avec chacun de ses camarades de guilde, à engager la conversation avec eux et à passer leurs récits au crible afin d'y dénicher des indices lui permettant de découvrir lesquels d'entre eux avaient les moyens et les motivations pour escroquer la guilde.

Brock s'était attendu à trouver une corporation peuplée de recrues aigries, exaspérées par le joug tyrannique de Frond. Il avait espéré trouver des dizaines de personnes partageant ses opinions et aussi désireuses que lui d'échapper à l'autorité de la maîtresse de la guilde. Or, au fur et à mesure qu'il discutait avec les Aventuriers, il s'apercevait que c'était exactement l'inverse.

À sa gauche étaient assis Raif et Damen, deux hommes qui avaient connu la vie des sans-guilde avant de rejoindre les Aventuriers. Comme il était extrêmement rare de n'appartenir à aucune corporation – peu nombreuses étaient les guildes qui comptaient suffisamment de membres pour se permettre de refuser qui que ce fût à la légère –, on pouvait en déduire que ces hommes avaient commis des crimes jugés impardonnables par leurs anciennes guildes.

Or, il n'en était rien. Brock avait appris que les Forgerons s'étaient injustement débarrassés de Damen lorsqu'un accident du travail l'avait mis dans l'incapacité de maintenir la cadence requise à la forge. Quant à Raif, il avait été faussement accusé de vol par un rival au sein de la guilde des Scribes à la suite d'un désaccord à propos d'une histoire d'apostrophes. Les deux hommes étaient profondément reconnaissants à la Mer d'Étoiles de leur avoir permis d'échapper au statut de laissés-pour-compte. Brock ne les voyait pas faire quoi que ce fût risquant de compromettre leur situation.

La guilde comptait aussi dans ses rangs plusieurs anciens Fils de la Pierre, dont les hommes assis à droite de Brock : Adem Foci, qui reconnaissait à Frond le mérite de l'avoir sauvé du despotisme de sire Brent, et un jeune homme du nom de Tym Oh, dont l'étrange fascination pour le feu n'aurait jamais pu être satisfaite chez les Chevaliers. Tym demeurerait loyal envers Frond aussi longtemps qu'elle l'autoriserait à décocher des flèches enflammées sur les Dangers – or, elle n'avait pas l'air de vouloir changer d'avis sur cette technique de combat en particulier.

Il y avait aussi une femme, une redoutable guerrière appelée Preet, connue pour sa dextérité à manier le sabre. Elle non plus ne nourrissait aucun ressentiment à l'égard de la guilde, qui l'avait enrôlée le jour de son Recrutement, deux décennies plus tôt. À en croire ses grognements et les regards furieux qu'elle lançait par-dessus la table, elle réservait sa rancune à ceux qui la battaient aux cartes.

La guilde comprenait des dizaines d'hommes et de femmes, chacun avec sa propre histoire. Et la seule chose qu'ils avaient en commun était une foi absolue et inébranlable en leur chef, Alabasel Frond. Brock avait du mal à imaginer l'un d'entre eux faisant du marché noir dans son dos pour gagner quelques sous.

Le dernier adversaire de Brock se faisait exclusivement appeler par son surnom de « Tanneur », jeu de mots que les Aventuriers semblaient trouver hilarant. Avant d'être choisi par Frond le jour de son Recrutement, il avait été apprenti chez un tanneur de peaux. À présent, il préférait tanner le cuir aux Dangers avec un gros gourdin.

Voilà le genre de chose qui passait pour de l'humour au sein de la Mer d'Étoiles.

Juste au moment où Brock pensait que son adversaire allait se coucher – les cicatrices du bonhomme rosissaient chaque fois qu'il perdait –, la porte de la grande salle s'ouvrit à la volée. Brock se retourna et vit Zed faire irruption d'un pas étonnamment décidé.

– Où est Frond ? demanda-t-il à la cantonade avant même d'avoir remarqué la présence de Brock.

Fel, la jeune éclaireuse, s'engouffra dans la pièce à sa suite, en même temps qu'une bourrasque glaciale.

Mais ce ne fut pas le vent qui fit frissonner Brock. Il lui suffit d'un coup d'œil sur son ami pour comprendre que quelque chose de grave était arrivé.

Brock se leva de son siège.

– Elle est sortie, répondit-il. Que se passe-t-il ?

Zed scruta les visages des Aventuriers assemblés, les rejetant les uns après les autres. De toute évidence, il n'en reconnaissait aucun. Tandis que Brock s'était immiscé dans leurs rangs, Zed s'était la plupart du temps contenté de rester en compagnie des autres apprentis pendant les repas, les festivités et les exercices d'entraînement. De leur côté, les Aventuriers plus âgés n'avaient pas non plus manifesté beaucoup d'intérêt pour apprendre à connaître Zed, mais du moins considéraient-ils ses talents d'ensorceleur comme un atout. Ce n'était pas par mépris qu'ils l'évitaient, mais parce que, comme Preet l'avait un jour avoué à Brock qui la pressait de s'exprimer sur cette question : « Vous autres, les jeunes, vous ne durez jamais très longtemps. »

Brock aurait tout de même aimé que Zed fasse un effort. S'ils devaient vraiment rester dans cette guilde, mieux valait pouvoir compter sur des alliés plutôt que sur de simples connaissances.

– Il faut que je parle à Hexam ou à Lotte, déclara Zed. Ou même à Callum.

– Nous sommes en plein milieu d'une partie, maugréa le Tanneur.

Brock jeta ses cartes sur la table.

– Je passe, annonça-t-il. Tu as gagné, le Tanneur.

– C'était ça, ta main ? gronda l'homme.

Mais Brock avait déjà tourné le dos.

Tandis que Zed essayait de se dépêtrer de sa cape, manquant de peu de s'étrangler dans sa hâte de la retirer, Fel accrocha le regard de Brock.

– La nouvelle s'est répandue, dit-elle doucement. À propos de la créature que vous avez vue au-delà des murs.

– Le raton laveur ?

– Ce n'était pas un simple raton laveur, répondit-elle à voix basse en se frottant les bras, comme envahie d'un froid soudain. Zed vient de me le décrire. Cette pauvre bête était contaminée. Elle est esclave de la Liche.

Derrière Brock, les bavardages s'interrompirent brusquement. Il entendit les joueurs continuer à battre les cartes, mais devina qu'ils tendaient maintenant l'oreille à sa conversation avec les nouveaux venus.

– Selon sire Brent, il s'agit d'un *mort-vivant*, ajouta Zed. Il dit que Frond en a parlé au roi. Et maintenant les Fils de la Pierre ont fermé tous les accès au marché. Les elfes sont *terrifiés*.

– Notre peuple y survivra, affirma Fel en posant une main sur l'épaule de Zed.

La familiarité de ce geste surprit Brock. Il ne s'était pas rendu compte que ces deux-là se connaissaient si bien.

Quant à ce « *notre* peuple » ?

– Que faisais-tu donc dans le campement, Zed ? s'enquit-il.

– C'est tout ce qui t'intéresse ? rétorqua Zed. Moi, ce que je veux savoir, c'est pour quelle raison les chevaliers sont allés là-bas. Les elfes n'ont rien à voir avec la Liche ! La Liche est leur ennemie. Ils sont venus nous demander de l'aide !

– *Nous*, on est au courant, objecta Brock. Ça fait des semaines que nous vivons avec les éclaireurs. Mais que savent les autres habitants de cette ville à leur sujet ?

Zed tressaillit.

– Tu es en train de me dire que tu es d'accord avec le roi ?

– Absolument pas, répliqua Brock sans hésitation. Je dis seulement que les mesures qu'il a prises sont compréhensibles, vu les renseignements dont il dispose et ceux dont il ne dispose *pas*.

Brock songea à la femme qui détenait plus d'informations que quiconque à Pierrefranche.

– Je dois y aller, conclut-il.

– Quoi ? Où ça ? demanda Zed.

– Les gars, donnez-lui des cartes, fit Brock en s'adressant aux joueurs, avant de se retourner vers son ami. Écoute, connaissant Frond, j'imagine qu'elle a fait une gaffe en annonçant, comme une mauvaise nouvelle, la présence d'un Danger moyennement suspect, et le roi a réagi de façon disproportionnée. Frond n'est pas encore rentrée, ce qui signifie qu'elle est probablement en train d'essayer de rafistoler la situation.

– Merci, Brock, sourit Fel. Voilà qui est rassurant.

– Pas vraiment, objecta Brock. Frond est nulle, question diplomatie. Mais je connais des gens qui sont doués pour ça. Je vais en discuter avec eux. D'accord ?

Sans attendre la réponse, il se pencha par-dessus son ami pour prendre sa cape accrochée à une patère près de la porte.

– Je serai revenu avant la fin de la partie.

Il sortit et marqua une pause sur le seuil, le temps de jeter sa cape sur ses épaules. C'est alors qu'il entendit une petite voix dans son dos.

– S'il te plaît, ne t'en va pas.

Brock pivota sur ses talons. La vue de son ami, sans manteau, tremblotant sous la neige qui commençait à saupoudrer ses épaules, faillit faire flancher sa détermination. Visiblement, l'expérience qu'avait vécue Zed dans le camp l'avait profondément secoué.

– Hé, tout va bien, hein ? Tu n'as rien à craindre.

Il posa à son tour une main sur l'épaule de Zed et ajouta :

– Va raconter à Lotte ce que tu as vu. Dis-le à Frond lorsqu'elle rentrera. Donne-leur tous les détails, et, si le problème n'est toujours pas résolu, nous trouverons ensemble une solution.

– Mais *toi*, qu'est-ce que tu vas faire ? Je ne peux pas aller avec toi ?

Brock poussa un soupir, qu'il prolongea pour se donner le temps d'inventer un mensonge.

– Non, je... je vais juste voir mes parents. Ils ont de l'influence, et... Enfin, je sais à quel point la Haute-Ville peut te mettre mal à l'aise.

Zed ouvrit la bouche pour répondre, mais Brock lui coupa la parole.

– Je vais trouver un moyen d'arranger les choses. En attendant, tâche... de ne pas t'attirer d'ennuis, d'accord ? Et surtout, ne t'approche pas du camp des elfes. Reste ici, tu es en sécurité.

– Je ne crois pas que cet endroit soit sûr, souffla Zed d'une voix pleine de tristesse.

– Je vais remédier à ça, aussi, promit Brock.

Il fit demi-tour, referma sa cape et s'éloigna à grandes enjambées.

– Je vais tout arranger ! lança-t-il par-dessus son épaule.

*

Le temps que Brock arrive dans le labyrinthe souterrain des Ombres, sa belle assurance était quelque peu retombée. Bien qu'il eût fait un détour pour éviter le camp, il s'était tout de même attendu à percevoir des cris de protestation, la voix autoritaire de sire Brent ou le fracas des boucliers formant un rempart contre la foule.

Or, le silence était total. Les elfes, pour l'heure, n'opposaient aucune résistance. Mais si cela devait changer ? Combien de lanceurs de sorts y avait-il parmi eux ? Combien d'entre eux étaient capables de se battre contre des épées et des lances ?

Brock pressa le pas, talonné par le silence. Dans toute la ville, les rues étaient désertes et les volets, tirés. Les Pierrefranchois savaient qu'il se préparait quelque chose et préféraient se terrer chez eux.

Brock n'arrivait pas à comprendre ce genre de réaction.

Lorsqu'il pénétra dans l'antichambre du bureau de dame Gray, Gramit leva une main, en signe de salut comme de mise en garde.

– Elle est occupée, annonça-t-il.

– Ça m'est égal, rétorqua Brock en poussant la porte.

Le bureau était vide.

Brock se retourna vers Gramit, qui haussa les épaules.

– Je n'ai pas dit qu'elle était occupée, *ici*. Et puis, tu as oublié ton masque.

Brock leva les yeux au ciel, mais enfila son loup.

– Tu es censé être le « Facilitateur », Gramit. Alors, facilite-moi donc un rendez-vous !

– À quel sujet ?

– Au sujet de l'animal mort-vivant qu'on a repéré à un jour de marche de Pierrefranche, de la décision qu'a prise le roi de persécuter les elfes quand il a appris la nouvelle, et du fait que leur reine semblait bien décidée à déchaîner la foudre sur lui, même avant ça.

Gramit se tapota le menton.

– Ça me semble une bonne raison, convint-il.

– Oui ! Une excellente raison, Gramit !

L'homme se leva de son tabouret.

– Alors, suis-moi. Et surveille tes manières devant maître Malédiction.

– Maître... Malédiction ?

– Ouais. Et sache que, si on l'a surnommé ainsi, ce n'est pas seulement parce que c'est son expression favorite, au cas où tu te poserais la question.

Brock lui emboîta le pas. Ils passèrent derrière un rideau et s'engagèrent dans la longue galerie qui servait de marché. Contrairement à la salle précédente, les murs de ce passage souffraient à l'évidence d'un manque d'entretien. Dans les lézardes de la pierre poussaient des moisissures vieilles de plusieurs dizaines d'années. Tout le long du couloir souterrain s'alignaient de sombres cavités – qui avaient jadis fait office de cellules –, et devant chaque renfoncement se tenait l'étal d'un vendeur, lequel se résumait la plupart du temps à une simple planche de bois posée sur des tréteaux. Les éventaires étaient fermés pendant la journée, des bâches recouvraient les marchandises, mais Brock savait que, la nuit, les lieux bourdonnaient d'effervescence. Alors que l'économie de Pierrefranche ployait sous le fardeau des réfugiés elfes, le marché noir, lui, prospérait.

Brock examina les étals sur son passage. Il n'ignorait pas que la plupart des articles qui se vendaient là étaient totalement inoffensifs, bien que difficiles à se procurer. Un vendeur offrait de l'huile – précieuse s'il en était – pour un style de lampe obsolète. Un autre proposait de la nourriture pour les poulets, deux fois plus riche en protéines que celle, strictement réglementée, fournie par la filière autorisée. Le marchand ne le précisait pas, mais Brock soupçonnait que la source de ces protéines provenait sans doute de la viande de rat. Voilà ce qui était considéré comme du luxe dans une ville complètement à bout de ressources !

Certaines des marchandises vendues sur ce marché avaient été volées, Brock s'en doutait. Et l'on y trouvait aussi des articles autrement plus dangereux : des bottes et des bracelets dans lesquels étaient dissimulés des lames, des poisons aux effets funestes, des sceaux de contrefaçon portant les symboles des familles de la noblesse. Rien de ce qui était acheté là n'était répertorié ni ne faisait l'objet d'un suivi quelconque, et aucun Fils de la Pierre n'arpentait ces corridors – du moins, pas officiellement. La plus totale discrétion était garantie aux clients du marché noir, et ceux-ci en payaient cher le privilège.

Gramit conduisit Brock dans une petite pièce située entre deux anciennes cellules. Elle avait dû servir autrefois de logis à un gardien. À présent, elle contenait un bureau, quelques volumes usagés ainsi qu'une poignée de vieux objets bizarres, parmi lesquels Brock distingua une flûte taillée dans un os. Après cela, il n'y regarda plus de trop près.

Dame Gray était là, entourée de deux hommes. L'un portait un simple loup, comme celui de Brock, l'autre, un masque d'argent brillant en forme de croissant de lune, qui lui camouflait la partie supérieure du visage sous sa capuche.

– Ah, apprenti, quelle bonne surprise ! dit dame Gray.

Pourtant, elle n'avait pas l'air particulièrement étonnée de le voir. Ni ravie, d'ailleurs.

Mais ce fut l'homme encapuchonné qui retint le regard de Brock. Bien sûr, celui-ci ne possédait pas le pouvoir de détecter la magie, contrairement à Zed, mais cet homme empestait la sorcellerie, métaphoriquement parlant. Sa cape ressemblait à une variante écarlate, plus sombre, de celle que portait la magicienne la plus illustre de Pierrefranche, l'archimage Grima, lors des cérémonies publiques. Le masque aussi en disait long, car tout le monde dans la cité savait que la lune était l'emblème de la guilde des Mages. Les Ombres avaient-elles réellement un mage à leur service ? Dans ce cas, quelle ingéniosité de leur part ! Les magiciens étaient très rares et menaient en général une vie recluse. Brock n'en avait rencontré qu'un très petit nombre, et encore, en comptant Hexam, qui n'était plus reconnu comme mage par son ancienne guilde.

La porte se referma. Brock se retourna et s'aperçut que Gramit était reparti.

– C'est lui ? demanda le dénommé Malédiction d'un ton méprisant. Il est affreusement petit.

– Il est jeune, concéda la Dame. Mais vous ne pouvez nier qu'il se débrouille bien. Apprenti, voici maître Malédiction. Tous les cadeaux que vous m'avez apportés ces dernières semaines lui étaient destinés.

Brock ne comprit pas de quoi il retournait, et la confusion devait se lire sur ses traits. Contrairement au masque de Malédiction, le sien ne dissimulait que peu son visage.

– La faune et la flore au-delà des murs, expliqua l'homme. Mon travail consiste à m'assurer qu'elles sont sans danger, qu'elles n'abritent aucune créature nuisible.

Brock hocha la tête. Il savait qu'il existait un sort très simple pour vérifier si le parasite qui avait infecté Mère Brenner n'était présent dans aucune des marchandises rapportées à Pierrefranche par les Aventuriers. Frond n'approuvait la mise d'un produit – fleur, bois, aliment ou fourrure animale – sur le marché du troc que lorsque Hexam l'avait inspecté. Dame Gray avait donné sa parole à Brock que tout ce que lui-même ferait entrer en contrebande dans la ville serait de même examiné avant d'être proposé sur le marché noir.

– Une obligation très ennuyeuse, si vous voulez mon avis, continua Malédiction. Mais, une fois que c'est fait, je suis libre de mener des expériences.

– Des expériences ? répéta Brock. De quel genre ?

La Dame fit un signe à l'attention de l'autre homme, celui qui portait un loup semblable à celui de Brock – ce qui le désignait comme apprenti, lui aussi, même s'il était adulte et mesurait une tête de plus que lui.

– Euh... eh bien..., commença ce dernier, avant de se racler la gorge. Par exemple, vous vous souvenez de ces petits rongeurs rouges ?

– Les pitécureuils ? dit Brock, se remémorant les créatures démoniaques aux griffes acérées qui rôdaient dans les bois.

Rouges comme des tomates mûres – et guère plus grosses –, elles avaient le dos hérissé de piquants noirs et pointus.

Brock se rappelait aussi le bruit mat, si agréable à ses oreilles, du sac plein de ces bestioles qu'il avait laissé tomber sur le bureau de la Dame, une semaine plus tôt. Il avait presque réussi à la faire réagir, il l'aurait parié.

– Leur viande n'est pas comestible, reprit Brock. Hexam dit que c'est à cause de leurs glandes sudoripares, qui produisent une sorte de toxine. J'espérais que les Ombres trouveraient un moyen de remédier à cela. Ils pourraient constituer une nouvelle source de nourriture...

– Ce n'est pas le but de nos expériences, le coupa Malédiction, avec un petit ricanement suffisant, comme s'il trouvait la suggestion de Brock complètement idiote.

L'apprenti attendit que son maître lui fasse signe de poursuivre.

– J'exerce mes talents dans le domaine de l'odorat – des *senteurs*. J'étudie la manière dont une odeur affecte le cerveau, dont elle déclenche des souvenirs et des émotions. Maître Malédiction a judicieusement suggéré que l'on distille la sueur toxique des pitécureuils et...

– Vous êtes le parfumeur, l'interrompit Brock. Celui du marché. Vous mélangez des fragrances pour que les gens sentent bon.

L'homme rougit sous son masque léger.

– Euh... je ne peux ni confirmer ni démentir... L'anonymat est...

– Détendez-vous, monsieur Puanteur, le rassura Brock. Votre secret sera bien gardé avec moi. Mais je ne suis pas venu pour écouter les délires de ces messieurs, ajouta-t-il en se tournant vers dame Gray. Il y a un problème avec les elfes. Le roi est en train de commettre une erreur monumentale. Je sais que vous avez vos entrées au palais.

La Dame confirma d'un discret signe de tête.

– Je suis au courant de la situation.

Brock lui décocha un regard noir.

– Alors, vous devez savoir qu'elle est explosive. Plus le roi et les chevaliers malmèneront les elfes, plus nous serons *tous* en danger. Je sais que leur reine est mécontente. Que se passerait-il s'ils finissaient par s'insurger ?

Maître Malédiction haussa les épaules.

– Ça fera moins de bouches à nourrir.

Brock fit semblant de ne pas avoir entendu cette cruelle remarque. Il concentra son attention sur dame Gray.

– Je sais que vous ne pensez pas comme ça. Songez à toutes les connaissances que possèdent les elfes. Tous ces *secrets*.

Alors, sans aucun doute possible, il l'entrevit : une infime lueur d'intérêt dans les yeux de la Dame. Elle cligna des paupières, et la lueur s'évanouit. Son tranquille sourire narquois n'avait pas quitté ses lèvres une fraction de seconde.

– En fait, dit-elle, je suis très curieuse d'entendre ce que les elfes ont à dire. J'ai écouté leurs récits. Y compris ceux qui concernent ces fameux rongeurs rouges.

– Les pitécureuils ? Qu'y a-t-il à dire à leur sujet ?

– Les elfes les appellent *gish'aelneu*, expliqua-t-elle. Bien qu'il s'agisse de Dangers, mortels pour la plupart, les éclaireurs de Llethanyl considèrent qu'en repérer un dans la nature est de bon augure. Vous le saviez ?

– La question ne s'est jamais présentée.

– *Gish'aelneu* se traduit, à peu près, par « redoutable rongeur dont le manque de grâce éloigne tous les amis potentiels ». Voyez-vous, la raison pour laquelle les *gish'aelneu* sont perçus comme un bon présage, c'est que, chaque fois qu'ils nichent quelque part, leurs prédateurs se sauvent. S'il y a le moindre fond de vérité dans ces histoires – et la plupart en ont un, *quelque part* – ces créatures font fuir des monstres dix fois plus gros qu'elles. Nous pensons que cela vaut la peine qu'on les étudie.

– C'est là que nous entrons en scène, intervint l'apprenti de Malédiction. Mon maître m'a demandé d'extraire le principe actif présent dans la sueur des pitécureuils pour produire un concentré. Et... euh... c'est ce que j'ai fait.

Brock se gratta l'arrière du crâne, réfléchissant aux implications de ce qu'on était en train de lui raconter.

– Vous pensez que leur sueur possède une propriété ou... ou une sorte de pouvoir. Cette toxine qu'ils sécrètent, ce serait, quoi, un répulsif à Dangers ?

– C'est, en tout cas, une théorie intéressante, répondit Malédiction. Cependant, nous devons encore la tester sur le terrain.

Brock hocha docilement la tête avant de mesurer la portée de ce que l'homme venait d'insinuer.

– Attendez une minute ! Moi ? Vous voulez que, *moi*, je me mette à porter du parfum de monstre ? Et si l'odeur éloignait de moi tous mes amis potentiels ? Et si ça ne marchait pas du tout ?

– Il serait, en effet, utile de le savoir, répondit Malédiction.

– Vous êtes le seul qui puissiez le faire, apprenti, roucoula dame Gray. Cela ne vous fait-il pas plaisir d'être digne d'une quête ?

– Je veux juste trouver un moyen de nourrir les populations, ronchonna Brock. La prochaine fois, vous m'annoncerez que vous avez transformé les graines d'herbe-aux-Elfes en projectiles pour sarbacanes ensorcelées par magie.

– « Ensorcelé par magie » est un pléonasme, souligna sévèrement Malédiction. Mais l'idée n'est pas mauvaise.

– Si, très mauvaise, en réalité, répliqua Brock. Et si on venait plutôt en aide aux elfes ?

– Ils ont de nombreux défenseurs, ces elfes, remarqua la Dame en joignant les doigts par les extrémités. Entre vous, Pollux et cette reine qui est la leur.

– Cette reine qui est la leur avait l'air disposée à mettre en pièces une dizaine des meilleurs chevaliers de sire Brent hier soir, rétorqua Brock. Elle m'a dit qu'elle voulait tenir une sorte de *conseil de guerre* avec Frond.

La Dame lui lança un regard étrange, comme si elle n'avait pas compris le sens de ses paroles. C'était si inhabituel que Brock s'interrompit brusquement.

– Quoi ? Qu'est-ce qu'il y a ? demanda-t-il.

Elle se tourna vers Malédiction.

– Si vous vouliez bien nous laisser seuls…

Malédiction ouvrit la bouche, prêt à protester – il était manifestement chez lui dans cette pièce –, puis se ravisa. Il entraîna le parfumeur dans le couloir et ferma la porte derrière eux.

Dès qu'ils furent seuls, dame Gray demanda :

– Vous avez rencontré la reine ?

C'était une simple question, mais Brock en resta éberlué.

– Vous… vous ne le saviez pas ?

Un sourire se répandit alors sur son visage.

– Vous ne le saviez pas.

La Dame avait beau afficher un air presque serein, Brock décela une soudaine tension dans ses épaules, une crispation autour de sa bouche.

– La reine Me'Shala s'est montrée… assez réticente face à toutes mes tentatives pour lui témoigner mon amitié.

– Vous voulez dire que vos espions n'arrivent pas à l'approcher, traduisit Brock. Et vous n'avez aucune épée à suspendre au-dessus de sa tête, ajouta-t-il en se tapotant le menton. Eh bien, moi, elle a semblé m'apprécier. Elle a dit qu'elle pourrait avoir de nouveau besoin de mes conseils avisés. Lui avez-vous proposé de lui tresser les cheveux ? Ça marcherait peut-être.

– Toujours aussi drôle, siffla-t-elle entre ses dents, et Brock ressentit un petit frisson de joie devant la frustration de dame Gray. Il n'empêche ! continua-t-elle d'un ton dégagé, son odieux sourire narquois revenu sur ses lèvres. Il semblerait que l'un de mes espions ait la possibilité de parvenir jusqu'à elle, finalement...

– Non, non ! protesta Brock. Pas question !

Mais la tension s'était déjà relâchée dans les épaules de la Dame. Elle se mit à aller et venir furtivement dans la pièce, pareille à un chat en maraude.

– Je vous ai dit que je prêtais l'oreille aux histoires que racontent les elfes. Et un grand nombre de ces récits mentionnent la fortune de la reine. Un trésor si fabuleux, des richesses si extraordinaires et étranges qu'elles doivent provenir du plan des Fées.

– Super ! Est-ce que ces histoires parlent aussi du tempérament de la reine ? Des sorts particuliers qu'elle utiliserait contre ceux qui la contrarient, par exemple ?

– Les elfes ont quitté Llethanyl dans la précipitation, objecta dame Gray. Ils n'ont pris avec eux que ce qu'ils pouvaient transporter. À supposer que cela inclue une partie quelconque du trésor de la reine, je n'ai pas réussi à découvrir où elle se trouve à présent. Les elfes n'ont apparemment rien emporté de valeur à Pierrefranche.

– Alors, ils ont peut-être tout laissé derrière eux. Ils ont dû choisir entre leurs vies et leurs richesses...

– Rares sont les souverains qui choisissent les premières, répliqua froidement dame Gray. La fortune des elfes est peut-être cachée dans l'un des refuges de Frond. Ou enterrée sous un arbre. Si vous pouviez vous renseigner... Si vous pouviez mettre la main sur au moins l'un de ces trésors...

Brock secoua la tête. Dépouiller les elfes – voler leur reine si belle, si absolument terrifiante ? Dame Gray en exigeait toujours davantage ; il devait faire preuve de fermeté pendant qu'il le pouvait encore.

– C'est trop dangereux, protesta-t-il. Et ça ne fait pas partie de notre accord. Je respecte notre contrat, mais vous ne pouvez pas en changer sans arrêt les termes.

Elle plissa les yeux, le considéra fixement en silence pendant un moment.

– Très bien, finit-elle par céder. Notre ami trafiquant semble avoir fait une pause dans ses activités, de toute façon, et de votre côté vous avez découvert ce que vous avez pu. Donc...

Elle s'interrompit une fois de plus, peut-être pour réfléchir à ce qu'elle allait dire, ou alors pour garder Brock suspendu à ses lèvres, puis elle reprit :

– Faites cela pour moi, et le secret de Zed ne transpirera jamais. Je détruirai toutes les preuves en ma possession. Je vous le jure.

Le cœur de Brock fit un bond dans sa poitrine, mais la méfiance le disputait toujours à l'excitation dans son esprit. En proie à un bouillonnement d'émotions, il s'efforça de maîtriser l'expression de son visage pour ne montrer que son scepticisme.

– Juste comme ça ? Je vous livre une partie du trésor des elfes, et vous me laissez tranquille ?

– Je perçois un certain doute dans votre voix, Brock. Pourtant, je suis avant tout une femme de parole. Vous le savez.

– Ouais, c'est ce qu'il y a de marrant avec les maîtres chanteurs. Ils sont tellement *dignes de confiance* !

– Mes menaces n'ont d'effet que si elles sont crédibles. Les promesses fonctionnent à peu près de la même façon. Si je ne les honorais pas, j'aurais beaucoup, beaucoup moins d'espions à mon service dans cette ville.

Brock se mordit la lèvre. Y avait-il de l'espoir ? Existait-il réellement une issue à cette horrible situation ? Se pouvait-il que ce fût si simple ?

Puis il se rappela ce que la Dame exigeait de lui. Cela n'avait absolument rien de « simple ».

– Je vais y réfléchir, déclara-t-il, comme s'il avait eu la possibilité de refuser.

Elle savait qu'elle le tenait.

Elle savait exactement quel jeu il avait en main. Un quatre de dragons, un huit de griffons et une licorne d'atout totalement inutile.

Chapitre cinq

Zed

Deux jours par semaine, Zed et Jayna se retrouvaient dans le bureau du maître archiviste pour leur leçon de magie.

Le féedie était normalement réservé aux cours théoriques et le noctidie – le jour de Nox – au lancement des sorts proprement dits, mais, en pratique, Hexam se contentait de leur enseigner ce qui lui semblait intéressant sur le moment. Les séances consistaient en un méli-mélo de cours magistraux oiseux, d'exercices arcaniques et de digressions sur l'autre grande passion d'Hexam : les Dangers.

Dans des circonstances moins stressantes, Zed aurait trouvé tout cela fascinant. L'enseignement imprévisible d'Hexam le tenait constamment en haleine. Ce jour-là, par exemple, une carafe pleine d'écume noire et huileuse attendait sur le bureau du magicien lorsque Zed entra dans la pièce.

Seulement, pour l'heure, Zed n'était pas d'humeur à s'amuser de bêtises. Quelques instants après le départ de Brock, Frond avait déboulé dans la grande salle, pareille à une rafale de vent hivernal. Ses yeux gris étaient aussi glacials et furieux que le ciel au-dehors.

Zed avait tenté de lui parler – pour la supplier de secourir les elfes –, mais la maîtresse de la guilde ne s'était pas arrêtée pour l'écouter et était montée d'un pas lourd et bruyant dans ses quartiers privés. La salle tout entière avait tremblé lorsqu'elle avait claqué la porte derrière elle.

Du même pas pesant, Zed traversa le bureau d'Hexam et alla s'affaler dans son fauteuil habituel. Sur la chaise à côté de lui, Jayna haussa un sourcil.

Dans le fond de la pièce, Hexam s'efforçait avec d'infinies précautions d'extraire un livre d'un amoncellement bancal de manuels, sans faire s'écrouler tout l'édifice.

Zed se racla la gorge, se trémoussa sur son siège.

Hexam ne lui prêta aucune attention. Il tira sur le volume au bas de la pile, qui se mit à vaciller de façon alarmante. Le magicien tressaillit, puis, lentement, doucement, entreprit d'extirper le livre, le faisant glisser petit à petit – un centimètre, deux, trois – jusqu'à ce qu'il l'eût presque entièrement dégagé.

– Qu'est-ce que c'est que ce truc noir ? lâcha Zed.

La tour s'effondra comme un château de cartes, les livres s'éparpillèrent autour d'Hexam. Une fois la poussière retombée, l'archiviste se releva avec un grognement, entouré de décombres littéraires. Il regagna son bureau en emportant un seul ouvrage.

– Ce *truc*, répondit-il d'un ton pincé en s'asseyant, est l'excrétion d'une *ombre traqueuse*. Un Danger heureusement très rare, dont la méthode de chasse consiste à s'arrimer à l'ombre *réelle* de sa proie. Jusqu'à présent, le seul moyen dont nous disposions pour le détacher sans risque de sa proie était de demander à un parent de la victime de prononcer son nom trois fois à voix haute.

Hexam secoua la tête.

– Mais ne me demande pas comment ça marche. J'en suis toujours à essayer de comprendre.

Il ouvrit un grand tiroir de son bureau et y rangea prestement le flacon.

– Les elfes le savent peut-être, suggéra Zed. On pourrait demander l'autorisation de faire sortir de leur camp quelques-uns de leurs mages. Pour échanger des informations.

Reprenant du poil de la bête, il se redressa sur son siège.

– En fait, ce serait super ! continua-t-il. Il doit bien y avoir d'autres ensorceleurs comme mon père parmi les elfes, non ? Avec eux, je pourrais enfin apprendre à me servir de *ma* magie !

L'archiviste fronça les sourcils.

– Zed, tu dois me croire quand je te dis qu'aucun de nous ne voit la décision du roi d'un bon œil. Il n'y a pas si longtemps, c'était *nous* qu'il emprisonnait sur de fausses accusations. C'est uniquement grâce à Frond que les éclaireurs n'ont pas été confinés avec le reste de leur peuple. Mais je ne sais pas combien de temps elle va pouvoir encore plaider en leur faveur.

– Alors, qu'est-ce que vous savez exactement ? marmonna Zed.

Avec un soupir, l'archiviste baissa le regard sur ses mains.

– Je sais que je regrette, admit-il. Je suis désolé que tout cela arrive et désolé de ne pas être un meilleur professeur pour toi. Mais, dans cette guilde, nous devons nous débrouiller avec ce que nous avons.

Un long silence embarrassé suivit, tandis qu'Hexam fouillait dans son bureau en quête d'une idée ou d'une inspiration pour la leçon du jour. Jayna se tortillait, mal à l'aise. Sa peau pâle et ses cheveux roux prenaient des reflets bleutés sous les globes lumineux multicolores.

– Grand Mage Hexam, commença-t-elle, la semaine dernière, vous avez dit qu'on pourrait enfin envisager d'élargir mon répertoire de sorts de combat. Je ne connais que le...

– Je te répète, Jayna, l'interrompit Hexam avec brusquerie, que je ne suis plus grand mage. Ce titre m'a été retiré quand j'ai quitté la guilde des Mages. Mais rafraîchis-moi la mémoire : quel est le dernier sort que je t'ai demandé d'apprendre ?

Le visage de Jayna s'illumina. Bien qu'ils fussent tous deux magiciens, Hexam se montrait étonnamment avare de ses connaissances dès qu'il était question d'enseigner à la jeune fille de vrais sorts de terrain.

Zed, pour sa part, n'étudiait pas la magie de la même façon que sa camarade. Même s'ils étaient tous les deux considérés comme des mages, Jayna était une magicienne et Zed, un ensorceleur.

Selon Hexam, la magie des ensorceleurs était moins intellectuelle et plus intuitive ; leurs dons se manifestaient dès l'enfance, et les jeunes mages devaient alors apprendre à les maîtriser. Les quelques expériences tentées par Zed au cours des semaines passées s'étaient toutes terminées de façon explosive. Après qu'il eut accidentellement fait voler en éclats plusieurs vitres du rez-de-chaussée en essayant de lancer un sort des plus ordinaires – le Bouclier du Magicien –, Frond avait fini par lui interdire de faire d'autres tentatives.

Jayna, en revanche, excellait dans ce domaine.

– Pour mon dernier devoir, je devais apprendre le sort appelé Fléchettes Occultes, répondit-elle avec entrain. Je crois que je l'ai bien mémorisé, Grand… euh, je veux dire, *maître* Hexam.

Zed écarquilla les yeux.

– Tu ne m'avais pas dit que c'était un sort de deuxième niveau ?

Jayna se tourna vers lui, rayonnante.

– Si, mon premier !

L'archiviste hocha lentement la tête et caressa d'une main la barbe qui encadrait son mince visage basané.

– Alors, j'aimerais te voir l'exécuter, si tu le veux bien.

Jayna et Zed se levèrent et se dirigèrent vers la porte. D'ordinaire, les exercices les plus dangereux devaient se pratiquer sur le terrain d'entraînement, loin de tout ce qui était fragile.

D'ordinaire. Lorsqu'ils s'aperçurent qu'Hexam ne les suivait pas, les deux apprentis regardèrent derrière eux, hésitants.

L'archiviste se racla la gorge.

– J'aimerais que tu accomplisses le sort *ici*, apprentie, précisa-t-il.

Il tendit la main vers la petite sphère en métal argenté, posée sur un socle près du mur du fond.

Zed reconnut le globe. Il faisait partie du matériel qu'ils avaient rapporté du refuge. L'objet était orné d'arabesques et de symboles elfiques disposés en cercles imbriqués les uns dans les autres.

La belle assurance de Jayna retomba aussi vite que les efforts de Zed pour garder le moral.

– Euh, maître Hexam, commença la jeune magicienne. Cette pièce est très petite et les fléchettes…

– Les fléchettes, la coupa Hexam avec un petit sourire, atteindront la cible vers laquelle elles auront été lancées, pourvu que le sort soit exécuté correctement. Mais, bien sûr, si tu *crois* seulement que tu l'as bien mémorisé, il serait peut-être préférable que tu attendes d'en être certaine.

Jayna plissa les yeux. Au fil des semaines, Zed avait découvert qu'il existait deux moyens infaillibles d'énerver l'apprentie magicienne, et Hexam manifestait un penchant certain pour les deux. Le premier consistait à parler de magie noire. Le second, beaucoup plus risqué, était de laisser entendre qu'elle était venue en cours sans s'y être préparée.

Jayna émit une sorte de glapissement empreint de dignité et se dirigea à grands pas vers le mur opposé à celui près du lequel reposait la sphère. Les mains levées, elle agita les doigts. Zed recula contre la porte du bureau, son sceptre serré contre sa poitrine.

Il pourrait toujours exécuter un saut d'elfe pour s'échapper en cas de besoin.

Sans être lui-même magicien, Zed savait que l'incantation des sorts nécessitait des composantes de base divisées en trois catégories : les formules, les signes et la mana. Après avoir mémorisé une formule magique compliquée, un magicien pouvait la réciter en y incorporant des supports arcaniques : paroles, gestes, symboles ou ingrédients magiques conductibles. Plus le magicien connaissait la formule sur le bout des doigts, moins le signe nécessaire pour lancer le sort était complexe. La plupart des magiciens expérimentés comme Hexam étaient capables d'invoquer de puissants sortilèges d'un simple geste du poignet.

Avec des mouvements lents et précis, les doigts de Jayna tracèrent de mystérieuses figures dans l'air. Dans la mesure où il s'agissait d'un sort de deuxième niveau, les gestes requis étaient forcément plus compliqués que ceux qu'elle effectuait pour son habituel Bouclier du Magicien.

Elle s'en tira à la perfection. Elle n'avait pas plus tôt écarté les mains que trois particules lumineuses, bleues et crépitantes, surgirent dans l'air. Elles s'élancèrent en avant, telles des guêpes vrombissantes, droit vers le petit orbe.

Épuisée mais satisfaite, Jayna afficha un grand sourire... jusqu'à ce que la sphère s'anime.

Alors que les fléchettes s'approchaient du globe, un grondement sonore, pareil à un carillon, emplit la pièce. Soudain, trois éclairs de lumière blanche jaillirent et percutèrent les projectiles de Jayna avec de grands *clac*, *clac*, *clac* ! Chacune des fléchettes vola en éclats et se désintégra avant d'avoir atteint sa cible.

Jayna paraissait atterrée, comme si elle venait elle-même de recevoir un coup de fouet.

– Ce..., balbutia-t-elle, les yeux écarquillés. Mais je...

Hexam se leva enfin pour aller examiner la sphère.

– Beau travail, Jayna ! la félicita-t-il. Je voulais tester cet enchantement sur un mage sans méfiance. Le mithril est *excellent* pour ce qui est de conserver les sortilèges, murmura-t-il en effleurant du bout des doigts la surface de l'orbe. Celui-ci est déjà vieux de plusieurs années, mais il a suffi que j'y ajoute un peu de mana pour que le contre-sort fonctionne parfaitement.

Hexam se retourna vers les apprentis.

– Merci de vous être prêtés au jeu, leur dit-il. Cette sphère et le nouveau sceptre de Zed sont les deux seules choses rapportées du refuge qui aient une quelconque valeur magique.

Les oreilles de Zed frémirent. Il se rendit compte qu'il se cramponnait au fameux sceptre, un peu trop fort, peut-être.

– *Mon* sceptre ? répéta-t-il. Alors, je peux le garder ?

– Tant que tu t'en sers avec prudence, répondit l'archiviste.

Il retourna s'asseoir à son bureau et fit signe à Zed et à Jayna de regagner leurs sièges.

– Les instruments arcaniques peuvent se révéler très utiles aux lanceurs de sorts, expliqua-t-il. Jayna, je vais demander à Lotte de te trouver une baguette dans l'armurerie. Nous commencerons à étudier les principes de leur utilisation dès notre prochaine leçon. Si jamais, un jour, vous deviez tomber sur un mort-vivant, il vous faudrait mettre toutes les chances de votre côté. Ce sont des adversaires implacables. Au contraire des autres Dangers, ils ne connaissent ni la peur ni la douleur.

– Comment ça se fait ? voulut savoir Zed.

À côté de lui, Jayna se pencha en avant.

Hexam, lui, se redressa un peu dans son fauteuil. Son humeur s'était allégée.

– Comme vous le savez maintenant tous les deux, les Dangers débarquèrent dans notre monde lorsque Foster Pendleton ouvrit les portails entre les sept plans. Terryn, où nous vivons, fut envahie de créatures en provenance des six autres plans. Le plan des Fées, ou Féerie, et le plan des Enfers sont les plus proches de nous – ce sont les plans intérieurs. C'est de là que provient la magie, en grande partie. Jayna, peux-tu nommer les quatre plans extérieurs ?

Jayna acquiesça d'un mouvement de tête qui agita ses boucles rousses.

– Il y a Nox, le plan du chaos, du hasard et des ténèbres ; Lux, le plan de l'ordre, de la logique et de la lumière ; Astra, le plan de l'esprit ; et Mortis...

– ... le plan des morts, termina Hexam avec un hochement de tête. On en sait très peu à son sujet, et aucune créature n'en est jamais sortie directement. Au lieu de ça, la force qui se déverse de Mortis fait se lever les morts de Terryn. Ces Dangers sont ceux qu'on appelle les « morts-vivants ». Jadis, les nécromanciens étaient capables de maîtriser ce pouvoir pour former des armées de morts-vivants, bien qu'au prix de lourds sacrifices. Soumis aux forces de Mortis, nombre d'entre eux se sont putréfiés et sont devenus les créatures en décomposition que l'on connaît sous le nom de « liches ».

– La Liche ! s'exclama Zed. C'est le ministre qui a pris le pouvoir à Llethanyl ! C'est une sorte de... mage de la mort ?

Hexam secoua la tête.

– À vrai dire, il est moins un mage qu'un focaliseur. Les plans extérieurs ne fournissent pas de mana, mais à une époque ils offraient des pouvoirs surnaturels à ceux qui étaient capables – et désireux – de s'en emparer. On a considéré la nécromancie comme un art oublié, à l'instar de nombreux autres datant d'avant le Jour des Dangers. Apparemment, on avait tort. L'un des ministres de Llethanyl, un elfe du nom de Galvino, redécouvrit cet art en secret. Et, grâce à la coutume ancestrale des elfes d'enterrer leurs morts, il disposait de tout le matériau nécessaire pour s'exercer.

Zed ne put retenir une grimace. D'après ce qu'il avait compris, la mort était un sujet tabou chez les elfes – un objet de prudente vénération. À tel point qu'ils désignaient leurs morts sous le simple nom de « disparus ». Nombre d'entre eux paraissaient encore déroutés par le fait qu'une telle violation de leurs traditions ait pu se produire.

Quelqu'un frappa timidement à la porte.

– Entrez ! cria Hexam.

Le vantail s'ouvrit avec un grincement, et le visage de Fel apparut dans l'encadrement. Elle ouvrit la bouche pour parler, mais, en voyant l'éclairage du bureau passer du rouge au turquoise, elle ouvrit grand les yeux, et son visage s'illumina. Elle laissa son regard errer à travers la pièce, voleter d'une merveille à l'autre.

– *Ast'la ven !* s'exclama-t-elle. Quelles lumières magnifiques ! Et ça, ce sont des *squelettes* ?... De *Dangers* ? Je croyais que les humains ne devaient pas conserver d'ossements.

Hexam toussota, mal à l'aise.

– Il y a quelques exceptions. Mais je ne crois pas qu'il soit nécessaire d'en parler à quiconque en dehors de la guilde. Que puis-je faire pour les éclaireurs, Fel ?

Le visage de l'elfe devint soudain sérieux, l'émerveillement cédant la place à la gravité.

– Frond vous demande, répondit-elle. Il se passe quelque chose d'important.

– Important ? s'étonna l'archiviste en se levant. Eh bien, au nom des Abysses, parle !

– La reine Me'Shala est ici, murmura Fel, à qui la seule mention du nom de la souveraine faisait baisser les yeux. Elle veut que les Aventuriers nous aident à reprendre possession de notre cité.

*

Hexam et Jayna se dirigèrent vers la grande salle, Zed et Fel sur leurs talons. Zed coula un regard vers la jeune elfe.

– Tu crois vraiment que c'est possible ? chuchota-t-il. De sauver Llethanyl ?

Fel esquissa un sourire prudent.

– Je ne sais pas, reconnut-elle. Mais la reine ne demande jamais rien à légère. Et j'ai entendu dire qu'il était *très* difficile de lui refuser quoi que ce soit.

Pour la première fois depuis plusieurs semaines, Zed s'autorisa à envisager pour de bon de se rendre dans la cité de son père. Peut-être trouverait-il là-bas davantage de réponses à ses questions concernant le mystérieux Zerend. Fel était trop jeune pour savoir quoi que ce fût à son sujet, mais Zed avait essayé d'interroger le Grand Éclaireur – en fait, il avait tenté de se renseigner auprès de tous les elfes qui daignaient lui parler.

Il avait ainsi appris que Zerend était un elfe des bois et un ensorceleur, comme lui-même. Zed savait que son père avait « disparu » lors de son retour à Llethanyl, douze ans plus tôt, et Callum disait de lui qu'il avait été un elfe « honnête et brave ».

C'était tout.

Zed avait espéré qu'avec le temps Callum s'ouvrirait et lui en dirait plus. Mais chaque semaine écoulée avait peu à peu étouffé ses espoirs. Les elfes ne parlaient pas de leurs morts.

– Tu dois avoir hâte de rentrer chez toi, supposa Zed. Loin de tous ces préjugés. Je regrette que les habitants de Pierrefranche soient comme ça. Ce n'est pas juste pour toi et pour ton peuple.

Le sourire de Fel vacilla un instant, avant de se rallumer aussitôt.

– Oui... enfin... Il y a des problèmes partout, concéda-t-elle en détournant le regard. Ah, nous voilà arrivés !

Durant ses premières semaines d'apprentissage, Zed avait assisté à une demi-douzaine de fêtes organisées par la Mer d'Étoiles. Dans une vie de danger permanent, chaque journée était une nouvelle victoire – et chaque victoire, comme Zed l'avait appris, donnait lieu à des festivités. Les provisions de bouche avaient beau être plus maigres que jamais, la guilde exploitait au mieux ses garde-manger dégarnis pour concocter de grands festins à partir de denrées de base, auxquelles elle ajoutait toutes les herbes qui poussaient encore à l'extérieur des remparts.

Les restes de l'un de ces banquets jonchaient pour l'heure le sol et les murs de la grande salle.

Les membres de la guilde s'étaient rassemblés en petits groupes, l'air visiblement embarrassé, conscients pour une fois de l'état lamentable de leur salle de réception. Le sol était poisseux, et on aurait eu le plus grand mal à trouver sur les murs la moindre surface qui ne fût pas recouverte d'éclaboussures solides ou liquides.

Seule une statue dans le fond de la salle s'en était sortie indemne : un garçon figé dans la pierre, le bras tendu, les yeux agrandis par la terreur. Ainsi que Zed l'avait appris dès son premier jour au sein de la guilde, il ne s'agissait pas d'une sculpture. C'était un malheureux apprenti, à peine plus âgé que lui. Le pauvre garçon avait été changé en pierre par le regard d'un basilic, ce monstre auquel Frond – et ses yeux d'une dureté minérale – devait son surnom.

Les éclaireurs elfes étaient également présents dans la pièce et, à voir les regards anxieux qu'ils jetaient vers le bureau de Frond, on devinait aisément où se trouvait leur reine.

Hexam ne traîna pas. Zed eut juste le temps de s'aviser qu'il n'avait jamais vu l'intérieur du bureau de Frond, avant que Jayna, Fel et lui soient entraînés à vive allure vers le haut de l'escalier et poussés dans l'ouverture de la porte interdite.

Derrière le battant, une volée de marches délabrées montait en pente raide et tortueuse sur une hauteur d'au moins deux étages. En entendant le bois gémir sous chacun de leurs pas, Zed compatit. Enfin, ils parvinrent à une seconde porte, qu'Hexam ouvrit à la volée, sans frapper.

La pièce était plus ordonnée que ce à quoi Zed s'était attendu. Contrairement à la plupart des Aventuriers, Frond ne conservait aucun trophée des Dangers qu'elle avait tués. Un lit à baldaquin – impeccablement fait – trônait près d'une grande fenêtre en saillie garnie de voilages blancs. La chambre de Frond était le point le plus élevé de la maison de la guilde – et sans doute de tout le voisinage. Zed s'aperçut avec un frisson d'excitation que la fenêtre dominait les murailles de Pierrefranche et offrait une vue imprenable sur la forêt.

Peut-être Frond les avait-elle surveillés de ce poste d'observation, lorsqu'elle les avait laissés, Brock, Liza, Jett et lui, se débrouiller tout seuls à l'extérieur des remparts pendant les vingt-quatre heures qu'avait duré leur épreuve d'initiation.

La maîtresse de la guilde attendait derrière un grand bureau en bois lustré, dont les quatre pieds sculptés représentaient des créatures que Zed ne connaissait pas. Et que, au vu des nombreuses dents minutieusement ciselées dans la gueule ouverte de chacune d'elles, il n'avait aucune envie de rencontrer. La bannière bleue de la guilde, émaillée de ses cinq étoiles, pendait au mur derrière Frond.

Devant le bureau était assise Me'Shala, la reine des elfes.

– Ah, vous voilà ! grogna Frond d'un ton accusateur.

À l'empressement qu'elle mit à se lever pour accueillir Hexam, Zed se douta qu'un silence gêné s'était installé entre les deux femmes.

Hexam ignora les reproches muets de Frond et se tourna vers la reine. Au lieu de s'incliner, il porta deux doigts à ses lèvres.

– Soyez la bienvenue, Votre Majesté, salua-t-il.

Son geste fit sourire Me'Shala, et la pièce entière sembla s'éclairer.

Zed n'avait vu la reine qu'en de rares occasions. Bien qu'elle se fût installée avec son peuple dans le camp du marché, elle était soigneusement tenue à l'écart des étrangers. En cet instant même, deux femmes elfes en armure argentée montaient la garde près de la porte, dardant des regards méfiants sur Hexam et les apprentis.

Brune de peau, la reine avait des yeux semblables à des opales de feu. Sa robe était ornée d'arabesques représentant des branches feuillues.

Callum se tenait dans le fond de la pièce, le visage sans expression, les bras croisés sur sa poitrine. Deux autres elfes, habillés de façon beaucoup plus apprêtée que leur reine, étaient installés sur un canapé défraîchi qu'on avait rapproché du bureau. C'étaient des elfes du soleil – des *ain'shea*. L'homme avait les cheveux dorés et le teint clair, tandis que d'éclatantes mèches blanches dissimulaient en partie la peau couleur bronze de la femme. Tous deux portaient un diadème ornementé de silhouettes d'oiseaux en vol.

Et puis, il y avait Brock. Le garçon était debout aux côtés de la reine, tel un page. Zed haussa les sourcils. Comment son ami s'y était-il pris pour s'immiscer là-dedans ?

La femme elfe du soleil plissa le nez et pointa un long doigt élégant en direction de Fel. Alors qu'Hexam, Zed et Jayna avaient franchi le seuil de la pièce, la jeune elfe était restée en arrière, les yeux baissés.

– Non, décida l'elfe solaire, en pinçant joliment les lèvres. Pas elle. C'est trop risqué.

Les deux elfes en armure postées à la porte s'avancèrent pour saisir Fel, chacune par un bras. Sur leurs cuirasses était gravé le blason de Llethanyl : un grand arbre entouré d'une couronne d'oiseaux. Zed s'avisa qu'il devait s'agir de deux des illustres sœurs d'épée de Me'Shala. Fel ne se débattit pas, ne releva même pas la tête.

Zed en resta bouche bée, interloqué.

– Attendez ! s'écria-t-il, en se retournant d'un seul coup pour faire face à la reine. Pourquoi Fel ne pourrait-elle pas rester ? Elle appartient à votre peuple. Elle fait partie des éclaireurs !

L'elfe solaire le fusilla du regard.

– Les enfants humains sont-ils tous aussi impertinents ?

Les oreilles de Zed virèrent à l'écarlate. Il serra les poings.

– Je suis un demi-elfe, marmonna-t-il.

Les ravissants sourcils de la femme se soulevèrent, pareils à des oiseaux prenant leur envol.

– Il n'y a pas de *demi*-elfes, mon ignorant petit ami, rétorqua-t-elle. Il y a les elfes... et puis, il y a tout le reste. En tout cas, il est clair, à entendre ta question, que tu n'as aucune connaissance, même la plus élémentaire, du fonctionnement de notre société.

Zed vit un rictus tordre le visage de Brock. Il ouvrit la bouche pour dire quelque chose, mais fut pris de vitesse.

– Threya, gronda l'autre elfe à sa compagne. Pourquoi faut-il que tu te montres si grossière devant nos hôtes ?

Il leva les yeux au ciel et haussa les épaules, comme s'il avait eu affaire à une tante excentrique.

– Je crois que nous pouvons autoriser l'elfe de la nuit à rester. Ce dont nous avons à discuter ici concerne notre peuple tout entier. Et cela inclut les *dro'shea.*

À la différence de la plupart des elfes, hommes ou femmes, celui-ci portait les cheveux courts – une coupe qui n'était pas sans rappeler celle de nombreux humains de la noblesse. Un style plutôt moderne et audacieux pour des elfes.

Threya jeta un regard mécontent à son compagnon.

– Épargne-nous ton blabla réformiste, Selby. Nous ne devons pas mêler les mortels à nos affaires. La Liche était des leurs.

– Tu ne peux pas juger une population entière sur la base d'un exemple malheureux, objecta Selby. N'est-ce pas exactement ce que les humains sont en train de faire à notre encontre ?

– La Liche n'est pas un *exemple malheureux*. C'est l'assassin de notre peuple !

– Mes amis, intervint la reine, dont la voix apaisa la querelle qui s'envenimait, comme l'eau fraîche calme une gorge enflammée. Je vous en prie, n'oubliez pas que nous sommes des invités ici et que nous demandons de l'aide. Nous sommes venus en toute humilité.

Les deux elfes se laissèrent retomber sur leur siège, mais seul Selby eut la grâce de paraître embarrassé. Threya regardait fixement devant elle, refusant de jeter ne fût-ce qu'un regard en direction de Fel.

– Veuillez nous pardonner, s'excusa Me'Shala en se tournant vers Frond. Mais, à vrai dire, je dois compter sur la prudence et sur la passion dont témoignent mes ministres. Les elfes n'ont pas toujours été un peuple uni. Avant le *lleth'dia* – le Jour des Dangers –, nos trois communautés étaient engagées dans un conflit apparemment sans fin. Appeler ça une guerre serait trop simple, car elle a eu des conséquences sur chaque aspect de la vie et de la vision du monde de nos ancêtres. Quantité de vieilles rancunes couvent encore.

Elle soupira, et son regard tomba sur Fel, silencieuse à l'entrée de la pièce. Les sœurs d'épée la tenaient toujours fermement par les bras.

– Galvino prétendait vouloir guérir nos peuples brisés, reprit la reine.

À la mention de ce nom, les deux ministres tressaillirent. Zed remarqua que même les bras de Callum s'étaient serrés un peu plus fort sur sa poitrine.

– Il a été le premier elfe de la nuit à devenir ministre, continua Me'Shala. Llethanyl n'en avait jamais connu. Et il était brillant : diplomate éloquent et magicien beaucoup plus accompli que je ne le suis moi-même. Sa trahison – il s'est servi de nos disparus contre nous – exprimait bien plus qu'une simple rébellion. C'était un message. On ne peut jamais échapper à son passé. Il resurgira toujours. *Toujours.*

– Votre Majesté..., commença Callum d'une voix hésitante.

Zed fut frappé par la tendresse avec laquelle les sujets de la reine des elfes semblaient la traiter. À la différence du roi de Pierrefranche, Me'Shala n'inspirait pas tant le respect de ses conseillers qu'elle jouissait de leur affection. Elle ressemblait autant à une mère qu'à une souveraine.

D'un signe de tête, elle invita Callum à poursuivre.

– Cette jeune fille s'appelle Felasege. Ses parents étaient tous les deux éclaireurs. Ils ont donné leur vie pour défendre notre cité, expliqua le Grand Éclaireur. Nous étions amis et je leur vouais une confiance sans réserve. Tout ce qu'ils souhaitaient, c'était un avenir paisible pour notre peuple... et pour leur fille.

Fel releva enfin la tête. Ses yeux bleu cobalt s'agrandirent en se posant sur Callum.

– Ce n'est pas le moment de tomber dans le mélo, railla Threya. Les mortels ont toujours été obsédés par leur mortalité. C'est d'ailleurs pour cette raison que nous sommes entrés en guerre avec eux. Comment pouvons-nous être certains que cette fille ne se retournera pas contre nous ? Qu'aucun d'eux ne le fera ?

– Les parents de Fel comptent parmi nos disparus, riposta sèchement l'éclaireur. La Liche n'a fait aucune distinction entre les races lorsqu'elle les a profanées. Fel est l'une des nôtres, ajouta-t-il à l'adresse de la reine. Je vous supplie de lui permettre de rester.

Me'Shala le gratifia d'un sourire plein de reconnaissance.

– Merci, Grand Éclaireur. Nous appartenons en effet à un seul et même peuple et nous avons tous été trahis – les elfes de la nuit peut-être encore plus que les autres.

Elle lança un regard aux sœurs d'épée, qui relâchèrent les bras de Fel sans un mot.

Frond, qui avait assisté à la scène avec une patience qui ne lui ressemblait guère, se mit à tambouriner avec ses doigts sur le bureau.

– Reine Me'Shala, dit-elle. Pour en revenir à la question qui nous occupe... Je crains que le roi Pierrefranche n'ait pas encore ordonné d'entreprendre un siège. Mais je le *supplierai* de faire preuve de compassion pour...

– La compassion de votre roi s'est asséchée, coupa la reine. Mon peuple n'est plus réfugié ici, il est prisonnier. Voilà pourquoi je viens vers vous, ma vieille amie.

Une lueur malicieuse s'alluma dans les yeux de la reine, qui poursuivit :

– Nous étions proches autrefois, Alabasel. J'implore *votre* compassion. Vous avez toujours préféré l'action aux palabres.

Frond s'éclaircit la gorge, incapable de masquer son trouble.

– Il n'empêche que la guilde des Aventuriers ne représente qu'une force bien modeste. Nous n'avons pas les effectifs ni l'entraînement nécessaires pour mener un siège en bonne et due forme. Sans les Chevaliers, les Mages et les Guérisseurs à nos côtés, ce que vous nous demandez reviendrait à un suicide.

– À quoi bon tous ces Chevaliers, ces Mages et ces Guérisseurs ? grommela Threya. Ces oiseaux qui ne quittent jamais leur nid ! Il est tout de même ahurissant que la responsabilité de protéger votre cité retombe sur les épaules d'une petite bande de scélérats.

– De scélérats *et* d'enfants, souligna Brock. S'il vous plaît !

Frond lâcha un soupir et passa une main sur ses cheveux coupés ras.

– Les habitants de notre ville ont survécu à leur manière, dit-elle. De toute façon, ça ne change rien à ce que je disais. Si nous allions affronter seuls une armée de morts-vivants, nous serions battus. Et Pierrefranche perdrait ses seuls intermédiaires avec le monde extérieur.

Me'Shala inclina la tête.

– Je suis d'accord. C'est la raison pour laquelle nous proposons quelque chose d'un peu différent. Un peu plus délicat.

Frond se renversa dans son siège et joignit les doigts par les extrémités. Zed n'était pas sûr d'aimer l'expression intriguée qu'il lisait sur son visage.

Selby se pencha en avant sur le canapé miteux.

– Les Dangers morts-vivants sont plutôt rares, d'habitude. Cependant, en maîtrisant les forces de Mortis, la Liche en a créé une armée entière, qu'elle peut maintenir en esclavage à distance – mais seulement tant qu'*elle* est vivante...

Le regard de Frond glissa vers Hexam. L'archiviste hocha lentement la tête, la mine songeuse.

– La nécromancie n'est plus pratiquée depuis des siècles, dit-il, mais les textes sont d'accord là-dessus. Une liche utilise son propre corps comme une sorte de focaliseur pour les forces de Mortis. Toutefois, je ne dirais pas qu'elle est *vivante*. Pas vraiment. L'être qui se cache derrière elle est lui-même devenu une espèce de Danger.

– Mais si nous détruisons la Liche..., commença Callum, les yeux flamboyants.

Il bondit en avant avec la grâce d'une biche et abattit sa paume sur le bureau de Frond.

– C'est ça ! s'exclama-t-il avec entrain. Ce n'est pas une armée qu'il nous faut ! Il suffirait d'une petite troupe pour pénétrer en cachette dans la ville et détruire la Liche. Alors, la malédiction qui pèse sur nos disparus serait conjurée.

Hexam secoua la tête.

– Tuer une liche n'est pas une mince affaire. Des guerres entières ont été menées pour tenter d'accomplir un tel exploit. Comme n'importe quel focaliseur, les liches abritent des énergies qui les rendent extrêmement difficiles à atteindre. Peut-être même impossibles. Ce ne sont pas de simples morts-vivants.

– Est-ce que le feu de Zed en serait capable ? interrogea Frond.

Zed tourna vivement les yeux vers le bureau. La maîtresse de la guilde, les mains agrippées au plateau de bois, croisa son regard sans ciller.

– Ces flammes vertes sont plus puissantes que des langues de feu normales, non ? Elles ont déjà anéanti un penanggalan.

La mine pensive, la reine considéra alors Zed avec une attention nouvelle.

– Voici donc le jeune ensorceleur dont j'ai tellement entendu parler.

– Passionnant, ronchonna Selby. Des flammes *vertes*, vous dites ?

Tout en se grattant la barbe, Hexam réfléchit à la question de Frond.

– Ça pourrait marcher, convint-il avec une pointe de résignation dans la voix. Peut-être.

Et voilà ! Un plan pour sauver les elfes – et ils avaient besoin de *lui* ! La reine Me'Shala elle-même avait entendu parler de Zed et elle le contemplait à présent avec un espoir non dissimulé.

– Alors, je le ferai, décida Zed, la voix tremblante d'émotion.

– Même pas en rêve ! objecta Brock en même temps, mais plus fort.

Zed s'insurgea alors contre son ami, regimbant pour une fois contre ses élans protecteurs. Brock avait pratiquement disparu de la circulation depuis des semaines, et il avait soudain quelque chose à dire sur ce que Zed faisait et où il allait ?

– Qu'est-ce que ça peut te faire ? gronda-t-il.

Derrière lui, Jayna lâcha un bruyant hoquet de surprise – c'était la première fois qu'on l'entendait depuis le début de la conversation.

– J'ai fait mes preuves, tout comme toi ! Mais tu l'as peut-être oublié, puisque tu n'as même pas daigné venir fêter ça, ajouta-t-il.

Ignorant la moue de Brock – et l'expression follement amusée de Threya –, Zed se retourna vers Frond.

– Callum a raison. C'est le meilleur moyen. Et je suis le seul à pouvoir le faire.

Threya toussota de rire.

– Non, mais vous l'entendez ? Vous voulez dire que ce *gamin* est l'ensorceleur le plus puissant de Pierrefranche ? ironisa-t-elle en secouant la tête d'un air incrédule avant de désigner d'un geste Me'Shala. Notre reine, elle, est une magicienne de grand talent. Et même Selby pourrait sans doute rivaliser avec votre précieuse *guilde des Mages*. Nous sommes venus à vous pour vous demander de l'aide, et vous nous proposez ce... bébé !

Hexam foudroya la ministre du regard et posa une main sur l'épaule de Zed.

– La sorcellerie ne se résume pas à la question de savoir qui est le plus ou le moins puissant, lâcha-t-il. Ce garçon manque encore d'adresse, mais le feu qu'il fait naître est l'une des forces les plus destructrices que j'aie jamais vues. C'est peut-être la seule arme à notre disposition capable d'éliminer une liche.

Frond considéra Zed pendant un long moment. Son visage balafré était indéchiffrable.

– Nous verrons, trancha-t-elle finalement.

– S'il y va, j'y vais aussi, décréta Brock. Et n'essayez même pas de me retenir...

– Ça suffit, Brock ! le coupa Frond.

Brock s'interrompit et se maudit intérieurement.

– La réponse est non, reprit la maîtresse de la guilde, le transperçant de ses yeux gris ardoise. *Si* nous prenons le risque d'exécuter ce plan sans la permission du roi et, ce faisant, de mettre en péril la vie d'un apprenti – *si* nous entreprenons cette expédition, déjà semée de multiples embûches, pour affronter un ennemi qui peut très bien se révéler indestructible –, alors, nous devons réduire au minimum nos pertes potentielles. L'équipe que nous enverrons à Llethanyl sera restreinte. Elle devra posséder des compétences pointues. Ce sera un corps *d'élite*. Et, je l'interdis formellement, Brock Dunderfel n'en fera *pas* partie. Ai-je été assez claire, apprenti ?

Se mordillant l'intérieur des joues, Brock regarda fixement Frond. Ses poings s'ouvrirent et se refermèrent tour à tour le long de son corps. Lentement, très lentement, l'expression de rage pure sur son visage s'apaisa pour céder la place à quelque chose qui ressemblait à de l'acceptation – ou, du moins, à une hostilité sourde.

– Très claire, murmura-t-il.

Chapitre six
Brock

Brock poussa un bâillement, aussi bruyant que nonchalant. C'était une glaciale journée d'hiver. Emmitouflé dans une couverture, une bouillotte à ses pieds, il était allongé dans un hamac de fortune confectionné avec les lambeaux d'une vieille tente déchirée. Il tourna la page du livre posé sur ses genoux.

– Oh, en voilà une bien horrible, remarqua-t-il. Une chauve-souris lamproie.

– Ça n'a rien d'affreux, commenta Fel, qui tirait sur la corde de son arc pour ajuster son tir. Moi, je trouve ça mignon, les chauves-souris.

– Sauf que celle-là n'est pas une vraie chauve-souris, précisa Brock. On dirait plutôt… un ver poilu. Avec des ailes. Et regarde un peu ces dents !

Fel glissa un coup d'œil sur la page.

– Bon, d'accord, concéda-t-elle. Elle n'est pas si mignonne que ça.

– Brock ! appela Liza à l'autre extrémité du terrain. Tu veux bien arrêter de distraire mon adversaire ?

Brock lui tira la langue. Fel se mit aussitôt au garde-à-vous.

– Désolée ! s'excusa-t-elle.

Et elle décocha sa flèche, qui alla rebondir sur le bouclier de Liza.

– Tu lui tires dessus et en même temps tu lui fais des excuses ! remarqua Brock. Bravo, tu es tout à fait à ta place, ici !

Ils se trouvaient sur le terrain d'entraînement, une parcelle de terre poussiéreuse à l'ombre de la Maison de la guilde, dressée de guingois. À l'intérieur du bâtiment, les préparatifs avaient commencé en vue de la mission la plus ambitieuse et la plus dangereuse que les Aventuriers eussent jamais entreprise.

Brock avait été prié de rester à l'écart.

– Tu sais que tu rates une excellente occasion de t'exercer, souligna Liza, en revenant vers Fel pour lui rendre sa flèche.

À vrai dire, le projectile ressemblait davantage à une sorte de rouleau : un épais cylindre de bois au bout arrondi, capable de vous infliger un gros bleu mais pas de vous transpercer. Liza, qui avait un certain talent pour le travail du bois, l'avait fabriqué elle-même.

– Et toi, tu rates une excellente occasion de te la couler douce, riposta Brock. Tu n'as pas entendu ?

Nous ne sommes pas indispensables à la réussite de cette mission.

Il avait voulu paraître désinvolte, il n'avait réussi qu'à exprimer son amertume.

– Et alors ? demanda Liza. Tu as un plan ?

Brock tourna nonchalamment la page du bestiaire des Dangers bricolé par Hexam, faisant apparaître une nouvelle horreur minutieusement illustrée. Il s'agissait là d'un insecte de la taille d'une main humaine, doté d'ailes en écailles de poisson et d'une trompe barbelée à l'aspect barbare.

– Un plan ?

– Tu voudrais me faire croire que tu n'as pas de plan pour contourner les ordres de Frond et nous faire participer à la mission ?

– Je n'ai rien de la sorte, protesta-t-il. Je suis parfaitement satisfait de rester ici et de penser à tous ces horribles monstres qui ne me dévoreront pas demain. Beurk ! Tu n'as pas idée de l'endroit où la diantremouche pond ses œufs...

– Et Zed ? Tu as renoncé à vouloir le protéger ? Vraiment ?

Un *miaou* pitoyable ponctua la question de Liza, et Brock vit Calamité se faufiler entre les chevilles de la jeune fille. Il fronça les sourcils. L'air féroce et le pelage en broussaille, une oreille déchirée, l'animal n'avait rien des jolis et dociles chats d'intérieur qui vivaient dans le quartier des marchands. Sa dent de travers – la canine pointue qui saillait de sa mâchoire inférieure et dont certains affirmaient qu'elle lui faisait une bouille adorable – lui donnait un air perpétuellement mécontent.

Si Alabasel Frond était née sous forme de chat, songea Brock, elle aurait ressemblé à Calamité.

Liza se pencha pour caresser la queue pelée de l'animal.

Brock tourna une autre page – avec brusquerie, cette fois.

– Protéger Zed est une bataille perdue d'avance. On peut éloigner un cheval de l'eau, mais pas l'empêcher de se jeter du haut de la falaise, si je peux m'exprimer ainsi.

Fel plissa le front, comme pour tâcher de comprendre le sens de ce drôle de proverbe.

– Les humains font des choses si… curieuses avec le langage, remarqua-t-elle.

– Que veux-tu ? J'ai l'âme d'un poète.

– Certainement, maugréa Liza. Enfermée dans une gemme ensorcelée sous ton lit, sans doute.

Soudain, Brock vit Calamité dresser les oreilles, tout son corps se tendre comme un arc. La chatte avait dû percevoir un bruit ou un mouvement à l'autre bout du terrain. Elle s'élança comme une flèche et disparut de son champ de vision.

– Écoute, tu me l'as dit une centaine de fois, rappela-t-il. Zed sait s'occuper de lui-même. Et il est capable de prendre ses propres décisions. Des décisions calamiteuses et totalement absurdes.

– Liza ! appela quelqu'un depuis le premier étage.

– Quoi ? cria-t-elle.

– Tu n'as pas vu ma cape de voyage ?

C'était Micah, dangereusement penché à une fenêtre.

– Je n'ai pas envie de devoir hurler pour me faire entendre, Micah ! brailla-t-elle.

Puis, comme si de rien n'était, elle se retourna vers Fel.

– Et toi ? La décision de Callum de te laisser là est vraiment sans appel ?

Fel opina de la tête.

– C'est normal. Nous ne pouvons pas *tous* y aller. Et je... ma présence...

L'espace d'un instant, elle sembla désemparée, tristounette, et Brock s'avisa qu'il l'avait rarement vue sans un sourire sur son visage.

– C'est compliqué, reprit-elle. Mais leur plan est un bon plan. Je suis heureuse de savoir que je rentrerai à la maison, un jour.

« À la maison ». À ces mots, Brock ressentit un petit pincement au cœur. Bien sûr, il était facile d'oublier que certains ne se sentaient pas chez eux à Pierrefranche. Il existait une autre cité, là-bas, une ville qu'il ne verrait peut-être jamais.

Malgré les circonstances, Zed devait être excité comme une puce à l'idée de se rendre à Llethanyl. Voyait-il cela comme une sorte de retour au pays ?

Mais il reviendrait, n'est-ce pas ?

– Qu'est-ce que c'est que ça ? demanda Liza en jetant un coup d'œil sur le livre.

– Ah oui, répondit Brock. C'est le Blob errant, la Masse-Visqueuse-qui-Marche-comme-un-Homme. Apparemment, il craint le feu et les armes pointues. Ça fait partie de ses points faibles. On a au moins ça en commun.

– Il marche comme un homme ? s'indigna Liza. Est-ce qu'on ne devrait pas dire « Il marche comme un humain » ?

– Je le crois pas ! C'est ça qui te gêne ?

– Liza ! s'époumona Micah en déboulant sur le terrain.

– Quoi ? beugla-t-elle en retour.

Fel s'éloigna d'un pas, son sourire de nouveau chancelant. Elle ne s'était toujours pas habituée à la dynamique des relations entre les deux Guerra. Peut-être que chez les elfes les frères et sœurs donnaient moins l'impression de toujours vouloir se sauter à la gorge.

– Tu n'as pas vu ma cape de voyage ? demanda-t-il pour la seconde fois.

– Non.

– Tu n'aurais pas pu me le dire avant que je descende ?

– Primo, ta cape ressemble exactement à toutes les autres ! Secundo...

– Oh, non ! gémit Brock.

Le déclic se fit dans son esprit une fraction de seconde avant qu'il se produise dans celui de Liza.

– Micah, fit-elle d'une voix sinistre. Pourquoi as-tu besoin de ton vêtement de voyage ?

Un petit sourire satisfait se répandit sur le visage de son frère. Depuis le début, c'était cela qu'il essayait de lui faire dire.

– Tu n'es pas au courant ? Frond et la reine des elfes ont besoin d'un guérisseur pour leur mission de libération de Lefanol. Et je suis le meilleur qu'ils aient.

Fel tressaillit, sans doute à cause de la prononciation fantaisiste du nom de sa ville, *Llethanyl*. Liza aussi sursauta, mais Brock devina que c'était pour une autre raison.

– Tu es aussi le *seul* guérisseur qu'ils aient sous la main, souligna-t-il, dans l'espoir de détendre l'atmosphère.

Sans succès.

– Tu fais partie de l'expédition ? s'étonna Liza.

– Bien sûr ! affirma Micah, un sourire jusqu'aux oreilles. Brock, j'ai essayé de te faire entrer dans l'équipe, toi aussi. Tu sais, au cas où on tomberait sur des portes verrouillées ?

Il retroussa ses manches et gonfla ses biceps.

– Mais ça, Frond les appelle ses « passe-partout ». Elle dit qu'ils devraient pouvoir ouvrir n'importe quoi.

Devant un mensonge aussi éhonté, Brock et Liza levèrent les yeux au ciel, mais Fel parut ragaillardie.

– Je savais bien que Frond était gentille. Elle ne laisse personne entrer dans son cœur, mais à l'intérieur elle porte les graines d'un arbre magnifique.

En plein étalage de ses muscles, Micah flancha soudain.

– Elle quoi ?

Fel prit une profonde inspiration, prête à se lancer dans une explication, mais il lui coupa la parole.

– Non, tu sais quoi ? Les elfes sont trop bizarres, et je dois encore faire mes bagages, et puis c'est tout.

Il lança un clin d'œil à sa sœur et adressa un petit signe du menton à Brock.

– J'aimerais pouvoir guérir vos orgueils blessés. Mais, même moi, je ne suis pas assez doué pour ça.

Liza regarda, incrédule, son frère retraverser le terrain en se pavanant.

– Je crois qu'on va tous respirer un peu mieux pendant les prochaines semaines, supposa Brock d'un ton léger. À condition qu'il n'oublie pas d'emporter ses…

D'un seul mouvement fluide, Liza saisit le hamac par une extrémité et le retourna pour en éjecter Brock. Puis elle se pencha au-dessus de lui et agrippa l'étoffe de sa chemise.

– Toi ! cracha-t-elle. Trouve quelque chose !

– … chaussettes, acheva Brock.

– Je veux qu'on fasse tous les deux partie de cette expédition, Brock, déclara-t-elle, une lueur mauvaise dans les yeux. Débrouille-toi !

Et elle s'éloigna d'un pas raide, abandonnant Brock vautré par terre, hébété. Avant qu'il eût repris ses esprits, Calamité s'approcha, mine de rien, et laissa tomber un rat mort à côté de lui.

Brock fit un bond en arrière et s'affala sur les fesses. Quelque chose de mou éclata sous son poids – la bouillotte qui était tombée avec lui du hamac et dont le contenu trempait maintenant son pantalon.

– De mieux en mieux, grommela-t-il.

Fel, pour sa part, trépignait pratiquement d'enthousiasme.

– C'est vraiment trop *gentil* ! se réjouit-elle.

– Gentil ?

– Ça veut dire qu'elle t'aime bien, idiot !

Elle lui tapota le sommet du crâne et partit en sautillant.

– Tu parles de la chatte, là ? cria-t-il dans son dos. Tu veux dire la chatte, hein ?

*

Ils se rassemblèrent pour l'enterrement avant l'aube. La guilde dans sa totalité et tous les éclaireurs elfes étaient là, à la lisière de la forêt, alors que le soleil levant révélait peu à peu les arbres et les Routes Incertaines qui s'étiraient entre Pierrefranche et Llethanyl.

Malgré ce qu'on racontait à propos du taux élevé de mortalité chez les Aventuriers, aucun des compagnons de Brock n'était mort depuis le Recrutement, et de cela il était reconnaissant. Toutefois, il s'y connaissait en cérémonies funèbres. Sa grand-mère était partie paisiblement dans son sommeil, un an plus tôt, et Brock n'avait pas lâché la main de sa mère, de l'instant où l'on avait allumé le bûcher funéraire jusqu'à ce que le feu se fût éteint et qu'il n'eût plus resté que des cendres.

Les obsèques elfiques, cependant, étaient une tout autre affaire et, malgré le froid, les elfes ne manifestaient aucun désir d'expédier le rituel, lequel comportait une série de discours dont Brock, évidemment, ne comprenait pas un traître mot. La fosse, du moins, avait été creusée la nuit précédente : rectangle d'un noir d'encre sur fond de neige immaculée.

– Je n'arrive toujours pas à croire qu'ils vont l'enfouir dans le sol, chuchota Brock à Jett.

Un peu à l'écart des autres Aventuriers, les deux garçons montaient la garde, guettant le moindre danger en provenance des bois. Pourtant, le regard de Brock ne cessait de dériver vers les elfes regroupés autour du trou noir dans la terre.

– C'est vraiment trop bizarre.

Le jeune nain hocha légèrement la tête.

– Mais tout est bizarre, tu sais. Les choses que font les gens. On ne s'en aperçoit pas quand on baigne dedans, mais vu de l'extérieur...

Il frotta son menton rasé, rougi par le froid.

– Tu savais que mon peuple mettait les cendres de nos morts dans du métal fondu ? On forge des trucs avec. Des armes, des boucliers. Des bottes, même, pour autant que je sache !

– Oui, je crois que j'ai lu ça quelque part, répondit Brock. Mais pas la partie à propos des bottes.

– Je disais ça au hasard, se justifia Jett. Je suis un nain, mais je suis aussi pierrefranchois de naissance. Parfois, les deux vont bien ensemble, d'autres fois, pas du tout. J'essaie de ne pas porter de jugement.

Il fit claquer sa langue pour exprimer sa tristesse, tandis que quatre éclaireurs s'avançaient avec la petite caisse en bois de pin contenant le corps de l'enfant elfe.

– Quel dommage pour ce petit garçon, quand même. Tu sais ce qui lui est arrivé ?

– J'ai entendu dire qu'il était malade, répondit Brock. Il était né avec une santé fragile, il n'a pas supporté le voyage. Il ne s'en est jamais remis,

Le regard de Brock alla du cercueil au sommet des remparts, où les femmes en deuil, celles qu'il avait déjà vues dans le temple, se tenaient au milieu d'une petite poignée d'elfes et d'une troupe plus importante de chevaliers. Seuls les éclaireurs, la reine et sa suite avaient été autorisés à franchir les portes de la ville. À part eux, quiconque souhaitait assister aux obsèques devait rester à distance, et sous la surveillance étroite des chevaliers armés.

Brock en avait le cœur brisé. Pourtant, même de loin, il pouvait constater que la rage et le chagrin avaient disparu du visage des femmes. Cette inhumation leur procurait manifestement la paix. Chaque elfe présent était l'image même de la quiétude, y compris Fel.

Zed, en revanche, avait l'air anéanti. Des flots de larmes ruisselaient sur ses joues, et il serrait les lèvres de toutes ses forces pour ne pas faire de bruit. Brock aurait voulu se faufiler jusqu'à lui et lui glisser une plaisanterie à voix basse, mais Zed s'était placé au milieu de la petite troupe compacte de ceux qui avaient été choisis pour partir en mission à Llethanyl.

Il aurait été impossible à Brock de s'approcher de son ami sans causer de trouble. Lorsque Zed se rendit compte que Brock le regardait, il s'empressa d'essuyer ses pleurs.

Un elfe, surtout, monopolisait la parole. Brock reconnut Selby, l'un des deux ministres restants de la reine. D'après ce que Brock avait compris, les ministres étaient chargés d'apporter leurs conseils à leur souveraine. Mais, du fait que c'était Selby qui conduisait la cérémonie, leurs fonctions devaient aussi comporter un aspect d'ordre cultuel. Le ministre portait un diadème de bronze étincelant, dont les pointes évoquaient des rayons de soleil dans un dessin d'enfant. Sa voix musicale montait et retombait tour à tour, et Brock, l'espace d'un instant, eut l'impression de partir à la dérive, de la même façon que, dans les histoires, des gens se faisaient emporter par la mer – une étendue d'eau si immense, disait-on, qu'on n'en voyait pas la fin.

Un craquement de branches arracha Brock à ses pensées. Il tourna vivement les yeux vers la forêt, le cœur battant la chamade. Ce n'était que le vent. Pour cette fois.

Il décida néanmoins de concentrer son attention sur les arbres.

La voix de Selby finit par s'éteindre, et Brock risqua de nouveau un regard vers la cérémonie. Le ministre, qui avait ouvert une petite fenêtre dans le couvercle de pin, déposa une flûte en bois et une dague ternie à l'intérieur du cercueil.

– À quoi ça sert ? chuchota Brock.

– C'est pour le petit disparu, murmura Fel. Comme ça, il aura ce qu'il lui faut quand il reviendra, que ce soit en temps de paix ou… pas.

Brock ne put s'empêcher de penser que, étant donné les circonstances, enterrer un mort avec une arme était une très mauvaise idée.

Tandis que les éclaireurs qui portaient le cercueil faisaient lentement descendre leur fardeau dans la fosse, Selby éleva une sphère de bronze creuse, à peu près de la taille d'un boulet de canon. Brock pouvait voir au travers de l'objet, entre les élégantes arabesques ciselées dans le bronze qui laissaient des espaces vides à sa surface. Pendant que les elfes empoignaient leurs pelles et entreprenaient de recouvrir le cercueil de terre gelée, le ministre entonna une mélopée. De la fumée s'échappait de la sphère et partait en flottant dans l'air glacé, jusqu'aux narines de Brock.

– C'est de la myrrhe, expliqua Fel. Elle protégera le disparu, lui assurera un sommeil paisible et repoussera le mal.

– Espérons, dit Brock avec un frisson, avant de tourner une fois de plus la tête en direction de la forêt.

L'espace entre les arbres paraissait aussi sombre et menaçant que le trou dans la terre.

Jett, lui, ne regardait pas les bois, mais le chemin de ronde derrière eux, où les elfes qui avaient assisté à la cérémonie étaient reconduits sous bonne escorte jusqu'au pied des remparts. Seuls restaient sur place une poignée de Fils de la Pierre pour monter la garde.

– Est-ce que tout cela n'est pas un peu voyant ? s'étonna Jett. Pour une mission secrète, je veux dire.

Brock observa les Aventuriers et les éclaireurs assemblés à l'orée de la forêt. La reine en personne se trouvait parmi eux, vêtue comme une simple éclaireuse, l'épée au côté, un arc accroché dans le dos, et les cheveux attachés en une tresse serrée. Dès sa plus tendre enfance, Brock avait entendu les récits des exploits des rois guerriers de Pierrefranche. Mais, à présent, les réalités de la vie dans la cité obligeaient le monarque et sa famille à demeurer cloîtrés, à l'abri de tout danger. À l'évidence, les elfes, eux, avaient adopté une philosophie bien différente. S'il n'avait pas rencontré la reine quelques jours plus tôt, Brock ne l'aurait jamais reconnue.

– En fait, c'est un bon plan, concéda Brock. On fait sortir en même temps un grand nombre de personnes, pratiquement la guilde entière et, dès le lendemain, la plupart d'entre elles rentrent à la maison. Les expéditions d'une journée dans la forêt ne sont pas si rares et, de toute façon, les chevaliers ne font pas l'appel – surtout s'ils sont distraits par une cérémonie funèbre. Du coup, ils ne s'apercevront jamais qu'un petit groupe est resté dehors.

Un bon plan, oui, mais qu'il serait aussi très facile de saboter, Brock le savait. Il avait même envisagé de le faire : aller voir le roi et lui raconter ce que Frond et Me'Shala avaient manigancé à son insu. Le roi n'avait pas hésité à arrêter Frond pour insubordination lorsque les barrières magiques de protection s'étaient détériorées. Brock imaginait sans peine la fureur royale que les projets actuels de la maîtresse de guilde déchaîneraient. À tout le moins, la mission serait annulée, Frond recevrait un savon et Zed n'aurait plus rien à craindre.

Seulement, la colère ressemblait au feu : facile à alimenter et difficile à maîtriser. Le roi ne se contenterait peut-être pas de blâmer Frond. La guilde entière risquerait d'être punie, et les elfes aussi, par la même occasion. Excepté que la reine Me'Shala ne semblait pas du genre à se laisser intimider par un accès de rage. Si la tension entre les deux souverains venait à dégénérer...

De nouvelles souffrances. C'était le seul résultat que Brock obtiendrait s'il empêchait cette mission. Et, malgré ses appréhensions – et il en avait de sérieuses –, il ne tenait pas à y faire obstacle, pas vraiment.

S'il existait la moindre chance pour que les elfes reprennent leur ville, il ne serait pas celui qui leur mettrait des bâtons dans les roues.

Brock remarqua que Liza le fixait d'un regard noir. Si cela lui fit un instant douter de sa décision, la vue de Zed frémissant d'excitation balaya ses hésitations en un clin d'œil.

– Viens, dit Fel. Il ne reste plus qu'à fermer le cercueil. Ensuite, nous devrons rentrer.

Elle conduisit Brock et Jett auprès de leurs camarades. Liza, dont le regard féroce s'était détourné de Brock, s'adressait à Zed, Micah et Jayna :

– Vous trois, vous veillez les uns sur les autres, compris ? Quoi qu'il arrive, vous devez vous soutenir.

Zed hocha gravement la tête, Micah se cura les dents et Jayna fit un pas en avant, les yeux débordant de larmes.

– Ça ira, affirma-t-elle, avec un sourire crâne.

– J'en suis sûre, dit Liza, avant de la serrer dans ses bras. Vous êtes les meilleurs, vous allez sauver Llethanyl !

Elle s'écarta, mais laissa ses mains sur les bras de Jayna.

– Pense à toute cette magie que tu vas apprendre en cours de route !

Jayna coula un regard oblique vers Hexam, occupé à farfouiller une dernière fois dans ses affaires pour vérifier s'il n'avait rien oublié. Dès lors que Zed et lui pouvaient s'avérer indispensables à la réussite de la mission, l'archiviste avait insisté pour emmener aussi Jayna. La jeune fille avait alors pris conscience qu'Hexam faisait plus grand cas de ses connaissances en matière de magie qu'elle ne l'avait cru, et cette étonnante révélation avait suffi à dissiper ses inquiétudes.

Les larmes tremblotantes dans ses yeux avaient disparu, remplacées par une lueur d'exaltation. Elle serra Liza contre son cœur.

Brock ne pouvait se défendre d'être impressionné. Lui qui s'était toujours farouchement opposé à ce que Liza devînt leur chef, il se demandait à présent comment il avait pu imaginer qu'il en fût autrement. Liza ne lançait pas de flèches magiques ni ne guérissait les blessures d'une simple pression des doigts, mais la raison pour laquelle les autres s'en remettaient à elle n'en était pas moins évidente.

Même Micah se reposait sur elle. Elle l'étreignit à son tour et, bien qu'il feignît l'agacement, il se laissa aller contre sa sœur.

– Je dois dire que je suis jaloux, avoua Jett à Zed. Tu sais ce que je donnerais pour voir une cité de nains ?

Zed fronça les sourcils.

– Oui, sauf que Llethanyl est occupée par des morts-vivants. Ce n'est pas exactement comme ça que je l'imaginais.

Jett haussa les épaules, comme s'il s'agissait là d'un inconvénient mineur.

– Tu n'auras qu'à agiter les doigts dans leur direction, suggéra-t-il, appuyant son conseil d'une démonstration avec sa propre main. Tu les réduis en cendres. Tu visites les attractions touristiques. Et ensuite tu rentres à la maison.

Il leva son regard d'acier sur Zed, ce regard qui le faisait paraître plus grand que Brock, plus grand que Frond.

– Tu nous reviens, Zed, et en un seul morceau, tu m'entends ?

Les oreilles de Zed s'empourprèrent dans la lueur de l'aube. Il sourit.

– Je te le promets.

La dureté dans le regard du nain s'effaça d'un seul coup.

– Bon. Et tu as intérêt à nous rapporter des friandises de là-bas, parce que, je te préviens, on n'ouvrira pas le portail pour une feignasse qui n'a fait son boulot qu'à moitié, compris ?

Zed gloussa, et son rire brisa le cœur de Brock. Cela faisait longtemps qu'il n'avait pas entendu son ami manifester de la gaieté. Pour autant, il n'aurait su dire si c'était parce que Zed ne riait plus ou simplement parce que lui, Brock, n'était pas là pour l'entendre.

– Tu vas me manquer, dit-il en attirant Zed contre lui.

Il sentit l'amulette en forme de renard que celui-ci portait sous sa tunique lui appuyer contre la poitrine, mais il ne se déroba pas.

– Je suis sûr que tu ne remarqueras même pas mon absence, répondit Zed.

Brock s'écarta.

L'aube ne se levait qu'avec lenteur et, à contre-jour, Brock avait du mal à distinguer l'expression affichée par son ami, qui tournait le dos à la forêt.

– Zed, je regrette de ne pas avoir été beaucoup là. C'est… compliqué, et…

– Je plaisantais, Brock, le coupa Zed, en lui donnant une bourrade sur l'épaule. Je voulais dire que je serai revenu avant que tu aies eu le temps de faire ouf. Je n'aurai même pas besoin de « remuer les doigts » une fois que j'aurai pris le coup de main pour me servir de ça.

Souriant, il brandit la baguette couronnée d'un joyau qu'il ne lâchait pratiquement plus depuis leur nuit dans la Caverne des Halfelins.

Une nouvelle inquiétude enfla dans le cœur de Brock.

– Zed, ce truc n'est pas… comme le bâton que tu as utilisé l'autre fois, n'est-ce pas ?

Le sourire de Zed s'évanouit.

– Comment ça ?

– Tu sais bien, répondit Brock en baissant la voix. Il n'est pas... corrompu ? Pas de magie noire, hein ?

Le regard de Zed se durcit.

– Ce n'est qu'un instrument, Brock. Il n'est pas plus corrompu que le mage qui s'en sert.

– Oh. Alors... tant mieux.

– Je croyais que ça n'avait pas d'importance, reprit Zed d'une voix quelque peu tendue. Je croyais que tu t'en fichais, qu'Hexam avait raison, que la magie restait de la magie.

– C'est vrai, je m'en fiche, répondit Brock, en jetant un regard méfiant autour de lui.

Jett s'était écarté pour ne pas se mêler à la discussion, mais ils ne s'en trouvaient pas moins à portée de voix d'une dizaine d'autres Aventuriers.

– Vraiment, insista Brock dans un chuchotement. Mais ce n'est pas le cas de tout le monde.

– Qu'est-ce que tu essaies de me dire ? Vas-y ! Vide ton sac !

La voix de Zed se fêla, et Brock eut la certitude qu'ils avaient maintenant capté l'attention d'un auditoire.

Et voilà ! Le coup classique ! songea-t-il avec amertume. Dame Gray le tenait à la gorge à cause des maladresses de Zed, et c'était Zed qui se fâchait contre lui ?

– Je te demande seulement de ne pas commettre d'imprudences là-bas, répondit Brock, serrant les dents pour ne pas hausser la voix, pour se forcer à paraître calme – ce qui ne faisait que rendre ses paroles plus coupantes. Il y a des gens, ici, qui tiennent à toi, qui *s'inquiètent*.

– Eh bien, si tu en rencontres, dis-leur que je vais très bien, rétorqua Zed. Dis-leur que je sais me débrouiller tout seul.

Sur ce, il tourna les talons et s'en alla d'un pas digne rejoindre ses compagnons de guilde.

L'appréhension dans la poitrine de Brock s'évanouit, consumée par la colère. Zed était la dernière personne qu'il s'attendait à entendre lui parler de la sorte. La dernière personne qui en avait le droit.

Aveuglé par la fureur, il n'eut que vaguement conscience des adieux échangés autour de lui. Il survola la foule des yeux, sans la voir, jusqu'à ce que son regard tombe sur Frond.

La maîtresse de la guilde s'employait à donner ses dernières instructions à Lotte. Elle ne manifestait aucune émotion, plus dure qu'un morceau de silex, au milieu des bavardages anxieux des compagnons. Elle était, semblait-il, la seule – avec l'austère souveraine à ses côtés – à mesurer la réelle gravité de cette mission.

À leurs yeux, cela n'avait rien d'une excursion agréable dans une ville étrangère. Ni d'une expédition dans l'inconnu.

Elles avaient en tête un seul objectif : tuer la créature qui avait pris possession de Llethanyl.

Il ne s'agissait de rien de moins qu'une exécution. Avec Frond dans le rôle du bourreau, et Zed dans celui de son instrument.

Chapitre sept

Zed

Les Routes Incertaines entre Pierrefranche et Llethanyl portaient bien leur nom – de larges voies de circulation pavées de pierres craquelées, envahies de lierre et, pour l'heure, recouvertes d'un manteau de givre.

Zed et la petite troupe s'étaient réveillés de bonne heure, après une nuit passablement tendue. Les éclaireurs s'étaient relayés pour monter la garde dans le campement, laissant le reste du groupe se reposer autant que le permettait le froid.

Mais Zed n'avait dormi que par intermittence, d'un sommeil troublé par des rêves.

Il avait rêvé qu'il était agenouillé dans une forêt envahie de fumée. Il tirait désespérément sur la chaîne en mithril qu'il portait autour du cou. Le collier en fusion était brûlant, et Zed avait beau s'acharner à tenter de l'arracher, ses doigts affolés ne trouvaient pas le fermoir. L'attache avait fondu. Dans son cauchemar, les bords carbonisés de son renard fétiche se consumaient dans d'étranges braises verdâtres.

À la toute fin du rêve, Zed se rendait compte qu'on l'observait.

Depuis la lisière des arbres, une silhouette fantomatique le regardait se démener, un animal à peine visible dans la brume qui les enveloppait l'un et l'autre.

C'était un renard. Zed le savait – avec cette curieuse certitude qui vous vient parfois dans les rêves –, avant même d'avoir vu la queue touffue de l'animal. Le renard aussi brûlait. Ses yeux aux pupilles verticales brillaient de cette même lueur verte spectrale qui entourait la gorge de Zed.

Ces yeux hantèrent Zed longtemps après qu'il se fut réveillé en sursaut. Il avait dormi d'un sommeil agité le reste de la nuit. Et les ronflements de Micah n'avaient rien arrangé non plus.

– Ton camarade, dit Callum à Zed, l'arrachant à ses pensées. Il est toujours aussi... enthousiaste, comme dormeur ?

– C'est encore pire quand l'air est sec, se lamenta Zed. Ou quand il dort sur le dos. Quelquefois, aussi, quand il a trop mangé. Et chaque lumidie, bizarrement.

Zed n'aurait su dire si l'expression qui passa fugitivement sur le visage de l'elfe reflétait de l'amusement ou de la pitié.

Le petit groupe suivait la piste avec une extrême prudence. Zed avait beau savoir que la réussite de leur plan en dépendait, il ne pouvait s'empêcher de trouver qu'ils étaient trop peu nombreux pour délivrer une ville. Au moment où le gros des elfes et des Aventuriers les avait quittés pour rebrousser chemin, Zed avait senti son ventre se serrer en constatant la faiblesse des effectifs restants.

Frond avait voulu réduire au minimum les pertes éventuelles. Pourtant, lorsque la reine Me'Shala et ses deux ministres avaient insisté pour se joindre à l'expédition, la maîtresse de la guilde n'avait pas opposé grande résistance. La reine était escortée par les deux sœurs d'épée, et un détachement d'éclaireurs d'élite leur ouvrait la route.

De tous les elfes, Callum semblait être le seul disposé à ne pas rester collé aux basques de sa souveraine. Si Zed avait, bien sûr, été étonné de voir le Grand Éclaireur régler son pas sur le sien pour cheminer de conserve avec lui, il appréciait néanmoins sa présence près de lui. Callum surveillait les alentours comme un oiseau de proie.

– Aucun elfe de la nuit ne participe à cette mission, fit remarquer Zed à voix basse, espérant se faire entendre du seul Callum.

Il glissa un regard furtif vers les autres et s'aperçut que Threya fronçait les sourcils. Cela dit, la ministre arborait constamment une mine renfrognée. C'était son air habituel.

Callum hocha lentement la tête, sans quitter les arbres des yeux.

– Comme l'a dit la reine, la méfiance règne au sein de notre peuple. Et la Liche, elle-même, est un *dro'shea.*

Zed se rembrunit.

– Pourtant, il y a des elfes de la nuit parmi les éclaireurs. Fel, pour commencer.

– Felasege est jeune, souligna Callum.

– Eh bien, préparez-vous à voir votre monde chamboulé, parce que...

Zed se passa une main sur le visage, comme pour soulever un rideau imaginaire.

– ... *moi aussi*, je suis jeune ! déclara-t-il.

Le Grand Éclaireur baissa vivement les yeux sur lui. Puis, tout aussi rapidement, reporta son regard sur la forêt.

– En effet, convint-il. Tu es jeune. Et c'est Frond qui a pris la décision de t'emmener.

Callum sembla s'absorber un moment dans ses pensées. Puis il expira doucement, et son humeur songeuse s'envola en même temps que son souffle, comme si ses doutes s'étaient dissipés en brume légère.

– Les elfes de la nuit qui ont survécu au Jour des Dangers étaient tous des captifs, murmura-t-il.

Prisonniers d'une guerre longue et cruelle. Leurs descendants ont fini par être affranchis, mais il a fallu près de deux siècles pour que tous les elfes soient déclarés égaux à Llethanyl. Deux cents ans d'oppression légale.

– Oh ! fit Zed dans un soupir. Fel ne m'en a jamais parlé.

– Ce n'est pas un sujet de conversation très réjouissant pour elle, expliqua Callum en secouant la tête. Et, comme tu as pu le constater, les *déclarations* d'égalité ont des limites. Certains disent que les anciens elfes de la nuit vivaient dans les ténèbres et vouaient un culte à la mort, un concept auquel notre culture, officiellement, n'adhère pas.

Zed fronça les sourcils.

– Est-ce qu'on ne vient pas d'assister à une cérémonie funèbre ?

Callum opina doucement du chef.

– Il s'agissait plus d'un... adieu. Selon nos légendes, les elfes étaient autrefois immortels. Ils passaient leurs vies – d'une durée incommensurable – en contemplation silencieuse. D'après les traditions des elfes sylvestres et solaires, certains druides garderaient toujours le secret de notre vie éternelle. Par conséquent, nos « morts » ne sont que *disparus*, jusqu'à ce que nous nous montrions de nouveau dignes de l'éternité.

Zed contempla le long sentier qui s'étirait devant lui jusqu'à l'horizon. Il pensa au sanctuaire elfique qu'il avait découvert quelques semaines plus tôt, et aux druides à l'intérieur, réduits à un tas d'ossements.

– Mais on ne connaîtra jamais vraiment les croyances des elfes de la nuit au sujet de la mort, continua le Grand Éclaireur. Leurs anciennes coutumes ont disparu.

– Disparu ? répéta Zed.

– Effacées. Les *dro'shea* survivants ont été convertis à nos traditions.

Callum marqua un temps d'arrêt. Ses joues se colorèrent de ce qui ressemblait à de la honte.

– De nombreux *dro'shea* s'indignent du vol de leur culture. Leur colère est justifiée. Les elfes de la nuit vivaient dans une petite région isolée. En tant qu'éclaireurs, les parents de Fel se sont battus pour une ville qui, un jour peut-être, sera digne de leur fille. J'appelle aussi de mes vœux une telle cité. Fel est une elfe honnête et brave, et elle mérite un monde meilleur. Mais, pour que ce rêve se réalise, encore faut-il qu'il y ait une Llethanyl. Et une Fel.

– Honnête et brave, marmonna Zed. Vous avez dit la même chose de mon père, un jour.

Derrière eux, Jayna poussa un cri aigu lorsque Micah lui fourra une motte de terre gelée dans le dos. Zed émit un grognement agacé. Il leva de nouveau les yeux sur Callum, espérant que le Grand Éclaireur reprendrait le fil de son récit, mais l'attention de l'elfe s'était détournée.

– J'avais toujours cru que les guérisseurs étaient du genre compatissant, dit celui-ci avec douceur.

Ses yeux restaient rivés sur quelque chose au loin.

– La seule chose gentille que Micah ait jamais faite pour moi, bougonna Zed, ç'a été de péter sous le vent. *Une* fois.

Callum éclata de rire, et Zed se surprit à sourire aussi. Puis Frond aboya pour réclamer le calme, et le groupe retomba dans le silence.

*

Ils firent halte pour déjeuner près d'un tas d'énormes rochers gris saupoudrés de flocons de neige. Zed, à qui l'aspect des lieux rappelait de façon troublante le roi Pierrefranche, baptisa secrètement l'endroit le Roi-Pierre.

Il se demanda si le monarque avait déjà découvert la disparition de la reine des elfes. Non qu'il pût les arrêter à ce stade, de toute façon.

Tandis que Zed et les autres surveillaient la piste, les sœurs d'épée de Me'Shala inspectèrent le Roi-Pierre à la recherche de Dangers éventuels. Toutes deux étaient des elfes des bois, mais leurs similarités s'arrêtaient là. L'une, grande et mince, avait le teint cuivré, presque vert par rapport à la blancheur blafarde environnante. Elle se mouvait avec des gestes vifs et précis.

L'autre était trapue – du moins, comparée aux autres elfes –, et on ne pouvait qualifier son teint autrement que de « rose ». Elle affichait invariablement un sourire serein. Un jour où elle avait surpris Zed en train de l'observer, elle lui avait lancé un clin d'œil.

Zed ne connaissait toujours pas leurs noms. Elles ne parlaient pas un mot de la langue commune, et Callum lui avait vivement conseillé de ne pas les approcher quand elles assuraient la protection de la reine. Pour l'instant, il les avait surnommées Épine et Pétale.

Après avoir ratissé les lieux pendant un moment, Épine repéra quelque chose dissimulé dans les rochers. Elle enfonça son épée dans une crevasse et en remonta un minuscule Danger empalé sur la lame.

On aurait dit un curieux croisement entre un oiseau et une pendule. Ses quatre bras mécaniques articulés gigotaient dans tous les sens autour de l'épée, tandis que ses deux ailes aux couleurs vives battaient l'air en pure perte. La créature ne possédait pas de tête digne de ce nom, mais un gros œil tournoyait furieusement dans son abdomen de cuivre.

– Je crois que c'est un chérubet, dit Hexam. Originaire de Lux. Ils font partie de l'espèce la plus faible des Célestes. Parfaitement inoffensifs.

Épine fracassa tout de même la bestiole contre la roche. Il y eut un craquement mécanique – *crash* –, et le chérubet cessa de bouger.

Lorsque le Roi-Pierre fut enfin jugé sûr, la troupe s'installa pour manger. Bien qu'il eût marché pendant des heures, Zed s'avisa qu'il n'avait pas mal aux pieds. Hélas ! Son soulagement fut de courte durée. Dès qu'il essaya de remuer les orteils, il se rendit compte qu'il ne les sentait plus du tout.

Une fois que Frond eut distribué les rations de nourriture – croûtons de pain imbibés d'huile et accompagnés de deux petits morceaux de fromage –, Zed retira ses bottes. Il tendit un bras vers ses pieds et fit jaillir une petite bouffée de mana dans le creux de sa main.

Au-dessus de ses doigts, une gerbe de flammèches vertes se déroula. Zed réchauffa ainsi ses orteils pendant un moment, prenant soin de ne pas mettre le feu à ses chaussettes.

– Pas de magie ! gronda Frond.

Elle mordit dans son pain, en arracha une bouchée d'une manière qui rappela à Zed un chien grignotant le cuir d'un fauteuil.

– Échonomise chta machna, ajouta-t-elle, exposant aux regards le contenu à demi mâché de sa bouche.

Zed soupira, éteignit sa *machna* et la chaleur qu'elle lui procurait.

La reine, ses ministres et les sœurs d'épée s'étaient assis à l'écart des Aventuriers, retirés dans les limites d'un cercle interdit. Les éclaireurs, eux, s'étaient éparpillés plus largement, les yeux toujours rivés sur les arbres alentour.

– On pourrait chanter pour passer le temps, proposa Jayna entre deux bouts de fromage. Les Aventuriers aiment... les histoires grivoises, non ? En tout cas, Fife en connaît des tas. Chez les Éclats d'Argent, j'ai un jour entendu une chanson très osée à propos d'une apprentie qui, sans le faire exprès, avait fait s'envoler la robe de son professeur pendant...

– Pas de chanson, non plus ! la coupa Frond.

Alors, ils mangèrent en silence – du moins autant que le permettait la mastication tonitruante de Frond. Zed remarqua que Selby, le ministre de la reine, avait, d'un petit coup de magie, allumé un feu au centre de *leur* cercle.

Zed ne réussit à réprimer un autre soupir malheureux qu'en imaginant la voix de Frond en train d'aboyer : « Pas de soupir ! »

*

Cher Brock,

Je suis désolé.

Zed barra la deuxième ligne avec un grognement mécontent puis recommença :

Cher Brock,

J'ai peur.

Il trempa son petit crayon de bois dans une fiole remplie d'encre. En principe, les instruments d'écriture ne devaient lui servir que pour les cours d'Hexam, mais, dès lors que, à la différence de Jayna, il n'en avait pas besoin pour consigner des formules magiques, il avait décidé d'en faire un usage plus pratique.

« Eh bien, si tu en rencontres, dis-leur que je vais très bien. »

Au souvenir des dernières paroles – plutôt dures, il devait le reconnaître – qu'il avait adressées à Brock, Zed ne put retenir une grimace. En réalité, il n'allait pas bien du tout. Le poids de la tâche qu'il avait entreprise pesait lourd sur ses épaules. Après encore plusieurs heures de marche pénible, la troupe s'était de nouveau arrêtée pour se reposer un court instant.

Sauf que, dans la tête de Zed, ça continuait à bourdonner.

Pourquoi, avec tout ce qui se passait, avait-il accepté de se lancer dans cette aventure ? Tuer la Liche ? *Lui ?* Il était à peine capable de contrôler les flammes qu'il faisait surgir de ses mains. Pire encore, il avait menti sur l'origine de ce feu.

Une ville entière peuplée d'elfes dépendait de sa maîtrise de la *sorcellerie*. Excepté que Zed, lui, connaissait la vérité. Le feu que lui avait donné Makiva était quelque chose de complètement différent. De plus sombre. Brock avait raison depuis le début.

Je devrais sans doute commencer par le commencement, écrivit Zed, *au moment où les choses ont mal tourné.*

– Ah, te voilà !

Zed leva les yeux et vit Selby, debout devant lui, tout sourire. Il plia prestement la feuille en deux et bondit sur ses pieds.

– Euh... Salut !

– Tu continues à étudier, au beau milieu de notre expédition ? remarqua le ministre, avant de lui décocher un charmant sourire elfique. C'est formidable. Ton application te fait honneur.

– Mer... merci ! répondit Zed, d'une voix plus forte qu'il n'en avait eu l'intention.

– Ce ne doit pas être facile d'être un ensorceleur parmi les humains, poursuivit Selby. Je suppose qu'ils ne savent pas trop quoi faire de toi. La sorcellerie est plus courante au sein de notre peuple, tu sais. Rares sont les familles qui ne comptent pas au moins un ou deux ensorceleurs parmi leurs membres.

– Vous en êtes un, messire... je veux dire, seigneur... ? Euh... Comment dois-je vous appeler ?

– Appelle-moi Selby, répondit l'elfe avec un clin d'œil. Comme tu l'as peut-être remarqué, je suis moins cérémonieux que ma collègue. À son immense déplaisir, d'ailleurs, ajouta-t-il en haussant les épaules d'un air penaud. Quant à ta question, non, je n'ai pas la chance de posséder des compétences magiques. J'ai bien eu une tante qui était capable de faire naître le froid quand elle se sentait déprimée. Elle confectionnait de délicieuses boissons frappées, mais cela a fini par avoir des effets très néfastes sur sa santé mentale.

Le ministre se mit à fourrager dans la sacoche faite de somptueuse fourrure blanche qu'il portait au côté.

– Tous les ensorceleurs sont différents, même à l'intérieur des lignées où prédomine la magie. Ça les rend difficiles à instruire, mais... ah !

Selby sortit quelque chose de son sac. Un petit livre de toute beauté, avec sa reliure de cuir d'un blanc immaculé et son fermoir en mithril scintillant. Le ministre le tendit à bout de bras, mais il fallut à Zed quelques secondes de stupeur muette pour comprendre que le volume lui était destiné.

Il le prit d'une main tremblante.

– Qu'est-ce que c'est ?

– Un recueil d'exercices arcaniques pour les ensorceleurs, compilé au fil des générations. Il a été traduit en langue commune, ne t'inquiète pas. La reine Me'Shala a pensé qu'il pourrait t'être utile.

Zed pressa le livre contre sa poitrine. La tête lui tournait.

– Vous me le donnez vraiment ?

– Ce n'est pas grand-chose, à côté des risques énormes que tu prends.

– Oh, c'est... Je veux dire...

– Ne sois pas modeste, sourit Selby. Nous savons tous à quel point cette mission est dangereuse. Les morts-vivants pourraient très bien être en train de nous épier en ce moment même. Tu auras besoin de tous les outils à ta disposition.

Zed hocha lentement la tête, sa joie cédant une fois de plus à la frayeur. Il décelait une étrange senteur dans l'air, collée aux vêtements du ministre. Un arôme sucré – on en aurait presque mangé – mêlé à une odeur de gibier, quelque chose comme du cuir. Puis il se souvint : Fel avait appelé ça de la myrrhe.

– C'était une belle cérémonie que vous avez célébrée, hasarda Zed. Pour le petit enfant.

Selby émit un gloussement gêné et se frotta la nuque.

– Merci, mais pour être tout à fait honnête, Zed, je me suis senti un peu ridicule. Je suis heureux que cela ait procuré quelque consolation à la mère – sincèrement –, mais de l'endroit où je me tenais j'ai bien vu les expressions sur les visages de vos Fils de la Pierre. Eux n'y ont trouvé aucun réconfort.

Zed fronça les sourcils.

– Mais ces coutumes ne sont-elles pas importantes pour vous ?

– Oh, certainement, pour beaucoup d'entre nous. Cependant, la tradition peut aussi se révéler un véritable joug. J'encourage la reine Me'Shala à se montrer plus... progressiste. Il y a encore trop d'elfes obnubilés par l'idée que les druides nous redonneront l'immortalité.

Le ministre tendit les bras pour désigner le paysage désert.

– Si les druides avaient réellement détenu un tel pouvoir, tu ne crois pas qu'ils l'auraient utilisé bien avant d'être décimés ?

– C'est quand même une chouette idée, remarqua doucement Zed. Savoir que les êtres qui nous sont chers pourraient nous revenir.

Selby opina de la tête avec un sourire mélancolique.

– Oui, sûrement, convint-il en tapotant l'épaule de Zed. Bonne lecture !

Sur ce, faisant crisser le givre sous ses pieds, il partit rejoindre les autres elfes. Zed retourna le livre de sorcellerie entre ses mains.

Au dos, un arbre auréolé d'un vol d'oiseaux était gravé dans le cuir de la couverture.

Chapitre huit

Brock

En proie à une sourde inquiétude, Brock faisait les cent pas devant le mur sur lequel étaient exposés les trophées de chasse aux monstres, lorsque Syd et Fife rentrèrent en fin de journée.

La maison de la guilde était exceptionnellement silencieuse – au point qu'on s'y sentait mal à l'aise – depuis le départ, la veille, de l'expédition chargée de libérer Llethanyl. Lotte tenait à ce que les apprentis demeurés à Pierrefranche suivent leur routine habituelle, et elle les soumettait sans pitié à la batterie ordinaire des exercices d'entraînement. Cependant, même elle ne pouvait les occuper toute la journée, et maintenant que le bâtiment, hier encore plein à craquer, s'était soudain vidé, ceux qui restaient se retrouvaient à ne pas trop savoir comment tuer le temps.

Ce temps, Brock le passait à ressasser de vieilles conversations et à se demander ce qu'il aurait pu faire différemment. Et pas seulement avec Zed. Dame Gray l'avait chargé de voler le trésor de la reine, et il n'aurait probablement jamais eu meilleure occasion de le faire qu'en participant à l'opération de sauvetage de Llethanyl. Il n'avait donc aucune hâte d'affronter son mécontentement lorsqu'elle apprendrait qu'il avait été exclu de cette quête.

Cela dit, qu'adviendrait-il si Zed réussissait ? S'il revenait en héros après avoir, à lui seul, éliminé la plus grave menace qui eût pesé sur Terryn depuis deux cents ans ? Dans ce cas, Zed n'aurait plus besoin de la protection de Brock. Quel tort les accusations de magie noire portées par la Dame pourraient-elles causer à un héros glorifié par deux cités ?

Telles étaient les pensées qui occupaient l'esprit de Brock au moment où Syd passa la tête par l'ouverture du sous-sol. Plus âgés que Brock de quelques années seulement, Syd et son meilleur ami, Fife, comptaient parmi les membres les plus sociables de la guilde. Ils étaient partis avec Frond et les autres le matin précédent, pour une prétendue expédition d'exploration, et n'auraient pas dû rentrer avant encore un jour ou deux.

– Tu n'es pas une âme sensible, toi, n'est-ce pas ? demanda Syd, arborant son air perpétuellement endormi sous son casque à trois cornes. J'aurais besoin que tu me donnes un coup de main.

Brock le suivit dans le laboratoire d'Hexam, une salle souterraine entourée de barrières magiques génératrices de froid, dans laquelle le magicien se consacrait à ses tâches les plus importantes en tant qu'archiviste : dépouiller de leurs précieux organes et fluides les monstres abattus au-delà des remparts. Les produits de sa sinistre récolte étaient conservés dans des fioles et des bocaux alignés tout autour de la pièce. Le produit du pauvre estomac de Fife avait éclaboussé le mur du fond.

– Je… je vais chercher un balai, gémit le garçon, qui sortait en s'essuyant la bouche du revers de la main.

– La chose nous a attaqués après que le groupe de Frond est parti de son côté, expliqua Syd, visiblement peu perturbé par le départ de son ami. Fife et moi, on a été chargés de la rapporter pour qu'elle ne s'abîme pas, pendant que les autres démolissaient son nid.

Brock avait le plus grand mal à s'intéresser à autre chose qu'à la table dressée au centre de la pièce, recouverte d'un lourd drap blanc. Ce qu'il y avait en dessous paraissait vaguement humanoïde… mais juste vaguement.

– Je travaille avec Hexam, ajouta Syd. Pas sur les trucs de magie, mais sur les monstres. Il m'a demandé de le remplacer pendant son absence. De commencer avec ça, déjà.

Syd retira le drap, dévoilant une bête qui ressemblait autant au croisement d'une salamandre et d'un insecte qu'à un humain. Sa chair cireuse et humide était recouverte de larges plaques de carapace dure formant une cuirasse naturelle. Sa poitrine, d'apparence humaine, se prolongeait par un long abdomen écailleux, d'où pendaient une demi-douzaine de pattes d'insecte. Ses deux yeux morts étaient attachés à l'extrémité de longs pédoncules, et sa gueule sans dents demeurait béante, telle une balafre entre les plaques d'exosquelette tranchantes comme des rasoirs.

– Dégueu, grimaça Brock.

– Ouais, c'est ce que tout le monde dit, approuva Syd. Mais tu devrais voir ce que Lotte est capable de faire avec la chitine des locustrix.

– Des locustrix ? répéta Brock. J'ai lu quelque chose là-dessus dans...

Il fit un geste en direction du lutrin sur lequel reposait d'ordinaire le bestiaire des monstres établi par Hexam.

– Oh, tu as besoin du livre, peut-être ?

Syd hocha la tête.

– Probablement. Il faut que j'arrive à retirer les plaques sans rien casser. Et je ne suis pas sûr que les yeux servent à quelque chose...

– Je vais le chercher, coupa Brock.

Sans attendre, il regagna la chaleur relative du couloir, laissant derrière lui la porte du laboratoire entrebâillée. Mais, au lieu de remonter sur-le-champ, il glissa de nouveau un coup d'œil furtif dans la pièce. Syd s'affairait à aligner les instruments dont il aurait besoin pour l'autopsie, comme si la bête massive étalée devant lui n'était pas plus intimidante qu'un puzzle.

Depuis combien de temps Syd travaillait-il avec Hexam ? Et à quel moment les problèmes de contrebande de la guilde avaient-ils commencé... ?

Brock secoua la tête. Ce n'était pas le moment. Même s'il y avait encore un trafiquant à l'œuvre au sein de la guilde, ils avaient tous un ennemi commun : la Liche. Tout le reste pouvait attendre, jusqu'à ce qu'arrive la nouvelle que Llethanyl était libérée, les elfes sauvés, et que Zed revenait à Pierrefranche en héros des deux peuples.

En toute hâte, Brock longea le corridor, passa devant la salle des trophées et remonta l'escalier. Dans le réfectoire, Liza tailladait le plateau de la table centrale avec un couteau de cuisine émoussé, apparemment perdue dans ses pensées.

– Syd et Fife sont rentrés plus tôt que prévu, annonça Brock.

– Génial, répondit-elle distraitement.

Il s'apprêtait à reprendre son ascension lorsqu'elle l'appela.

– Brock, attends. Je me disais qu'on pourrait peut-être parler.

– Ouais, d'accord, fit-il en pénétrant dans la salle.

– Super.

Elle resta assise là, sans mot dire, les yeux rivés sur lui.

– Euh... ben... vas-y, je t'écoute ?

– Je veux dire : je pensais que tu voudrais parler de ce que tu ressens.

Brock ne put retenir une grimace.

– Ce que je ressens ? Et moi qui croyais que tu allais présenter tes excuses !

– Des *excuses* ? À qui ? À *toi* ?

Brock recula d'un pas.

– Je... pensais... Non ?

– Et de quoi exactement je devrais m'excuser ?

– Je voulais juste... rien, mais... l'autre jour, sur le terrain ? Il t'arrive d'être un peu brusque, parfois...

Le visage de Liza se rembrunit. Brock ne trouvait plus ses mots. Ils s'étaient évaporés sous le regard brûlant de la jeune fille, le laissant totalement désemparé. Il ne savait plus ce qu'il avait bien pu vouloir dire sur le sujet, ou sur n'importe quel autre sujet, d'ailleurs. Quelles paroles pouvait-il prononcer, à présent, qui ne lui vaudraient pas de se prendre une raclée ?

Un *miaou* plaintif résonna dans le silence du réfectoire.

Brock esquissa un simulacre de sourire.

– Oh, voilà le chat ! Je l'adore, ce chat. Pas toi ?

Liza fronça les sourcils sans répondre.

– Viens, minette ! appela Brock, en s'avançant dans la salle.

Il y eut un bruit de bagarre sous une table, puis un trottinement, et Calamité fit son apparition. Elle tenait dans sa gueule un rat ensanglanté et sans vie.

– Ah, beurk, c'est répugnant ! s'exclama Brock, dégoûté. Où est-ce qu'elle trouve ces bestioles ?

C'est alors que, d'un brusque mouvement convulsif, le rat se dégagea des mâchoires du félin et tomba sur le sol avec un *ploc* mouillé et sanguinolent.

Calamité émit un feulement à l'adresse du rat massacré.

Le rongeur répondit de même.

– Comment se fait-il qu'il soit encore vivant ? s'étonna Brock, horrifié.

Les doigts de Liza se resserrèrent sur le couteau à beurre.

– Brock, ordonna-t-elle avec un calme qui donnait la chair de poule, écoute bien. Je veux que tu recules, tout doucement…

– Quoi ? Pourquoi ? Je ne…

Elle lui plaqua une main ferme sur la poitrine et le repoussa, tandis que son autre main lançait le couteau à travers la pièce. La lame fila droit vers sa cible et s'enfonça dans le flanc du rongeur. Brock supposa qu'elle avait dû lui transpercer le cœur, les poumons et plusieurs organes encore.

Mais le rat ne tomba pas. Ses yeux braqués sur Liza jetaient d'étranges éclats pourpres dans la faible lumière de la salle. Il s'élança en avant, le couteau toujours fiché dans le côté.

Brock poussa un hurlement, puis, entraînant Liza avec lui, se mit à reculer devant le rat qui fonçait vers eux.

– Il est tout petit, fit remarquer Liza. Il ne peut pas nous faire de mal, si ?

– J'en sais rien ! cria Brock, qui avait entrepris de renverser des chaises pour tenter de barrer le passage à la bestiole. Mais on ferait mieux de ne pas le toucher ni même le regarder !

La porte qui donnait sur le terrain d'entraînement s'ouvrit brusquement, en même temps que celle de la cuisine. Lotte, Jett et Fel firent irruption dans la pièce.

– Par les Abysses ! Qu'est-ce qui se passe, ici ? s'écria Lotte.

– Un mort-vivant ! brailla Liza, le doigt tendu. Un rat mort-vivant !

Jett et Fel s'arrêtèrent net, mais Lotte s'empara du marteau de guerre de Jett et se jeta en avant, tout en effectuant de furieux moulinets au-dessus de sa tête.

Les tables empêchèrent Brock de voir, mais il entendit distinctement le *floc*.

– Un rat *mort*, déclara Lotte.

Elle rendit son arme à Jett, qui fit la grimace en avisant la bouillie infâme qui y restait collée.

À l'étage au-dessus, le plancher craqua bruyamment.

– Qui d'autre est là ? demanda Lotte d'un ton sévère. Est-ce que la pseudo-expédition est déjà revenue ?

– Il n'y a que Syd et Fife, répondit Brock. Mais je crois qu'ils sont en bas.

Lotte opina du chef d'un air sombre.

– Bien sûr. Un rat mort-vivant ne constitue pas une véritable menace, mais ça suffit à distraire notre attention.

– Distraire notre attention de quoi, exactement ? s'enquit Liza.

– Si Hexam était là, il aurait une théorie à nous proposer, répondit Lotte. Moi, tout ce que j'ai, c'est un mauvais pressentiment, dans mes tripes, et une envie irrésistible de poignarder quelqu'un. Suivez-moi. Et restez groupés.

Ils grimpèrent à l'étage, Lotte en tête, l'épée au clair, Jett en arrière-garde avec son marteau. Fel encocha une flèche à son arc. Apparemment, tous deux s'entraînaient sur le terrain lorsqu'ils avaient entendu le raffut dans le réfectoire. Brock disposait pour toute arme d'une cuillère qu'il n'avait aucun souvenir d'avoir prise quelque part. Des portes se succédaient tout le long du couloir, et ils vérifièrent derrière chacune d'elles, aussi silencieusement que possible. Lotte barrait les ouvertures, tandis que Fel ajustait sa flèche par-dessus l'épaule de l'intendante. Les unes après les autres, les chambres se révélèrent désertes.

Il ne leur restait presque plus de portes à ouvrir lorsqu'un bruissement leur parvint.

– Ça vient d'un peu plus loin, à deux portes d'ici, chuchota Lotte. Fel, avec moi. Les autres, restez où vous êtes. Ne laissez passer personne.

À pas feutrés, Lotte et Fel se dirigèrent vers la porte close. Brock sentit son ventre se tordre d'impatience. Il s'écarta d'un pas de Jett. Il préférait ne pas être dans les jambes du nain au cas où celui-ci aurait besoin de faire usage de son marteau.

Lotte ouvrit la porte d'un coup de pied et s'engouffra dans la pièce en poussant un cri de guerre – qui s'éteignit abruptement.

Fel abaissa son arc.

– Ce n'est que Fife, annonça-t-elle.

Brock et Jett échangèrent un regard, avec un petit gloussement soulagé. Qui ne dura pas. Une porte explosa derrière eux.

Jett fit un vol plané en arrière, Brock chancela en avant. Il n'eut que le temps de se retourner pour voir le nain agrippé par des griffes monstrueuses. Elles s'étaient refermées autour de son bras et, une seconde plus tard, elles l'entraînaient dans l'obscurité derrière la porte fracassée.

– Jett ! rugit Liza.

Elle ramassa le marteau tombé à terre et s'élança à la rescousse de son camarade. Recouvrant de justesse son équilibre, Brock lui emboîta le pas et franchit l'encadrement de la porte en miettes.

À l'intérieur se trouvait la créature que Brock avait vue au sous-sol. Elle était morte, à ce moment-là, il en était sûr, mais voilà qu'il la retrouvait là, debout sur ses six pattes segmentées d'insecte, faisant grincer ses mâchoires en dents de scie et tenant Jett en l'air dans l'une de ses griffes. Le nain avait beau lui frapper la tête de sa main libre et lui flanquer des coups de pied, la créature ne semblait pas s'en soucier le moins du monde. Elle tourna ses yeux pédonculés, pareils à des tentacules, vers les nouveaux venus.

Comme celui du rat, son regard brillait d'une lueur pourpre.

Des sifflements déchirèrent l'air autour de la tête de Brock. D'instinct, Liza et lui se baissèrent, tandis que Fel criblait la créature de flèches. Lorsque les projectiles touchaient la cuticule de la bête, ils ricochaient sans lui infliger de dégâts. Lorsqu'ils atteignaient la chair, leur effet se révélait tout aussi inoffensif. Le monstre ne réagissait aucunement aux pointes qui lui perforaient la peau, et bientôt Fel se retrouva à court de munitions.

Liza fit alors tournoyer le marteau de Jett dans les airs et obtint enfin une réaction. La locustrix fila sur le côté pour esquiver le coup. Hélas, Liza, qui avait mis toute sa force dans le mouvement, ne pouvait plus modifier la trajectoire de son arme. Le marteau percuta le sol, brisa le plancher en mille morceaux, laissant l'apprentie aventurière à la merci d'un grand coup de patte, qui l'envoya valdinguer dans les airs. Liza alla s'écraser contre le mur et s'effondra par terre.

Brock fouilla du regard la pièce exiguë à la recherche d'une arme. Le seul objet à portée de main était une sphère argentée accrochée au mur. Il s'en empara, avec la ferme intention de la jeter contre leur adversaire, lorsque soudain Lotte entra dans la pièce sans ralentir, lui passa devant à toute vitesse et, d'un seul coup d'épée, trancha le bras qui retenait Jett prisonnier. Brock se précipita en avant pour amortir la chute du nain. Du sang noir s'écoulait du membre sectionné de la créature, et lorsqu'elle ouvrit la gueule Brock crut qu'elle allait hurler – elle devait avoir enfin *senti* quelque chose.

Mais le monstre n'avait pas ouvert la gueule pour rugir. Brock vit avec horreur son gosier noir crépiter d'éclairs violets.

La bête immonde jetait un sort, et Brock était impuissant à l'arrêter.

Les éclairs fusaient du gosier de la créature, en jets de lumière éblouissante qui, Brock le savait, allaient les tuer. Mais, avant qu'il ait eu le temps de cligner des yeux, la foudre violette avait frappé – non pas Jett ni lui, mais le globe argenté qu'il tenait toujours à la main.

La sphère s'illumina d'un éclat blanc, les symboles mystérieux gravés sur sa surface brillèrent un instant. Puis, avec un craquement sec, le globe se fendit par le milieu. Les deux moitiés tombèrent des mains de Brock, qui battait furieusement des paupières pour s'éclaircir la vue.

– Arrière ! cria Jett, en écartant Brock de la trajectoire de l'épée de Lotte.

Au cours de ces horribles et interminables secondes durant lesquelles la locustrix avait tourné son attention vers eux, l'intendante s'était préparée à porter un nouveau coup. Cette fois, elle visa de sa lame les pattes fines sur lesquelles se tenait le monstre. La créature s'affaissa, ses pattes tranchées sous elle. Lotte n'y alla pas de main morte. Elle tailलada et lacéra avec férocité, jusqu'à ce que la bête reste enfin immobile. L'intendante s'acharna encore un peu à en faire de la charpie.

– Elle est morte, Lotte, dit doucement Jett.

– Oui, en effet, rétorqua-t-elle. C'est bien ce qui m'inquiète.

Elle plongea sa lame dans le torse désormais amputé de ses membres et le cloua au sol.

*

Le monstre avait frappé Syd par surprise. Ils retrouvèrent le garçon affalé sur le sol du laboratoire d'Hexam, frigorifié, commotionné, mais vivant. Du sous-sol, la créature avait grimpé au premier étage. C'était là que Fife était tombé nez à nez avec elle. En se barricadant dans une chambre pour lui échapper, il était involontairement devenu l'appât qui devait servir au monstre à prendre Jett au piège.

– Mais qu'est-ce qu'elle faisait *là-haut* ? demanda Liza en frottant la bosse sur son front.

Après avoir récupéré Syd, ils retournèrent à l'étage, dans la pièce d'où la chose avait surgi pour les attaquer. C'était la chambre d'Hexam. Lorsqu'il s'en rendit compte, Brock sentit son cœur se serrer. Les affaires personnelles de l'archiviste avaient été réduites en bouillie au cours de la bagarre. Le plancher était jonché de fragments de bois, d'éclats d'os et de tessons de cette étrange matière vitreuse dont étaient faits les globes éclairants.

Le seul objet qui restât sur le bureau était une carte. Elle montrait la route de Llethanyl, celle-là même que suivait Zed en cet instant. Chaque refuge y était clairement indiqué, ainsi que l'endroit précis prévu par Frond pour entrer dans la ville.

– Euh, bredouilla Jett. Il ne... il n'était pas en train d'étudier cette carte, j'espère ?

Syd secoua la tête.

– Ce doit être une coïncidence. Ces bestioles ne sont que des animaux stupides. J'étais là quand ils l'ont tuée.

Se grattant le menton, il contempla le corps mutilé qui gisait à quelques pas de là et ajouta :

– La première fois, je veux dire.

– Il y avait quelque chose dans ses yeux, remarqua Liza. Une forme d'intelligence. Elle m'a regardée comme si elle me connaissait. Comme si elle me *détestait*.

– Tu as raison, railla Brock. Elle devait être intelligente.

Du sang noir plein les cheveux, elle le foudroya du regard.

– Tu ne peux vraiment pas t'en empêcher, hein ?

– Tu es sûr qu'elle était morte, Syd ? demanda Lotte.

– Absolument. Nous l'avons portée tout le long du chemin du retour, et elle n'a pas bougé une patte.

– Pas même quand on l'a laissée tomber une ou deux fois, ajouta Fife.

– Bizarrement, c'était toujours le côté que tenait Fife qui nous échappait, précisa Syd.

Lotte plaqua les mains sur ses yeux.

– Nous savons tous ce que cela signifie, n'est-ce pas ? Je préférerais me tromper, mais il n'y a pas d'autre explication.

– Elle avait les yeux violets, souligna Liza. Comme le raton laveur que nous avons vu dehors. Celui que tout le monde disait sous l'emprise de la Liche.

– Mais la Liche se trouve à Llethanyl, objecta Jett. Comment... comment pourrait-elle exercer son pouvoir jusqu'ici ?

– Encore une fois, Hexam aurait une théorie pour nous expliquer ça, répondit Lotte. Sauf qu'Hexam n'est pas ici.

– Non, il est *là*, précisa Brock en tapotant la carte du doigt, cette carte que le Danger avait, semble-t-il, examinée de près. Se pourrait-il que la Liche voie à travers les yeux de cette chose ? Dans ce cas, elle est au courant de la venue de Frond et des autres. Elle connaît le trajet exact qu'ils empruntent pour arriver à Llethanyl !

– Oh, c'est pas bon, ça, commenta Syd.

– Comme tu dis ! approuva Brock. Nous devons les rattraper. Il faut à tout prix les prévenir !

– Je suis d'accord, acquiesça Lotte. Mais notre premier devoir est envers Pierrefranche. Sire Brent doit être averti que toute personne, tout animal qui meurt risque d'être contaminé, même de ce côté-ci des barrières de protection.

– Non ! protesta Fel avec brusquerie.

Elle était restée si silencieuse que Brock avait fini par oublier sa présence. Il se tourna pour la regarder, debout dans son coin, Calamité serrée contre sa poitrine. L'elfe sembla se ratatiner un peu sous la soudaine attention dont elle faisait l'objet.

– Non ? répéta Lotte.

– Je veux dire..., bafouilla Fel avant de se mordre la lèvre. On ferait peut-être mieux de ne rien lui dire ?

– Tu as peur qu'il s'en prenne aux réfugiés, supposa Liza.

Fel opina de la tête.

– Je comprends, dit Lotte, mais il serait irresponsable de notre part de garder cette information pour nous.

– Il serait irresponsable de déclencher une panique, riposta Jett. Des gens risqueraient d'être blessés.

– Ou tués, renchérit Liza. Et alors, là, nous serions dans de beaux draps !

– On pourrait en parler au Père Pollux, suggéra Brock. Il est digne de confiance, je crois. Et puis, si quelqu'un… décède, il est probable que ça se passera à l'intérieur du temple, non ?

Lotte plissa les yeux. Elle considéra les apprentis un à un.

– Très bien, soupira-t-elle. Je vais parler à Pollux. Ensuite, dès l'aube, je me mettrai en route pour rejoindre Frond.

– Nous aurons fait nos bagages et serons prêts à partir quand vous reviendrez du temple, déclara Liza.

– Vous… ? Vous ne venez pas avec moi.

– Oh, que si ! riposta Liza. C'est contraire au règlement de sortir seul…

– Et puis, vous aurez besoin d'aide…, affirma Brock.

– Je connais le chemin…, ajouta Fel.

– Il y aura plein d'autres Dangers…, argua Jett.

– Je serai heureux de rester ici pour garder la maison ! annonça Fife.

D'un seul mouvement, les apprentis se tournèrent pour lui décocher un regard noir.

Fife haussa les épaules.

– Ben quoi ? Il faut bien que quelqu'un vous remplace. De toute façon, je suis sûr que mon pote souffre d'une commotion.

Du pouce, il désigna Syd, qui, avachi contre le mur, paraissait aussi hébété que chancelant.

– Ma foi, on dirait que Frond a déniché une couvée de fortes têtes, cette fois, observa Lotte, sans la moindre pointe d'humour dans la voix. Parfait. Toi, dit-elle, le doigt pointé sur Fife, tu restes pour monter la garde et tu repousses quiconque aurait l'idée de venir nous chercher. Je vais emmener Syd chez les guérisseurs. Ça me donnera une occasion de parler à notre Père Lumineux, et en prime je m'assurerai que Syd n'est pas définitivement hors service. Les autres... tenez-vous prêts à lever le camp aux aurores, sinon je vous abandonne ici. Et à partir de maintenant, vous faites tout ce que je vous dis, ajouta-t-elle en balayant le groupe des yeux. Et sans poser de question !

– Compris, accepta Liza avec un hochement de tête décidé.

– Nous allons rattraper Frond, la prévenir que le plan est compromis, et revenir aussitôt après, continua Lotte. Ce qui signifie que nous devrons nous déplacer rapidement et sur un terrain difficile. Je vous conseille donc de prendre quelque repos, dès que vous aurez empaqueté vos affaires.

Elle ordonna à Fife de l'aider à faire sortir Syd de la pièce. Brock, Fel, Liza et Jett restèrent seuls avec le Danger taillé en pièces.

– Elle espère qu'on va trouver le sommeil ? s'étonna Jett, en jetant un coup d'œil sur le cadavre de la bête. Ici ?

– Pas moi, en tout cas, décida Brock. Je sors. Je serai revenu avant l'aube.

Liza se laissa tomber lourdement sur le bureau démoli.

– Tu ne crois pas que tu devrais au moins essayer de dormir ? La journée de demain promet d'être pénible.

– Je dormirai quand je serai mort, rétorqua Brock avec un frisson, avant de se diriger vers la porte, non sans lancer un dernier regard vers le monstre cloué au sol. Ou peut-être même pas, si ça se trouve.

Chapitre neuf

Zed

– Parlez-moi encore des elfes, demanda Zed.

La troupe s'était remise en route sur le chemin couvert de givre. Zed avait déployé de grands efforts pour garder le silence. Par les Abysses ! Il y était même arrivé pendant un moment. Mais le froid s'était insinué dans ses os, comme une sorte de Danger invasif, et il avait besoin de distraire son esprit – de ne plus penser à sa maison, à sa mère et à tout ce qui lui tenait chaud au corps et au cœur et qu'il avait laissé derrière lui.

Heureusement, Callum n'eut pas l'air contrarié par sa requête.

– Qu'aimerais-tu savoir ?

Zed n'en crut pas ses oreilles. En dehors de Fel, aucun des elfes ne lui avait jamais posé la question. C'était comme si le roi Pierrefranche venait de l'informer qu'il pouvait prendre tout ce qu'il voulait dans le trésor royal.

– Tout ! réclama-t-il.

Callum laissa échapper un petit rire.

– Alors, commençons par Llethanyl.

Zed accepta d'un hochement de tête enthousiaste.

– La ville est..., commença Callum, pensif, ... grande.

– Je ne vais pas me contenter de ça, grommela Zed.

– Je veux dire qu'elle est exagérée. Comme une histoire qui s'enjolive chaque fois qu'on la raconte. À écouter certains elfes la décrire, on croirait qu'elle a surgi de terre, entièrement achevée, comme par magie.

– Et alors... ce n'est pas vrai ?

Callum secoua la tête.

– Si grandiose qu'elle devienne, une ville n'est qu'un lieu où les gens se rassemblent pour construire leurs vies. Dans ce sens, on peut dire qu'elle résulte d'une multitude de petites opérations magiques, je suppose. Pour les elfes, c'est un endroit où il fait bon revenir. Elle tient son nom d'une formule de salutation courante chez nous. Celui qui accueille dit : *lleth elan*, c'est-à-dire : « Bienvenue à la maison », et celui qui est accueilli répond : *lleth anyl*, autrement dit : « Je suis rentré », conclut l'éclaireur, la gorge serrée.

Zed considéra Callum avec gravité. Sans croiser son regard, le Grand Éclaireur se racla la gorge.

– Mais tu veux sans doute que je te parle des curiosités de la ville, reprit-il. Llethanyl est bâtie autour d'un arbre immense, que mon peuple cultive depuis près de mille ans. Je t'emmènerai en faire le tour une fois que nous aurons vaincu la Liche. L'été, l'arbre abrite des centaines d'oiseaux venus de partout dans Terryn – avec des plumes de toutes les couleurs imaginables. Et peut-être même quelques-unes que tu ne pourrais jamais imaginer.

– Ça doit être salissant, remarqua Zed, en pensant à toutes les fois où il avait dû récurer les dalles de pierre sur le terrain d'entraînement pour en décoller la fiente des pigeons.

Callum esquissa un petit sourire.

– Les *ain'shea* nettoient derrière les oiseaux. Les elfes du soleil considèrent cela comme un devoir sacré.

Zed éclata de rire. L'éclaireur posa sur lui un regard interrogateur.

– Du caca *sacré* ? s'étonna Zed.

– Je me suis peut-être mal exprimé ?

Zed secoua la tête. Comme il aurait aimé que Brock fût là ! songea-t-il avec un pincement au cœur.

– Non, ne faites pas attention. Continuez.

– Eh bien, il existe plusieurs académies de magie, bien sûr, et même une école spécialisée pour les ensorceleurs.

Les yeux de Zed s'illuminèrent.

– Mon père y est allé ? Vous savez que mon vrai nom est Zerend, n'est-ce pas ? Zed n'est que le surnom que tout le monde me donne. Ma mère m'a appelé comme mon père, et ensuite je suis devenu, moi aussi, ensorceleur. Est-ce que ça arrive souvent parmi ceux de notre peuple ?

Callum se raidit, la chaleur de son regard se dissipa. Il jeta un coup d'œil derrière lui, vers les autres elfes.

– Je suis désolé, Zed, mais je dois aller prendre mon tour de garde. Nous pourrons peut-être poursuivre cette conversation une autre fois.

– Bien sûr, répondit Zed avec hésitation. Cette nuit ? Je viendrai m'asseoir avec les elfes un petit moment, si ça ne vous dérange pas.

– Ça..., bafouilla Callum en déglutissant avec peine. Peut-être.

L'instant d'après, l'éclaireur était parti. Zed n'avait jamais vu quiconque se mouvoir avec une telle vivacité. Il n'avait fallu à Callum que deux longues enjambées pour échapper à Zed et à ses questions embarrassantes.

– Quel crétin ! se réprimanda Zed.

Une chance s'était présentée à lui, et il l'avait gâchée. La silhouette de l'elfe qui s'éloignait lui en rappela une autre, qui lui tournait souvent le dos depuis quelque temps.

Tout le reste de la journée, il chemina en solitaire. Le froid s'infiltrait de plus en plus profondément dans ses os.

*

Ils dressèrent leur campement lorsque la lumière du jour commença à décliner. Zed s'était attendu à ce que la reine Me'Shala se fatigue facilement, mais aucun des elfes ne semblait particulièrement éprouvé par le voyage. Même les deux ministres paraissaient parfaitement à l'aise dans ces contrées sauvages, leurs élégants manteaux argentés scintillant dans le clair-obscur. Threya se mit aussitôt à aboyer des ordres à Épine et à Pétale. Selby scruta l'horizon, une main en visière au-dessus des yeux pour observer une montagne solitaire dressée dans le lointain.

Frond alluma un petit feu de bivouac pour les humains, tandis qu'Hexam entraînait Zed et Jayna à l'écart pour leur dispenser un cours sur les instruments arcaniques. Paresseusement adossé contre un arbre, Micah faisait semblant de ne pas les écouter, même si Zed devinait un sourire narquois flottant sur ses lèvres.

– Les bâtons, les baguettes et les sceptres sont les plus courants, entreprit d'expliquer Hexam. Même si j'ai déjà vu utiliser des sphères, des joyaux et même des livres, si ridicule que cela puisse paraître. Le principe est grosso modo le même pour n'importe quel focaliseur. On introduit le sort dans l'instrument, on ajoute de la mana, et le tour est joué !

– Comme avec le bâton maléfique que Zed a utilisé lors de son initiation, commenta Jayna avec obligeance.

– Exactement, convint le magicien, tandis que les oreilles de Zed s'enflammaient. Cet instrument-là était accroché au mur depuis des années. La guilde l'avait déniché au milieu de ruines anciennes, des décennies plus tôt. Pour être franc, je ne me doutais pas qu'il s'agissait d'un outil de sorcier jusqu'à ce que tu le déclenches sans le vouloir, Zed. En tout cas, il illustre un autre principe essentiel en ce qui concerne les focaliseurs : les matériaux ont leur importance. Te souviens-tu de ce qui est arrivé au bâton quand tu t'en es servi ?

– Il... il s'est cassé en deux, répondit Zed.

Il se rappelait la façon dont les extrémités avaient noirci, alors que lui-même était épargné par les effets du sortilège.

– Ce bâton était en bois d'érable argenté, précisa l'archiviste. Une matière friable, mal adaptée à l'incantation des sorts. Tous les éléments ne sont pas ensorcelables de la même manière, je le crains. Le fer figure parmi les pires matériaux qui soient pour l'exercice de la magie, même si l'acier est un peu plus efficace, grâce au carbone. Les meilleurs sont les cristaux les plus hautement structurés.

– Et le mithril ? hasarda Zed.

– Oui ! s'exclama Hexam. Excellent ! Comme la sphère que nous avons testée dans mon bureau, le mithril est exceptionnel à cet égard. Pas étonnant que ce métal ait été exploité par les elfes.

Zed détourna le regard. Ce n'était pas au globe qu'il avait songé en posant cette question. Non, ses pensées s'étaient plutôt tournées vers la chaîne qu'il portait autour du cou. Celle que Makiva lui avait donnée.

– Demain soir, nous travaillerons sur plusieurs enchantements proprement dits, continua l'archiviste. Jayna, j'aimerais que tu prépares des Fléchettes Occultes pour en imprégner ta nouvelle baguette. Les principes du maniement des focaliseurs te sont déjà familiers. Zed, je... je m'y connais moins en sorcellerie, mais voyons si on peut tenter le coup avec ton splendide feu vert. Un sceptre en état de marche faciliterait grandement la tâche qui nous attend.

« Faciliter » sonnait plutôt bien aux oreilles de Zed. Parce que, à en juger par les paroles d'Hexam, tuer la Liche n'aurait rien de facile. Une fois de plus, il se demanda dans quelle galère, précisément, il s'était embarqué.

Le magicien se leva pour aller rejoindre les autres, et Jayna le suivit, sans cesser de le bombarder de questions que Zed entendit à peine. Du bout des doigts, il caressa la chaîne en mithril sous sa chemise.

Agissait-elle comme une sorte de focaliseur ? Était-ce pour cela qu'il lui était toujours plus aisé de faire naître le feu quand il la portait ? La chaîne faisait-elle partie de… du *pacte* ?

Voilà un mot auquel Zed évitait même de penser. Dans les semaines de calme qui avaient suivi la vision où Makiva lui était apparue, il avait presque réussi à faire semblant que ce n'était pas arrivé – qu'il n'avait pas conclu de marché avec une sorcière.

Mais son rêve de la veille le terrifiait. Il lui avait paru si réel ! Le renard qui le regardait se débattre avec la chaîne était encore gravé en traits de feu dans sa mémoire, comme s'il continuait à l'épier en cet instant même.

Si seulement Brock avait été là, avec lui ! Pourquoi les choses étaient-elles devenues si compliquées entre eux ?

Zed sortit le grimoire de son sac. Il en ouvrit le fermoir, en retira sa lettre à Brock et déplia avec précaution le morceau de parchemin.

Cher Brock,

J'ai peur.

Je devrais sans doute commencer par le commencement, au moment où les choses ont mal tourné. Tout a débuté avec Makiva.

Soucieux, Zed considéra la feuille de vélin, réfléchissant à ce qu'il allait bien pouvoir écrire ensuite.

Devait-il même s'obstiner à écrire ? Si cette lettre tombait en de mauvaises mains, elle serait sa confession.

– Si tu cherches à te vider la tête, fit Micah derrière lui, je pense que c'est fait depuis belle lurette.

Les sourcils froncés, Zed fit volte-face.

– Tu as une forêt entière à ta disposition, maugréa-t-il. Pourquoi est-ce que tu viens *encore* m'embêter ?

Micah haussa les épaules.

– C'est tellement facile de te faire enrager. Je te jure, je vois d'ici ta petite cervelle faire des nœuds.

Zed coula un regard vers le reste du groupe et se hâta de remettre la feuille dans le livre. Debout près du feu de bivouac, qui flambait à présent avec entrain, Frond discutait stratégie pour la millième fois avec la reine et ses ministres. Les éclaireurs, qui s'étaient déployés en cercle clairsemé autour du camp, surveillaient les alentours d'un regard vigilant. Avec le crépuscule s'accroissait le risque de voir surgir des Dangers et, avant leur départ, Frond avait prévenu que les morts-vivants étaient particulièrement actifs après la tombée de la nuit.

Au-dessus des arbres dénudés, le ciel était pareil à un voile incandescent, emplissant la forêt d'ombres squelettiques. Dans le lointain se profilaient les contours noirs d'une montagne. Zed sentait la température déjà glaciale chuter à mesure que sombrait le soleil. Il resserra les pans de sa cape autour de lui.

Il s'était bêtement proposé pour faire quelque chose qu'il ne pensait même pas possible. Et par-dessus le marché il devrait pour cela utiliser un pouvoir qui lui vaudrait la peine capitale si les habitants de Pierrefranche venaient à en apprendre l'origine. Zed se sentait totalement dépassé. Frigorifié, seul et terrifié.

– S'il te plaît, supplia-t-il d'une voix rauque. Laisse-moi tranquille.

Le sourire suffisant de Micah vacilla. Il ouvrit la bouche, la referma et s'éclaircit la gorge.

– Écoute, finit-il par dire. Tu vas t'en tirer. J'ai vu cette vieille boule de feu pourrie que tu fais surgir bousiller des trucs bien pires que des elfes momifiés. Et ça, c'était *sans* Frond pour veiller sur toi.

Zed ne broncha pas. Il remonta les genoux contre sa poitrine, les yeux fixés sur la montagne au loin.

Micah laissa échapper un grognement et se leva. Il fit quelques pas vers Zed, les poings serrés sur ses hanches. C'était là une attitude que Zed avait vu Liza prendre des dizaines fois, juste avant d'asséner une de ses maximes édifiantes.

– Quelle drôle de petite mauviette maigrichonne tu fais, laissa tomber Micah.

À l'évidence, les deux Guerra prodiguaient différentes sortes d'encouragements.

– Je m'en suis aperçu dès notre première rencontre, poursuivit Micah. Et depuis tu n'as fait que prouver à quel point j'étais bon psychologue. C'est exactement pour cette raison que Frond m'a emmené dans cette mission. Je ne suis pas seulement perspicace et hilarant, je possède aussi un don unique pour remettre sur pied les drôles de petites mauviettes maigrichonnes quand elles se font mal.

Micah tendit à Zed une main, dont les contours commençaient à émettre une lumière dorée.

– Je vais te ficher la paix, ajouta-t-il. Au moins jusqu'à ce que Liza soit là pour défendre ta misérable carcasse. En échange, tu arrêtes de prendre un air pitoyable tout le temps. Réjouis-toi ! Tu vas à Elfeville ! Youpi !

Micah agita sa main lumineuse d'un geste théâtral, dessinant dans l'air une traînée scintillante, pareille à la queue d'une comète.

– C'est ton rêve d'oreilles pointues, non ?

Zed garda le silence encore un moment.

– D'accord, acquiesça-t-il enfin. Marché conclu.

Il prit la main de Micah et se remit debout.

Les cris éclatèrent presque aussitôt.

Les éclaireurs en faction regagnèrent le camp en un clin d'œil et entourèrent Me'Shala, leurs armes braquées vers un point dans le lointain. Frond tira son épée, et Callum s'élança vers les arbres, la mine affolée. Zed suivit du regard les mains tendues en direction de l'ombre de la montagne, mais ne put distinguer ce qui avait déclenché pareille alarme.

Alors le sommet de la montagne commença à se déployer.

Deux appendices se détachèrent de la masse, leur silhouette se découpant sur le ciel rouge sang. La cime montagneuse était en réalité une paire d'ailes gigantesques, repliées comme une toile de tente. L'esprit de Zed s'égara à essayer d'appréhender ne fût-ce que l'ampleur d'une telle créature. La forme titanesque se dépliait au loin, mais il était impossible d'en discerner les détails à contre-jour. Lentement, sans un bruit, le Danger s'éleva dans les airs en battant mollement des ailes.

En un instant, il disparut derrière l'horizon. Le moment d'après, le bruit de ses ailes leur parvint, comme un grondement de tonnerre, que Zed ressentit jusque dans ses dents.

Micah et lui se tenaient côte à côte, médusés. Quoi qu'elle fût, la chose qu'ils venaient de voir s'était envolée dans la même direction que celle où les entraînait leur mission.

Droit vers Llethanyl.

Chapitre dix

Brock

– Et c'est pour cette raison que les elfes n'ont pas de mot pour exprimer la surprise, conclut joyeusement Fel. Vous ne trouvez pas ça intéressant ?

Brock prit conscience qu'il avait cessé d'écouter depuis déjà un bon moment. Il n'en poussa pas moins un « Hum ! » songeur. La petite troupe suivait une large piste verglacée à travers la forêt, et il concentrait toute son attention sur les endroits où il posait ses pieds.

– Je ne comprends pas, releva Liza. J'ai déjà vu de la surprise sur ton visage, Fel. Tous les habitants de la cité n'ont-ils pas été étonnés par ce que faisait la Liche ?

– Tu pourrais dire ça, convint Fel. Mais pas *nous*. Quand il arrive quelque chose d'imprévu, nous *mae vahrel*, ce qui se traduit à peu près par « découvrons par hasard une vérité cachée ».

– Je ne vois pas la différence, s'obstina Liza. Quel que soit le nom qu'on lui donne, une surprise reste une surprise. Un rocher reste un rocher.

Brock savait qu'elle était trop polie pour ajouter : « La mort reste la mort. » Même si on l'appelait « disparition ». Même si on s'imaginait qu'elle était temporaire.

– Mais un rocher n'est pas qu'un rocher, intervint Jett. Les nains ont trente-deux mots pour désigner un rocher. Ce n'est pas parce que les humains ne voient pas la différence entre un *drostoff* et un *mektin* qu'elle n'existe pas. Le langage façonne le monde qui nous entoure, détermine la façon dont nous le voyons. C'est la raison pour laquelle les traductions de nos poèmes sont si mauvaises. Tous les effets de style sont perdus quand le mot « rocher » se répète à longueur de vers.

– Bien sûr, approuva Brock distraitement. C'est pour ça que la poésie des nains est si abominable.

Liza lui flanqua un coup de coude dans les côtes.

– Non, sérieusement, continua Brock, si on parlait tous la langue commune, on penserait peut-être moins à nos différences. Et ça profiterait à tout le monde.

– Facile à dire pour toi, tu es humain, bougonna Jett. La langue commune est un langage humain.

– Bon, d'accord, disons qu'on n'a qu'à tous parler la langue des nains, concéda Brock. Ça revient au même.

– Avec tout le respect que je vous dois, je pense le contraire, déclara Fel. Nous devrions tous apprendre plusieurs langues. J'aimerais connaître suffisamment la langue des nains pour pouvoir lire les poèmes de Jett dans le texte !

– Attends une minute ! objecta Jett, devenu aussitôt rouge comme une pivoine. Je n'ai jamais dit que j'écrivais des poèmes.

– Tu n'as jamais dit que tu n'en écrivais pas, gloussa-t-elle.

Brock ne put retenir un sourire. Fel conservait une attitude tellement positive, tellement... enjouée. Mieux encore, elle était totalement à l'aise dans la nature sauvage. Il n'avait jamais vu ça, même chez Frond. Lui-même ne s'estimait pas capable de faire un jour preuve d'une pareille décontraction au beau milieu des Dangers.

Pourtant, il avait de bonnes chaussures, sa cape lui tenait bien chaud et le soleil brillait au-dessus de leurs têtes. Les arbres étaient assez espacés pour qu'il soit difficile à quelque créature que ce fût de leur tomber dessus sans crier gare. Peut-être la chance continuerait-elle à leur sourire, finalement.

Cela dit, Brock aimait à répéter qu'il était l'artisan de sa propre chance. Il gardait une main dans sa poche, serrée autour de la fiole qu'il y tenait cachée. Le liquide orangé à l'odeur âcre qu'elle contenait était de la toxine de pitécureuil. Brock était allé la récupérer auprès de maître Malédiction et du parfumeur la nuit précédente, au lieu de rester tranquillement dans son lit pour dormir. Il avait compris qu'il ne pouvait se priver d'un tel atout potentiel.

De temps en temps, il se laissait distancer par le reste du groupe et soulevait le bouchon de la fiole avec son pouce pour libérer les vapeurs de la substance toxique. Ce qui expliquait peut-être que les Dangers ne s'étaient pas montrés jusqu'alors.

– C'est bien calme, fit remarquer Liza, comme en écho à ses propres pensées. Je me demande si les autres ont déjà fait fuir tout ce qui se trouvait dans les environs.

– Ça se pourrait, dit Lotte. Mais il y a en général moins d'activité en cette saison. La plupart des Dangers hibernent en hiver.

– Hibernent ? fit Jett. Qu'est-ce que ça signifie ?

– Essayons de deviner d'après le contexte, proposa Brock. Ça veut dire... « baver » ? La plupart des Dangers bavent en hiver, leurs horribles gueules *dégoulinent de sang*. Oui, ça tient debout.

Jett laissa échapper un petit rire idiot.

– Ça veut dire « dormir », corrigea Liza.

Le rire de Jett s'arrêta net.

– Exact, approuva Lotte. Ils dorment tout l'hiver. Surtout les animaux à sang froid... Vous ne verrez aucune créature couverte d'écailles rôder dehors avant le printemps.

– Je trouve ça tout à fait raisonnable de leur part, observa Brock. D'ailleurs, je ne vois pas pourquoi on ne ferait pas, nous aussi, une longue sieste pendant l'hiver. Qui est pour ?

Personne ne répondit.

Brock lança un regard en coin à Jett.

– Non ?

Le nain haussa les épaules d'un air contrit et jeta à son tour un coup d'œil vers Liza, indiquant ainsi clairement à qui allait sa loyauté.

Le traître. Zed, lui, aurait joué le jeu.

Peut-être.

– Les elfes n'ont pas de mot pour dire « sieste », les informa Fel doctement.

– Je n'ai jamais voulu d'enfants, marmonna Lotte, qui marchait en tête de la colonne. J'ai fait un choix : de l'aventure, pas d'enfants. Et regarde ce qui t'arrive, Lotte, voilà où tu en es !

Brock se tourna vers ses compagnons, tira la langue sur le côté en louchant horriblement : *Elle est un peu bizarre, non ?*

Les yeux grands ouverts, Fel poussa un petit cri étouffé. Avant que Brock ait eu le temps de lui en demander la raison, la jeune éclaireuse bondit en avant, rapide comme l'éclair, l'écarta sans ménagement de son chemin et se précipita derrière Lotte, qu'elle poussa d'un grand coup dans le creux des reins en même temps qu'elle lui faisait un croche-pied. Lotte alla s'étaler tête la première dans une congère.

– Fel ! cria Liza. Qu'est-ce que...

– Ben ça alors ! s'exclama Brock.

Lotte se retourna sur le dos et décocha un regard assassin à Fel, mais, sans lui laisser le temps de retrouver sa voix, la jeune elfe lui balança le contenu de sa gourde en pleine figure.

Tous se figèrent. Retenant son souffle, Brock regarda Lotte. Elle avait les yeux fermés, la bouche ouverte d'ahurissement. De l'eau glacée lui dégoulinait du menton.

Le silence dura de longues secondes, avant que Fel prenne enfin la parole.

– Je... je crois que je me suis trompée, reconnut-elle humblement.

Les yeux de Lotte s'ouvrirent. Ils étaient furibonds.

Et, sans qu'on sache pourquoi, ils étaient fixés sur Brock.

– Quoi, moi ? protesta-t-il. Je suis aussi surpris que vous !

– Fel, dit Lotte, maîtrisant à grand-peine la colère perceptible dans sa voix. Qui t'a poussée à faire ça ?

– J'ai cru... Brock a laissé entendre que...

Lotte, Liza et Jett le toisaient maintenant de la tête aux pieds. Même Calamité, douillettement installée dans le sac à dos de Fel, lui lançait des regards noirs. La jeune elfe, elle au moins, arborait une mine contrite.

– La grimace que tu as faite dans le dos de Lotte. Ça ne signifie pas que la personne est infectée par un ver psychique ?

Lotte se releva avec raideur.

– Oui, Brock. Voyons un peu cette grimace que tu as faite derrière mon dos.

Brock eut un rictus embarrassé.

– Je crois que... les subtilités de ma plaisanterie ont été mal interprétées.

Lotte s'avança à pas lents. La neige grinça sous ses bottes.

– Ta plaisanterie ? Bien. Tu as peut-être besoin d'une bonne leçon d'humour.

Brock aimait plutôt bien Lotte. Elle était assurément plus agréable que Frond et, en général, plus raisonnable. Mais elle savait aussi se montrer redoutable et mener durement les gens à la baguette. Durant les longues journées d'entraînement, quand Brock croyait ne plus pouvoir en supporter davantage, c'était la crainte d'énerver Lotte qui le motivait, autant que le désir de se perfectionner.

Il s'efforça de ne pas broncher lorsqu'elle s'approcha de lui, assez près pour l'étrangler. Elle souriait, mais il y avait quelque chose de maléfique dans son sourire. Puis elle leva sa gourde au-dessus de Brock et en déversa le contenu sur sa tête.

L'eau était glaciale. Les poumons de Brock se pétrifièrent, les muscles de son cou et de son dos se contractèrent douloureusement. Il en eut le souffle coupé.

– Tu vois ? Ça, c'est drôle !

Fel pouffa, mais, s'apercevant qu'elle était la seule à rire, s'interrompit immédiatement.

– Attendez, c'était drôle ou pas ? voulut-elle savoir. Je m'y perds complètement.

– Lotte, fit Liza. Vous ne vous êtes pas blessée, au moins ?

Lotte s'examina de haut en bas.

– La neige a amorti ma chute, constata-t-elle. Je suis seulement trempée.

– Alors, qu'est-ce que c'est que ça ? demanda Liza, le doigt pointé vers la congère où Lotte était tombée.

À quelques pas de là, une traînée de sang rouge vif maculait la neige.

*

Craignant le pire, ils suivirent les traces de sang à travers le bois. Et si la troupe de Frond s'était fait attaquer et avait été anéantie ? Et si Zed était blessé ?

Les cheveux raidis par le gel, Brock frissonnait de peur et de froid.

Ils n'eurent pas à s'éloigner beaucoup de la route pour trouver l'origine des empreintes sanglantes : une jeune biche recroquevillée au pied d'un arbre. Elle ne bougeait plus, mais elle vivait encore. Son souffle formait de la buée dans l'air autour de ses naseaux. Du sang coulait d'une blessure sur sa patte arrière.

– La pauvre, murmura Fel tristement.

– Nous devons faire quelque chose, décida Liza.

– Que *pouvons*-nous faire ? demanda Jett.

– On devrait peut-être... mettre fin à ses souffrances, suggéra Brock, les sourcils froncés.

Tous se tournèrent vers lui.

– Tu es sérieux, là ?

– Qu'est-ce qui te prend ?

– Elle est seulement blessée, Brock !

Brock leva une main en signe de capitulation.

– Désolé ! Je croyais qu'elle était mourante. Je voulais juste me rendre utile !

Lotte posa une main sur son épaule.

– Ce n'est pas grave. Tu ne t'es sans doute jamais retrouvé dans ce genre de situation. Fel, peux-tu identifier la cause de la blessure ?

Fel opina du chef et s'accroupit pour examiner l'animal de plus près. Brock remarqua que la biche ne bougeait toujours pas, mais que son regard demeurait vif. Affolé.

– C'est une morsure d'araignée-fléau, expliqua Fel. Ces sales bêtes chassent en solitaire. Elles se laissent tomber des arbres, injectent leur venin paralysant dans leurs victimes puis battent en retraite. Elles reviennent dévorer leur proie une fois celle-ci devenue incapable de se défendre.

Brock recula nerveusement et examina les branches dénudées au-dessus d'eux.

– Exact, convint Lotte. Mais n'ayez pas peur. Les araignées-fléaux ne s'en prennent qu'à des proies isolées. Ce sont des prédateurs opportunistes. Des pleutres de première !

Brock n'en garda pas moins les yeux braqués sur les arbres.

– Je n'aurais jamais cru dire ça un jour, déclara Liza, mais je regrette que Micah ne soit pas là. Son pouvoir de guérison aurait peut-être pu neutraliser le venin.

– Les effets de la morsure ne sont que temporaires, voulut la rassurer Lotte. Nous lui avons probablement sauvé la vie, rien qu'en croisant son chemin. L'araignée a dû détaler.

– Mais si elle revient ? s'inquiéta Jett. Elle... va la manger ? Vivante ?

Lotte se rembrunit.

– Oui, mais… ce ne sera sans doute pas douloureux…

– On ne peut pas la laisser là ! s'écria Fel.

– Nous sommes en mission, objecta Lotte. Une mission d'importance vitale. Zed est… ils courent *tous* un grand danger.

– Nous pourrions la sauver et quand même poursuivre notre mission, insista Liza.

– Ayez pitié, Lotte ! supplia Jett.

Brock, désireux de se trouver du bon côté, cette fois, leva le poing avec enthousiasme.

– Sauvons la biche ! Ouiii ! Tous avec la biche !

– Vous vous rendez compte que cette décision n'est pas soumise au vote ? riposta Lotte. C'est moi qui commande, vous vous rappelez ?

– Alors, on emmène la biche avec nous, proposa Liza. Nous pouvons la porter…

– Nous pouvons la remorquer ! suggéra Brock. Nos tentes sont en toile goudronnée. Elles ne se déchireront pas si on les traîne par terre. Ça ne nous ralentira même pas !

Lotte émit un petit clappement de langue.

– Ce n'est pas le choix que j'aurais fait, personnellement, mais je ne vois pas comment je pourrais m'opposer à votre manière de résoudre le problème, concéda-t-elle. De plus, il me plaît de vous voir travailler en équipe. Alors, d'accord. Chargez-la sur une tente et nous l'emmenons jusqu'à ce que le venin cesse de faire effet.

Liza tendit une main à Brock.

– Quoi ? fit-il.

– Passe-moi ta tente.

– Quoi, la mienne ?

– C'était ton idée.

– Exact, j'ai fourni l'idée, rétorqua-t-il, imaginant déjà sa tente dégoulinante de neige boueuse et de sang de biche. À quelqu'un d'autre de fournir la tente !

Il approcha sa main du sac à dos de Fel, mais la retira prestement lorsque Calamité sortit la tête et poussa un sifflement menaçant.

– Arrête de faire l'andouille, Brock, gronda Lotte. Je t'avertis pour la dernière fois. Et je ne plaisante pas !

*

Jett se porta volontaire pour haler la civière improvisée, laissant tout loisir à Brock de bouder dans une relative tranquillité – à supposer, bien sûr, qu'il puisse oublier ses pieds endoloris, ses oreilles gelées et son nez rougi qui n'arrêtait pas de couler.

Cependant, c'était encore son orgueil qui souffrait le plus. Il n'avait pas l'habitude de se sentir tenu à l'écart. Et pourtant c'était exactement l'impression qu'il avait en l'absence de Zed.

Comment était-il possible à *quiconque* de s'en sortir dans la vie sans un meilleur ami ?

Il se tourna vers Liza. Malgré le poids de sa cotte de mailles, la jeune fille n'avait aucun mal à suivre le rythme imposé par Lotte.

– Jayna te manque ? lui demanda-t-il.

– Jayna ?

Liza scrutait les bois alentour, à l'affût du moindre danger. Elle avait attaché ses cheveux noirs en queue-de-cheval, et il pouvait voir l'hématome jaunissant qui s'épanouissait sur son front, souvenir de son empoignade récente avec la locustrix. Lotte avait essayé de la convaincre de rester en arrière avec Fife, et Brock et Jett n'avaient pas même fait mine de dissimuler leur soulagement lorsqu'elle avait refusé. Si l'ecchymose lui faisait mal, elle n'en montrait rien.

– Pourquoi tu m'interroges à propos de Jayna ? Où veux-tu en venir ?

Brock poussa un gros soupir.

– Laisse tomber.

– J'ai vu Jayna, il y a encore quelques jours, dit Liza, sans quitter les arbres des yeux. Je ne suis pas totalement dépendante d'elle, tu sais.

– Ah, d'accord, on a compris. Tu es une fille géniale !

Elle le dévisagea un instant.

– Pourquoi es-tu si agressif depuis quelque temps ?

– Euh, les amis..., appela derrière eux Jett, qui tirait toujours vaille que vaille la toile goudronnée. Vous pourriez faire moins de bruit ?

Brock se laissa distancer par Liza et régla son pas sur celui de Jett.

– Elle me trouve agressif, *moi* ! bougonna-t-il.

– Il faut dire que tu as l'air un peu... *fatigué* ces temps-ci, remarqua Jett sans méchanceté. Tu n'arrêtes pas d'aller et venir. Ça t'arrive de dormir ?

Brock éprouva un bref instant d'affolement. Depuis six semaines qu'ils partageaient la même chambre, Jett ne semblait prêter aucune attention au fait que Brock entrait et sortait en cachette à toute heure de la nuit. Mais, évidemment, cela ne lui avait pas échappé.

L'espace d'une seconde, Brock songea à lui répondre franchement. Jett était digne de confiance, réfléchi et plus sage que bien des adultes. Peut-être pourrait-il trouver une solution à laquelle Brock n'avait pas pensé.

Seulement – et c'était le plus probable –, le nain se retrouverait alors, lui aussi, pris dans les filets de dame Gray. En impliquant Jett, Brock enfreindrait les règles des Ombres ; quant à cacher quoi que ce fût à la Dame, c'était quasiment impossible. Brock ne pouvait prendre le risque de mettre Jett en danger.

Il plaqua donc un sourire factice sur son visage et changea de sujet.

– Il se passe tellement de choses en ce moment, dit-il avec nonchalance. Même Zed est très occupé. Il est allé dans le camp des elfes avec Fel, l'autre jour. Tu le savais ?

Jett lui décocha un regard dubitatif.

– Oui, Brock. Tout le monde est au courant. Fel lui fait visiter les lieux, elle le présente même à des gens. Chaque semaine, Zed se prend la tête à l'avance pendant des heures, et quand il revient il n'arrête pas de jacasser. Il y a des jours où il ne parle plus que de ça.

– Oh. Oui, bien sûr, je voulais juste... Je n'étais pas sûr qu'il te l'ait dit, en particulier.

Ils restèrent silencieux pendant un moment. Lorsque Brock se sentit incapable de supporter plus longtemps ses propres pensées, il reprit la parole :

– Tu ne penses pas que Zed aura un jour envie de partir, hein ?

– Partir ?

– Il est tellement fasciné par son héritage elfique et... Je sais qu'il n'a jamais eu une vie facile à Pierrefranche. À l'entendre, on dirait qu'il n'y a pas sa place. Il a toujours eu ce sentiment. Alors, imagine qu'il mène à bien cette mission, qu'il sauve Llethanyl et...

Jett leva une main pour le faire taire. À pas lents, il décrivit un cercle, fouillant la forêt des yeux, tandis que Brock lançait des regards fébriles de part et d'autre du chemin.

– Qu'est-ce que c'est ? chuchota-t-il.

S'apercevant qu'ils s'étaient arrêtés, Fel revint sur ses pas.

– Quelque chose ne va pas ? s'enquit-elle.

– J'ai entendu un bruit, répondit Jett. Enfin, je crois.

– Ça fait un moment que je sens qu'on nous observe, dit Fel. Mais ce doit être mon imagination qui me joue des tours, après les surprises d'hier soir.

– Tu n'es pas la seule, reconnut Jett.

Il adressa un signe de la main à Lotte et Liza, qui avaient fait halte pour les attendre.

– Rattrapons-les, décida-t-il. Brock, tu disais ?

– Rien, soupira Brock.

– Tu penses que Zed va quitter Pierrefranche ? Pour aller vivre à Llethanyl, c'est ça ?

Brock haussa les épaules d'un air maussade.

– Je dis seulement que l'idée m'a traversé l'esprit.

– N'importe quoi ! Zed n'ira nulle part.

– Mais, toi, si tu avais l'occasion… si tu pouvais partir vivre à Dragnacht, ne serait-ce que pour quelques années ? Tu ne serais pas tenté ?

– Non. Bien sûr que non, assura Jett.

Sauf qu'il avait hésité avant de répondre. Assez longtemps pour justifier les craintes de Brock.

– Je suis sûre que Zed serait très heureux à Llethanyl, intervint Fel, qui, désireuse de bien faire, rata complètement son coup. C'est un endroit merveilleux.

– Ah bon ? s'étonna Brock. Même pour les elfes de la nuit ?

Le sourire de Fel se figea.

– Je ne vois pas ce que tu veux dire.

– Il me semble qu'à ta place je serais un tantinet en colère. Tous ces trucs que le ministre a dits à propos de ton peuple, de ceux qui étaient dignes de confiance et de ceux qui ne l'étaient pas. Tu n'es pas obligée de l'accepter. J'ai toujours dit à Zed...

– Les choses s'améliorent à Llethanyl, affirma Fel.

– Bien sûr, mais j'avais l'impression que...

– Ça n'a pas toujours été facile pour mon peuple, je dois le reconnaître. Mais la situation dans la cité s'arrange un peu chaque jour.

Brock médita les paroles de Fel un moment puis demanda :

– Tu veux dire, avant cette histoire de morts-vivants ?

– Évidemment, concéda Fel, son sourire à présent crispé.

– Qu'y a-t-il, Lotte ? s'enquit Liza, tandis que Brock et les autres les rejoignaient. Vous avez l'air inquiète.

– Ce n'est sans doute rien, répondit l'intendante. Mais je pensais qu'on devrait les avoir trouvés à l'heure qu'il est.

– Ils avaient beaucoup d'avance sur nous, raisonna Jett.

Lotte secoua la tête, les yeux toujours braqués sur le sentier devant elle.

– Mais seul un petit groupe allait jusqu'à Llethanyl, vous vous rappelez ? Le reste de la guilde était censé faire demi-tour. Nos chemins auraient dû se croiser.

– Se pourrait-il que nous les ayons ratés ? hasarda Liza.

– C'est peu probable. Nous avons suivi leurs traces toute la journée. Je ne vois pas pourquoi ils n'auraient pas emprunté le même chemin au retour.

De son côté, Fel ruminait encore les propos de Brock, qui l'avaient contrariée. Pourtant, il n'avait fait qu'essayer de lui remonter le moral, de lui assurer qu'il était de son côté.

– Hé, attends, dit-il en avançant la main pour lui donner une petite tape amicale dans le dos.

Sauf qu'il avait oublié la chatte endormie dans le sac ouvert de la jeune elfe.

Avec un sifflement de surprise, Calamité jaillit dans les airs, les pattes raides comme des piquets, et décrivit un arc de cercle en direction de Jett, que sa petite taille mettait directement en première ligne. Avant d'avoir compris ce qui lui arrivait, le nain se retrouva avec un chat furieux, feulant et crachant, sur la tête.

Jett hurla, leva les bras pour tenter de se débarrasser de l'animal cramponné à ses cheveux. Seulement, il avait oublié qu'il s'était enroulé les cordes de la tente autour des avant-bras. Au brusque mouvement qu'il fit pour se libérer du chat, la toile se gonfla comme une voile. La biche fit un bond en l'air. Aiguillonnée par la peur autant que par la surprise, elle recouvra l'usage de ses pattes et s'élança, non sans envoyer quelques folles ruades au passage. Lorsque ses sabots heurtèrent le tronc d'un arbre, des paquets de neige se détachèrent et dégringolèrent, droit sur la tête de Brock.

Il eut juste le temps de faire un saut de côté pour les esquiver.

– Ouf, je l'ai échappé belle..., commença-t-il.

Soudain, le monde autour de lui se mit à tourner. Il avait été si prompt à éviter la neige qui lui tombait dessus qu'il n'avait pas pris garde où il mettait les pieds et, à présent, il se retrouvait cul par-dessus tête, avec le sol au-dessus de lui, les bras et les jambes enchevêtrés.

Emmêlés, comme dans une toile d'araignée.

– Des araignées ! hurla-t-il. Des araignées fléaux ! Des araignées démoniaques ! Des araignées *mortes-vivantes* ! Au secours !

– Calme-toi, Brock, tout va bien, conseilla Lotte.

Elle sourit, mais, vu à l'envers, son sourire n'avait rien de rassurant.

– On devrait peut-être mettre fin à ses souffrances, proposa gentiment Liza.

Le sang affluait au visage de Brock.

– Attention, prépare-toi ! ordonna Lotte.

Elle sortit son épée, dont la lame étincela d'un bref éclat sous le soleil, et en asséna un grand coup sur le tronc de l'arbre.

Brock s'écrasa au sol. Heureusement, son atterrissage fut quelque peu amorti par la neige. Il bondit sur ses pieds et se contorsionna dans tous les sens pour se libérer des fils entortillés autour de lui – pas des fils d'araignée, mais une sorte de corde, souple et résistante.

Il avait été pris dans un filet.

– On dirait un piège de chasseur, dit Lotte d'un ton songeur. Fel, fais-moi plaisir, dis-moi que ça vient des elfes.

– Oh ! Euh… non, pas du tout, répondit Fel, visiblement accablée d'avoir perdu une occasion de faire plaisir à l'intendante.

– Dans ce cas… c'est très inquiétant.

La tête de Brock continuait à lui tourner. Il vit Liza s'affairer pour soigner le cuir chevelu ensanglanté de Jett. Il vit Fel essayer d'amadouer Calamité pour la faire sortir de sous un buisson. Il vit la biche s'éloigner d'un pas titubant, sans un regard en arrière pour ses sauveteurs. Et il vit Lotte, le visage sombre, contempler le filet dans ses mains.

– Nous avons fait fausse route, lâcha-t-elle enfin.

– Nous rattraperons le temps perdu, affirma Fel, du même ton apaisant qu'elle avait adopté pour parler au chat. Ce n'est pas grave.

– Non, attendez, intervint Liza. Que voulez-vous dire par « fausse route » ? Qui a tendu ce piège ? ajouta-t-elle en désignant le filet.

– Ce n'étaient pas des elfes, répondit Lotte. Ni des humains. Je n'ai jamais vu ce genre de dispositif de ma vie.

Brock s'efforça de résister au vertige qui s'était emparé de lui.

– Qu'est-ce que cela signifie ?

– Je sais que c'est impossible, mais il y a quelqu'un d'autre par ici. Quelqu'un que nous n'avons encore jamais rencontré.

Chapitre onze

Zed

– Répondez-moi franchement, exigea Frond. Savez-vous ce que c'était ?

– Une complication, répondit Me'Shala.

L'expression de son visage était un modèle d'imprécision : gracieuse et délicieusement vide. Derrière elle, ses ministres affichaient un air tout aussi charmant et indéchiffrable.

Tous – elfes et humains, adultes et enfants – s'étaient rassemblés autour d'un feu de camp pour manger leurs rations du soir. Il s'était écoulé une nuit et une journée entières depuis qu'ils avaient aperçu la *chose*. Vingt-quatre heures pleines de murmures inquiets, de questions sans réponse et, encore et toujours, des ronflements de Micah.

Frond croisa les bras sur sa poitrine, faisant tintinnabuler les étoiles à lancer accrochées à sa ceinture.

– Nous avons entrepris cette expédition en toute bonne foi, dit-elle, avec ce que nous pensions être une parfaite compréhension des risques. Mais si vous me cachez quelque chose, Votre Majesté, alors je me verrai obligée d'insister pour faire demi-…

– Une parfaite compréhension des risques, ça n'existe pas, rétorqua Threya, ses yeux dorés fixés sur Frond. Ce n'est qu'une illusion, un fantasme d'enfant. Même vous, en tant qu'humaine, devriez savoir ça. Il n'y a aucune certitude en ce qui concerne les Dangers. Ils se repaissent de votre *compréhension*. Cachés dans l'ombre, ils l'épient quand elle dort, sûre de sa propre invulnérabilité. Puis ils la traînent, affolée et hurlante, dans la gueule vorace de tout ce qu'elle ne connaît pas.

Un lourd silence s'abattit sur le campement.

– Alors, ça, commenta Micah, comme fantasme d'enfant, c'est le pire de tous.

La reine exhala un soupir.

– Threya voulait simplement dire que la situation peut évoluer sans qu'on s'en aperçoive, expliqua-t-elle. Comme vous venez de le rappeler, ajouta-t-elle en regardant Frond d'un air implorant, vous vous êtes engagés dans cette quête de bonne foi, et je ne saurais vous exprimer toute la profondeur de ma gratitude. La guilde des Aventuriers représente ce qu'il y a de meilleur dans votre peuple. Jamais je ne compromettrai intentionnellement l'amitié qui nous lie, même pour reconquérir ma cité. Je vous jure que je vous ai dit tout ce que je pouvais. Cette créature… elle n'a peut-être même rien à voir avec la Liche.

Frond jeta un coup d'œil à Hexam, qui ruminait ses pensées près du feu.

– Il est probable qu'un certain nombre de Dangers volants vivent dans le coin, murmura-t-il. Je pense au rukh sanguinaire, à divers cauchemars ailés et à une bonne douzaine de démons…

– Et de dragons, compléta Jayna d'une petite voix.

Assise sur un rondin, les bras serrés sur son ventre, elle ne quittait pas le magicien des yeux.

Hexam approuva d'un signe de tête.

– En principe, un nécromancien est capable de redonner vie à n'importe quelle créature. Le prix à payer, cependant, serait…

– … catastrophique, termina Selby à sa place.

Appuyé contre un arbre, le front plissé, le ministre semblait absorbé dans ses pensées.

– Son corps et son esprit pourriraient. En devenant un puissant focaliseur pour les forces de Mortis, il perdrait de sa rapidité et de son énergie. Et de sa santé mentale. C'est ce qui a causé la perte de nombreuses liches à travers l'histoire, malgré la difficulté qu'il y avait à les détruire.

Plongée dans ses réflexions, Frond tambourinait avec ses doigts sur les pointes de ses étoiles à lancer. Finalement, elle exhala une petite bouffée de buée.

– Allons dormir un peu. Demain nous reprendrons notre route vers le refuge des Chutes de Céladon.

La mine sombre, elle considéra le petit groupe agglutiné dans le froid et cracha par terre.

– Que chacun reste sur ses gardes. Plus nous approcherons du but, plus nous aurons de chances de rencontrer des obstacles.

Zed se releva avec les autres, mais son esprit était ailleurs, très loin de là, essayant d'imaginer quelles sortes de créatures pouvaient bien mériter le nom de « cauchemars ailés ».

Du coin de l'œil, il aperçut une tache mouvante et, une seconde plus tard, Callum surgit devant lui. L'éclaireur dégrafa sa cape couleur de mousse et se pencha.

– La reine aimerait te parler, chuchota-t-il.

Zed n'était pas sûr d'avoir bien entendu.

– La reine... la reine des... ?

Ses oreilles étaient en feu.

Une lueur d'amusement passa dans les yeux de Callum.

– Des elfes, oui, confirma-t-il.

Puis il lança un regard en direction de la souveraine, et la gaieté s'effaça de son visage.

– Zed, il faut que tu restes près de moi pendant tout le reste du voyage. La route à partir d'ici devient… compliquée.

Zed se rembrunit, mais opina de la tête. Ils se dirigèrent ensemble vers un coin du bivouac, où la reine Me'Shala s'entretenait à voix basse avec ses deux ministres. Derrière eux, Épine et Pétale s'employaient à monter une vaste tente de toile chatoyante. Pétale envoya un clin d'œil à Zed.

La reine se tourna pour lui adresser un sourire jovial et engageant, et ce fut comme si on venait d'ajouter une bûche dans le poêle qui embrasait les oreilles de Zed. S'il eut le réflexe – un peu tardif, tout de même, – de porter les doigts à ses lèvres, comme il avait vu Hexam le faire en manière de salut, il ne put se rappeler le nombre correct de doigts et se décida pour toute la main. Le sourire de la reine s'élargit. Derrière elle, Threya leva les yeux au ciel et Selby gloussa.

– Comme c'est charmant ! remarqua la reine. Et il semblerait que tu possèdes d'autres talents aussi. On m'a rapporté que tu avais fait apparaître un feu miraculeux, qui a sauvé ta ville. J'espère que tu pourras faire de même pour la mienne.

Diantre ! Comment était-il supposé répondre à cela ? Avec assurance ? Avec humilité ? En riant, juste avant d'éclater en sanglots ?

– Moi aussi, Votre Majesté, bredouilla-t-il.

– Callum me dit que tu fais figure de pionnier parmi les Aventuriers. Tu as été le premier à explorer un sanctuaire jadis occupé par des druides elfes. Quelle expérience cela a dû être !

Zed coula un regard oblique en direction du Grand Éclaireur.

– Ça fait déjà quelques semaines, répondit-il. Depuis, les éclaireurs et les Aventuriers y sont retournés plusieurs fois.

– Jadis, des druides elfes peuplaient les territoires sauvages de Terryn, énonça la reine d'un air sombre. Notre peuple les vénérait en tant que sages et guides spirituels. Nos coutumes les plus sacrées, ainsi que nos symboles, prennent leur source dans la tradition druidique.

Elle tendit une de ses mains sans gant. Sur sa bague en mithril brillait le blason de Llethanyl : un arbre majestueux couronné d'oiseaux.

– Cependant, même s'ils nous prodiguaient leurs conseils, reprit la reine en contemplant sa bague avec un sourire triste, les druides évitaient les villes. Ils faisaient venir leurs disciples dans les régions les plus reculées pour leur transmettre leur savoir, mais ils ne consignaient rien par écrit. Et quand est arrivé le Jour des Dangers tous les druides ont disparu. Leurs secrets et leurs oracles ont été perdus en même temps qu'eux.

La reine glissa sa main dans un gant doublé de fourrure et reporta son regard mélancolique sur Zed.

– Des milliers d'années de culture et de philosophie envolées. Voilà la crise à laquelle nous sommes de nouveau confrontés. Une responsabilité écrasante, n'est-ce pas ?

Zed ne put que hocher la tête en signe d'assentiment. Mais pourquoi la reine Me'Shala lui racontait-elle tout ça ?

– Tu pourrais peut-être me rendre un service, reprit la reine d'un ton plus joyeux. J'aimerais voir de mes yeux ce feu vert que tu es capable d'invoquer.

Une multitude de petits poils se dressèrent le long des bras de Zed. *Oh, par les bas-fonds ténébreux de Nox !* Faire naître le feu ? Devant la *reine* ?

– Votre Majesté, je..., bafouilla-t-il. C'est très dangereux, vous comprenez.

– Frond a placé une telle confiance en toi, insista la reine d'un ton plein de sous-entendus. Je suis certaine que tu sauras te montrer à la hauteur.

Elle tendit sa main gantée, dans laquelle Épine s'empressa de déposer un morceau de métal gris.

– Tu n'as qu'à viser ceci, si tu le veux bien.

Elle jeta le fragment métallique à quelques pas de là, où il atterrit lourdement sur le sol gelé.

Zed pivota sur ses talons, ses genoux manquèrent de peu de se dérober sous lui. Il prit une profonde inspiration et rentra en lui-même, jusqu'à ce qu'il eût trouvé ce qu'il cherchait.

Sa mana. Il en aspira une petite bouffée, ouvrit ses mains.

Le feu démarra lentement, aussi lentement que l'eau remonte d'un puits quand, au matin, on amorce la pompe. Mais bientôt un torrent couleur émeraude s'écoula, baignant de vert le campement entier. Concentrant ses efforts, Zed visa l'éclat de métal. Puis, alors qu'une goutte de sueur tombait de son nez, il éteignit sa mana, et le feu mourut en même temps.

Threya s'approcha de l'endroit où la reine avait lancé le bout de minerai. Elle effleura le sol de ses doigts. Ne restait plus qu'une marque sombre de brûlure.

– Stupéfiant ! souffla Selby. C'était de l'orichalque des nains, la matière la plus résistante de Terryn !

– Stupéfiant, en effet.

Les yeux de Me'Shala brillaient pratiquement d'excitation. Elle s'avança vers Zed et lui pressa doucement la pointe d'une oreille entre ses doigts gantés. Le contact en était plus doux que tout ce qu'il avait jamais senti sur sa peau.

– Le destin t'a placé parmi les humains, murmura-t-elle, mais peut-être as-tu toujours rêvé d'une occasion de prendre tes propres décisions, hmm ? De faire un vrai choix, précisa-t-elle avec un sourire chaleureux. Ce choix pourrait bientôt s'offrir à toi. Si tu en décides ainsi, tu seras le bienvenu au sein de mon peuple, Zed. De *notre* peuple, ajouta-t-elle après une seconde d'hésitation presque timide.

– Je suis désolé de vous interrompre, intervint Selby. Mais je crois que nos camarades humains aimeraient récupérer leur apprenti.

De fait, à l'autre bout du camp, Frond trépignait d'impatience, la mine sévère.

La reine recula d'un pas, son regard alla de Zed à Callum.

– Celui-ci est précieux, Grand Éclaireur. Je vous en prie, veillez sur lui avec grand soin. Mais je sais que je peux compter sur vous.

Callum opina doucement, mais les commissures de ses lèvres s'affaissèrent en un rictus soucieux.

– Bien sûr, Votre Majesté.

*

Les pensées de Zed étaient passablement embrouillées lorsqu'il rejoignit les autres Aventuriers pour la nuit.

Bien que Frond eût emporté dans son paquetage une grande tente de lin pour les abriter tous les cinq en cas de chute de neige, la plupart du temps ils se contentaient d'approcher leurs sacs de couchage du feu de camp. Hexam et Frond se relayaient pour monter la garde avec les éclaireurs, de sorte qu'il y avait toujours plusieurs paires d'yeux pour surveiller la forêt.

Cette nuit-là, Frond prenait le premier quart. Hexam était déjà pelotonné dans son couchage, tandis que la respiration sifflante de Micah promettait une longue, très longue nuit. Allongée à plat ventre, Jayna lisait à la lueur des flammes.

Assise sur un rondin qu'elle avait approché du feu, Frond émit un grognement à l'approche de Zed. Elle s'appliquait à polir la lame de son épée à l'aide d'un chiffon huileux qu'elle passait sur l'acier en longs gestes langoureux.

– Tu as eu une gentille petite conversation avec la reine ? demanda-t-elle d'un ton suspicieux. Je croyais t'avoir dit d'économiser ta mana.

– Désolé, murmura Zed. Elle m'a demandé de lui faire une démonstration et...

Il laissa sa phrase en suspens. Il baignait encore dans l'euphorie qu'avaient suscitée en lui les compliments de Me'Shala. La reine des elfes l'avait-elle réellement trouvé, *lui*, stupéfiant ?

– Elle est vraiment sympathique, non ? reprit-il.

Frond eut un sourire narquois. La lueur des flammes faisait ressortir ses balafres et rendait son visage encore plus repoussant.

– Elle est très douée pour le faire croire aux gens, lâcha-t-elle.

Zed ravala sa salive. Que voulait-elle dire par là ?

– Depuis combien de temps la connaissez-vous ? demanda-t-il.

Il tournicotait autour de son sac de couchage, pas tout à fait prêt à se glisser dedans. Sa vessie était pleine à craquer.

– J'ai fait sa connaissance quand elle n'était encore que la *princesse* Me'Shala, répondit Frond en baissant de nouveau les yeux sur sa lame. Elle était moins *sympathique* à cette époque, mais plus gentille, je crois. J'étais une jeune Aventurière, et elle entamait sa tournée obligatoire en compagnie des éclaireurs. Nous sommes devenues proches. Très proches, précisa-t-elle après s'être raclé la gorge.

Zed sentit une soudaine chaleur lui enflammer les joues, et ça n'avait rien à voir avec le feu de bivouac. Frond et la reine avaient été... proches ?

Devant sa mine scandalisée, la maîtresse de la guilde esquissa un sourire en coin.

– Oui, sur le plan sentimental. En ce temps-là, Me'Shala avait un petit côté rebelle que ses obligations de souveraine ont depuis assagi.

Frond fit claquer sa langue et entreprit de frotter énergiquement une tache de rouille.

– Mais elle est toujours aussi jolie. Pas comme moi. Moi, je me suis seulement bonifiée avec le temps.

Elle releva la tête, une lueur presque espiègle dans le regard. Puis son visage se durcit de nouveau, et elle se remit à sa tâche.

– Me'Shala est charmante, Zed, maugréa-t-elle, mais elle est aussi rusée. Fais attention quand tu es avec elle. Et souviens-toi quel est ton peuple.

Zed se hérissa. Comme si on lui avait donné le choix de son peuple !

– Au lit, maintenant, conseilla Frond. Tous les deux, souligna-t-elle avec un mouvement du menton en direction de Jayna.

À en juger par la hâte que la jeune fille mit à fermer son livre, il était clair qu'elle avait écouté la conversation. Elle plongea dans son sac de couchage sans discuter.

– Il faut que j'aille uriner, dit Zed.

– Ne t'éloigne pas trop, lui recommanda Frond.

Zed se mit en route dans la neige. La chaleur du feu s'estompait rapidement derrière lui. Hors du campement, l'obscurité formait une muraille aussi épaisse et menaçante que les remparts de Pierrefranche.

Zed tâchait de ne pas songer à ce qui pouvait se trouver au-delà, tapi dans les ténèbres, en train de l'épier. Il n'osait pas s'aventurer à plus de quelques pas timides du bivouac, même si la pudeur l'incitait quand même à se cacher derrière un arbre.

Il balaya du regard l'étendue de neige blafarde. Il avait laissé le feu derrière lui, si bien que son ombre s'allongeait jusqu'à des longueurs inhumaines en s'enfonçant profondément parmi les arbres. Les ténèbres avaient avalé sa tête, donnant à sa silhouette l'aspect d'un fantôme décapité. Zed pensa aux exécutions qui avaient lieu sur la place du marché. Il frissonna.

Il se soulagea sans perdre de temps et tourna les talons pour regagner le camp.

Il fit trois pas sans rencontrer de problème.

Au quatrième, il sentit sa gorge se serrer. Il tenta quelques discrets toussotements pour la dénouer. Encore quelques pas, et ses voies respiratoires se contractèrent. Zed avait maintenant carrément du mal à respirer. Il s'arrêta. Se racla la gorge une fois, deux fois. L'air commençait à lui manquer.

– Il y a quelque chose... quelque chose qui clo...

Il ne put achever sa phrase. Sa gorge s'était complètement bloquée. Les yeux exorbités de panique, il lança un regard vers le feu de camp, où Frond nettoyait toujours avec application la lame de son épée.

Elle ne l'avait pas entendu.

Zed s'avança vers elle en trébuchant. Une pression douloureuse lui enserrait le cou, mais lorsqu'il y porta la main pour se libérer ses doigts ne rencontrèrent que sa propre gorge.

Au secours ! Il ouvrit la bouche pour crier, mais aucun son n'en sortit.

Ce fut la voix de Jayna qui perça le silence :

– Oh, par les Abysses, Zed ! Qu'est-ce que c'est que ça ?

Assise dans son sac de couchage, la jeune fille fixait de ses yeux écarquillés quelque chose derrière lui.

Frond se releva d'un bond, juste au moment où Zed se retournait pour faire face à l'abomination qui se profilait. La tête lui tournait, la lisière de son champ de vision pâlissait étrangement, tout ce qu'il voyait, c'était...

– Ton... ton ombre ! balbutia Jayna.

L'ombre de Zed flottait entre les arbres, ses membres difformes incroyablement longs. Ça ne va pas du tout, songea-t-il, comme en proie à un délire frénétique. *Tu vas redescendre, oui* ! ?

L'ombre s'était détachée du sol. Elle se déployait comme un rouleau de parchemin gonflé par le vent. L'un de ses bras filiformes se tendit vers Zed. Ses doigts lui agrippèrent le visage, grouillants comme des pattes d'insecte, et cherchèrent sa bouche.

Puis ils s'engouffrèrent dedans.

La gorge de Zed se remplit de picotements glacés. Ses jambes cédèrent.

– Une ombre traqueuse ! mugit Frond.

Zed éprouva une curieuse sensation de haut-le-cœur lorsque, au lieu de s'effondrer par terre, il se sentit brusquement soulevé dans les airs. La zone blanche en bordure de son champ de vision s'élargit.

Plusieurs voix se mirent à crier, mais Zed ne comprenait pas tout ce qu'elles disaient. Il crut entendre celle d'Hexam hurler :

– Non, ne le touchez pas ! Seul un parent du même sang que lui peut la détacher sans lui faire de mal !

– Mais on n'aura jamais le temps de faire venir sa mère ! se lamenta Jayna.

Ma mère, songea Zed. Il espéra qu'elle était au chaud. Il faisait si froid dehors !

Les ténèbres envahirent sa vision, et le monde bascula. Zed sentit vaguement qu'on le tirait vers le bas.

– Dites-moi ce que je dois faire, s'impatienta la voix de Callum dans sa tête.

Ce qu'il pouvait être bruyant, cet elfe ! Zed n'avait envie que d'une chose : dormir. Il était tellement, tellement fatigué !

– Vous ne m'avez pas entendu ? riposta Hexam. Seul un membre de sa famille peut...

– Contentez-vous de me dire ce que je dois faire ! aboya Callum.

Il y eut un instant de silence, dans lequel Zed se laissa flotter. Le monde autour de lui se taisait. Les étoiles grossissaient. Devenaient toutes blanches.

– Prononcez son nom. Trois fois.

– Zerend Kagari.

À l'appel de son nom, quelque chose changea en Zed. Un bruit assourdissant emplit ses oreilles, pareil à celui du vent hurlant contre les murailles de Pierrefranche pendant une tempête.

– Zerend Kagari.

L'étau autour de sa gorge se desserra. Un flot de sensations se répandit dans ses bras et ses jambes.

– Zerend Kagari.

Et tout à coup Zed aspira une grande goulée d'air. Son corps fut saisi de violentes convulsions, mais quelqu'un le tenait fermement, apaisant les spasmes qui le secouaient.

Zed ouvrit les yeux, juste à temps pour voir une bouffée d'écume d'un noir huileux s'échapper de sa bouche. L'étrange hurlement qui en émanait envahit le campement.

Le nuage s'éleva en volutes dans les airs, ses membres informes se tortillant dans tous les sens comme des tentacules. À un moment, l'ombre tenta de s'échapper en s'élançant droit vers la cime des arbres. Mais elle devait être affaiblie. Ou blessée. Elle vacilla, s'écroula et, tel un flot de lave, bouillonna en fumant sur la neige, avant de se coaguler en une bouillie épaisse.

D'un grand coup d'épée, Frond coupa la masse noirâtre en deux. Les deux morceaux se désagrégèrent en petites flaques chuintantes, et le mugissement cessa.

Le calme revint. Zed reprit son souffle, les soubresauts qui l'agitaient se calmèrent peu à peu. Des silhouettes humaines et elfiques flottaient devant ses yeux. Plusieurs regards le dévisageaient. Il se rendit compte que c'était Callum qui l'avait retenu pendant que son corps se convulsait, Callum qui le serrait encore dans ses bras. Callum, qui avait invoqué son nom et...

Zed leva les yeux. Le monde pencha de nouveau.

– Vous..., souffla-t-il d'une voix rauque.

Le visage du Grand Éclaireur était grave.

– Vous êtes mon père ?

Une larme brûlante roula sur sa joue.

Callum secoua la tête, les yeux agrandis de... honte ?

– Non, Zed, répondit-il. Je suis l'homme qui a tué ton père. Je suis ton oncle.

Chapitre douze

Brock

– Ce n'est pas possible ! s'exclama Brock. Il y aurait des gens qui vivraient ici ? On les aurait déjà croisés.

– Tu crois ? répondit Jett, qui, la main sur le manche de son marteau d'armes, scrutait les alentours. Il y a encore six semaines, je n'avais jamais vu un arbre véritable.

– Tu sais bien ce que je voulais dire, rétorqua Brock, sans quitter lui non plus la forêt des yeux. Lotte les aurait rencontrés. Ou quelqu'un d'autre. Les Aventuriers explorent ces bois depuis deux cents ans !

– Et ils découvrent de nouvelles surprises chaque jour, croyez-moi, affirma Lotte. Mais cela ne change rien à notre mission. On continue. Qu'est-ce que c'est que cette odeur ?

Sans attendre la réponse, elle hissa son sac à dos un peu plus haut sur ses épaules et se remit en route, s'écartant du sentier qu'ils avaient suivi jusqu'alors. Brock, toutefois, s'immobilisa et entreprit de se tâter de haut en bas. D'où venait cette odeur ?

Son pantalon était mouillé, et pas seulement à cause de la neige. La fiole contenant la toxine de pitécureuil avait répandu tout son contenu sur lui au moment où il était tombé dans le piège.

– Oh, beurk, elles puent, ces cordes ! fit-il mine de s'indigner en envoyant des coups de pied dans la neige pour recouvrir le filet que Lotte avait abandonné par terre. J'espère que mon pantalon n'est pas fichu, ajouta-t-il en agitant une main devant son nez.

Liza lui décocha un coup d'œil sceptique, mais se hâta d'emboîter le pas à Lotte. Brock laissa les autres prendre de l'avance, bien décidé à rester sous le vent, le temps que la puanteur de ses vêtements se soit un peu dissipée. Cela dit, si la toxine avait réellement le pouvoir d'éloigner les Dangers, alors ses camarades et lui n'auraient plus rien à craindre pendant un moment.

De la part des Dangers, en tout cas.

– Est-ce que nous nous sommes beaucoup écartés de la route ? s'enquit Liza.

Lotte consultait sa boussole tout en marchant.

– Nous n'avons pas pu dévier trop loin en une seule journée. Je crois que nous sommes juste un peu au nord du chemin qu'a pris Frond. Pourquoi diantre fallait-il qu'ils emmènent *tous* nos mages avec eux ?

Brock vit Jett et Liza échanger un regard. Il voulut leur demander à quoi ils pensaient, mais il manquait de souffle pour parler. Il se rendit compte que Lotte avait considérablement accéléré l'allure.

L'intendante était inquiète.

– Vous croyez vraiment qu'il y a des gens par ici ? l'interrogea-t-il, essoufflé.

– Il pourrait y avoir n'importe quoi par ici, répondit Lotte. Pourtant, dans les premiers temps de la guilde, on a envoyé des équipes de recherche vers chaque ville, village et auberge, dans un rayon de soixante lieues. On a trouvé Llethanyl toujours debout. Mais rien d'autre, conclut-elle en secouant la tête.

– Se pourrait-il que..., commença Liza. Il arrive parfois que Pierrefranche exile certains de ses habitants. Vous savez, les bannis...

Brock tressaillit. Les crimes les plus graves étaient passibles de la peine de mort... ou de l'exil au-delà des murailles de la cité, ce qui revenait à une forme plus lente d'exécution. La plupart des condamnés préféraient de loin la hache du bourreau, plus rapide et plus sûre.

– J'ai du mal à imaginer que des humains puissent survivre dans les environs plus de quelques jours, remarqua Fel.

– J'aimerais m'offusquer de ta remarque, dit Brock, mais je dois reconnaître que je suis d'accord avec toi.

– Je parie que c'est un Danger qui a tendu ce piège, hasarda Jett. Les kobolds portent des vêtements. Ils doivent donc savoir fabriquer des filets.

Lotte secoua de nouveau la tête.

– Certains Dangers se servent en effet d'outils, mais pour la plupart ce sont des instruments du genre tranchant ou pointu. Les pièges sont un peu trop sophistiqués pour eux.

– La créature que Zed a rencontrée dans l'ancien sanctuaire elfique était plutôt sophistiquée, elle aussi, lui rappela Brock.

– Oh, non, s'alarma Liza. Tu ne crois pas que... les gens que Mère Brenner a infectés...

– Et bien, quoi ? dit Jett.

– Vous vous rappelez ? continua Liza. Une fois qu'ils étaient contaminés, elle les jetait dehors. Comme ça, ils ne pouvaient pas la trahir avant qu'elle soit prête – et eux, prêts à revenir une fois les barrières magiques de protection tombées. Il doit en rester quelques-uns dans la nature.

– Ce ne sont plus des gens, objecta Lotte, d'une voix triste mais ferme. Ils ne fabriqueraient pas de pièges ni ne laisseraient d'empreintes de bottes dans la neige. L'infection se répand trop vite.

Un silence de plomb s'abattit alors sur le petit groupe. Brock se remémora les horreurs récentes, quand la personne la plus respectée de la ville, la femme à qui tout le monde faisait confiance, avait été infectée par une spore monstrueuse – et avait, à son tour, contaminé d'autres habitants. Sous l'emprise du penanggalan, Mère Brenner s'en était prise aux habitants les plus vulnérables de Pierrefranche, s'attaquant aux sans-guilde et aux malades, puis les chassant de la ville avant que leur métamorphose s'opère. De cette façon, elle avait brouillé les pistes et rendu les étendues sauvages infestées de Dangers encore plus dangereuses qu'avant.

Brock retournait dans sa tête ces pensées pour le moins fâcheuses lorsque, du coin de l'œil, il perçut un mouvement, vif comme l'éclair.

– C'était quoi, ça ? demanda-t-il en pivotant sur ses talons.

Devant lui, le bois était désert.

– Là ! s'écria Liza, le doigt pointé dans une autre direction. Tu l'as vu ?

Quoi qu'elle fût, la chose avait disparu avant que Brock ait eu le temps de l'entrevoir.

– Un pitécureuil, murmura Fel. En voilà, un petit effronté !

Cette fois, Brock le vit. Perchée sur une branche, la créature renversa la tête en arrière et fronça son petit museau, comme pour humer l'air. Elle lui faisait un peu penser à l'écureuil qu'il avait vu lors de sa première sortie officielle. Excepté que cet animal-là était dépourvu de fourrure. Il avait la peau rouge toute fripée, et sa queue touffue était composée de piquants noirs acérés, les mêmes piquants qui hérissaient son dos et se balançaient doucement dans le vent.

Tandis que les Aventuriers s'arrêtaient pour l'observer, le Danger miniature fut rejoint par un deuxième, puis un troisième.

– C'est bizarre, remarqua Fel. D'habitude, ils vivent plutôt en solitaires, en dehors de la période de reproduction.

– La période de reproduction ? répéta Brock, soudain mal à l'aise.

Fel hocha la tête avec une sorte d'enthousiasme.

– Les femelles dégagent une odeur piquante qui attire les mâles. Ce qui provoque une rivalité *très* féroce entre eux. On n'a pas intérêt à se retrouver pris au milieu de ce genre de frénésie. Pourtant, les couleurs sont plutôt jolies, vues de loin, ajouta-t-elle en haussant les épaules. Tout ce rouge...

Le vent changea de direction, il soufflait désormais dans le dos de Brock.

Les piquants du pitécureuil le plus proche frémirent. Sa queue s'ébouriffa.

– Malédiction !

Un quatrième Danger surgit sur une branche voisine, tandis que deux autres sortaient la tête d'une anfractuosité dans le tronc d'un arbre tombé. Dix, vingt, trente paires d'yeux noirs luisants convergèrent vers le petit groupe d'Aventuriers.

Toutes se fixèrent sur Brock.

– On ne reste pas là ! cria-t-il. Vite, filons d'ici !

Brock n'attendit pas de voir si ses compagnons l'avaient écouté. Il prit ses jambes à son cou. La voûte des arbres devant lui se mit à grouiller, à s'agiter, à craquer sous le poids de dizaines de petits Dangers bondissants.

En quelques secondes, ils eurent déferlé sur Brock, grimpant sur ses bras et dans son dos, leurs piquants transperçant sa tunique de cuir comme du vulgaire tissu. Leurs piaulements étaient presque assourdissants et, alors que chacun, pris individuellement, pesait trois fois rien, leurs poids s'additionnaient dangereusement. Brock trébucha.

Quelque chose le heurta par-derrière, et il se retrouva une fois de plus étalé dans la neige. Liza l'avait plaqué au sol, envoyant dinguer ses minuscules passagers indésirables.

– Pourquoi ils s'en prennent à toi ? cria-t-elle en le recouvrant de son corps. AÏE !

– C'est à cause d'un truc sur mes vêtements, répondit-il. Mon pantalon...

– Débarrasse-t'en ! ordonna-t-elle.

Elle se releva d'un bond et se mit à balancer de grands coups de bouclier sur l'essaim de pitécureuils. Lotte, Fel et Jett étaient là aussi, et à eux quatre ils formèrent un rempart autour de Brock, tapant, cognant, frappant à qui mieux mieux les Dangers qui continuaient de tomber du ciel. Hélas, malgré leurs efforts, ils ne pouvaient tous les repousser. Leurs assaillants étaient trop nombreux.

– J'y crois pas, maugréa Brock, en tirant sur les cordons de son pantalon.

– Si tu as un plan, c'est le moment ! cria Liza en lui jetant un coup d'œil par-dessus son épaule.

– Ne regarde pas ! glapit-il d'une voix aiguë. Surveille plutôt ces bestioles qui veulent ma peau !

Brock se déshabilla promptement. À l'aide d'un couteau, il trancha les liens de son pantalon, qu'il s'empressa de jeter aussi loin que possible par-dessus la tête de Jett. Le vêtement tomba au pied d'un arbre, et la meute entière de pitécureuils délaissa les Aventuriers pour se ruer sur le pantalon en piaillant.

– Vite, dépêchons ! dit Lotte en essuyant la sueur sur son front. Mieux vaut s'éloigner le plus possible au cas où ils nous auraient trouvés à leur goût.

– Si je pouvais juste prendre un pantalon dans mon sac...

Tremblant comme une feuille dans ses bottes, Brock tirait sur le bas de sa tunique pour couvrir ce qu'il pouvait de ses jambes nues. C'était comme porter une robe beaucoup trop courte. Il avait l'air ridicule, et il le savait.

– On y va ! aboya Lotte.

Brock ne protesta pas. Il se mit en route, dépassa ses camarades qui gloussaient bêtement et, il en était sûr, reluquaient ses sous-vêtements à chaque pas qu'il faisait.

*

Lorsque Lotte jugea enfin suffisante la distance qu'ils avaient mise entre eux et la nuée de pitécureuils, Brock était secoué de frissons et se sentait malheureux comme les pierres. Le jour tombait, et un froid plus mordant s'installait pour la nuit.

– Reposons-nous un moment, décida l'intendante, après un regard à sa boussole dans la lumière déclinante. Les filles, vous allez ramasser du bois. Jett, tu allumeras un feu. Et toi, Brock... tu ferais bien d'enfiler un pantalon.

– Oh, merci ! souffla-t-il en retirant son sac de ses épaules.

Sans qu'il comprît comment, Fel n'avait rien perdu de son énergie depuis le début de cette longue et éprouvante journée. Le temps qu'il lace son pantalon, la jeune fille avait déjà déposé un petit tas de branches aux pieds de Jett.

– Ah..., fit le nain. En ce qui concerne *ma* corvée...

– Oui ? le coupa sèchement Lotte.

– Eh bien, normalement, c'est Zed qui s'en charge. Vous savez, avec le...

Il remua les doigts en direction de la pile de bois.

– Vous comptez beaucoup trop sur la magie, les enfants. Fel, peux-tu démarrer un feu, s'il te plaît ?

– Oui ! Tout de suite ! répondit joyeusement la jeune elfe, qui revenait chargée d'une nouvelle brassée de brindilles.

Elle se mit aussitôt à l'œuvre avec un morceau de silex, qu'elle avait sorti de sa ceinture.

– Pourquoi n'y a-t-il pas plus de mages dans la guilde ? s'enquit Liza.

– Ce n'est pourtant pas faute d'en recruter, répondit Lotte, en se laissant tomber sur l'une des bûches que Liza avait disposées en cercle autour du tas de petit bois. Mais, en général, ils ne durent pas aussi longtemps que les guerriers.

– Sans blague, grogna Brock, occupé à appliquer un baume mentholé sur ses coupures.

– Toutefois, c'est surtout des guérisseurs que nous recherchons. Nous aimerions en avoir dans nos rangs, pour nous accompagner dans nos expéditions, au lieu de devoir chaque fois ramener nos blessés en ville. Ça ne fait qu'un mois ou deux que Micah nous a rejoints et il s'est déjà révélé être une véritable bénédiction.

– Qu'est-ce que ça veut dire, « bénédiction » ? s'enquit Fel.

Dans leur hâte de répondre, Brock, Liza et Jett s'empressèrent aussitôt de se couper la parole les uns aux autres. C'était à qui serait le plus rapide pour fournir son interprétation du mot.

– Demeuré !

– Casse-pieds !

– Mangeur de pierre !

– Cela signifie qu'il nous est *utile*, rectifia Lotte. Imaginez un peu qu'on en ait dix comme lui !

– Pas la peine d'être cruelle ! s'indigna Brock.

Il tapota l'épaule de Liza, qui feignait de s'arracher les cheveux.

– Bref, reprit Lotte, tout en faisant passer parmi eux un petit sachet de viande séchée. Maintenant que Pollux a pris la tête des Guérisseurs, nous pourrons peut-être recourir à la conscription pour en recruter de nouveaux. Frond n'avait pas trop envie de fâcher la Mère Lumineuse...

– Ah bon ? s'étonna Jett en se caressant le menton. Je croyais que Frond n'avait peur de personne.

– Je ne sais pas s'il s'agissait de peur, à proprement parler, répliqua Lotte. Mais Frond ferait n'importe quoi pour la guilde. Même, parfois, se montrer diplomate.

– Tu parles ! railla Brock. Frond s'y connaît tellement en diplomatie !

– C'est un art délicat, énonça Lotte d'un ton plein de sous-entendus. Il faut savoir se rebiffer juste ce qu'il faut. Connaître la différence entre les limites que l'on peut franchir et celles qu'il vaut mieux respecter.

Jett se pencha vers Brock et lui chuchota à voix haute :

– Je crois qu'elle parle de toi, là.

– Je suis désolé, mais...

Brock lança des regards à droite et à gauche, en quête d'un soutien quelconque de la part de ses amis, du moindre signe indiquant qu'ils partageaient son avis. Ils se contentèrent de le dévisager avec curiosité.

– Il n'y a personne d'autre pour oser le dire ? Il s'agit de conscription, de... *d'enlever* des gens, de leur voler leur vie. Frond ne collectionne pas des galets peints, elle collecte de la chair à canon !

– Certains parmi nous se sont engagés de leur plein gré, Brock, lui rappela Liza sur le ton de la remontrance.

– Ouais, bien sûr, mais toi, tu es bizarre.

– *Nous*, ça inclut toi, crétin ! Toi aussi, tu t'es porté volontaire !

– Ah, oui, concéda-t-il. Enfin, si on veut.

– Moi aussi, lâcha Lotte.

– Vraiment ?

Brock n'en revenait pas. Tout ce qu'il savait de la vie de l'intendante en dehors de la guilde, c'était qu'elle venait de la Haute-Ville. Il l'avait souvent vue consulter une pièce d'horlogerie ancienne, un précieux objet de famille qui devait valoir une petite fortune.

– Je faisais partie de la guilde des Intendants, expliqua Lotte. Et j'étais très douée pour ce travail. Une administratrice née !

– Administratrice ? répéta Fel, le nez plissé.

– Ça veut dire..., commença Brock. Euh...

– Une administratrice est une personne qui... administre, énonça Liza.

Le feu crépita dans le silence.

Jett haussa les épaules.

– Ne me demande pas à moi !

– Un administrateur est celui qui fait avancer les choses, précisa Lotte. Les Intendants assurent la gestion de Pierrefranche tout autant que les Marchands, à la différence près qu'ils font moins de manières et sont moins bien récompensés. Ils organisent le Recrutement, traitent d'importants dossiers, planifient les projets de construction pour la guilde des Bâtisseurs. Ils remplissent les fonctions de juge, de chancelier, de page...

Jett fit semblant de ronfler.

– Bon, d'accord, tu n'as pas tort ! s'esclaffa Lotte. C'est un travail important, mais ennuyeux au possible. Ce qui explique sans doute pourquoi je suis tombée amoureuse de Jak.

– Oooh, soupira Fel. Lotte et Jak ! Vous devriez planter un arbre. Qu'il baigne dans votre affection mutuelle, comme dans la lumière du soleil, conclut-elle avec un petit rire.

Brock la considéra d'un regard perplexe. Et il ne fut pas le seul.

– Je suppose que vous n'avez pas ce genre d'expression dans votre langue, hasarda-t-elle timidement.

– Je reconnais le sentiment qu'elle traduit, dit Lotte en se souriant à elle-même. Jak était intrépide et... chahuteur. Nous venions de mondes différents, comme on dit. L'Aventurier et l'administratrice. Je ne l'aurais même jamais rencontré si je n'avais pas dû lui infliger une amende pour avoir émis des sons incongrus pendant le discours de maître Quilby lors d'une cérémonie publique.

– Le coup de foudre au premier PV ? suggéra Brock.

– Quelque chose comme ça. Nous avons commencé à nous voir. Ce qui ne plaisait pas du tout à mes parents. Je vivais encore à la maison et, pour la première fois, je défiais leur autorité. Pour la première fois, je faisais passer mes désirs en premier. Un jour, on a frappé à la porte. C'était Alabasel Frond, qui avait autant l'air à sa place dans la Haute-Ville qu'un chien dans une robe de soirée. Mais il n'y avait rien de drôle dans l'expression de son visage. J'ai compris ce qui était arrivé avant qu'elle prononce un seul mot. Jak était mort.

La bonne humeur qui régnait autour du feu s'envola d'un seul coup. Mis à part le petit hoquet que ne put retenir Fel, le silence fut total jusqu'à ce que Lotte reprenne la parole.

– Mes parents étaient... ravis. Ils n'ont même pas essayé de le cacher. J'allais enfin pouvoir surmonter ma phase de rébellion, comme ils disaient. Ils m'ont enfermée dans ma chambre pour m'empêcher de me rendre à son bûcher funéraire. Ç'a été la première porte que j'ai défoncée d'un coup de pied, précisa-t-elle avec un sourire satisfait.

Fel applaudit.

– Et vous avez rejoint la Mer d'Étoiles en mémoire de Jak ? demanda-t-elle d'un air rêveur.

– J'ai essayé. Mais Frond a refusé.

– Non ?! s'exclama Jett, incrédule.

– Elle vous a vraiment refoulée ? s'étonna Liza.

– Et comment ! confirma Lotte. Elle m'a dit qu'elle ne pouvait accepter ma candidature tant qu'elle n'était pas certaine que j'avais bien réfléchi. Elle m'a conseillé de revenir une semaine plus tard si je n'avais pas changé d'avis. Sept jours après, l'aube était à peine levée que je cognais déjà à la porte. Tous les membres de la guilde ont dormi jusqu'à la troisième cloche ce jour-là, se rappela-t-elle, les sourcils froncés. Si bien que les premières heures que j'ai passées parmi eux m'ont semblé très longues et très frustrantes.

Elle fixa son regard sur Brock.

– Ce que je voulais dire, c'est qu'aucun de nous n'est de la chair à canon pour Frond, Brock. Même si les habitants de Pierrefranche considèrent ce que nous faisons – ce que nous *sacrifions* – comme un dû, je peux t'assurer que ce n'est pas le cas d'Alabasel.

Brock hocha la tête mais s'abstint d'exprimer sa crainte que Zed, Jayna, ou même Micah, puissent déjà compter parmi les sacrifices en question.

*

En dépit de ses inquiétudes, Brock dormit comme une bûche près du feu. Il mit un long moment à recouvrer ses esprits lorsque Lotte le secoua pour le réveiller.

Il voulut demander si c'était son tour de monter la garde, mais ne put articuler que des paroles rendues inintelligibles par le sommeil.

Lotte le fit taire.

– Viens avec moi, chuchota-t-elle.

Brock se leva et, toujours emmitouflé dans sa couverture, suivit Lotte dans la neige. Le froid était vivifiant et, lorsque l'intendante s'arrêta à une bonne trentaine de pas du campement, il était complètement réveillé.

– Qu'est-ce qu'il y a ? s'enquit-il. Vous avez vu quelque chose ?

– Oh, pour ça, oui, répondit Lotte. Vide tes poches.

– Hein ?

– Tout de suite !

Brock rajusta sa couverture autour de lui de façon à pouvoir atteindre les poches de son pantalon, qu'il se fit un devoir de retourner. Puis il darda sur Lotte un regard qui disait : *Là, vous êtes contente ?*

– Celle-là aussi, exigea-t-elle en tapotant une petite poche cousue dans sa tunique.

Brock hésita. Impossible d'y échapper ! Il extirpa une feuille de parchemin paraffiné, que Lotte lui arracha aussitôt des mains et déplia. À l'intérieur, il y avait une poignée de boules duveteuses pas plus grosses que des noix.

– Sais-tu ce que c'est ?

– Non, répondit Brock, avant de se reprendre en hâte sous le regard sévère de Lotte : Non, madame l'intendante. Mais je pensais que ça pourrait nous servir. J'allais justement vous demander...

– Ce sont des cocons, l'informa Lotte avec brusquerie. Des cocons de papillons-lames. Tu en as déjà vu, de ces bestioles ? Ils se fondent dans le feuillage des arbres au printemps. De jolis petits papillons verts.

– C'est quoi, un papillon ?

– Aucune importance. Pour autant que je sache, ils ont disparu. Mais les papillons-lames, eux, prolifèrent dans la région. Ils sont petits et difficiles à capturer ou à tuer. Ils se servent de leurs ailes, aussi tranchantes que les étoiles à lancer de Frond, pour te lacérer la peau. Ensuite, ils n'ont plus qu'à boire ton sang. Parfois, ils incisent une artère secondaire. D'autres fois, ils te tranchent carrément la gorge. Qu'arriverait-il, à ton avis, s'ils éclosaient dans ta tunique ?

Brock baissa les yeux, contrit.

– Je suis désolé. Je l'ignorais.

– Et savais-tu ce qui risquait de se passer avec ce... cette salive de pitécureuil ou urine de ratortue ou je ne sais quoi que tu trimballais dans ta poche aujourd'hui ?

Brock se sentit blêmir.

– Ce n'était pas de l'urine, protesta-t-il.

– Regarde-moi, Brock, soupira Lotte.

Il leva les yeux. Lotte avait la mine grave, mais pas furieuse.

– Je t'ai vu étudier le bestiaire des monstres d'Hexam. Et je veux encourager ta curiosité. Mais, avec les Dangers, la moindre erreur entraîne des conséquences catastrophiques. Des conséquences qui pourraient te tuer ou, pire encore, tuer quelqu'un d'autre et te hanter à tout jamais. Il est donc indispensable que tu nous mettes, Hexam ou moi, au courant de tout ce que tu fais, tu comprends ?

Sans le quitter des yeux, elle attendit sa réponse.

– Oui, acquiesça-t-il avec un petit signe de tête.

– Et tu ne rapportes aucun souvenir sans notre consentement, d'accord ?

– Oui, madame l'intendante.

– Bien. Maintenant, tu vas me jeter ces trucs dans le feu, ensuite on réveille les autres. Il fera bientôt jour.

Ils regagnèrent le bivouac. Lotte regarda Brock s'approcher du feu avec sa poignée de cocons. Il ne s'était pas douté une seconde de ce qu'il transportait, mais manifestement ce n'était pas une bonne idée de rentrer à Pierrefranche avec ce genre de chose. Pourtant, une multitude de pensées fourmillaient encore dans son esprit. Des ailes coupantes comme de l'acier ? Une ville qui souffrait régulièrement de pénurie de métal trouverait certainement à en faire bon usage. De plus, si les papillons-lames produisaient leurs propres cocons, peut-être pourrait-on utiliser leurs larves pour fabriquer du tissu qui servirait ensuite aux tailleurs et aux drapiers ?

– Vas-y ! ordonna Lotte.

Brock se rendit compte qu'il avait marqué un temps d'arrêt. Il jeta prestement les cocons dans les flammes. Alors seulement, Lotte tourna les talons et entreprit de réveiller les jeunes Aventuriers.

Brock se maudit intérieurement. Lotte n'allait plus le lâcher désormais. Ce qui allait considérablement compliquer son travail pour dame Gray. Celle-ci serait très mécontente s'il revenait bredouille. Et, si elle n'était pas satisfaite, Zed risquait les pires ennuis.

Les cocons éclatèrent en grésillant dans le feu, souillant la pureté de l'air matinal d'une âcre odeur de brûlé.

Chapitre treize

Zed

L'attaque de l'ombre traqueuse avait laissé Zed hébété. Il se leva le lendemain matin, empaqueta ses affaires, roula son sac de couchage et erra mollement à travers le campement. Ses pensées ressemblaient à de la mélasse.

Je suis ton oncle.

L'aveu de Callum lui martelait le crâne comme une migraine, tambourinait douloureusement derrière ses yeux.

La veille, un million de questions s'étaient pressées sur sa langue, pareilles à un torrent s'écrasant contre une digue. Mais le barrage avait tenu bon. Zed s'était senti vidé de toute son énergie, comme empoisonné. Sa gorge lui brûlait. Après avoir chassé Callum et les autres elfes, Frond avait ordonné à Micah de le remettre sur pied.

Zed avait tenté de protester, mais la maîtresse de la guilde lui avait plaqué sa main froide sur la poitrine.

– Demain, avait-elle dit. Pour l'instant, il faut que tu guérisses.

Alors, il avait guéri, sous les mains lumineuses de Micah qui avaient éclairé la nuit.

Maintenant que le matin était enfin arrivé, Zed se rendait compte que toutes ses questions s'étaient évaporées, remplacées par un sentiment de vide pas désagréable.

Micah, pour commencer, se tenait à distance respectueuse. Si Zed n'avait pas su à quoi s'en tenir, il aurait trouvé que le garçon, le regard perdu dans le petit matin terne, avait presque l'air pensif. Peut-être cette longue nuit passée à soigner Zed avait-elle enfin épuisé ses réserves intarissables de sarcasmes.

Comme Zed se penchait pour ramasser son sceptre, une ombre longiligne passa sur la neige, déclenchant en lui un sursaut de panique. Il se releva d'un seul coup. Callum apparut devant lui, ses grands yeux verts toujours aussi indéchiffrables.

Zed sentit une pointe d'irritation troubler sa torpeur. Les sourcils froncés, il glissa le sceptre dans son étui de cuir. Le campement s'était brusquement vidé. Zed le balaya des yeux et constata que les Aventuriers avaient tous rejoint les elfes.

Les traîtres. Brock, lui, l'aurait soutenu.

Tant pis ! Pas question de faire le premier pas.

Il avait déjà posé toutes ses questions – depuis des semaines et des semaines –, et Callum avait choisi de le rembarrer, encore et toujours. Zed n'avait plus rien à lui dire et était déterminé à ne plus lui adresser la parole jusqu'à ce que le Grand Éclaireur implorât son pardon.

– Pourquoi ? demanda-t-il, avant de se mordre aussitôt l'intérieur de la joue.

Callum tressaillit légèrement.

– Y a-t-il une réponse qui te satisferait ? Qui m'absoudrait ?

La rage de Zed se réveilla. Il fusilla l'elfe du regard.

– Non, riposta-t-il. Vous ne réussirez pas à me convaincre maintenant. Je vous ai supplié de me donner des réponses à propos de mon père, et vous n'avez fait que me *mentir*.

Le Grand Éclaireur se rembrunit.

– Je ne t'ai jamais menti, Zed.

– Un mensonge par omission reste un mensonge !

La voix de Zed avait éclaté comme un coup de tonnerre à travers toute la forêt. Au loin, les oiseaux poussèrent des piaillements alarmés.

Il savait qu'il réagissait de façon ridicule. Piquer une colère risquait d'attirer d'autres Dangers. Il ferait mieux de planter là Callum et d'aller retrouver les autres – Micah, qui essayait de se gratter sous ses multiples couches de vêtements, ou Jayna, qui assaillait Hexam de ses questions judicieuses.

À la place, Zed se mit à pleurer. Ce qui le rendit encore plus furieux. Il se retourna pour s'essuyer les yeux d'un geste rageur. La nostalgie de tout ce qui lui était familier – sa mère, Brock, la sécurité qu'offrait la ville – lui étreignait douloureusement la poitrine.

– Tu trouves que je n'ai pas été à la hauteur, reconnut Callum derrière lui, avant de le prendre doucement par les épaules pour l'obliger à faire demi-tour. Et tu as raison. Mais comment aurais-je pu te dire toute la vérité ? Que j'ai manqué à mes devoirs envers toi avant même que tu sois né ?

Callum mit un genou à terre de façon à pouvoir le regarder en face. Zed se retrouva incapable de détourner les yeux.

– Mon frère et moi faisions tous les deux partie de ce fameux voyage à Pierrefranche, commença l'elfe. C'était la première fois que Zerend se rendait dans la cité des humains. La nuit de notre arrivée, il a fait la connaissance d'une jeune et jolie servante qui, dans la foule, nous faisait de grands gestes de la main. Mon frère n'a prêté aucune attention aux regards bizarres que lui lançaient aussi bien les humains que les elfes. J'ai bu à leur santé lorsqu'ils ont discrètement échangé un baiser dans la taverne. Et j'ai écouté les déclarations d'amour enflammées de Zerend lorsque nous avons quitté la ville deux semaines plus tard. J'ai dû le retenir quand il a tenté de rebrousser chemin pour aller la retrouver.

Callum ouvrit la bouche, la ferma, l'ouvrit de nouveau.

– Nous l'avons perdu sur le trajet du retour. Il a été tué sous mes yeux par un monstre que j'avais *raté*.

Zed le fixait, abasourdi.

– Six ans plus tard, j'ai appris par la guilde des Aventuriers que la jolie servante humaine avait donné naissance à un enfant aux oreilles pointues. Et sais-tu ce que j'ai fait, Zed ?

Ses yeux brillant d'un feu intense, Callum lui empoigna les bras.

– *Rien*, souffla-t-il d'une voix rauque entre ses dents serrées. Je leur ai dit que Zerend était *disparu* et les ai renvoyés. Je n'ai accepté de prendre aucune responsabilité envers toi. Comment l'aurais-je pu ? Tu avais une mère, alors de quel droit pouvais-je me prévaloir ? J'étais le chef des éclaireurs de la reine, il m'était impossible de renoncer à mes obligations pour aller vivre parmi les *humains*. Pour venir t'apprendre que c'était ma faute si ton père...

La voix de Callum se brisa, comme une corde de luth au beau milieu d'une chanson. Lentement, la lueur sauvage dans ses yeux s'éteignit, et sa poigne sur les bras de Zed se relâcha.

– Je vous ai laissés seuls, ta mère et toi, parce que j'avais honte.

L'elfe se releva, sans se soucier de la croûte de neige et de terre sur son pantalon.

– Et aujourd'hui, te voilà. Tu me remercies de ma lâcheté en risquant ta vie pour nous sauver. Tu viens au secours d'un peuple qui ne te reconnaît même pas comme l'un des siens. Et encore maintenant nous te trahissons. Au moment même où je te parle, conclut-il en serrant les poings.

Zed eut l'impression que des doigts crochus grimpaient le long de sa colonne vertébrale. Tout cela n'augurait rien de bon.

– Vous me trahissez ? Comment ça ?

Le Grand Éclaireur le considéra un long moment de ses grands yeux tristes.

– Mensonge par omission, énonça-t-il. La reine ment. Elle vous ment à tous.

Des frissons de terreur parcoururent les bras de Zed.

– Je suis désolé, dit Callum. Je t'ai entraîné au-devant d'un terrible danger.

Ce fut alors que le Danger arriva.

*

Zed entendit les hurlements avant de voir de quoi il retournait.

Des voix criaient de l'autre côté du bivouac, mêlant les langues elfique et commune dans une clameur affolée.

Callum inclina la tête de côté.

– Qu'est-ce que... ?

À cet instant précis, une flèche se planta dans son épaule et l'envoya culbuter par terre avec un gémissement étouffé.

– Callum ! s'écria Zed en se laissant tomber à genoux auprès de l'elfe.

– Ça va, je n'ai rien.

Callum baissa les yeux sur la hampe puis, d'un geste expérimenté, la fit pivoter avant d'extraire la pointe de la flèche de son épaule.

– Celle-là vient de chez nous, constata-t-il.

Il fouilla le camp de ses yeux écarquillés.

– Nous sommes tombés dans une embuscade ! Ils sont ici !

Des silhouettes surgissaient en bordure de la clairière, des formes grises qui s'avançaient dans la blancheur immaculée de la neige.

Elles avaient été des elfes autrefois, Zed le devinait. Mais, alors que les elfes vivants n'étaient que couleurs, beauté et magie, ces créatures-là gâchaient le paysage par leur seule présence. La plupart se réduisaient à de simples squelettes – ou guère plus –, auxquels des lambeaux de chair et des houppes de cheveux se cramponnaient obstinément, comme des champignons vénéneux sur un arbre à moitié mort.

La seule couleur discernable dans cette lugubre monotonie provenait des éclats de lumière pourpre qui brillaient au fond de leurs orbites.

Les squelettes étaient dirigés par une elfe au dos voûté, dont la mort semblait plus récente. Elle avait la peau blafarde – on aurait dit qu'elle s'était tartiné le visage d'une épaisse couche de blanc de céruse –, et ses yeux ressemblaient à des flaques laiteuses. Elle avançait d'un pas chancelant, comme prête à s'affaler par terre à tout instant, mais, en dehors de cette drôle de démarche titubante, elle ne faisait aucun bruit.

Les autres non plus, d'ailleurs.

– Reste derrière moi, murmura Callum en se relevant.

Lentement, le Grand Éclaireur saisit l'arc accroché dans son dos et, avec des gestes fluides, presque nonchalants, encocha une flèche.

Zed secoua la tête, sans toutefois oser détourner les yeux des silhouettes qui s'approchaient. Elles formaient une ligne en zigzag, séparant Zed et Callum du reste de la troupe. Certains squelettes portaient des armes rouillées, aux bords déchiquetés. L'elfe au dos courbé, qui se tenait en arrière, arborait l'uniforme des éclaireurs. Elle brandit un arc semblable à celui de Callum.

– Zed, derrière moi, répéta Callum d'une voix râpeuse. Je ne peux pas te protéger et me battre contre eux en même temps.

Zed inspira un grand coup. Il s'était attendu à éprouver une frayeur sans nom. Depuis le début de l'expédition, il se sentait en proie à une quasi-panique. Or, si la peur était toujours là – son cœur s'agitait de façon désordonnée dans sa poitrine, pareil à un chien qui se gratte pour se débarrasser d'une puce –, quelque chose d'autre grandissait en lui, comme pour le protéger de la terreur. Une sorte de fébrilité, de désir impatient.

Zed brûlait d'envie de se servir de son feu.

– Non ! décida-t-il.

Il extirpa de sa ceinture le sceptre surmonté d'un cristal, plissa les yeux et puisa avec précaution dans sa mana.

– Je m'en suis sorti sans votre protection jusqu'ici. Je n'en ai pas besoin maintenant.

Un halo de brouillard argenté l'enveloppa, l'isolant du monde autour de lui. La dernière chose qu'il vit fut le visage chagriné de Callum.

Zed réapparut un peu plus loin, émergeant d'un second nuage de brume, juste derrière la rangée de morts-vivants. Il venait d'effectuer un saut d'elfe, son tout premier talent en matière de sorcellerie. Ce pouvoir lui permettait de se déplacer d'un lieu à un autre en un clin d'œil – à condition de voir où il allait.

Zed leva son sceptre. Il se remémora la leçon d'Hexam : « Incorpore la magie à la matière. » Il invoqua sa mana et se concentra sur le cristal pointé vers le dos voûté de la morte-vivante. Comme les autres fois, il sentit la magie vibrer dans ses mains, l'air autour de ses doigts devenir brûlant, mais il se retint. Le courant passa dans le bâton, avec la même facilité que si le sceptre n'avait été qu'un prolongement de son bras. Au moment où la mana le quitta, le cristal s'alluma d'une vive lueur verte.

La pierre émit un son aigu, métallique. L'air autour de l'elfe morte-vivante se mit à chatoyer sous l'effet de la chaleur. Mais, lorsque la force magique jaillit du sceptre, le recul de l'instrument fit dévier Zed de sa cible. Le feu vert se déversa sur la rangée de squelettes et les carbonisa.

Zed avait raté l'archère. Elle tourna son regard vide vers lui, les rais de lumière pourpre s'élargirent légèrement, comme des pupilles qui se dilatent.

En trois longues enjambées, elle fut sur lui. D'un bond, elle se jeta sur lui et envoya le sceptre tournoyer dans les airs. Le souffle coupé, Zed s'affaissa dans la neige.

La rage qui l'avait préservé de la peur s'évapora. L'éclaireuse se pencha au-dessus de lui, selon un angle qui n'avait rien d'humain, et le cloua au sol de ses membres décharnés. De près, il vit qu'une blessure béante déchirait le visage de la créature. Derrière les lueurs violettes, des larves d'insectes grouillaient dans ses yeux laiteux.

Zed voulut hurler, mais son adversaire lui agrippa le cou et serra avec force. Alors qu'elle commençait à lui broyer la gorge, son visage ne trahissait aucune émotion.

Puis, soudain, elle disparut. Zed se rendit compte que le Grand Éclaireur l'avait arraché – non sans pousser des rugissements – à l'étreinte mortelle de l'elfe. Il prit une profonde inspiration et sentit avec soulagement ses poumons s'emplir d'air froid.

Zed commençait à en avoir plus qu'assez de se faire étrangler par des Dangers.

Il se remit tant bien que mal à quatre pattes, pendant que Callum luttait corps à corps avec la morte-vivante.

– Va rejoindre Frond ! mugit Callum en plongeant un couteau de chasse dans la créature.

Cette fois, Zed ne protesta pas. Il s'empressa de ramasser le sceptre qui gisait à terre et avala une rapide gorgée de mana tout en jetant un coup d'œil vers l'autre côté du camp. Une multitude de silhouettes se découpaient vaguement entre les arbres.

Un squelette se jeta sur lui à l'instant même où la brume argentée l'enveloppait. Son rictus disparut dans les nuages.

Les pans de brouillard s'écartèrent, et Zed en émergea pour se retrouver au beau milieu d'une bataille généralisée.

Partout autour de lui, des elfes se battaient pour défendre leur vie contre une horde de morts-vivants. La reine et ses ministres s'étaient regroupés, protégés par Pétale et Épine, qui faisaient tournoyer leurs épées et frappaient les créatures chaque fois que celles-ci s'approchaient d'un peu trop près.

Des étincelles jaillirent des mains de la reine Me'Shala – Zed les ressentit jusque dans ses cheveux –, puis un faisceau de lumière éblouissante relia entre eux toute une rangée de squelettes, qu'elle calcina dans un éclair fulgurant. Puis un craquement sinistre vrilla les tympans de Zed.

Selby psalmodiait dans sa barbe un sort qui semblait générer une aura rougeoyante autour des forces elfiques. Threya, quant à elle, planta deux grandes épées entre les yeux d'un Danger qui avait réussi à percer la ligne de défense d'Épine. Puis, d'un vigoureux coup de botte, elle retira le cadavre empalé sur ses lames.

Le regard de la reine tomba sur Zed, et son visage s'illumina.

– Zed ! appela-t-elle, en lui faisant signe de la rejoindre. Par ici !

La reine ment.

Je t'ai entraîné au-devant d'un terrible danger.

Zed fit un pas en arrière, secoua la tête. Ses mains se crispèrent autour du sceptre.

La reine le regarda reculer, et quelque chose dans son expression changea. L'espace d'un instant, elle eut l'air alarmée, puis ses prunelles s'étrécirent.

Zed fit volte-face et s'enfuit en courant. Il fouilla désespérément les bois du regard, à la recherche de Frond ou de n'importe quel autre Aventurier, mais il ne reconnaissait aucun visage familier au milieu de cet effrayant chaos.

Une ombre se projeta en travers de son chemin. Zed leva les yeux à temps pour voir un mort-vivant fondre sur lui du haut des arbres. Poussant un glapissement, il effectua un saut d'elfe pour l'esquiver. Au sortir de la brume argentée, il percuta un arbre, à la seconde même où le squelette atterrissait sur le sol dans une explosion d'ossements.

Zed resta là un moment, appuyé contre le tronc, le souffle court, tâchant de calmer les battements de son cœur.

C'est alors qu'il aperçut Frond. Agitant son cimeterre devant elle, la maîtresse de la guilde se ruait vers un squelette particulièrement voûté. Elle le soulagea du poids de sa tête, envoya le reste de son corps s'écraser à terre quelques pas plus loin, puis se redressa d'un bond et scruta les alentours de ses yeux perçants.

Son regard tomba sur Zed. Elle leva une main, ses lèvres s'entrouvrirent pour dire quelque chose, mais un cri envahit alors le campement.

Une voix aiguë, sépulcrale s'élevait en provenance de la forêt. Si elle avait quelque chose de surnaturel dans son timbre et dans sa portée, on n'y reconnaissait pas moins les hurlements d'une femme. Zed se boucha les oreilles pour ne pas les entendre mais essaya d'en repérer l'origine. Il vit les Dangers s'écarter pour laisser passer... autre chose.

Ce qui apparut alors n'avait rien d'un misérable cadavre traînant les pieds. La silhouette d'une elfe flottait à plusieurs pas au-dessus du sol, frissonnant d'un affreux éclat pourpre. Des mèches de cheveux ternes entouraient sa tête en une couronne emmêlée. La morte – car, assurément, elle devait être morte ; son visage momifié était figé sur un sanglot – était presque transparente. Sa forme vacillante apparaissait et disparaissait, floue et distincte tour à tour.

– Une *ban'shea* ! s'écrièrent plusieurs voix d'elfes, rendues perçantes par la panique.

Une forme en armure se précipita vers l'apparition, décrivant des moulinets avec son épée.

C'était Pétale, qui se mouvait avec une grâce indolente et dont les gestes fluides attirèrent l'attention de la *ban'shea*. L'elfe accrocha le regard de Zed et gratifia le garçon d'un clin d'œil joyeux. C'était pour le protéger qu'elle s'interposait entre lui et la créature.

La *ban'shea* se tourna pour lui faire face. Ses yeux tristes brillèrent d'une horrible intensité.

Pétale tournoya sur elle-même et frappa à toute volée le Danger d'un habile coup d'épée. Mais la lame se contenta de traverser la créature, ne laissant derrière elle qu'une traînée ondulante de vapeur violette. La guerrière bascula, perdit l'équilibre.

La *ban'shea* fondit sur elle avant qu'elle ait eu le temps de se ressaisir. La lueur pourpre qui émanait du Danger rayonna de plus belle, inonda le campement. La *ban'shea* prit la tête de Pétale entre ses mains, son hurlement se fit encore plus strident, s'élevant à des hauteurs presque insupportables. Les mains fermement pressées sur ses oreilles, Zed vit les traits du visage de Pétale s'affaisser. Il vit ses grands yeux, levés sur la créature, devenir flous, sa bouche s'ouvrir mollement, le rose quitter ses joues et sa peau virer au bleu pâle.

La plainte de la *ban'shea* s'adoucit, mais le silence qui suivit était presque aussi terrifiant. Elle lâcha le corps de l'elfe, qui s'effondra par terre.

Pétale était morte.

Zed se rendit compte qu'il avait retenu son souffle. Il n'arrivait plus à reprendre sa respiration. Une vague liquide d'horreur submergea sa poitrine. Ses mains tremblaient de façon incontrôlable.

Seule l'autorité de Frond le fit revenir à lui.

– Sauve-toi, Zed !

Zed reprit ses esprits juste à temps pour s'apercevoir que les yeux ardents de la *ban'shea* étaient à présent braqués sur lui.

Il prit ses jambes à son cou et s'enfonça parmi les arbres sans réfléchir une seconde à la direction qu'il prenait. Derrière lui, la plainte aiguë de la créature s'éleva de nouveau, triste et misérable. Zed aspira une goulée de mana et lança son regard aussi loin qu'il le put dans les profondeurs de la forêt. Il traversa un tunnel de brume et se retrouva plusieurs dizaines de pas plus loin.

Haletant et sanglotant, il obliqua vers la droite et s'engagea dans un épais bosquet.

Une forme bondit en travers de son chemin. Zed poussa un cri, leva son sceptre et invoqua sa mana. Alors qu'elle se déversait dans le cristal et que la pierre s'allumait de lueurs vertes, il comprit à quoi il avait affaire.

Il connaissait la personne debout devant lui.

C'était Brock.

Les yeux de son ami s'écarquillèrent en voyant le sceptre étincelant pointé sur lui.

Zed en restait bouche bée.

– Comment... ?

Le sort se déclencha avant qu'il pût l'arrêter. Une pluie de flammes vertes jaillit du cristal et éclaboussa Brock d'une gerbe aveuglante.

Zed fut soulevé dans les airs et retomba avec un sifflement dans la neige au milieu d'un nuage de vapeur. Il se redressa vaille que vaille, complètement affolé, fouillant des yeux l'endroit où il venait de pulvériser son meilleur ami.

Brock était toujours là, indemne, encore qu'un tantinet secoué.

Autour de lui scintillait une barrière semi-transparente. Zed vit ensuite Jayna derrière le garçon, les bras levés, ses boucles rousses collées par la sueur. Elle abaissa les mains et le bouclier magique se dissipa dans l'air, telle une bulle qui éclate.

Sans souffler mot, Zed et Brock se dévisagèrent un long moment.

– Je suis en train de rêver ? demanda finalement Zed.

– Nous sommes venus vous avertir que la Liche connaît votre plan, annonça Brock.

Il fit un geste vague en direction du campement, où la bataille continuait de faire rage.

– Brock à la rescousse ! ajouta-t-il.

– Nous ?

D'autres silhouettes apparurent alors entre les arbres : Liza et Jett tout près de là, Micah un peu en arrière, surveillant nerveusement la forêt, Fel, enfin, qui s'avança pour aider Zed à se remettre sur ses pieds.

– Quand les morts-vivants ont attaqué, Frond nous a ordonné, à Micah et à moi, de nous enfuir, expliqua Jayna, toute tremblante et encore plus pâle que d'habitude. Nous sommes tombés sur Lotte et les autres, il y a seulement quelques instants. *Zed, tu as failli nous tuer !*

Zed agrippa le bras de Fel.

– Ça n'a plus d'importance maintenant. Où est Lotte ?

– Elle s'est précipitée pour prendre part à la bataille, répondit Liza. Elle nous a fait promettre de rester à l'écart.

– Et, bien sûr, Liza n'en a tenu aucun compte, soupira Brock.

L'image du visage bleui de Pétale vint spontanément à l'esprit de Zed.

– Nous devons fuir ! dit-il. Il y a une créature à mes trousses. Elle a tué une des sœurs d'épée d'un seul cri. Elle...

– Une *ban'shea*...

La voix de Fel siffla aux oreilles de Zed, si chargée de terreur qu'elle sembla embrumer l'air alentour.

Zed se retourna alors que le hurlement s'élevait dans la forêt, un cri morne et strident à vous déchirer les tympans.

La *ban'shea* flottait entre les arbres. Une lueur sauvage brillait dans ses yeux tourmentés. Elle tendait les bras vers Zed d'un air suppliant.

– Courez ! rugit-il.

Ils détalèrent dans les bois. Les arbres défilaient à toute vitesse devant les yeux de Zed, il entendait les autres crier mais ne pouvait distinguer leurs voix. Derrière eux, dangereusement proche, la *ban'shea* poussait de nouveau sa plainte funèbre.

Tout en courant, Zed jeta un coup d'œil vers le haut, dans les branches dénudées. Au loin, il repéra ce qu'il espérait être un arbre suffisamment solide. Il retint son souffle et bondit. La brume explosa autour de lui. L'air fut violemment expulsé de sa poitrine lorsqu'il percuta la branche. Il s'y cramponna avec ses bras et ses jambes et resta là un moment, suspendu dans le vide, s'efforçant de reprendre sa respiration.

Il grimpa avec précaution jusqu'à l'extrémité de la branche, pleinement conscient des grincements du bois sous son poids. Il regarda en bas. Ses amis continuaient à courir, dans des directions différentes. Entre les arbres, l'affreuse lumière pourpre de la *ban'shea* voltigeait toujours. S'il pouvait seulement s'approcher assez pour l'atteindre de ses flammes, avant qu'elle ne s'empare de lui comme elle avait attrapé la pauvre Pétale...

Il y eut un craquement, et la branche céda. Zed lâcha un petit piaulement et dégringola à travers une bande de brouillard – avant de culbuter sur le sol. Il se remit debout en toute hâte, brandissant son sceptre, qui brillait maintenant d'un étrange éclat violet. Il leva la tête.

La *ban'shea*, juste au-dessus de lui, l'observait de son regard douloureux. Ses traits se brouillèrent, se déformèrent, et lorsqu'ils se recomposèrent Zed vit avec stupéfaction le visage normal d'une elfe qui le contemplait avec attention.

Cette femme-là était très belle. Ses yeux humides empreints de bonté rappelèrent à Zed ceux de sa mère. Son expression était douce et mélancolique. Tendant une main vers lui, elle semblait sur le point de lui dire quelque chose. De lui révéler un secret tragique et merveilleux.

Non, Zed, ce n'est pas un secret que tu as envie de connaître.

Quelque chose le fit revenir à lui. Il leva haut son sceptre, le pointa sur la main tendue de la *ban'shea* et fit appel à toute la mana qui lui restait.

Une grande boule de feu verdâtre fusa, enveloppant le Danger dans une sphère tourbillonnante, tel un soleil miniature dans la forêt désolée.

Zed sentit son ventre se nouer. Ses dernières bribes de magie s'épuisaient. Ses jambes flanchèrent sous lui, il s'affala dans la neige. Le souffle court, il ferma les yeux. La chaleur des flammes le submergea.

Il était vivant. Il avait survécu et sauvé ses amis.

Le feu finit par s'éteindre, la chaleur céda la place au froid mordant de l'hiver. Zed rouvrit les yeux.

La *ban'shea* planait toujours au-dessus de sa tête. Curieusement, les flammes vertes, qui d'habitude réduisaient en cendres tout ce qu'elles touchaient, ne l'avaient pas atteinte.

Oh, non, gémit Zed, exténué. *Il y a quelque chose qui cloche*.

Le beau visage du spectre se liquéfia, se tordit en un grand sourire affamé. Zed hurla, recula à quatre pattes. La *ban'shea* se rapprochait peu à peu. Les mèches désordonnées de ses cheveux s'étiraient vers lui comme des doigts. Ses lèvres déchirées s'ouvraient de plus en plus.

Les arbres à proximité se mirent à rayonner d'une lumière couleur de miel, illuminant la forêt d'un éclat solaire. Zed se demanda s'il était déjà en train de mourir, si cela faisait partie de la mélopée funèbre de la *ban'shea*. Pourtant, cette clarté semblait totalement différente. Elle rappelait à Zed les mains de Micah et son don de guérisseur, sauf qu'au lieu d'émaner d'une personne elle provenait de la forêt elle-même, irradiait des arbres dénudés.

La *ban'shea* recula en se protégeant les yeux de ses mains. Zed remarqua que plusieurs silhouettes, sorties du feuillage, les avaient rejoints.

Brock ? s'interrogea-t-il. *Liza ? Micah ?* Non, ces créatures-là étaient trop grandes. Elles formaient un cercle étroit, enveloppées d'ombre, au-delà du mystérieux éclat. Et elles psalmodiaient quelque chose dans une langue que Zed ne connaissait pas.

Sous la lumière ambrée, la *ban'shea* commença à se flétrir. Elle se ratatina sur elle-même jusqu'à ce qu'il ne reste plus rien qu'une volute de fumée violette. Puis la fumée s'évapora, la chaude lueur déclina, et Zed sombra dans l'inconscience.

Chapitre quatorze
Brock

– Zed ! cria Brock. Zed !

La forêt le nargua de son silence.

Un silence effrayant. Anormal. Brock avait beau brailler à tue-tête, la neige semblait avaler sa voix. La clameur des combats avait été assourdissante – effroyable vacarme d'épées qui s'entrechoquent et de furieuses imprécations. Et ce hurlement épouvantable ! Mais, à présent, silence total. Jusqu'où les avait emportés leur course effrénée ?

Et à quel moment Zed avait-il disparu ?

– Zed !

Bien que sa voix, rendue aiguë par l'effroi, tombât à plat parmi les congères et les arbres dépouillés, elle éveilla tout de même une sorte d'écho lorsque Micah appela à son tour, puis Jayna et Jett, dont la voix de ténor retentissait comme une corne de brume.

Enfin, il y eut celle de Fel :

– Par ici !

Brock se précipita vers l'arbre au pied duquel Fel, accroupie, examinait le sol. Mais il ne vit que de la neige. Encore et toujours de la neige.

Le souffle de Liza formait de petits nuages de buée.

– Qu'est-ce que tu regardes, Fel ?

– Là !

Fel désigna un coin de la couverture neigeuse qui semblait avoir été piétinée. Elle ramassa une branche cassée, leva les yeux vers la cime de l'arbre.

– Il est tombé. Il a tâtonné. Et là...

Elle fit quelques pas, jusqu'à un coin où la couche de neige était intacte, et posa une main sur une plaque de verglas. Brock remarqua que celle-ci scintillait au soleil comme du verre.

– La neige a fondu puis a gelé de nouveau. Comme si elle avait été exposée à un coup de chaleur extrême.

– Le feu de Zed, conclut Jayna.

Micah coinça sa masse d'armes sous son aisselle pour pouvoir frotter ses doigts engourdis par le froid.

– Du feu, évidemment ! Voilà une excellente raison de vouloir le retrouver !

– Mais où est-il ? demanda Brock en scrutant les arbres alentour.

Fel pointa un doigt.

– Des empreintes de pas.

– Ça veut dire qu'il n'a rien de grave, non ? suggéra Brock. Il s'est relevé et il est parti ?

– Je suis désolée, Brock. Je ne crois pas qu'il s'agisse de ses empreintes à lui.

– Comment ça ? s'étonna Liza. Quelqu'un l'aurait enlevé ?

Fel leur montra ses paumes.

– La bonne nouvelle, c'est que... Pardonnez-moi, mais... il n'y a pas de sang. Et les *ban'shea* ne laissent pas d'empreinte, donc... Je crois qu'il va bien. Mais qu'il a été kidnappé.

– ZED ! s'égosilla Brock.

Il partit comme une flèche, posant les pieds dans les marques laissées sur le sol.

– Brock ! vociféra Liza. Laisse Fel nous conduire. C'est une traqueuse expérimentée.

– Je suis parfaitement capable de suivre des traces de pas dans la neige ! aboya-t-il.

– Tu te trompes d'empreintes.

Brock s'arrêta net, considéra la piste sur laquelle il s'était lancé. Elle remontait dans la direction d'où ils étaient venus. Fel emmenait déjà les autres vers les profondeurs de la forêt, là où les arbres squelettiques poussaient plus dru. Frustré, Brock donna un coup de pied dans la neige et se hâta de rattraper ses compagnons.

Liza lui saisit le bras.

– Nous allons le retrouver, Brock.

– J'étais sûr qu'il se trouvait juste derrière moi, gémit-il. Quand il a été recruté, je lui ai promis qu'on veillerait l'un sur l'autre, et maintenant…

La poigne de Liza se resserra brusquement sur son bras. Elle le força à se baisser. Brock s'aperçut que Fel avait levé le poing pour leur ordonner de s'arrêter. À coup sûr, quelque chose ne tournait pas rond. Cependant, il ne voyait rien. Le monde autour d'eux était aussi silencieux que jamais, la piste qu'ils suivaient constituait le seul signe de vie dans cette forêt morte.

Puis il aperçut la silhouette entre les arbres.

Elle était fine et élancée, et si immobile que Brock l'avait tout d'abord prise pour un jeune arbre. On devinait à ses vêtements qu'elle était étrangère. Ceux-ci étaient faits de métal et de pierre, ainsi que d'une matière souple et cireuse qui parut familière à Brock sans qu'il pût pour autant l'identifier. Son visage était recouvert d'un masque d'un blanc immaculé, doté d'un menton pointu et de simples fentes pour les yeux et la bouche.

– Qu'est-ce que c'est que… ça ? murmura Liza.

Brock frissonna.

– Ça ne vous rappelle pas le… ?

– Le naga, compléta Jett d'une voix enrouée, le souvenir du monstre dont le venin avait failli le tuer encore vif dans sa mémoire.

– Ce n'est pas un Danger, juste une espèce d'épouvantail, ironisa Micah.

Alors, la silhouette inclina la tête, braqua les fentes noires de son masque vers le garçon.

– Formation en V ! ordonna Liza, qui s'avançait déjà en brandissant son bouclier.

La silhouette leva la main, et Brock retint son souffle. Même si le geste ressemblait à une salutation, il s'attendait à voir jaillir de cette main une boule de feu, un éclair ou même un tentacule.

Il avait vu beaucoup trop de tentacules ces six dernières semaines.

Il sortit son arme. Les autres l'avaient déjà devancé. Jayna plia les doigts.

– Liza ? demanda Jett en soupesant son marteau. Qu'est-ce qu'on fait ?

La créature, qui demeurait campée sur sa position, prononça quelques mots dans une langue que Brock ne connaissait pas.

– Quelqu'un a pigé ? demanda Micah.

– Nous venons en paix, déclara Liza à l'étrangère. Vous comprenez ce que nous disons ?

La silhouette l'ignora et tourna son regard vers Fel. Elle articula de nouveau quelque chose de totalement inintelligible.

– Nous perdons notre temps, bougonna Brock.

– Bon, d'accord, décida Liza. Nous allons peut-être juste... juste continuer notre chemin.

Elle fit un pas de côté.

Soudain, la forêt entière se mit en mouvement. Ils étaient partout : dans les arbres et derrière chaque tronc, il y en eut même deux qui surgirent d'une congère. Tous portaient ces effroyables masques, aussi blancs que le paysage autour d'eux, et tous étaient armés. Le temps que Brock cligne des yeux, une douzaine de flèches étaient pointées droit sur eux.

Micah laissa tomber sa massue dans la neige.

– Eh bien, là au moins, j'ai compris !

*

Brock avait l'habitude de classer ses ennemis en trois catégories. Il y avait les gens, ceux avec lesquels il pouvait discuter et, en principe du moins, qu'il pouvait raisonner. Il y avait les Dangers, inaccessibles à la raison, avec lesquels il était impossible de communiquer. Et puis il y avait Calamité, une catégorie à part, qui semblait par moments comprendre ce que Brock voulait et choisissait de faire exactement le contraire. Et qui, avait-il remarqué, s'était réfugiée tout au fond du sac de Fel à la première difficulté.

Ce à quoi il n'était pas accoutumé, c'étaient les gens qui n'avaient aucune idée de ce qu'il leur disait.

– Nous sommes à la recherche de notre ami, vous saisissez ? demanda-t-il en détachant chaque syllabe.

Les inconnus leur avaient confisqué leurs armes et réussi à leur faire comprendre qu'ils avaient tout intérêt à avancer. Ce résultat, ils l'avaient obtenu principalement en encerclant les compagnons avant de les pousser en avant à petits coups de flèches dans le dos. Hormis les paroles qu'ils avaient adressées à Fel dans leur langue mystérieuse, ils étaient restés aussi silencieux que les bois eux-mêmes.

– Écoute, mon pote, dit Jett à Brock. Tu sais bien que ça ne sert à rien de leur parler lentement en langue commune s'ils ne la connaissent pas. En plus, ajouta-t-il en indiquant le sol d'un geste du menton, nous n'avons pas quitté la piste. À mon avis, ils nous conduisent à Zed.

– Comme ça, on sera prisonniers tous ensemble, conclut Micah. Comme à la Maison de la guilde. Jusqu'à ce qu'ils nous tuent et nous jettent en pâture aux Dangers.

– Ils ne feront pas une chose pareille, objecta Jayna, d'une voix qui manquait tout de même d'assurance.

– Qu'est-ce qu'une bande de tordus armés pourraient bien vouloir faire d'autre à de pauvres ados ? Comment croyez-vous qu'ils arrivent à survivre dans les bois sans se faire manger eux-mêmes ? Ils doivent faire partie d'une sorte de secte d'adorateurs au service d'une abomination démoniaque.

Micah fit une grimace pour signifier que la réponse lui semblait pourtant évidente et que Jayna devait avoir la cervelle bien dérangée pour ne pas être arrivée à la même conclusion que lui.

Brock se tourna vers Jayna pour la réconforter, mais elle n'avait pas l'air effrayée le moins du monde – plutôt même déterminée.

– Je suis encore capable de lancer un ou deux sorts, Liza, affirma-t-elle.

– Ils ne vont pas nous tuer ni nous donner à manger à qui que ce soit, énonça Fel à son tour.

– Ah ouais ? rétorqua Micah. Tu te figures peut-être que les Dangers vont seulement nous dévorer vivants ?

– Micah..., le mit en garde sa sœur.

– Regardez ce qu'ils portent, reprit Fel. Examinez leurs vêtements. Des épaulières métalliques et des boucles en pierre. Des capes en coton, alors qu'en cette saison la fourrure animale serait plus appropriée. Quant au reste de leurs habits... ils sont tissés dans une sorte de matière végétale.

Brock observa plus attentivement l'étoffe d'aspect cireux qui couvrait le torse, les bras et les jambes des créatures. Fel avait raison. On aurait dit qu'elles s'étaient enveloppées de feuilles enduites de vernis.

– Aucun produit d'origine animale, conclut Liza. Pas même des peaux de Dangers.

– Alors, quoi ? Ils se nourrissent de baies ? répliqua Micah en faisant mine de balayer du regard les alentours. Comment font-ils en hiver, exactement ?

– Et d'abord, comment se fait-il qu'ils ne connaissent pas la langue commune ? renchérit Brock. Tout le monde la parle. C'est d'ailleurs tout l'intérêt d'en avoir une !

– Ça fait plaisir de voir que vous vous entendez si bien, tous les deux, remarqua Liza.

Brock jeta un regard noir à Micah, qui le lui renvoya aussitôt.

– On ne s'entend pas, démentit Brock. Nous sommes juste... énervés dans le même sens.

– On dirait qu'il fait plus clair, non ? intervint Jett.

Le nain avait raison, s'avisa Brock. Au fur et à mesure de leur progression, la forêt était devenue plus sombre et plus lugubre, au point que Brock s'était demandé comment leurs ravisseurs pouvaient distinguer quoi que ce soit à travers les fentes de leurs masques. Il s'était attendu à tomber sur une flopée d'elfes morts-vivants – qui, d'après Jayna, pullulaient dans les bois –, or, si déroutant que fût leur environnement, ils s'éloignaient manifestement de l'endroit où les troupes de la Liche leur avaient tendu une embuscade. À présent, comme l'avait fait remarquer Jett, la forêt semblait s'éclaircir à chaque pas.

– Ce n'est pas la lumière du soleil, observa Liza. Est-ce que quelqu'un d'autre le sent ?

– Sent quoi ? demanda Brock.

– Jayna ? insista Liza, qui visiblement avait du mal à trouver ses mots.

Jayna secoua la tête.

– Je ne sens rien.

Ils franchirent la crête d'une colline, et Brock vit les arbres. Des arbres qui brillaient de leur propre lumière intérieure.

– On croit avoir tout vu, commenta Jett. On échappe à une horde de cadavres ressuscités et on se dit : ça y est, j'ai vu tout ce qu'il y avait à voir. Et tout d'un coup...

– ... des arbres luisants, termina Brock.

Derrière ces arbres s'étendait une forêt luxuriante.

*

S'enfoncer parmi les arbres illuminés, c'était comme pénétrer dans un autre monde. Après des jours et des semaines de neige et de glace, la verdure autour d'eux offrait un changement aussi surprenant que bienvenu. Il faisait doux.

– Pas mal du tout comme magie, s'émerveilla Jett, songeur.

– De la magie ? répéta Jayna. Peut-être...

– Comment ça, « peut-être » ? Bien sûr que c'est de la magie ! rétorqua le nain en ôtant ses gants et en retroussant ses manches. Des fois, j'oublie que la magie, ça ne consiste pas seulement à faire cramer des monstres.

– Encore qu'il n'y ait aucun mal à ça, objecta Liza d'un ton léger, sans pour autant cesser de surveiller attentivement les alentours.

Bien que le sol fût entièrement recouvert de mousse, on sentait sous les pieds une couche plus dure : des pavés. Les arbres aux troncs épais, couronnés de leur feuillage de plein été, s'élevaient haut dans le ciel pour former une voûte de feuilles et de branchages. Ils ne resplendissaient pas de l'intérieur, comme ceux qui poussaient à la lisière de la forêt, mais la lumière du jour filtrait à travers la canopée, éclairant le paysage de vert et de jaune.

Partout, il y avait de la pierre – dalles, puits, murs – et partout cette pierre était tapissée d'algues, de mauvaises herbes et de plantes grimpantes.

– C'est une ville fantôme, souffla Jayna.

– Tu plaisantes ? sourit Liza en effleurant une fleur du bout des doigts. Je trouve cet endroit très animé, au contraire !

– Je n'ai jamais rien vu de pareil, déclara Jett, impressionné.

– Zed, si, rappela Liza. Enfin, en quelque sorte.

Alors qu'ils approchaient de ce qui ressemblait à une zone d'habitations, Brock observa avec intérêt les constructions. Les rangées de petites maisons basses, toutes identiques, constituaient un modèle étonnant d'ordre et de chaos à la fois. Malgré la similitude de leurs formes et de leurs dimensions, il n'y avait pas deux bâtiments pareils, car la nature avait laissé son empreinte sur chacun d'eux de façon unique. Certaines maisons étaient revêtues de mousse verdoyante, d'autres de lianes fleuries se faufilant par les portes et fenêtres ouvertes. Dans une autre encore poussait un arbre, si haut qu'il avait crevé le toit. Ce détail mis à part, elle paraissait intacte. Brock distinguait des gens à l'intérieur, qui jetaient des coups d'œil furtifs par les fenêtres obscurcies.

– Le sanctuaire où nous sommes allés l'été dernier ! s'exclama-t-il. Les druides ! Leur sanctuaire ressemblait à ça, un enchevêtrement d'arbres et de pierre. Ici, c'est pareil... mais en plus grand. Beaucoup plus grand.

– Des druides ? s'étonna Jayna. Ils auraient vécu ici tout ce temps ? Seuls ? C'est possible, ça ?

Elle considéra leurs ravisseurs muets avec un nouvel intérêt.

– Les druides qui ont construit le sanctuaire étaient des elfes, raisonna Jett. Et il est évident que nos kidnappeurs préféraient parler à Fel.

– Sauf que je n'ai pas compris un mot de ce qu'ils m'ont dit, objecta Fel doucement.

– Ils doivent utiliser une espèce de langage druidique abracadabrant et un signe de reconnaissance secret, conclut Micah. On arrivera bien à se débrouiller. Après tout, si ce sont des elfes, nous nous battons dans le même camp.

Le sourire de Liza chancela.

– Sans doute. Mais, vu ce que nous savons des querelles qui divisent Llethanyl... Je crois qu'on ferait mieux de ne pas baisser la garde maintenant.

À mesure que les druides les conduisaient vers le cœur de la cité, les rues devenaient de plus en plus étroites. Au bout d'un moment, ils furent obligés d'avancer deux par deux, une moitié des druides marchant en tête, l'autre moitié en arrière-garde. Les ravisseurs tenaient leurs arcs prêts à tirer, mais, hormis leurs étranges masques, ils ne paraissaient pas terriblement menaçants. Brock ne s'en sentait pas moins nerveux. Il ne regrettait pas la neige, bien sûr, mais il devait reconnaître que, sans elle, il n'avait plus aucun moyen de savoir s'ils suivaient toujours les traces de Zed. Et, quoi qu'en dît Liza, cet endroit lui donnait l'impression d'une ville morte – une cité autrefois grandiose, que la végétation avait étranglée aussi sûrement que n'importe quel Danger l'aurait fait. Il imagina la place du marché de Pierrefranche dans un état similaire. Cette pensée le fit frémir.

Ils descendirent un étroit escalier glissant, si bien enserré entre deux bâtisses que la lumière de la rue au-dessus ne fut bientôt plus qu'un souvenir. Si ces druides-là étaient des elfes, leurs yeux devaient voir dans l'obscurité. Brock regardait droit devant lui, tout en laissant sa main courir le long du mur visqueux pour garder son équilibre.

Alors que ses yeux commençaient à s'accoutumer aux ténèbres, ils arrivèrent au bas de l'escalier. Les druides leur firent franchir un passage voûté s'ouvrant sur un vaste espace intérieur.

« Intérieur » n'était pas tout à fait le mot exact, cependant. De grandes brèches s'ouvraient dans les murs, laissant quelques rais de lumière éclairer les vieilles pierres et les énormes racines. Brock se représenta mentalement les arbres immenses qui devaient se dresser tout là-haut, dissimulés aux regards par ce qui restait du toit en forme de dôme, soutenus par les racines qui serpentaient le long des murs et s'enfonçaient dans les profondeurs de la terre.

Il se demanda si la végétation réduisait ou, au

contraire, accroissait les risques de voir le plafond leur tomber sur la tête.

D'autres elfes se trouvaient là. Ils s'écartèrent pour révéler la présence de Zed parmi eux. La gorge nouée, Brock retint son souffle. Zed se précipita au-devant de ses compagnons. S'il était leur prisonnier, les druides ne firent aucun geste pour le retenir et, une seconde plus tard, il serrait Brock, Liza et autant de ses autres camarades qu'il le pouvait dans ses bras.

– Qu'est-ce que je suis content de vous revoir ! J'avais tellement peur de ne jamais vous retrouver, et personne ici ne veut me parler et ils *m'ont pris mon sceptre* ! débita-t-il d'une seule traite.

L'une des druides, la femme non armée qu'ils avaient rencontrée en premier, donna une petite tape sur l'oreille en pointe de Zed, comme si elle s'attendait à ce que celle-ci se détachât.

Zed ne put retenir une grimace.

– Ils n'arrêtent pas de faire ça, aussi !

– Tu devrais peut-être considérer le bon côté des choses, conseilla Micah. Nous, on croyait qu'ils t'avaient donné à manger aux terribles seigneurs de ces bois.

Zed le fixa avec des yeux ronds.

– Ce n'est pas vrai, démentit Liza. Nous n'avons jamais...

– Mais tu saignes, continua Micah.

Il tendit la main, déjà rayonnante d'un éclat ambré, pour effleurer l'une des petites égratignures sur le front de Zed.

Les druides l'observaient en gazouillant avec animation. Leurs voix mélodieuses ressemblaient à de la musique. Puis ils inclinèrent la tête devant Micah en témoignage de respect.

Liza en resta bouche bée.

– Qu'est-ce que... ?

– Enfin ! se rengorgea Micah. Ce n'est pas trop tôt !

– Tout compte fait, remarqua Brock, je crois que j'aurais moins de mal à comprendre s'il s'agissait d'un culte rendu à un Danger.

Les druides tournèrent leur attention vers une grande porte cintrée par laquelle l'un des leurs faisait son entrée. Le nouveau venu arborait le même masque étrange que les autres, mais, au lieu de l'étoffe végétale légèrement cuirassée dont ils étaient vêtus, il portait une longue robe flottante aux reflets chatoyants. Brock, qui connaissait pourtant toutes les teintures existantes, n'avait jamais vu pareille couleur : un bleu profond tirant sur le violet.

Ce devait être un personnage important.

Il s'approchait lentement, tenant dans sa paume ouverte un petit objet au-dessus duquel il faisait de drôles de gestes avec sa main libre, tout en psalmodiant à voix basse.

– Il est en train d'invoquer un sort, murmura Zed, la gorge serrée.

– Je le connais, ce sortilège, ajouta Jayna. Ce qu'il a dans la main, c'est une griffe de perroquet.

– Beurk ! firent en chœur les apprentis.

– Ce n'est pas une *véritable* griffe de perroquet, mais du bois pétrifié, une brindille qui a durci et s'est transformée en pierre au fil des siècles. Il n'y en a pas à Pierrefranche, mais on s'en servait autrefois, avant le Jour des Dangers… pour les sorts de traduction.

– Tant mieux ! se réjouit Liza.

– Comme tu dis, approuva Jayna. Mais nous devons faire très attention, ajouta-t-elle en lançant un regard appuyé à Brock et Micah. Le charme aura pour effet de traduire *tout* ce que nous dirons.

Brock pointa un pouce sur sa propre poitrine.

– Moi ? C'est moi qui t'inquiète ? Je suis pourtant très diplomate !

– En tout cas, intervint Micah, je comprends tout à fait que tu te fasses du souci pour moi.

– Désolée, expliqua Jayna. C'est juste que le sort rendra mot pour mot chacune de nos paroles. Certains lettrés pensent que la grande guerre entre les nains et les orques a été déclenchée par une simple erreur dans la traduction du mot que les nains utilisent pour désigner… euh… le « derrière ».

Jett laissa échapper un petit gloussement. Jayna l'ignora et continua :

– Dès qu'il en aura terminé avec son incantation, nous devrons éviter toutes les expressions idiomatiques, argotiques, etc. Et il faudra, bien sûr, faire une croix sur les métaphores. Enfin, je veux dire, pas littéralement...

– J'ai compris, l'interrompit Liza avec lassitude. Laissez-moi leur parler, d'accord ?

Le mage s'arrêta à quelques pas des Aventuriers, sous l'œil vigilant des archers. Les autres druides se retirèrent vers les extrémités de la salle. La griffe émit une douce lueur bleuâtre, et le mage cessa de réciter sa formule magique. Il tourna son inquiétant regard en direction de Fel. Lorsqu'il prit la parole, la griffe vibra dans sa paume, produisant des sons que Brock comprit parfaitement.

– Qui es-tu ?

– Nous te saluons, vénérable hôte, dit Liza en prenant soin d'espacer ses mots pour donner à la griffe le temps de répéter ce qu'elle disait dans la langue du druide. Nous sommes citoyens de Pierrefranche. Nous combattons les Dangers morts-vivants dans les bois environnants. Nous avons besoin d'aide.

– Pas toi, Sœur de Lumière, coupa le druide.

Malgré ce qu'aurait pu faire croire le ton neutre de la griffe, sa voix était sévère. D'un doigt, il désigna Fel.

– *Toi*, qui es-tu ? Comment se fait-il que tu ne parles pas notre langue ?

– M... moi ? bafouilla Fel. Je...

– Et toi, tu es quoi ? continua le druide en toisant Zed.

– C'est une personne, et il s'appelle Zed, lança Brock avec virulence.

– On se calme ! aboya Liza à l'intention de ses compagnons, avant de s'adresser de nouveau au mage. S'il vous plaît, nous poursuivons une mission de la plus haute importance : libérer Llethanyl de l'emprise des monstres. Nous devons coûte que coûte retrouver nos amis, sinon, la ville entière sera condamnée.

– Llethanyl ? répéta le mage. Il y a longtemps que Llethanyl a surchargé ses branches.

– Euh, c'était une métaphore, ça ? chuchota Micah.

– Chuut ! gémit Jayna.

Le druide darda une fois encore son regard sur Fel.

– Que nous importe Llethanyl ? Elle est envahie de monstres, dites-vous ? Il en a toujours été ainsi.

Il retira son masque, et Fel en eut le souffle coupé. Ce n'était pas seulement un elfe... c'était un elfe de la nuit, comme elle.

– Puisse Llethanyl être réduite en cendres !

Chapitre quinze

Zed

Alors que le soleil déclinait au-dessus de leurs têtes – Zed arrivait tout juste à distinguer la brume pourpre du crépuscule à travers les brèches ouvertes dans le dôme – la salle des druides demeurait aussi claire qu'en plein jour.

Zed s'assit par terre, pendant que Liza, Jayna et Fel s'évertuaient à discuter avec le chef des druides à bonne distance de là. Quand trop de personnes parlaient en même temps, cela ne faisait qu'embrouiller la conversation, avait décrété Liza. Lorsque Micah était intervenu pour dire que les dernières paroles du druide lui semblaient parfaitement claires, elle avait chassé les garçons à l'autre extrémité de la salle.

Ça ne dérangeait pas Zed d'être ainsi exclu. Il se sentait à la fois ivre de fatigue et fasciné par la beauté majestueuse des lieux. Là, curieusement, la vie s'épanouissait en plein cœur de l'hiver, végétation et ruines s'entrelaçant pour former un étrange jardin.

Et, contre toute attente, ces elfes aussi avaient survécu. Dès que leur chef avait retiré son masque, la plupart des autres l'avaient imité. Tous étaient des elfes de la nuit. Une demi-douzaine d'entre eux, qui se tenaient à proximité de Zed et de ses compagnons, les observaient avec curiosité et échangeaient des remarques à voix basse, sans pour autant lâcher leurs arcs.

La découverte d'un si grand nombre d'elfes de la nuit avait laissé Fel muette de stupeur. Pendant que Liza et Jayna s'occupaient de parlementer avec les druides, elle se contentait de dévisager leur chef avec des yeux si écarquillés qu'on les aurait dits prêts à sortir de leurs orbites. À croire que son regard ne suffisait pas à englober tout ce qu'elle voyait.

– Vous savez, je ne crois pas que ça va se terminer si mal que ça, remarqua Micah d'un ton songeur. Les elfes qui vivent dans ce trou perdu n'ont probablement jamais rencontré de guérisseur surdoué comme moi. Ils en sont tombés à la renverse quand j'ai nettoyé l'entaille sur le front de Zed.

Jett secoua la tête.

– C'est trop tard pour le donner en pâture aux monstres ?

Allongée à côté du nain, Calamité bâilla, découvrant ses dents pointues. Maintenant que tout danger semblait écarté et qu'une chaleur surnaturelle avait remplacé le froid de la neige, la chatte, jusque-là blottie dans le sac à dos de Fel, s'était finalement risquée à sortir de sa cachette. Elle était affalée de tout son long sur un carré de mousse verdâtre. Son regard indolent demeurait rivé sur Fel, à l'autre bout de la salle. Zed voulut lui caresser le ventre, mais Calamité se retourna brusquement et émit un feulement rauque avant qu'il ait eu le temps de lever le petit doigt.

Enfin, les trois filles revinrent. Derrière elles, le chef des druides ordonna d'un geste aux archers de baisser leurs arcs.

– Alors, voilà, commença Liza. Il y a une bonne et une mauvaise nouvelle. Et encore une mauvaise nouvelle. Et une troisième en prime.

– Commençons par le dessert, proposa Brock. Par ce qui fait du bien.

– Nous ne sommes pas prisonniers, annonça Liza. Les druides nous laisseront partir sains et saufs, mais ils nous conseillent fortement d'attendre le matin, quand les morts-vivants sont affaiblis. Jusque-là, nous sommes libres d'explorer les alentours.

– Je n'ai pas envie d'entendre les autres nouvelles, merci, déclara Micah. Je m'en vais savourer quelques compliments bien mérités. Écartez-vous de mon chemin, bande de gueux. Ah, désolé, Zed, c'était grossier de ma part. Je voulais dire, « *Excusez-moi*, bande de gueux. »

Et, sur un clin d'œil, Micah sortit de la salle d'un pas nonchalant et disparut derrière un rideau de lianes feuillues. Le chef des druides adressa un signe de tête silencieux à l'un des archers, qui aussitôt emboîta le pas au garçon.

– J'allais lui donner une des griffes de perroquet que j'ai ensorcelées, remarqua Jayna. Mais il vaut sans doute mieux qu'il n'en ait pas sur lui.

La jeune fille distribua les amulettes pétrifiées, dont Zed perçut la forte odeur de menthe.

– Attends une seconde, s'étonna Jett. Tu as ensorcelé ces trucs-là ? Pendant que tu étais avec eux ? En trois coups de cuiller à pot ? Quand as-tu appris ce sortilège ?

– Je n'ai fait que suivre les instructions du druide, murmura Jayna. Même si expliquer des formules arcaniques à l'aide d'un sort polyglotte revient à tester les limites de la magie en matière de traduction. Les effets du charme ne dureront pas très longtemps. Il fallait que j'économise ma mana. Désolée.

– Je n'ai pas compris un mot de ce que tu viens de dire, mais je trouve ça formidable, commenta Jett en faisant tourner la griffe recourbée entre ses mains. Tu es encore plus géniale que je croyais, Jayna. Hexam ne se rend pas compte de la chance qu'il a.

Jayna ouvrit la bouche pour lui répondre, mais aucun son n'en sortit. À la place, ses joues devinrent presque aussi rouges que ses cheveux.

– Ce n'est pas que j'aie hâte d'apprendre les mauvaises nouvelles, grommela Brock, mais je suppose que l'histoire ne s'arrête pas là, si ?

Liza hocha la tête d'un air sombre.

– Les elfes de la nuit ne nous aideront pas à reprendre Llethanyl. En fait, dès que nous aurons quitté leur cité, nous ne pourrons plus compter que sur nous-mêmes. Et ils ne nous rendront pas non plus nos affaires avant notre départ. La discussion a été… tendue.

Fel gardait les yeux baissés sur Calamité, qui s'était approchée d'elle à pas feutrés et avachie sur ses pieds.

– Les *dro'shea* de Llethanyl ont toujours cru que notre peuple avait été exterminé et notre culture, anéantie.

Elle releva la tête. Ses yeux bleu cobalt étincelaient.

– Mais c'est faux. Ces *dro'shea*-là ont survécu. Ils ont même prospéré !

– Et en ce qui les concerne, ajouta Liza, les elfes sont toujours en guerre.

– Évidemment, riposta Fel en se tournant vers Liza, envoyant du même coup Calamité culbuter un peu plus loin.

Quelque chose s'était fêlé dans le regard de la jeune elfe. Comme un vase qui aurait fini par se briser.

– C'est la Liche, et elle seule, qui a attaqué la cité, mais mon peuple entier a été jugé coupable de ce crime. Toute ma vie, j'ai été traitée comme une intruse dans ma ville natale, une ville pour laquelle mes parents ont donné leur vie. Peut-être que les druides ont raison. Peut-être... peut-être que Llethanyl mérite ce qui lui arrive !

– Fel, tu ne le penses pas vraiment ! s'indigna Liza.

– Ne me dis pas ce que je dois penser ! riposta Fel. Tu ne peux pas comprendre ce que c'est. Chaque jour, on me rappelle que je suis non seulement différente mais aussi indésirable. J'ai essayé d'être une elfe honnête et brave – pour les *dro'shea* et pour Callum, et en mémoire de ma mère et de mon père –, mais rien n'y a fait !

Fel agita la griffe de perroquet, qu'elle serrait si fort dans sa paume que Zed craignit un instant qu'elle ne se coupât avec.

– Mes parents n'ont jamais su que notre *véritable* peuple était vivant et nous attendait ! Et, maintenant que je l'ai retrouvé, je ne suis même pas capable de parler sa langue !

Elle fourra la griffe dans sa poche et tourna le dos à ses camarades.

Un long silence s'ensuivit.

– Tu as raison, finit par admettre Zed avec douceur. Ce n'est pas juste. Veux-tu qu'on aille faire un tour ensemble ? Au marché, par exemple ?

– Non, refusa Fel dans un soupir. Je regrette, Zed, mais cette fois je ne peux pas te faire visiter les lieux. Je me suis toujours demandé ce qu'on nous avait volé. Quelle était notre vraie histoire. Je veux aller découvrir par moi-même ce dont on m'a privée.

Sur ce, Fel les planta là, Calamité trottinant sur ses talons. Elles disparurent dans le feuillage.

Jett posa une main sur l'épaule de Zed, qui contemplait le couloir désert en fronçant les sourcils.

– Laisse-la tranquille, lui conseilla-t-il. Elle a besoin d'être seule pour digérer tout ça.

– Et maintenant, qu'est-ce qu'on fait, ô Sœur de Lumière ? demanda Brock à Liza.

– Ça vaut ce que ça vaut, marmonna Jayna, mais Frond a dit que notre prochaine étape serait un lieu appelé les Chutes de Céladon. Même si je n'ai aucune idée de l'endroit où ça se trouve.

Liza leva son regard vers le plafond et ferma les yeux. Un rayon de lumière illumina sa peau mate.

– Nous pourrions peut-être nous séparer un moment, le temps de nous rafraîchir les idées. De trouver des solutions.

Elle rouvrit les paupières et adressa un sourire entendu à Brock.

– Jayna, Jett, vous voulez partir en exploration avec moi ?

Jett fut auprès d'elle en un clin d'œil.

– Et comment ! acquiesça-t-il.

Jayna opina de la tête et les rejoignit, avec moins d'empressement toutefois. Tous trois sortirent de la salle, suivis de deux archers elfes, laissant Zed et Brock seuls.

*

– Tu te rends compte qu'il s'agit d'une découverte comme on n'en fait qu'une fois dans sa vie, dit Brock. Toute une cité de druides qu'on croyait perdue a survécu au Jour des Dangers, et on les a retrouvés ! Enfin, bon, ce sont eux qui nous ont trouvés. Quoi qu'il en soit, je suis sûr que nous aurons droit de nouveau à des félicitations officielles de la part du roi.

Ils cheminaient sur ce qui avait autrefois été une large avenue. Tous les deux ou trois pas, des pavés se soulevaient du sol sous la poussée d'épais troncs d'arbres ou de racines incroyablement vigoureuses. La nuit était tombée, mais la voûte de feuillage luisait de cet éclat scintillant qui éclairait et réchauffait la ville en permanence, comme des lanternes pendant une fête en plein air. À quelque distance devant les deux garçons, les eaux claires et miroitantes d'un ruisseau traversaient la route.

– Frond devra modifier la bannière de la guilde, convint Zed. Cinq étoiles ne suffiront plus.

– Sauf si nous ne parvenons pas à sauver Llethanyl, soupira Brock.

Un long silence plana entre eux.

– Jayna a dit que Callum était ton oncle, reprit Brock. Ça... Je n'imagine même pas ce que tu as dû ressentir en l'apprenant de cette façon.

– Brock, je...

Zed ferma les yeux, tâcha de refouler une vague d'émotions qui menaçait de le submerger. Toute la peine et la frustration de ces derniers jours – de ces six dernières semaines – se rallumèrent en lui, aussi vives que jamais.

– Qu'est-ce que j'ai fait... pour que tu me détestes ?

Brock esquissa une grimace, détourna le regard.

– Je ne te déteste pas, Zed. Je ne crois même pas qu'il soit *possible* de te détester.

Zed pensa à Makiva, et son cœur sombra comme une pierre dans sa poitrine. Brock ne se méprenait-il pas ? Il avait conclu un pacte avec une sorcière. Ce qui faisait de *lui* un sorcier. Existait-il une chose au monde que les Pierrefranchois méprisaient davantage qu'un sorcier de sang elfique ?

– Alors, pourquoi tu m'évites ? demanda-t-il.

– C'est compliqué, répondit Brock dans un souffle. Je sais que ce n'est pas une réponse. Quand nous avons rejoint les rangs de la Mer d'Étoiles, je t'ai juré que nous resterions toujours ensemble, et je n'ai pas tenu ma promesse. J'ai une bonne raison pour ça, je t'assure. C'est quelque chose dont je voulais te parler... Mais il faudra peut-être attendre encore un peu, ajouta-t-il après avoir jeté un coup d'œil par-dessus son épaule.

Deux archers les suivaient pas à pas. Ils avaient baissé leurs armes, mais ils ne quittaient pas les garçons des yeux.

Zed hocha la tête d'un air morose.

– Moi aussi, j'ai quelque chose à te dire. Quelque chose d'important. J'aurais dû le faire, il y a longtemps, mais j'avais peur. Et encore maintenant.

Brock le considéra d'un regard inquiet, mais se garda de le presser de questions.

– Quand cette histoire sera terminée, on déballera tout. Plus de secrets entre nous, d'accord ?

– D'accord.

Brock lui saisit la main et l'attira contre lui pour le gratifier d'une accolade franche et bourrue. Zed eut aussitôt l'impression qu'un poids lui tombait des épaules. Pour la première fois depuis des semaines, Brock et lui formaient de nouveau une équipe. Soudain, l'espoir de sauver Llethanyl ne semblait plus aussi chimérique.

Bien que fût passée depuis longtemps l'heure où Pierrefranche fermait ses volets, Zed remarqua que de nombreux *dro'shea* continuaient à s'affairer. Certains transportaient des paniers pleins de fruits et de céréales. D'autres profitaient de la lumière des arbres pour travailler sur des métiers à tisser installés en plein air. On se serait cru sur la place du marché de Pierrefranche, en des temps plus prospères. La ville regorgeait de constructions envahies par la végétation, de majestueuses demeures amalgamées à des arbres ou parées de mousse. Aux yeux de Zed, pourtant, cela n'avait rien d'un retour à l'état sauvage. Il avait plutôt l'impression de se promener dans un jardin bien entretenu. Les fleurs poussaient en élégantes volutes multicolores, la plupart des arbres étaient artistiquement taillés, et pas un brin d'herbe ne dépassait. Zed ne pouvait s'empêcher de ressentir de l'admiration mêlée de respect.

Alors que Brock et lui poursuivaient leur balade dans la cité, ils s'aperçurent qu'un petit groupe d'enfants *dro'shea* les observaient, cachés derrière le tronc d'un arbre gigantesque. Brock fit un geste de la main, et les gamins s'éparpillèrent comme une volée de moineaux en riant et en piaillant.

– Ce que je ne comprends pas, c'est comment ils ont réussi à échapper aux Dangers pendant si longtemps, s'étonna Zed. Je n'ai pas vu de barrière magique en arrivant. Mis à part ce mage, il n'y a pas grand-chose de surnaturel ici.

– Sérieux ? Tu veux dire que rien de tout cela n'est magique ? demanda Brock, en balayant les alentours d'un ample mouvement du bras.

Zed secoua la tête.

– Du moins, rien que je puisse percevoir. Tu ne trouves pas que la lumière a quelque chose de… familier ? On dirait un peu ce que fait Micah.

– J'essaie d'oublier ce que fait Micah.

Brock fouilla les environs du regard puis fit un signe de tête en direction d'une elfe au teint gris pâle, debout près d'un jeune arbre. Elle portait une longue robe flottante pareille à celle du chef des druides.

– Attends un peu, conseilla-t-il. Je crois que nous allons assister en direct à une démonstration de non-magie.

En effet, la druidesse, les mains tendues au-dessus du jeune plant, prit une profonde inspiration et ferma les yeux. L'arbre se nimba d'un halo de lumière ambrée. Des rayons dorés s'égouttaient de ses feuilles et de son tronc, baignant de leur éclat le sol autour de lui. Sous les yeux de Zed et de Brock, l'arbre se mit à pousser à une vitesse prodigieuse, s'étirant vers le ciel, tel un chien qui se réveille de sa sieste. En l'espace d'un instant, il grandit de plusieurs pouces, et des fleurs roses s'épanouirent le long de ses branches. Puis l'elfe exhala son souffle et la lumière s'éteignit. Le jeune plant reprit son aspect normal.

La femme ouvrit les yeux et surprit les regards de Zed et Brock posés sur elle. Elle poussa un petit glapissement et recula en trébuchant. Les garçons levèrent immédiatement les mains.

– Désolé, s'excusa Zed. On regardait, c'est tout.

Il entendit l'écho de sa propre voix répéter ses paroles dans une langue étrangère, en provenance de la griffe de perroquet qu'il tenait dans sa main gauche.

La druidesse hocha lentement la tête, jeta un coup d'œil vers les archers qui les suivaient.

– Pardonnez-moi, dit sa voix répercutée par la griffe. J'ai entendu dire que des étrangers étaient arrivés au...

Au moment où l'elfe de la nuit prononça le nom de sa ville, le sort de traduction eut une légère défaillance. Zed comprit quelque chose comme *Tascen Ra*, avant que la magie opère de nouveau.

– ... Havre-du-Crépuscule. Mais vous avez l'air si bizarres ! Tous les humains sont-ils aussi petits ?

– Oui, répondit Brock, avant que Zed ait eu le temps de prononcer un mot. Que faisiez-vous avec cet arbre ?

L'elfe de la nuit sourit.

– Ce jeune plant est encore bien modeste. Il voit toutes ces plantes immenses autour de lui et craint de ne jamais pousser aussi haut. Je lui ai donné confiance en lui.

– En vous aidant de la magie ? demanda Zed.

En entendant la question reproduite dans sa langue, la femme fronça les sourcils. Elle inclina la tête d'un air étonné.

– La magie ? Ce jeune arbre n'a nul besoin d'un pouvoir venu des autres plans. Il doit nourrir sa propre anima, sa force vitale, sinon il ne grandira jamais assez pour survivre.

– Anima..., murmura Zed. C'est comme pour le pouvoir de guérison de Micah. Ils se servent de l'anima pour faire pousser la forêt ! Mais attendez une seconde ! Les arbres possèdent donc une force vitale ?

L'elfe esquissa un sourire perplexe.

– Tout le monde en a une. Elle anime les vivants. Avant de venir ici, mon peuple habitait dans un désert. Seule la nuit nous préservait de la chaleur torride du soleil. Mais les druides sont capables de...

Le sort de traduction tomba de nouveau en panne, et un chapelet de mots fut débité à toute allure.

– ... *discutermurmurerfamillechanternégocier* avec la terre. Nous utilisons l'anima de notre environnement pour guider et protéger la nature. Toujours avec précaution. Nous ne prenons que ce dont nous avons besoin.

– Que pouvez-vous réaliser d'autre ? s'enquit Brock, une lueur de curiosité avide dans le regard. Est-ce que ça ne sert qu'à faire pousser les plantes ?

– Nous profitons de ce que nous offre notre environnement. Par exemple, nous savons amadouer les arbres récalcitrants…

Elle leva une main, et un arbre scintillant se pencha vers elle. Zed poussa un cri de ravissement lorsqu'une branche laissa tomber un fruit rose dans la paume de l'elfe.

La druidesse mordit dedans. En voyant le jus dégouliner le long de son menton, Zed sentit la faim lui tenailler l'estomac.

– Il nous arrive aussi d'appeler des animaux à notre secours. En général, il suffit d'un essaim de guêpes pour faire fuir les monstres les plus acharnés. Et… en cas de besoin… nous pouvons même utiliser l'anima pour détourner les éléments qui nous entourent.

– Les éléments ? répéta Zed.

La jeune femme pencha de nouveau la tête d'un air songeur.

– Comment vous expliquer ?

Elle lui offrit le fruit rose. Zed ne se fit pas prier, il s'en saisit prestement et avala avec délice une grosse bouchée. La chair en était plus sucrée que toutes les pommes qu'il avait jamais mangées à Pierrefranche.

La jeune femme s'approcha du bord du ruisseau. Elle ferma les paupières et tendit les mains au-dessus de l'eau cristalline. Autour d'elle, les arbres, l'herbe et la mousse frissonnèrent de clarté. Des rayons étincelants se reflétèrent sur la surface de l'eau, et bientôt le ruisseau lui-même sembla resplendir de lumière. Le cours d'eau enfla, un filet liquide s'éleva dans les airs. Puis une goutte s'en détacha et poursuivit son ascension. Sphère parfaite, elle flotta en suspension au-dessus des paumes de l'elfe.

– Incroyable ! s'exclama Zed, qui en oublia le fruit dans ses mains. Ça ressemble tout à fait à de la magie ! Je ne me doutais pas que l'anima était capable d'une chose pareille.

La druidesse retourna les mains. La sphère monta encore plus haut, tournoyant lentement et en douceur au-dessus de sa tête.

– La magie transgresse les règles, expliqua-t-elle. Elle crée quelque chose à partir de rien en faisant des trous dans les *barrièressacrésmondes*. Nous n'y avons recours qu'avec modération. L'anima, elle, fait ployer sans rompre, en s'appuyant sur ce que nous avons déjà.

– La frontière entre faire ployer et rompre n'est pas toujours claire, Lanaya, intervint une voix grave sortie de la griffe de perroquet dans la main de Zed.

La druidesse poussa un petit glapissement, qui lui fit perdre sa concentration. La sphère liquide éclata, et l'elfe se retrouva trempée de la tête aux pieds. Zed fit volte-face pour voir la silhouette imposante du chef des elfes de la nuit se dresser de manière menaçante près d'eux. Il avait remis son masque. On ne distinguait plus l'expression de son visage.

– Je suis désolée, *maîtrepremiersuprême* Druide Supérieur ! s'excusa Lanaya. Les étrangers étaient curieux d'en savoir plus sur nos capacités.

– Et tu étais plus que disposée à faire étalage de tes compétences, n'est-ce pas ? L'orgueil est un poison, Lanaya. Il pollue la terre comme il nous corrompt, nous. Llethanyl devrait pourtant t'avoir servi de leçon.

La jeune elfe eut l'élégance de ne pas répondre. Elle se contenta de baisser la tête.

Le Druide Supérieur – dont la griffe de perroquet avait dûment traduit la réprimande – toisa les deux garçons d'un regard noir. Du moins Zed le supposa-t-il.

– Je requiers la présence des futurs sauveurs de Llethanyl. Votre Supérieure, la Sœur de Lumière, m'a lancé un défi. Je veux que vous assistiez à sa défaite.

Sur ce, il s'en retourna d'un pas digne, sans s'occuper de savoir si les deux garçons le suivaient.

– Oh, non, Liza ! gémit Brock. Dans quoi tu nous as encore embarqués ?

*

Ils arrivèrent à un immense amphithéâtre circulaire, dont les gradins de pierre étaient garnis de coussins de mousse. Des centaines de petits champignons luisants formaient un cercle autour de l'arène. Mais le clou du spectacle, c'était l'énorme champignon qui poussait au centre. Son chapeau, supporté par un gigantesque pied torsadé, surplombait tout l'amphithéâtre. Entre les lamelles, des tourbillons de lueurs multicolores illuminaient l'espace d'éclats surnaturels. Des spores scintillantes tombaient doucement du chapeau, comme une pluie d'étoiles, sur les elfes qui se prélassaient sur les gradins.

Bouche bée, Zed s'arrêta net.

– Woah ! souffla Brock, médusé.

Il émanait des lieux quelque chose de serein, de feutré. Des lucioles virevoltaient dans l'air, clignotant malicieusement parmi les elfes.

– Voici le Crépuscule *mèrecouchantsécuritéfaucheur*, annonça Lanaya, par l'intermédiaire de la griffe de perroquet. Nos ancêtres ont rapporté ces spores du désert et les ont répandues ici. Quand elles se sont développées, ils ont su que cet endroit constituerait un abri sûr pour notre peuple.

– C'est ahurissant, dit Zed en secouant la tête. Ces spores... elles sont sans danger ?

Lanaya pouffa poliment.

– Elles le sont pour nous. Le Crépuscule protège notre peuple. Les spores nous connaissent. Nous sommes immunisés contre leurs effets. Mais les Dangers et les étrangers se retrouvent désorientés quand ils approchent du Havre-du-Crépuscule. Les spores leur brouillent l'esprit. Ils se font refouler en douceur. Si le Druide Supérieur ne vous avait pas conduits jusqu'ici, vous ne seriez jamais arrivés.

– Je n'ai jamais rien vu de pareil, reconnut Zed. Hexam donnerait n'importe quoi pour mettre la main sur un échantillon.

– Hexam et quelques autres, grommela Brock. Lanaya, il ne s'agit pas d'un champignon normal, n'est-ce pas ?

L'elfe haussa les épaules.

– D'aussi loin que remontent nos souvenirs, il protège notre peuple. Certains croient qu'il est venu du plan des Fées – mais beaucoup disent la même chose à propos des elfes. Nous l'avons peut-être apporté avec nous. Nos légendes ne disent rien de ses origines. Il ne prend vie qu'au coucher du soleil et brille toute la nuit. Et quand nous mourons nos corps sont enterrés ici, pour nourrir les champignons.

– Il vous *mange* ? hoqueta Zed.

Lanaya opina du chef.

– Pour finir, oui. Mais seulement après notre disparition. Les champignons sont de super décomposeurs.

Ils sont indispensables à la bonne santé de la terre. En nous remettant au Crépuscule, nous devenons une partie de la force qui protège notre cité. Il nous défend aussi contre la nécromancie *mauvaisefuméepourpre*. Les elfes de Llethanyl redoutent la longue nuit. Ils refusent d'en parler et conservent les corps de leurs disparus, comme s'ils n'étaient jamais morts. Mais faire semblant qu'une chose n'est pas arrivée ne la rend pas moins réelle. La mort n'est pas une question d'opinion.

En contrebas, le Druide Supérieur descendait les gradins à grands pas. Zed était si absorbé dans ses pensées qu'il n'avait pas remarqué que ses amis s'étaient rassemblés au pied du champignon géant. Liza se tenait debout, les bras croisés, tandis que Jayna, Jett et Micah étaient assis sur un banc de pierre. Zed chercha Fel du regard et l'aperçut un peu plus loin, qui observait la scène. À ses pieds, Calamité reniflait un champignon lumineux, auquel elle finit par donner un coup de langue hésitant.

Parvenu dans l'arène, le Druide Supérieur leva les mains, sans accorder la moindre attention à Liza qui se trouvait juste à côté de lui. Les bavardages se turent instantanément.

La voix tonitruante du druide retentit, répercutée dans la main de Zed par l'action du sortilège.

– Ces jeunes étrangers se sont égarés parmi nous alors qu'ils poursuivaient une quête impossible.

Ils veulent redonner vie à Llethanyl, qui est morte depuis longtemps.

Des murmures approbateurs s'élevèrent parmi les elfes de la nuit.

– Nous leur avons sauvé la vie et offert l'hospitalité. Et malgré tout ils nous en demandent encore davantage. Ils nous supplient de les rejoindre dans leur folie et de délivrer nos ennemis du terrible malheur qu'ils ont eux-mêmes attiré sur leurs têtes.

La foule se mit alors à pousser des cris, à laisser exploser sa colère, dans un tumulte tel que la griffe de perroquet n'arrivait plus à traduire tout ce qui se disait. Toutefois, Zed en saisit le ton général.

– Mais malgré leur stupidité, tonna le druide pour couper court au vacarme, la Supérieure des étrangers est intelligente. En hommage à une Sœur de Lumière, j'ai donc accepté de relever son défi.

– Sœur de Lumière..., murmura Zed. Ils n'arrêtent pas d'appeler Liza comme ça. Qu'est-ce que cela veut dire ?

– Vraiment, tu ne vois pas ? répondit Lanaya, surprise. Son frère et elle rayonnent *fortfamillelfe* d'anima. On en est ébloui, rien que de les regarder. Le garçon a déjà acquis une certaine maturité – il sait puiser son pouvoir à l'intérieur de lui-même –, mais la force vitale de votre Supérieure est encore brute. Elle ferait une druidesse exceptionnelle.

– Elle est déjà pas mal exceptionnelle, à vrai dire, reconnut Brock avec un grand sourire.

Liza décroisa les bras et posa les mains sur ses hanches. Sans se laisser émouvoir par les sarcasmes et les compliments ambigus du druide, elle promena sur la foule un regard résolu.

– Si la Sœur de Lumière est capable de résoudre l'énigme d'Afonso, reprit le druide, nous nous joindrons aux étrangers dans leur vaine mission.

Des exclamations de surprise fusèrent dans l'assistance. Lanaya en eut le souffle coupé.

– Mais il n'y a aucun risque, ajouta la griffe ensorcelée à voix basse.

– Si elle échoue, continua le druide, les humains nous abandonneront leurs armes et quitteront notre cité sur-le-champ.

Brock se frappa le front du plat de la main.

– J'ai dit « exceptionnelle » ? Parce que, en fait, je voulais dire « irresponsable, têtue comme une mule et suicidaire » !

Les protestations de la foule se firent moins virulentes. Tous les regards convergèrent vers le petit groupe agglutiné au centre de l'arène. Une voix s'éleva, suffisamment distincte pour que la griffe de perroquet bourdonne dans la main de Zed.

– Mais ce ne sont que des enfants ! traduisit la griffe.

Le Druide Supérieur demeura de marbre.

– Ces étrangers nous demandent de combattre et de mourir pour nos ennemis, clama-t-il. S'ils veulent que nous nous mettions en danger, ils doivent être prêts à courir eux-mêmes des risques.

Liza fit un pas en avant, considérant l'assistance avec froideur. Puis Zed vit son regard s'arrêter sur Fel et s'adoucir.

– Llethanyl n'est pas ma ville, déclara-t-elle, tenant bien haut sa griffe de perroquet. Mais, de même que Llethanyl, la mienne est imparfaite. Ses habitants peuvent se montrer cruels, et ses lois, injustes.

Liza fronça les sourcils. Peut-être songeait-elle à sa propre expérience, à l'interdiction faite aux femmes de Pierrefranche d'accéder au statut de chevalier.

– Mais elle est aussi pleine de bonté, reprit-elle. Elle sait faire preuve de bienveillance et de miséricorde. Une ville n'est pas qu'une chose. Elle se compose de ses habitants ; et de tout ce qu'ils sont. Tant que les elfes de Llethanyl vivront, leur cité ne sera pas un corps mort. C'est pourquoi nous sommes prêts à risquer nos vies pour elle.

Elle se tourna vers le Druide Supérieur, redressa les épaules.

– Posez-moi votre énigme.

Le druide inclina la tête. Son masque était d'une blancheur surnaturelle.

– Qu'est-ce qui contient de longues distances dissimulées dans son cœur ? Et qui a de nombreux semblables, plus par accident que par nécessité ? Une fois démêlé, il meurt, mais dans l'heure peut être ressuscité.

– Je rêve ou est-ce que le charme de traduction… vient de faire des rimes ? chuchota Zed, abasourdi. La magie de Jayna m'impressionne de plus en plus.

– Pour être tout à fait franc, la dernière rime est plutôt bancale, objecta Brock à voix basse.

Le visage de Liza se rembrunit. Elle réfléchissait.

De son côté, le cerveau de Zed se démenait comme un beau diable, rien que pour se rappeler la première phrase de la devinette. *Contient de longues* quoi ? Où ça ?

– Ça n'a aucun sens ! siffla-t-il entre ses dents, juste au moment où Liza s'avançait d'un autre pas.

– Il s'agit d'un nœud, affirma-t-elle.

Le Druide Supérieur pencha de nouveau la tête. Jayna, Jett et Micah firent éclater un tonnerre d'acclamations et d'applaudissements.

Mais pas un elfe ne broncha. Ils continuaient d'observer la scène avec impatience. Zed se retourna et vit que Lanaya se mordillait les lèvres.

Sur un signe de tête du Druide Supérieur, deux elfes se hâtèrent vers l'estrade. Ils portaient un objet de grande taille et de forme plate.

Ils posèrent à terre deux piquets de bois, richement ornés de feuilles et de fleurs sculptées. Entre les deux était un enchevêtrement de plantes grimpantes, le plus épais et le plus inextricable que Zed eût jamais vu. Même de là où il se trouvait, il pouvait constater que chaque liane était hérissée d'épines effilées. L'ensemble constituait un nœud végétal impénétrable, abritant en son centre une forme ovale.

– Qu'est-ce que ça veut dire ? protesta Liza. J'ai résolu l'Énigme d'Afonso. Alors, maintenant, rendez-nous nos affaires et aidez-nous à vaincre la Liche.

Un rire guttural retentit derrière le masque du Druide Supérieur.

– Ce n'était pas l'énigme, jeune humaine. Ce n'était qu'un prologue.

Il se retourna face au public et leva les bras. Les longues manches de sa robe se retroussèrent pour dévoiler ses bras noueux.

– Quand notre peuple est arrivé sur ces terres, c'était pour faire la guerre aux *ain'shea* sacrilèges et aux lâches *cel'shea*. Mais le monde s'est déchiré, et les impératifs de survie ont supplanté les vieux conflits. Notre fondateur, Afonso, le Chevalier Vert, nous a conduits jusqu'aux ruines de cette cité. Avec l'aide de ses druides, il a éliminé les monstres qui y avaient élu domicile. Il a fait naître le Crépuscule et défendu notre peuple contre les horreurs qui les frappaient, jusqu'à ce que le Crépuscule soit assez fort pour nous protéger par lui-même. Et lorsque la longue nuit est arrivée pour lui, comme elle le fait pour nous tous, le Chevalier Vert a déposé son épée.

Le druide désigna le fouillis de lianes.

– La voilà, l'Énigme d'Afonso. Cela fait plus de deux siècles que la lame demeure enfouie à l'intérieur. Cette énigme a été élaborée par les druides les plus habiles, ses racines se sont nourries du propre sang du Chevalier Vert, et elle est toujours restée impénétrable. Seul celui qui est digne de l'héritage d'Afonso sera capable de démêler le nœud.

Il considéra Liza avec un feint respect.

– Le voilà, le problème que je te soumets.

Un silence total s'était abattu sur l'amphithéâtre. Liza s'approcha de l'amas de ronces. Elle tendit une main hésitante, la retira aussitôt avec un grognement.

Le druide gloussa sous son masque.

– Je te donnerais bien des gants, mais ils te seraient de peu d'utilité. Les épines de l'énigme sont plus coupantes que du mithril. Même le tissu le plus épais ne servirait à rien contre elles.

– C'est tout de même injuste qu'il n'arrête pas d'utiliser des métaphores, maugréa Brock.

Liza décocha au druide un regard noir avant de se retourner vers l'Énigme d'Afonso. Elle fit le tour du tas de ronces, à la recherche d'un point faible.

Elle avança de nouveau la main… lentement… avec précaution…

– Druide Supérieur ! appela soudain Lanaya en s'avançant à son tour.

De partout dans l'amphithéâtre montèrent des grognements mécontents. Le druide braqua le regard glacial des fentes de son masque sur la jeune femme.

Lanaya chancela, inspira un grand coup.

– Je vous en prie, laissez ces enfants déclarer forfait ! La Sœur de Lumière ne nous veut aucun mal. L'Énigme d'Afonso a été conçue pour rester insoluble. C'est une arme, pas une devinette. Ce défi n'a rien d'équitable !

Le druide s'approcha du bord de l'arène.

– Le défi est à la hauteur de la requête ! tonna-t-il.

– L'énigme la tuera ! Les épines sont empoisonnées !

Brock laissa échapper un glapissement. Sur l'estrade, Liza demeurait pétrifiée, les yeux écarquillés.

Le druide fit rouler ses épaules puis détourna son visage masqué de Lanaya pour le diriger vers Liza.

– Le défi tient toujours, gronda-t-il.

– Liza ! s'écria la voix de Fel à l'autre extrémité de l'arène.

Zed et Brock se tournèrent en même temps pour voir la jeune éclaireuse s'emparer de l'arc d'un archer avant de le braquer vers la scène. Elle décocha sa flèche.

– Zed ! hurla-t-elle. Le feu !

Zed perdit un temps précieux à se demander ce qu'elle voulait dire, puis il s'élança en avant, une main levée. Le projectile filait au-dessus des spectateurs.

Je ne vais pas y arriver, se rendit compte Zed. *C'est trop loin !*

Il sentit alors la chaîne autour de son cou devenir brûlante. Et soudain, comme par magie, il sut qu'il réussirait. Il invoqua sa mana, déjà bouillonnante d'impatience, et pointa la main vers la flèche. Un éclair vert fusa de sa paume et fendit l'espace, à la rencontre du projectile, qu'il atteignit avec une redoutable précision à l'instant précis où le trait décrivait une courbe descendante pour atterrir aux pieds de Liza avec un sifflement étouffé.

– Qu'est-ce que c'est que ça ? vociféra le druide par l'intermédiaire de la griffe enchantée. Confisquez-lui cette arme !

Un grand tumulte éclata. Plusieurs elfes de la nuit se jetèrent sur Fel. Dans un déchaînement de fureur, Calamité passa à l'attaque, labourant de ses griffes la jambe d'un malheureux archer avant de sauter au visage d'un deuxième.

Liza contemplait fixement l'arme enflammée à ses pieds. Avant que le Druide Supérieur ait pu l'arrêter, elle arracha le projectile de terre et bondit en avant, brandissant la flèche comme une épée. Lorsqu'elle l'enfonça dans les ronces, il y eut un grand *whoosh*, un éclair fulgurant, et les flammes vertes embrasèrent l'énigme, qu'elles dévorèrent en un clin d'œil. Liza n'attendit qu'un demi-instant avant de prendre appui sur un des poteaux de bois, plonger la main au milieu des ronces carbonisées et, d'un coup sec, dégager quelque chose du tas fumant.

Le tapage retomba brusquement. Les archers qui s'étaient saisis de Fel la lâchèrent, fixant Liza d'un regard ahuri. L'arène tout entière redevint silencieuse.

Liza leva le bras. Sa peau, noire de cendre, encore fumante, portait des traces de brûlure.

Et, serrée dans sa main, elle tenait une épée verte étincelante.

Chapitre seize

Brock

À la seconde où Liza brandit l'épée, Brock se prépara à vendre chèrement sa vie.

S'il avait pris le temps d'y réfléchir à deux fois, il n'aurait pas parié un sou sur leurs chances de l'emporter : sept contre une ville entière, sans armes, à l'exception d'une très vieille épée et des quelques miettes de mana qu'il restait à Zed et à Jayna. Et, même s'ils arrivaient à se tirer d'affaire et à fuir la cité, ils se retrouveraient perdus dans une sinistre forêt, de la neige jusqu'aux genoux et entourés de morts-vivants.

Mais Brock ne s'arrêta pas pour peser le pour et le contre. Il serra les poings, se campa sur ses jambes et dit à Zed :

– Prêt ?

Or, personne ne bougea dans l'amphithéâtre, à part quelques druides qui se penchèrent vers leur Supérieur pour échanger avec lui des murmures furieux tandis que deux autres, prenant garde de ne pas provoquer la colère de Calamité, retiraient prudemment l'arc des mains de Fel. Celle-ci n'opposa pas de résistance, pas plus qu'elle ne fit mine de réprimer l'expression satisfaite de son visage. Brock avait l'habitude de la voir sourire, mais cette fois elle affichait ce qu'il ne pouvait décrire que comme un triomphe goguenard.

Liza abaissa l'épée et se tourna vers le Druide Supérieur. Elle arborait un calme imperturbable, le genre d'aplomb respectueux qu'on avait dû lui inculquer en tant que jeune noble. Mais Brock devinait qu'elle était aux anges. Elle devait avoir un mal fou à se retenir de lever le poing et de pousser des cris de victoire.

Décidément, il avait les amis les plus cools du monde.

Le Druide, en revanche, frémissait de dépit. Brock se demanda si l'elfe possédait un masque différent pour les occasions moins solennelles. Les fentes de celui-là débordaient de mépris.

– Tu as perdu, asséna-t-il.

Brock serra si fort la griffe de perroquet dans son poing qu'il s'écorcha la peau.

– Je vous demande pardon ? s'étonna Liza, sa belle assurance retombée d'un seul coup. J'ai résolu l'énigme, non ?

– Tu as triché.

– Absolument pas ! intervint Micah. Parmi ses nombreux défauts, ma sœur a celui de ne *jamais* tricher. Elle n'a enfreint aucune des règles qui lui ont été imposées.

– Et elle a eu la sagesse de recourir au meilleur outil à sa disposition, ajouta Jett.

– Le travail d'équipe ! roucoula Jayna.

– Exactement, s'empressa d'approuver Jett, en se frottant la nuque. C'est ce que j'allais dire : *travail d'équipe*, pas *feu mystique*.

– C'est peut-être ce qu'Afonso voulait vous enseigner – *nous* enseigner, suggéra Fel, haussant la voix comme Brock ne l'avait jamais entendue faire.

Elle ouvrit les mains dans un geste qui tenait à la fois de la supplication et de l'exhortation.

– Le fait qu'il existe des problèmes qu'on ne peut résoudre seuls, précisa-t-elle. Qu'il vaut mieux œuvrer ensemble, avec des gens qui voient les choses différemment, afin de surmonter les plus grands défis que nous pose la vie.

Un brouhaha diffus parcourut l'assemblée. Brock vit Lanaya hocher la tête avec vigueur. Il sentit que les druides hésitaient, à deux doigts de se laisser convaincre. Ils ne demandaient pas mieux que de célébrer la résolution de l'énigme.

Le Druide Supérieur chassa le bourdonnement des voix d'un geste brusque de la main.

– Ne fais pas dire à notre champion ce qu'il n'a pas dit, riposta-t-il avec feu. Afonso a donné sa vie pour que nous puissions vivre libres. S'il nous a enseigné quelque chose, c'est que nous nous en sortons mieux tout seuls.

Il survola l'amphithéâtre des yeux. Son regard s'attarda un instant sur Zed et Brock avant de se reporter sur Fel.

– Aucun de vous n'est le bienvenu ici. Vous devrez partir dès l'aube.

Il tourna les talons, puis s'arrêta, les fentes de son masque rivées sur l'épée d'Afonso.

– Et prenez cette relique souillée avec vous, ajouta-t-il. C'est le *seul* soutien que vous recevrez du Havre-du-Crépuscule.

*

– C'était charmant comme hospitalité, grommela Brock. Tant que ça a duré.

Après leur avoir confisqué leurs griffes de perroquets, on les avait escortés sans ménagement hors de l'amphithéâtre et déposés sur un carré de mousse au pied d'un énorme chêne. Des sentinelles montaient la garde à proximité. Même sans l'aide du charme de traduction, le message était clair : ils devaient se tenir tranquilles jusqu'au matin.

Curieusement, bien qu'on ne leur eût pas rendu leurs armes, les druides avaient autorisé Liza à garder l'épée. Le Supérieur l'avait qualifiée de « souillée », se rappelait Brock. Était-ce ainsi que tous la voyaient désormais ? Les druides refusaient-ils de toucher l'épée maintenant que Liza, une humaine, l'avait extirpée des ronces ?

– Je suis désolée, s'excusa Liza en faisant tourner la lame pour capter un rayon de lune. Je croyais pouvoir persuader le Druide Supérieur de nous aider. Quand j'ai insisté, il m'a demandé si je remettais en cause son autorité. Du coup, quand j'ai dit oui, il a pris ça comme une provocation. J'aurais peut-être dû faire marche arrière tout de suite, mais... oh, il m'a tellement énervée !

– Liza, c'était totalement irresponsable, déclara Zed avec un sourire jusqu'aux oreilles. C'était aussi génial, époustouflant et même rigolo. Brock et moi, on a adoré.

– Hé, ho ! objecta Brock.

Liza darda sur lui un regard noir, comme pour le mettre au défi de ne pas approuver pleinement les propos de Zed. Brock capitula.

– Frond aura de quoi être fière, ajouta-t-il.

– Pas étonnant que Liza ne se soit pas laissé impressionner par l'énigme, remarqua Jayna d'un ton pince-sans-rire. Elle a l'habitude des compliments épineux.

Lorsque Jett éclata de rire – un peu plus fort que de raison, jugea Brock –, Jayna rougit. Brock leva les yeux au ciel et s'affala sur le sol couvert de mousse. Le tapis végétal était tellement spongieux que Zed, assis à côté de lui, rebondit sur place.

– En tout cas, voilà qui fera un excellent matelas, déclara Jett.

Il se laissa doucement glisser par terre et entreprit de détacher sa jambe en mithril, maintenue par un système de lanières de cuir et de boucles métalliques. Puis, avec un soupir de soulagement, il commença à masser son moignon.

– Ce sera beaucoup plus confortable que de camper dans la neige.

– Ça m'étonnerait quand même que l'un de nous arrive à fermer l'œil, souligna Liza.

À peine avait-elle prononcé ces mots que des ronflements sonores s'élevèrent de l'endroit où Micah, étalé sur le dos à quelques pas de là, bavait déjà d'un air béat.

– Sauf lui, bien sûr, se reprit Liza. Oh, l'insouciance de la jeunesse !

– Je croyais que tu n'étais son aînée que de cinq minutes ? releva Zed.

– Cinq minutes cruciales, rétorqua-t-elle. Je les ai mises à profit un maximum.

– Et comment ! approuva Jett. Quand les dieux ont distribué les méninges et que Micah s'est présenté pour recevoir sa part, ils lui ont dit : « Désolés, mais la fille qui vient de passer à l'instant a pris tout ce qui restait. »

Tous saluèrent la plaisanterie par de petits gloussements de joie, à l'exception de Zed, qui dit :

– Il ne pense pas à mal.

– Tu crois ? demanda Brock, vautré sur son coussin de mousse.

Il lança un regard dans la direction de Fel, qui, assise à l'écart, perdue dans ses pensées, caressait Calamité.

– Qu'en penses-tu, Fel ? Toi qui vois les choses d'un point de vue extérieur ?

Fel éclata en sanglots.

Une brusque panique s'empara de Brock. Quelques instants plus tôt, il était prêt à affronter une dizaine de druides armés, sans avoir la moindre chance de l'emporter, et à présent, face à une fille en pleurs, il restait paralysé, totalement désemparé et terrifié.

– Brock ! gronda Liza.

– Franchement, Brock ! le réprimanda Jayna à son tour.

Les deux filles s'empressèrent autour de Fel, l'étreignirent en lui chuchotant des paroles apaisantes.

Jett remit sa prothèse en place et se joignit à elles en secouant la tête et en clappant de la langue.

– Ah, toi, ne commence pas ! s'énerva Brock, avant de se tourner vers Zed. Quoi ? Qu'est-ce qu'il y a ?

– Je crois... je crois que Fel ne se sent pas vraiment à sa place. Suggérer qu'elle est étrangère n'était peut-être pas une très bonne idée.

Brock fit la grimace.

– Je voulais simplement dire qu'elle était nouvelle parmi nous.

– Je sais ce que tu voulais dire, répondit Zed. Et je suis sûr qu'elle aussi. Mais toute cette histoire l'a rendue un peu susceptible.

Brock dévisagea son ami en silence. Lui qui s'estimait plutôt fin psychologue, il devait reconnaître qu'il lui arrivait aussi de se montrer négligent et de ne pas voir des choses importantes que Zed, lui, sentait intuitivement. Il en avait toujours été ainsi. Brock devinait les désirs des gens. Mais Zed percevait mieux que lui leurs besoins.

– Et toi ? lui demanda-t-il.

– Hein ?

– Tu es devenu... susceptible ? Tu as toujours voulu en apprendre davantage sur les elfes, mais plus on découvre de choses… Enfin, rien ne s'est vraiment déroulé comme tu avais dû l'imaginer.

– C'est bizarre, répondit Zed. Pendant longtemps, j'ai eu l'impression de ne pas être dans mon élément. Je me disais que je n'étais pas à ma place. Que, d'une manière ou d'une autre, ce serait différent chez les elfes. Mais, finalement, les elfes sont des gens comme les autres, conclut-il avec un haussement d'épaules. Et les gens sont imparfaits.

Les ronflements de Micah allaient crescendo, comme pour souligner les paroles de Zed.

– Moi le premier, soupira Brock. Je ferais mieux d'aller m'excuser. J'ai eu tellement d'occasions de le faire cette année que je commence à être très bon dans ce domaine.

– Sûrement pas ! répliqua Zed joyeusement. Au mieux, tu es moyen !

Brock se dirigea en traînant les pieds vers le front uni que lui opposaient les trois filles, le chat et le nain.

– Fel, je suis désolé, dit-il. Je ne voulais pas dire ça. Tu fais partie de notre équipe.

– Merci, répondit doucement la jeune elfe, sans toutefois croiser son regard.

Liza et Jayna ne furent pas aussi indulgentes.

– Tu es banni, vociféra Jayna. Reste de l'autre côté de la clairière, ajouta-t-elle en désignant Micah.

Du regard, Brock quémanda l'aide de Jett. Le nain se contenta de hausser les épaules.

– Fiche le camp ! gronda Liza.

Brock poussa un soupir, ramassa son sac et, d'humeur maussade, s'en retourna vers la forme endormie de Micah.

*

Toutefois, le « bannissement » de Brock lui facilita les choses lorsqu'il décida de s'éclipser cette nuit-là.

À en juger par ce qu'ils avaient vu, les gardes devaient s'attendre à ce que les Aventuriers soient toujours aussi bruyants et peu discrets. Si bien que, lorsqu'ils relâchèrent leur vigilance, Brock n'eut aucun mal à se faufiler entre eux. Zed l'aida même sans le vouloir. En proie à un cauchemar, il se mit à pousser des cris en tirant sur son collier, ce qui détourna un instant l'attention des sentinelles.

Brock se doutait que Zed avait dû faire de nombreux cauchemars au cours des six dernières semaines.

Lui aussi était hanté par un mauvais rêve. Un cauchemar éveillé dans lequel dame Gray exigeait qu'il déniche pour elle des choses de valeur tout en se battant pour défendre sa peau contre un incessant défilé d'horreurs. Et tout ça sous l'œil scrutateur de Lotte… la plupart du temps.

Sauf que Lotte n'était pas là, pour le moment.

Dissimulé dans l'ombre, il s'approcha autant qu'il l'osa du centre de la ville. Il grimpa dans un arbre, s'installa sur une branche solide, prit la sacoche qu'il portait à l'épaule et l'ouvrit en grand, tournée vers le ciel.

L'air nocturne était gorgé de spores du Crépuscule. Des spores qui, grâce à une magie merveilleuse, protégeaient la ville et ses habitants de leurs ennemis. Les mettaient même à l'abri d'une horde de morts-vivants qui sillonnaient les bois à seulement une demi-journée de marche de là.

Ça, c'était le genre de magie que Brock appréciait volontiers.

Tandis que sa sacoche se remplissait, il sourit intérieurement. Les druides avaient refusé de porter secours à Llethanyl, mais il veillerait à ce qu'ils l'aident, *lui*. Que ça leur plaise ou non.

Dame Gray recevrait son trésor.

*

Ils furent conduits hors de la cité aux premières lueurs de l'aube. Ils eurent un moment d'hésitation en contemplant le seuil mystérieux où le plein été cédait la place à l'hiver glacial. Ils enfilèrent leurs vêtements chauds les uns par-dessus les autres, sous l'œil attentif des druides, qui finirent par leur restituer leurs armes. Zed serra son sceptre contre lui, et Brock éprouva un indéniable soulagement en récupérant ses dagues. Il n'aurait jamais cru qu'il s'y attacherait autant. Cela dit, il n'aurait jamais imaginé non plus qu'il se retrouverait un jour à déambuler dans une forêt hantée par des cadavres d'elfes ressuscités.

– Engagez-vous dans la guilde des Aventuriers, qu'ils disaient, maugréa-t-il. Le monde s'offrira à vous !

Leur escorte se composait principalement de sentinelles masquées et armées d'arcs, mais plusieurs habitants de la cité avaient également tenu à les accompagner. Brock n'avait aucune idée de ce qu'ils se disaient, mais leur mine était grave. Lanaya, la sympathique druidesse qui s'était montrée si empressée à discuter de l'anima, était venue aussi. Elle accrocha le regard de Brock, lui adressa un sourire sans joie et un léger signe de tête. Il lut sur son visage qu'elle leur souhaitait bonne chance.

Brock hocha la tête en retour et, des yeux, essaya de lui faire comprendre qu'ils allaient tous mourir, il en était certain, qu'ils seraient ensuite transformés en marionnettes maléfiques et renvoyés au Havre-du-Crépuscule, et alors, *là*, les druides s'en mordraient drôlement les doigts ! Il n'était pas sûr qu'elle eût compris le message.

– Cet endroit était super ennuyeux, déclara Micah, une fois qu'ils se furent suffisamment éloignés.

– Quel endroit ? releva Liza. Tu veux dire la civilisation mystérieuse capable de repousser non seulement une multitude de Dangers mais aussi l'hiver et ses conséquences, et ce avec l'aide d'un énorme champignon lumineux venu du royaume des Fées ? C'est ça, l'endroit dont tu parles ?

– Tu as deviné du premier coup, sœurette. Et, puisque personne ne pose la question qu'il faut, je m'en charge : est-ce qu'on ne ferait pas mieux de retourner à Pierrefranche, maintenant ?

– Pas question, répliqua Liza. Frond et les autres nous attendent sûrement au refuge. Nous devons nous regrouper.

– De toute façon, il n'y a pas moins de risques à rebrousser chemin, souligna Jayna. Les Dangers sont partout.

– À l'heure qu'il est, Lotte a dû les prévenir que la Liche connaît leur plan, ajouta Liza. Et ils en ont certainement échafaudé un nouveau. Frond saura ce qu'il faut faire.

– À condition qu'on la retrouve, grogna Jett.

– Jayna a dit qu'ils feraient leur prochaine halte aux Chutes de Céladon, rappela Fel. J'y suis déjà allée avec les éclaireurs. Nous sommes loin de toute piste balisée, mais je sais quelle direction prendre.

– Du moment qu'on évite les embuscades, approuva Liza.

Zed manifesta son assentiment d'un vigoureux signe de tête.

Tout en marchant, Brock s'emmitoufla dans sa cape pour se préserver des morsures du froid. Les derniers lambeaux de chaleur en provenance du Havre-du-Crépuscule se dissipaient rapidement.

Après avoir jeté un coup d'œil par-dessus son épaule pour s'assurer qu'il n'y avait plus aucun druide en vue, Brock sortit quelque chose de sa sacoche.

– Hé, Fel ! appela-t-il à voix basse en s'approchant d'elle. J'ai un cadeau pour toi.

Il ouvrit la main pour lui montrer une griffe de perroquet.

Décontenancée, la jeune elfe plissa les paupières.

– Oh, merci, mais pourquoi... ?

La griffe traduisit ses mots dans la langue des *dro'shea*.

– Je me suis réveillé de bonne heure ce matin, expliqua Brock en fronçant le nez et en lançant un regard réprobateur vers Micah. Je sais que nous n'avons pas eu le temps d'apprendre grand-chose des druides, alors je me suis dit... enfin, j'ai pensé que tu aimerais peut-être disposer d'un outil qui t'enseignerait les mots de la langue des elfes de la nuit, au moins littéralement.

Fel le fixait, abasourdie.

– Je sais, fit Brock, c'est mal de voler, mais... c'est l'intention qui compte, non ?

– Merci, dit Fel.

– *Savasche*, fit la griffe.

– *Savasche*, répéta Fel, les yeux pleins de larmes.

– De rien, sourit Brock.

– *Davos*, articula la griffe.

– Ami, proposa Zed.

– *Tanay*.

– Brave, suggéra Liza.

– *Seebul*.

– Redoutable, lâcha Jayna.

– *Grishta*.

– Tu es des nôtres, lança Jett.

– *Al de nos*.

Micah ouvrit la bouche pour parler.

– Micah, s'il te plaît, ne gâche pas ce moment, se hâta de supplier Liza.

– Micah, *sahv nehro ta*.

– Cette expression-là, on devrait tous l'apprendre par cœur ! s'esclaffa Brock.

De nouveau, Fel fondit en larmes, mais cette fois ses pleurs étaient accompagnés d'un sourire – ce bon vieux sourire qu'ils connaissaient si bien et qu'ils revoyaient pour la première fois depuis des jours. Elle se jeta au cou de Brock, qui la serra dans ses bras.

– Tu vois ? demanda-t-il à Zed par-dessus son épaule. Je t'avais bien dit que je commençais à prendre le coup de main pour ce qui était des excuses.

Micah inspira un grand coup, se tourna face à la griffe ensorcelée et, avant que quiconque ait pu l'arrêter, cria à tue-tête :

– CROTTE !

*

Le trajet fut éprouvant. Le bref intermède estival avait cruellement aiguisé leur désir de chaleur, et leurs corps réagissaient douloureusement au brusque retour dans l'hiver, résistant avec peine au vent glacial et aux amoncellements de neige. Brock avait mal partout. Ses pensées anesthésiées n'étaient plus qu'un bourdonnement sourd à l'arrière de son crâne, lorsque Fel pointa un doigt en avant et cria :

– Là !

Plissant les paupières pour protéger ses yeux du froid, Brock vit avec étonnement une tache de couleur se détacher de l'interminable étendue de blanc et de gris. À une centaine de pas devant eux, la forêt enneigée s'arrêtait au pied d'une falaise – une haute paroi rocheuse, verte et opalescente, que dévalait un petit torrent. Le cours d'eau, il le savait, se transformerait en cascade quand viendrait la fonte des neiges au printemps.

– Les Chutes de Céladon, murmura-t-il.

Il y avait une porte enchâssée dans la roche vert pâle de la falaise. Elle n'était pas verrouillée et s'ouvrit facilement. À la différence du dernier refuge où ils s'étaient rendus, celui-là avait été visité récemment.

– Ouvrez l'œil ! ordonna Liza. Je passe devant. Interdiction de toucher au moindre coffre à trésor.

– Et ne laissez aucun coffre au trésor vous toucher ! ajouta Brock.

Il resta un peu à la traîne derrière les autres, le temps de vérifier si sa sacoche était sèche et intacte.

Après tout, il avait dérobé aux druides plus qu'une griffe de perroquet, et le contenu de son sac pourrait bien se révéler d'une valeur inestimable.

– Il n'y a personne, constata Liza. Pourtant, nous n'avons pas pu arriver avant eux, c'est impossible.

Brock descendit à son tour les marches et entra dans une vaste salle aux murs grossièrement taillés dans la pierre.

– C'est complètement vide ! constata-t-il.

– C'est ce que je viens de faire remarquer, Brock.

– Non, je veux dire, il n'y a *rien* ici, précisa-t-il en tapotant un râtelier vide de toute arme. Nous sommes censés veiller à ce que les refuges soient toujours bien équipés. Celui-ci a été dévalisé.

– Frond a laissé un mot, dit Jayna en revenant d'une salle contiguë, une feuille de papier à la main.

La mine consternée, elle hésitait à continuer. Elle lança un regard attristé en direction de Fel, avant de finalement remettre le message à Liza.

– Il t'est adressé.

– « Lotte nous a rejoints, lut Liza à voix haute. Si tu vois ceci, fais demi-tour sans attendre. Ramène immédiatement Zed et les autres à Pierrefranche. »

Elle laissa la feuille lui tomber des mains et conclut :

– Ça se termine par : « La mission prend fin. Llethanyl est une cause perdue. »

Chapitre dix-sept

Zed

La mine sombre, les apprentis traînassaient dans le refuge, rassemblant leur barda, ajustant leurs capes sur leurs épaules, retardant ainsi autant que possible le moment du départ. Le trajet du retour à Pierrefranche promettait d'être long et glacé. Ils risquaient à chaque instant de tomber sur toutes sortes de Dangers – en particulier des morts-vivants –, et il n'y avait pas un seul adulte pour les guider ni les protéger.

Ce voyage aurait aussi un goût de défaite. Llethanyl n'était plus. Certes, ils avaient découvert une autre cité peuplée d'elfes, mais ils en avaient été chassés après leur première nuit sur place. Zed doutait que la Mer d'Étoiles pût jamais retrouver le chemin pour y parvenir.

Malgré tous ces malheurs, les larmes de Fel semblaient s'être taries. Debout près de l'entrée du refuge, elle regardait en silence la morne étendue blanche au-dehors.

Zed s'efforçait de ne pas s'appesantir sur sa propre déception. Un nœud s'était formé dans sa poitrine. Il avait perdu toute chance de visiter la cité de son père. Définitivement.

– Je n'arrive pas à croire que Frond ait renoncé, raisonna Liza, qui, l'épée verte suspendue à sa hanche, faisait les cent pas dans la salle en ouvrant et fermant les poings tour à tour. Une cause perdue ? On n'a même pas essayé !

– Il a dû arriver quelque chose, supposa Jett. Ils ont peut-être reçu de nouvelles informations.

Assis sur un lit de camp, le nain remontait la chaussette de lin qu'il portait sous sa prothèse. Quelques instants plus tôt, Jayna s'était éclipsée dans une petite salle adjacente en emportant la jambe en mithril – « pour faire un petit test », avait-elle expliqué. Zed percevait des ondes de magie derrière la porte fermée, chargées d'une forte odeur de menthe.

– Ça ne m'étonnerait pas, murmura-t-il. Comme, par exemple, le fait que la reine ment.

Tous les regards convergèrent vers lui. Les oreilles de Zed virèrent au cramoisi.

– Que veux-tu dire ? l'interrogea Liza.

– Callum m'a révélé quelque chose juste avant l'attaque des morts-vivants, soupira Zed. Il m'a avoué que la reine Me'Shala n'était pas honnête avec nous. Il n'a pas eu le temps d'en expliquer davantage.

– Et c'est maintenant que tu nous le dis ? s'indigna Liza.

– Il s'est passé beaucoup de choses depuis, d'accord ?

– Fel, tu as une idée de ce qu'il veut dire ? lança Liza en direction de la porte d'entrée.

L'elfe de la nuit haussa les épaules, le regard pensif.

– Je ne fais pas vraiment partie du cercle intime de la reine. Callum n'a jamais mentionné quoi que ce soit, mais il faut reconnaître qu'il est parfois du genre cachottier.

Zed lâcha un grognement, et Fel lui décocha un regard sévère.

– Désolé, marmonna-t-il. C'est le froid qui me tombe sur les sinus.

– Frond a déjà failli nous faire rebrousser chemin une fois, rappela Micah, vautré dans un hamac, les bras croisés derrière la tête. Quand nous avons repéré ce monstre qui ressemblait à une montagne. De toute façon, ce plan est dingue depuis le début. Nous aurions dû attendre le roi Pierrefranche.

– Attendre qu'il fasse quoi ? riposta Brock. Qu'il chasse les elfes à coups de pied aux fesses ? Il n'aurait jamais envoyé ses précieux Fils de la Pierre au-delà des barrières de protection. Plus on attendait, plus les choses empiraient.

– Ah ouais ? Alors que, là, la situation s'est nettement améliorée, répliqua Micah de sa voix traînante.

Liza s'arrêta.

– En tout cas, je suis ravie de voir que vous pouvez encore avoir des opinions différentes, tous les deux, remarqua-t-elle. Mais il n'y a plus rien à faire, j'en ai peur. Fel, je... je suis vraiment désolée.

– Moi aussi, répondit l'elfe de la nuit.

Elle ferma les yeux, et un courant d'air glacial s'engouffra par la porte ouverte, faisant voltiger ses tresses. Calamité s'éloigna à regret pour échapper au froid.

– Malgré ce que j'ai dit quand nous étions au Havre-du-Crépuscule, j'ai toujours été chez moi à Llethanyl. Arriver si près du but et devoir battre en retraite, c'est comme voir son rêve disparaître dans les flammes.

Au mot « flammes », Zed porta instinctivement la main à la chaîne autour de son cou.

Dans la cité des elfes de la nuit, il avait refait ce cauchemar, juste avant de repartir. Dans son rêve, la chaîne devenait brûlante, se consumait d'une fièvre surnaturelle. De nouveau, le fermoir avait disparu, et Zed n'arrivait pas à retirer le collier, malgré ses tentatives désespérées. Le talisman en forme de renard était calciné encore plus complètement que la dernière fois. Il n'en restait plus qu'un petit débris fumant.

À la fin de ce cauchemar aussi, un renard vert était venu observer Zed de ses yeux flamboyants.

Et, cette fois, le renard lui avait parlé.

– *Zed…*

Sa voix rauque était à peine perceptible, mais ses yeux grands ouverts brillaient d'un éclat intense. Le renard avait un message pour Zed et était résolu à se faire comprendre.

– *Le feu… il brûle, Zed. Il…*

C'est alors que Micah avait réveillé Zed. Sans douceur aucune.

Avant son enrôlement dans la Mer d'Étoiles, Zed n'avait jamais été porté sur les rêves étranges ou prémonitoires. En fait, deux mois plus tôt seulement, dans son rêve le plus fréquent, il était surtout question d'engloutir des quantités effarantes de sucreries. La dernière fois qu'il avait rêvé de quelque chose d'insolite, une sorcière lui était apparue pour lui proposer de sauver sa ville.

Zed avait maintenant vu assez de bizarreries pour croire que ces cauchemars avaient une signification. Et, dès que Brock et lui trouveraient un moment de tranquillité, Zed lui raconterait tout.

Ensemble, ils résoudraient ce mystère.

La porte donnant sur la salle voisine s'ouvrit brusquement, et la frayeur perceptible sur le visage de Jayna arracha Zed à ses lugubres préoccupations.

– Jayna, si tu as fini de faire des expériences sur ma jambe, dit Jett, j'aimerais bien la récupérer. Je vais sûrement en avoir besoin pour rentrer à Pierrefranche.

– Nous n'allons *pas* à Pierrefranche !

D'un air distrait, la jeune fille rendit au nain son pilon en mithril, puis tendit son autre main vers Liza.

– Regarde ce que j'ai trouvé, roulé en boule et à moitié calciné dans la pièce du fond !

Liza prit le morceau de papier carbonisé, le nez plissé de perplexité.

– Quelle écriture de cochon ! ronchonna-t-elle. Ça... ça vient de Frond. « Liza, lut-elle, le refuge de Céladon n'est pas sûr. Nous avons retrouvé Lotte, mais nous avons été obligés de poursuivre notre route. Ne vous attardez pas ici. Emmène Zed et les autres et rejoignez-nous à Llethanyl. Dès votre arrivée, nous reprendrons la ville... »

Liza releva lentement la tête, les yeux ronds comme des soucoupes.

– Mais si cette lettre est de Frond..., grommela Jett, avec la même expression hébétée que celle qui se reflétait sur le visage de Liza.

– Elle a dû écrire l'autre plus tard, supposa Micah en quittant d'un bond son hamac. *Après* avoir décidé de regagner Pierrefranche.

Toutefois, il ne paraissait pas le moins du monde sûr de ce qu'il avançait.

– Et ensuite elle aurait voulu brûler sa première lettre et l'aurait cachée ? hasarda Jayna. Je l'ai trouvée coincée derrière un lit de camp.

Elle saisit la feuille de papier intacte sur la table – le message leur ordonnant de rentrer à Pierrefranche – et le brandit sous le nez de Zed.

– Renifle ça, dit-elle.

– Non, merci, refusa Zed. Je ne crois pas que Frond se soit lavé les mains une seule fois depuis que nous sommes partis...

– On a affaire à de la magie, là ! s'exclama Jayna, exaspérée. Il existe des sorts pour imiter n'importe quelle écriture. La contrefaçon magique posait de gros problèmes dans la guilde des Mages.

Les yeux de Zed s'éclairèrent. Il prit le morceau de papier et le porta à son nez. Effectivement, la feuille exhalait une fraîche note mentholée.

– Il y a bien de la magie là-dedans ! décréta-t-il.

– Attends une minute, l'arrêta Brock. Que voulait-elle dire à propos du refuge qui ne serait pas sûr ?

Soudain, Calamité fit un bond en l'air. Sa queue avait doublé de volume. Toutes griffes dehors, elle se mit à miauler et à cracher en direction de la porte d'entrée encore ouverte.

– Fel..., appela Liza, en tirant son épée de sa ceinture. Tu devrais peut-être verrouiller la porte.

Mais la jeune elfe reculait déjà, saisie d'horreur.

– Oh, non, gémit-elle. Non, ce n'est pas possible !

La porte du refuge tourna sur ses gonds dans un grincement sinistre. Une lumière pourpre, émanant d'une haute silhouette dépenaillée, envahit l'espace exigu. L'elfe fantôme était presque transparent, à l'image de la *ban'shea*, mais il tenait fermement dans sa main une longue épée piquetée de rouille et de marques d'usure. Sa tête penchait légèrement d'un côté, et le regard vide de ses yeux laiteux était fixé droit devant lui. La seule vue de cette apparition vida Zed de toutes ses forces. Ses bras devinrent lourds, sa vision se brouilla.

– Une âme-en-peine, murmura Fel. Un esprit tombé dans le désespoir, revenu pour hanter les vivants. J'en ai vu certains aspirer la vie des membres de leur propre famille qui fuyaient la ville. Et celui-ci… il ressemble à…

La peau de l'elfe avait dû être sombre dans le passé, ses longs cheveux nattés, striés de fils argentés. À présent, on aurait dit que le spectre s'effilochait. Ses pieds flottaient à quelques pouces au-dessus du sol. Il leva sa main libre et pointa un doigt osseux sur Fel.

– Mon père, termina-t-elle dans un souffle.

– Zed ! hurla Liza. Le feu !

Zed l'entendit à peine. Quelque chose dans la présence du Danger l'emplissait de désolation, le privait de toute volonté. Il tenta de résister à sa torpeur. Il leva son sceptre, puisa dans sa mana et projeta un flot de flammes vertes. Les langues de feu tournoyèrent vainement au-dessus de l'âme-en-peine. Elle ne sembla même pas les remarquer. Ses yeux vides se contentaient de suivre Fel, qui reculait vers le fond de la salle.

Une voix rauque s'échappa du Danger, bien qu'il n'eût pas ouvert ses lèvres desséchées.

– *Felasege… Où es-tu ? N'aie pas peur. Ça ne fait pas mal.*

– Père, répondit Fel en secouant la tête. Qu'a-t-elle fait de toi, cette Liche de malheur ?

– *Aucune douleur*, répéta l'âme-en-peine. *Felasege… Suis-je ici ? Je ne… sens rien du tout.*

Le fantôme brandit son épée rouillée et s'élança en avant à une vitesse fulgurante.

Jayna leva faiblement les mains pour invoquer un Bouclier de Magicien, mais s'effondra à genoux. Autour de Zed, les autres apprentis s'écroulaient les uns après les autres, leurs forces minées par la seule présence du Danger. Au prix d'un effort surhumain, Jayna releva les mains, et une barrière de protection, dégageant une âcre odeur de magie, se dressa devant le spectre. La lame du fantôme ricocha violemment sur le bouclier, mais, malgré sa frêle ossature et ses bras décharnés, l'elfe ne lâcha pas son arme. Lentement, avec un grincement strident, la pointe de sa lame racla le sol.

– Où es-tu… ma fille ?

L'âme-en-peine se jeta de nouveau en avant. Elle oscilla un instant devant l'écran magique, comme repoussée par une forte bourrasque. Puis l'être immatériel traversa le bouclier en titubant et se retrouva de l'autre côté. La lame rouillée heurta avec fracas le sol derrière lui.

– Pourquoi est-ce que je ne sens rien ?

Il tâtonna l'air de ses doigts aveugles. Puis il frissonna et se rua sur Fel.

– N'approchez pas ! cria Jett, qui, on ne sait comment, avait trouvé l'énergie de s'interposer entre le spectre et la jeune elfe.

Le nain brandit son marteau pour en frapper le fantôme, mais l'arme traversa l'apparition de part en part. Entraîné par son élan, Jett alla s'écraser sur les lits de camp.

Plus rien ne se dressait entre Fel et le revenant. Il flottait à quelques pouces d'elle. Fel se laissa tomber contre le mur, les yeux agrandis par la terreur. L'âme-en-peine se pencha en avant, tendit ses longs doigts, comme pour lui caresser le visage.

– *Felasaaaaaaa*HHHHHHH *!*

Il y eut alors une explosion de lumière ambrée, si éblouissante à côté de la lueur pourpre que Zed en fut aveuglé. Il mit sa main en visière pour se protéger les yeux, avant de s'étonner d'en avoir encore la force.

Alors que l'aura diffusée par le fantôme avait drainé son énergie, cette clarté-là l'emplit d'une nouvelle vigueur. Il se releva d'un bond et s'aperçut que les autres en faisaient autant. Liza, Brock, Jayna et Jett. Tous sauf...

Micah se tenait derrière le spectre, sa main tendue auréolée d'un halo de lumière dorée. On aurait dit qu'il venait de transpercer le fantôme d'un coup de poing. À l'endroit où son bras avait touché le mort-vivant, la silhouette se mit à bouillonner, puis disparut en crépitant dans un nuage de fumée violette.

– *J'ai... chaud*, geignit l'âme-en-peine d'une voix râpeuse. *Fel, je... te vois, maintenant. Comme tu es belle...*

Mais, avant qu'il ait pu achever sa phrase, le revenant s'évapora complètement, ne laissant derrière lui qu'un écho guttural et une bouffée de vapeur.

Peu à peu, la lueur qui enveloppait la main de Micah s'estompa, et le garçon s'affaissa en avant, hors d'haleine. Ses cheveux étaient collants de transpiration, comme s'il venait de terminer une de ces séries d'exercices particulièrement pénibles dont Lotte avait le secret.

– Micah !

Zed se précipita vers son compagnon, en même temps que Liza. À eux deux, ils réussirent à l'allonger sur un lit de camp, tandis que Jayna enveloppait d'une cape les épaules de Fel.

– C'était quoi, ça ? s'exclama Brock.

Médusé, Jett secoua la tête.

– Le feu de Zed n'est pas parvenu à atteindre le fantôme, mais Micah… Est-ce que tu l'as détruit d'un *coup de poing thérapeutique* ?

– Repose-toi un petit moment, conseilla Liza à son frère. Reprends ton souffle.

– Pas le temps, s'agaça Micah. Malheureusement, vous aviez raison, les blaireaux. Une fois de plus. Nous devons aller à Lletherol.

– Llethanyl, rectifia Zed.

– Si tu veux. À mon avis… je suis notre meilleure chance de sauver la cité.

*

Ils ne perdirent pas une minute. Dès que Micah fut capable de tenir debout, les apprentis quittèrent le refuge. Fel prit la tête de la petite troupe, l'œil aux aguets, escortée par Calamité, qui avait renoncé à se faire transporter et surveillait les alentours d'un œil vigilant.

Zed avait pensé que Fel les ramènerait vers la Route Incertaine, mais elle avait décidé de les conduire plutôt à travers les bois enneigés : il valait mieux, affirmait-elle, éviter la piste la plus repérable. Au bout d'un moment, la forêt céda la place à une vaste steppe.

La neige y était moins abondante, mais les herbes sèches qui recouvraient la plaine – elles arrivaient aux genoux de Zed – ondulaient et sifflaient sous le vent, ralentissant leur progression. Zed constata toutefois que son regard portait désormais beaucoup plus loin. C'était une expérience curieuse, grisante, que de voir à une telle distance, sans murailles ni arbres pour lui boucher la vue.

De temps en temps, Fel s'arrêtait pour examiner les environs. Elle ordonnait aux autres de se baisser pendant que Calamité et elle scrutaient l'horizon. Plusieurs heures s'écoulèrent ainsi sans qu'un seul mort-vivant se montrât.

Une chaîne de montagnes désolées se profilait devant eux, beaucoup plus proche que Zed l'avait tout d'abord estimé. Il ne s'était jamais trouvé aussi près de quelque chose d'aussi colossal. L'immensité de ces sommets le faisait se sentir étrangement vulnérable. Il se souvenait du Danger qu'ils avaient aperçu précédemment, celui qui ressemblait à une montagne de loin. La taille de la créature l'avait tétanisé de terreur.

Le monde était tellement plus grand que Zed. Que toutes les civilisations combinées, lui semblait-il. Ces montagnes avaient vu des royaumes atteindre leur apogée puis décliner. Elles avaient assisté au Jour des Dangers et à nombre de catastrophes avant cela. Maintenant, elles regardaient une bande d'enfants traverser la vallée, des enfants animés de l'espoir qu'un miracle leur permettrait d'arracher une ville au destin qui en avait frappé tant d'autres avant elle. Qui, avec le temps, finirait par s'abattre sur toutes les cités. La seule présence de Zed en ce lieu, le fait qu'il prît part à cette expédition et fût témoin de tout cela, était déjà en soi une sorte de miracle.

Les apprentis cheminaient en silence. Liza fermait la marche, juste derrière Micah, qui soufflait comme un bœuf. Zed suivait Fel de près. La jeune elfe de la nuit avançait à longues enjambées, le regard déterminé. Elle lui faisait beaucoup penser à Callum.

– Fel, ça va ? se risqua Zed, en haussant la voix par-dessus le vent.

– Hmm ? Oh, oui. Très bien.

Elle se retourna et l'expression sévère de son visage se dissipa l'espace d'un instant, l'hiver s'effaça devant l'été. Mais son sourire ne dura pas longtemps. Il disparut avant qu'elle détourne la tête.

– Ce n'est pas grave si tu ne vas pas bien, tu sais, voulut la rassurer Zed. Après tout, tu as eu... une sale semaine.

Fel lâcha un petit rire incertain.

– Tu veux en parler ? insista Zed. De ton père ?

Le regard de Fel devint vague, ses sourcils se contractèrent.

– Nous sommes presque arrivés à Llethanyl. Nous aurons peut-être le temps de discuter quand tout cela sera terminé.

– Il avait vraiment l'air de t'aimer. Même après… Enfin, encore maintenant.

– Ce n'était pas réellement lui, répliqua Fel d'une voix enrouée, exhalant une bouffée de vapeur qui, sitôt formée, s'envola. Un fantôme n'est rien d'autre qu'un écho, un sentiment puissant que la personne nourrissait de son vivant et auquel les forces de Mortis s'accrochent.

– Alors, ce sentiment devait être de l'amour, conclut Zed. Parce que le spectre semblait t'aimer énormément.

La jeune elfe hésita avant de hocher lentement la tête.

– Et la Liche s'en est servie contre nous. Contre moi, ajouta-t-elle en s'essuyant discrètement les yeux.

Zed plissa le front. Son esprit bourdonnait comme une ruche. Fel ne s'y était pas trompée. C'était bien elle que la Liche avait prise pour cible, et elle avait su exactement où la trouver.

– Et toi ? reprit-elle. Tu veux parler de ton père… ou de Callum ?

– Tu sais quoi ? Je crois que tu as raison. On va laisser cette discussion pour plus tard.

Cette fois, le rire de Fel sonna un peu plus assuré.

– Laisse-moi juste te dire une chose..., annonça-t-elle avant de se mordre nerveusement la lèvre. Callum peut se montrer... oh, quel est le mot en langage humain ? Méfiant ? Coincé ? Il ressent les choses avec une grande intensité, mais il refoule ses émotions. Avant je pensais que c'était à cause de sa fonction de Grand Éclaireur, mais j'ai changé d'avis. Je crois que quelque chose l'a blessé, il y a longtemps. Lui a fait plus de mal qu'il ne pouvait en supporter. Et depuis il essaie de fuir cette douleur.

Les yeux rivés devant lui, Zed fronça les sourcils. Les hautes herbes lui fouettaient les jambes sans pitié.

– Il s'est porté volontaire pour diriger votre expédition d'apprentissage, continua Fel. Et je vais te révéler un petit secret à propos de Callum : il n'est pas du tout du genre à s'occuper d'enfants. Mais il veille sur toi, à sa manière. Toi et moi savons ce que c'est que de perdre des membres de sa famille, Zed. Que de désirer les revoir encore une fois, pour les serrer dans nos bras... pour leur pardonner. Si une telle occasion se présente, ne la laisse pas passer.

Zed s'en fit la promesse.

Au bout d'un moment, Fel leva une main et poussa un sifflement aigu entre ses dents. Zed et les autres s'accroupirent instantanément dans les roseaux. Fel pointa le doigt vers quelque chose dans le lointain.

Les paupières plissées, Zed parvint tout juste à discerner une douzaine de silhouettes. Il ne les distinguait pas avec netteté, mais leurs mouvements ne laissaient aucun doute quant à leur nature. Elles avançaient en se balançant et en titubant – de cette étrange démarche chancelante que Zed avait remarquée chez les morts-vivants qui avaient attaqué le camp.

Osant à peine respirer, les apprentis attendirent que les silhouettes aient traversé la steppe. Et ils attendirent encore longtemps après qu'elles eurent disparu dans le lointain.

Fel se releva alors et donna le signal du départ. Les six compagnons la suivirent sans un mot.

Ils finirent par arriver au pied des montagnes. L'herbe y était plus clairsemée. Zed eut encore davantage conscience de sa petitesse, au point que, en regardant vers le haut, il fut pris de vertige. Fel conduisit ses camarades vers une brèche dans la montagne, où poussait un arbre rabougri, telle une sentinelle solitaire.

– Voici l'un des chemins détournés pour accéder à Llethanyl, expliqua Fel, une fois que tous se furent rassemblés autour de l'arbre. Jusqu'à présent, nous avons eu de la chance, mais, dès que nous pénétrerons dans la ville, ça grouillera de morts-vivants.

Micah fouilla les alentours du regard.

– Tu attends peut-être que je fasse une remarque ironique, dit-il. Ensuite, tu n'auras plus qu'à tirer sur la branche magique qui fera s'ouvrir la montagne, c'est ça ? Mais ne compte pas sur moi. Je ne tomberai pas dans le panneau.

Fel eut en effet l'air quelque peu déçue.

– Llethanyl se situe dans une vallée de l'autre côté de la montagne. Il existe plusieurs passages pour entrer et sortir. Nos mages y ont effectué une distorsion de l'espace pour permettre à des gens de s'y faufiler. Cette entrée-là est l'une des moins connues. La piste de Callum mène ici.

– Je n'ai remarqué aucune trace, releva Brock.

Fel sourit.

– Non, bien sûr. Il les a laissées pour moi.

Elle s'approcha de l'arbre et posa sa paume sur l'écorce.

– *Lleth anyl*, murmura-t-elle.

– *Lleth elan*, répondit une voix d'elfe.

Zed perçut une forte odeur de magie, et les rochers derrière eux commencèrent à se métamorphoser. Le flanc de la montagne se distordit, révélant de nouvelles formes cachées dans le relief. Une imposante arche de pierre se dressait maintenant au-dessus des apprentis, là où un instant auparavant il n'y avait que des rochers gris escarpés. Fel contempla avec admiration le portail majestueux, décoré d'un arbre et d'une couronne d'oiseaux, qui s'élevait jusqu'à dix pieds au-dessus du sol.

– Il est passé par ici, affirma-t-elle. Il n'y a pas longtemps. Espérons que nous ne tomberons pas dans une embuscade.

Elle poussa le battant, et la porte tourna sur ses gonds avec un bruit solennel. Fel disparut à l'intérieur.

Zed lança un coup d'œil aux autres, qui tous avaient encore le nez en l'air. Il emboîta le pas à Fel et s'enfonça dans l'obscurité.

*

À peine Zed s'était-il engagé dans le tunnel que les ténèbres l'enveloppèrent de toutes parts. Il se retourna et se rendit compte que l'entrée avait disparu, le laissant totalement plongé dans une noirceur d'encre. Une folle panique le saisit à la gorge.

– Fel ? appela-t-il.

– Je suis là ! résonna la voix de l'elfe de la nuit à quelque distance devant lui. Ça fait partie de l'ensorcellement. Continue d'avancer.

– Où êtes-vous ? cria Jett, non loin de là. À vous entendre, j'ai l'impression que vous êtes juste à côté de moi.

– C'est exact, répondit Fel. Nous sommes ici tous ensemble, mais le sortilège donne à chacun de nous l'impression d'être seul. Vous n'avez qu'à suivre le son de ma voix.

Terrifié, Zed risqua un pas en avant. Marcher dans le noir absolu lui semblait anormal. Il agitait les bras en tous sens, s'attendant à se heurter à des murs – au moins, aux parois rocheuses de la montagne –, mais ses doigts ne rencontraient que du vide.

– Continuez, les encouragea Fel. Nous ne sommes plus très loin. Il ne faut surtout pas traîner en chemin. On risquerait de se perdre et, là, on serait bien embêtés.

Sur ce, elle se mit à fredonner un petit chant joyeux dans la langue des elfes. Même si Zed n'en comprenait pas un traître mot, le seul fait d'entendre sa voix le rassura.

Il poursuivit donc sa route, bien que chaque cellule de son corps lui criât de ne pas bouger. Un pas après l'autre, il avança vaille que vaille dans l'obscurité.

– Je trouve ça fascinant, comme magie, remarqua Jayna. Je n'ai jamais rien vu de pareil.

– Il s'agit d'un sortilège très ancien, précisa Fel. Comme pour les barrières de Pierrefranche, nos mages l'alimentent régulièrement en mana. Mais ce n'est là qu'une des protections magiques utilisées par mon peuple.

– Il fait trop noir, se plaignit Micah. Je n'arrive pas à percer l'obscurité.

– Micah ! aboya Liza. Arrête de gaspiller ton anima !

– Désolé, *m'man*.

– Nous y sommes, de toute façon, annonça Fel. Plus que quelques pas.

Il n'en fallut même pas autant à Zed. Une seconde plus tard, le rideau de ténèbres se levait. L'espace d'un instant, la lumière fut aveuglante. Zed cligna des paupières. Puis des formes floues se matérialisèrent. Fel se tenait devant lui, radieuse. Un peu plus loin, Zed remarqua d'autres silhouettes rassemblées auprès d'un affleurement rocheux.

Frond l'aperçut la première. Elle hocha la tête, l'allure encore plus déguenillée que la dernière fois qu'il l'avait vue. Des taches sombres avaient séché sur sa tunique de cuir. Hexam s'affairait à mettre un pansement à Lotte, qui, grimaçante, tenait son bras en l'air avec précaution.

Derrière eux, les elfes – la reine Me'Shala, Selby, Threya et Callum – semblaient engagés dans une discussion très animée.

Une large vallée couverte d'arbres s'étirait à perte de vue, mais au-dessus de Zed s'offrait le paysage le plus époustouflant qu'il eût jamais contemplé. Llethanyl était une cité de verre. Ses tours étincelaient sous le ciel gris comme autant de cristaux multicolores. Des auvents de soie voletaient doucement dans la brise, et un énorme chêne s'élevait au centre de la ville, telle une main géante tendue vers le ciel. L'arbre était dénudé à cause de l'hiver, mais des centaines de lampions, en forme d'oiseaux, se balançaient parmi ses branches.

Malgré toute sa beauté, cependant, Llethanyl ne montrait aucun signe de vie. Les lanternes étaient éteintes et la cité restait profondément silencieuse – à l'exception du vent qui hurlait dans la vallée. Rien ne bougeait. De belles ruines, en somme : pâles, charmantes et complètement mortes.

Callum jeta distraitement un regard dans la direction des apprentis, se retourna vers la reine, puis fit de nouveau volte-face. Ses yeux phosphorescents reflétaient un soulagement immense. Il s'écarta du petit groupe avec lequel il discutait et, en quelques enjambées bondissantes, rejoignit Zed, qu'il enlaça dans une accolade toute paternelle.

– Tu es sain et sauf, l'entendit murmurer Zed contre son épaule. Merci, merci, merci !

– Callum, intervint Fel, nous avons tellement de choses à vous raconter ! Il y a une cité de...

– Un moment, la coupa le Grand Éclaireur. Je veux, bien sûr, entendre tout ce que vous avez à me dire, mais la situation, ici, est compliquée.

Les yeux humides d'émotion, il relâcha son étreinte.

Frond s'approcha et posa sa main crasseuse sur l'épaule de Zed. Il s'efforça de ne pas imaginer d'où venaient les taches.

– Vous êtes tous sains et saufs ? s'enquit-elle. Tous les apprentis ?

Zed opina de la tête.

– Oui, tous, confirma-t-il.

Il se retourna.

Derrière lui, ses compagnons, serrés les uns contre les autres, contemplaient, bouche bée, la cité qui s'élevait au-dessus d'eux. Liza, Micah, Jayna, Jett et...

– Brock, gémit Zed. Où est Brock ?

Brock Dunderfel avait disparu.

Chapitre dix-huit

Brock

L'obscurité parlait à Brock avec la voix de son père.

Ce n'était pas quelque chose d'aussi spectaculaire qu'une âme-en-peine, mais dans ces ténèbres, en l'absence de toute lumière et de tout son, Brock sentit la peur croître dans sa poitrine comme une fleur de glace. La seule chose qu'il entendait était la petite voix dans sa tête, celle qui s'élevait chaque fois qu'il doutait de lui-même. Et, pour l'heure, cette voix ressemblait terriblement à celle de son père.

Au cours des nombreuses années durant lesquelles Brock s'était formé pour obtenir une place au sein de la guilde des Marchands, son père l'avait constamment surveillé afin de contrecarrer sa fâcheuse tendance à expédier son travail vite fait. Lorsque, l'été venu, les enfants de Pierrefranche s'ébattaient en toute liberté dans les rues de la ville, Brock était prêt à tout pour se débarrasser au plus vite des tâches qu'on lui avait assignées. Mais la précipitation engendrait des erreurs et, en plus d'une occasion, la hâte de Brock avait eu des effets calamiteux. Ces jours-là, il était donc obligé de rester à son petit bureau, à effectuer des calculs jusqu'à ce que le soleil sombre derrière les remparts et qu'on allume les lanternes dans la ville – et encore longtemps après. Et son père ne manquait jamais de lui dire : « J'espère que cela te servira de leçon, mon fils. Il n'y a pas de raccourci dans la vie. »

Rien d'étonnant donc à ce que, la seule fois où il avait tenté, grâce à la magie, de couper à travers une montagne, il se soit perdu.

Qu'aurait pensé son père de ses choix récents ? Se livrer à la contrebande d'herbes comestibles et de tripes de monstres pour le compte d'une trafiquante du marché noir et de son mage déchu était aux antipodes de l'idéal de stabilité et de sécurité qu'il lui avait toujours inculqué. Cela dit, c'était bel et bien le père de Brock qui l'avait mis dans ce pétrin, dans un effort évident pour s'attirer les bonnes grâces du seigneur Quilby.

Un effort évident et *couronné de succès*. On pouvait toujours compter sur messire Dunderfel pour obtenir exactement ce qu'il voulait, même si le monde entier s'écroulait autour de lui.

– Ohé ! cria Brock. Il y a quelqu'un ?

Le fredonnement de Fel s'était tu depuis un moment. Il était difficile d'évaluer combien de temps s'était écoulé. Il n'y avait aucun repère temporel dans cet endroit. On aurait dit que les ténèbres s'étaient engouffrées dans l'espace qu'avait occupé Fel. L'obscurité était partout. Il faisait plus noir que dans les bois la nuit. Plus noir que dans un cachot.

Brock mourait d'envie de faire demi-tour. Était-ce un effet du sortilège, ou de sa propre peur ? Dans les deux cas, il avait bien l'intention d'y résister. Il se mit en route, un pas après l'autre, sans avoir pour autant l'impression d'avancer. Il songea à se toucher le visage, histoire de vérifier s'il était toujours là, physiquement et non sous forme de quelque conscience désincarnée. Il décida finalement qu'il ne voulait pas vraiment le savoir.

Il fallait qu'il sorte de là.

Il tenta, par un effort de volonté, d'échapper à l'obscurité. Sans succès. Il essaya de se concentrer sur le mouvement de ses jambes, sauf qu'il ne sentait plus le sol sous ses pieds. Il n'aurait su dire s'il continuait à avancer, il avait oublié quel effet cela faisait de marcher. La terreur de Brock se mua en désespoir.

C'est alors qu'apparut une lueur : un rayon de pure blancheur dans tout ce noir. Et, auréolée de cette lumière, il y avait une fille armée d'une épée.

Elle prononça son nom, et sa voix résonna comme de la musique.

Sans se soucier de la lame, Brock se précipita vers elle, lui entoura la taille de ses bras. Il y eut un claquement sec, son ventre se tordit et, soudain, ses genoux heurtèrent le sol de pierre et la lumière l'aveugla.

En attendant que ses yeux s'habituent à la clarté éblouissante et que son vertige s'estompe, Brock demeura accroupi, cramponné à Liza comme si sa vie en dépendait.

– Combien de temps suis-je resté là-dedans ? l'interrogea-t-il.

Il frissonna, l'air froid lui donnait la chair de poule.

– Environ cinq secondes, répondit Liza avec dédain, tout en lui tapotant affectueusement la tête.

– Ça m'a semblé plus long, remarqua-t-il avant de se remettre sur ses pieds. Est-ce que tu... tu as percé l'obscurité ?

– J'ai percé un sortilège, répondit-elle, tout excitée. L'épée m'a, pour ainsi dire, entraînée. Je t'assure, j'avais l'impression qu'elle me guidait. C'était incroyable.

Elle se tut un instant pour regarder autour d'elle.

– Mais, là, ça ne va pas du tout.

Elle fit un tour sur elle-même tandis que Brock plissait les paupières pour scruter les alentours.

Il y avait de la pierre partout, mais ce n'était pas la pierre grise familière de Pierrefranche ni celle, fissurée et moussue, du Havre-du-Crépuscule. Celle-là était blanche, sillonnée de volutes argentées qui captaient la lumière des flambeaux. Chaque dalle était gravée de motifs élaborés. Les murs étaient jalonnés de renfoncements, juste assez hauts et profonds pour permettre à un adulte de s'y tenir debout. Mais ces alcôves étaient vides, et l'ensemble donnait l'impression d'une vague verticale de marbre, d'une succession de crêtes et de creux, tour à tour plongeant dans l'ombre et remontant vers la lumière.

– C'est magnifique, souffla Brock.

– Ça ne colle pas, objecta Liza. Il y a un instant, j'étais dehors, avec les autres. Je suis revenue te chercher... Je croyais qu'on aboutirait à l'endroit d'où j'étais partie, mais qui sait où ce sortilège a bien pu nous expédier.

Tremblant de froid, Brock tendit les mains vers une torche allumée, mais la flamme ne produisait aucune chaleur. Ce n'était pas normal.

– Ne le répète pas à Zed, mais je commence vraiment à détester la magie !

Tous deux tressaillirent lorsque sa voix se répercuta dans le vaste espace. Retenant leur souffle, ils attendirent que l'écho s'éteigne pour voir si quelque chose allait bouger. Mais l'endroit demeurait aussi silencieux qu'un tombeau.

Et, soudain, Brock sut exactement où ils se trouvaient.

– C'est le mausolée, non ? Là où reposent les morts de Llethanyl.

Liza pointa son épée vers le sol jonché de fragments de pierre blanche. Vu l'état immaculé des murs et du plafond, Brock avait supposé que ces débris par terre résultaient d'actes délibérés. Il les voyait maintenant d'un autre œil.

– Ces niches dans les murs – elles étaient scellées autrefois, dit Liza. Quelque chose a essayé d'y pénétrer de force.

– Ou s'en est échappé, ajouta Brock avec un frisson. C'est là que la Liche a trouvé son armée. Tous ces elfes morts, ils se sont... levés et ils sont partis.

– Ce qui signifie que nous pouvons sortir d'ici, nous aussi.

Liza agita son épée dans l'air, en quête d'un signe du sortilège qui les avait déposés là.

– J'espère toujours que Fel ou les autres vont apparaître à tout moment, mais nous devons quand même envisager d'avoir à nous débrouiller tout seuls.

Brock désigna un escalier non loin de là

– Je propose que nous montions.

Liza acquiesça d'un signe de tête et passa devant. Ils gravirent les marches jusqu'à une salle pratiquement identique. Les morceaux de pierre brisée sur le sol rendaient leur progression difficile. Brock en sentait les arêtes coupantes à travers la semelle de ses bottes ; ses chevilles vacillaient à chaque pas. Ils arrivèrent à un autre escalier et poursuivirent leur chemin.

Dans la salle suivante, ils crurent détecter un mouvement.

Là, une des cavités avait encore son couvercle : une dalle de pierre gravée de l'image d'un elfe.

– Tu entends ? chuchota Brock.

Pour toute réponse, Liza lui fit signe de se taire.

Soudain, le couvercle tressauta sous la poussée de quelque chose à l'intérieur. Brock s'écarta d'un bond, tendant par réflexe la main vers Liza. Mais le couvercle tint bon.

– Je crois que celui-ci est coincé, conclut Liza.

Brock se rendit alors compte qu'il lui avait agrippé le bras, ce qui compromettrait la capacité de la jeune fille à occire leurs ennemis à coups d'épée. Il la lâcha à contrecœur.

– Continuons, proposa-t-il.

Ils s'empressèrent de quitter la salle. Le couvercle de pierre continuait de bouger. Le cadavre dans cette sépulture devait être réveillé depuis des semaines, mais il n'avait toujours pas réussi à sortir de sa tombe.

Brock examina toutes les niches devant lesquelles ils passèrent dans les pièces suivantes. Salle après salle, des rangées de tombes vides se succédaient, et chacune représentait un soldat mort-vivant de l'armée de la Liche.

Cette armée ne se fatiguerait jamais. Elle n'avait pas besoin de se nourrir ni de s'abriter du froid. Et, étant donné la taille de cet endroit, les soldats devaient se compter par millions. Rien ne pourrait les arrêter.

– On n'a aucune chance de gagner, dit-il. On ne fait pas le poids.

– Nous ne sommes pas obligés de vaincre les troupes. Seulement la Liche.

– Ouais, c'est ça ! Déjà que ça paraissait pratiquement impossible quand on disposait d'une arme secrète, mais on sait maintenant que le feu de Zed ne marche pas contre les âmes-en-peine. Et s'il n'avait aucun effet contre la Liche non plus ? Suppose qu'on s'approche d'elle, que tout ce que réussit à faire Zed, c'est de lui brûler sa robe, et qu'on se retrouve obligés de se battre contre une Liche folle de rage parce que ses vêtements sont en feu ?

– Inutile de t'inquiéter, sourit Liza. J'ai un plan.

– S'il te plaît, ne me dis pas qu'il consiste à envoyer Micah flanquer à la Liche un de ses fameux coups de poing thérapeutiques !

Le sourire de Liza se crispa.

– Les plans les plus simples sont parfois les meilleurs.

– Et il est rare que les meilleurs reposent entièrement sur Micah.

Ils continuèrent leur chemin. Jusqu'à quelle profondeur les elfes avaient-ils creusé ? se demandait Brock. Les escaliers se succédaient sans fin.

– Qu'est-ce que ça sent ? demanda-t-il. Je connais cette odeur.

– C'est de la myrrhe. Ils s'en sont servis pendant la cérémonie funéraire pour le petit garçon.

– Ah, oui. Pour repousser le mal, selon Fel.

– Ça part d'un bon sentiment, mais il y a une raison plus terre à terre, expliqua Liza. Ça couvre l'odeur de... de la pourriture.

Brock eut une grimace de dégoût.

– Je trouve ça répugnant, dit-il. Et d'abord, pourquoi enterrer ses morts ? Ce n'est même pas hygiénique.

– C'est une tradition, répondit Liza. Tu n'en as pas parlé avec Fel ? De leur point de vue, c'est beaucoup plus naturel que d'incinérer les corps.

Brock secoua la tête.

– Ça me dépasse complètement.

– C'est justement de là que viennent nos problèmes, tu ne crois pas ? Autrefois, Pierrefranche attirait des gens de partout dans Terryn. Mais maintenant nous sommes *tous* de Pierrefranche. Les différentes coutumes ont disparu, et nous agissons tous comme s'il n'y avait qu'une seule façon de le faire. Celle de Pierrefranche. Je croyais que les gens seraient curieux d'apprendre de nouvelles choses auprès des elfes, de découvrir d'autres points de vue. Malheureusement, ça ne s'est pas passé ainsi.

– Il n'y a pas que Pierrefranche, souligna Brock. Llethanyl n'a visiblement pas su tourner la page sur une guerre terminée depuis des siècles. Et on ne peut pas dire non plus que les druides étaient très ouverts à de nouvelles idées.

– Tu es presque aussi partial à l'égard de Pierrefranche qu'à celui de Zed, remarqua Liza avec un petit sourire.

– Forcément ! Pierrefranche est... redoutable. Elle brave la fin du monde depuis deux cents ans sans ciller. Comment ne pas l'aimer ?

– Tu parles de Pierrefranche comme d'un être vivant. Comme si elle était féroce, courageuse ou ingénieuse. Mais les villes ne sont rien de tout cela. Ce sont les gens qui y habitent. Une cité n'est grande que par les personnes qui la peuplent. Et en ce qui concerne les elfes réfugiés... Pierrefranche n'a pas été à la hauteur, Brock. Les habitants aussi bien que le roi, nous avons tous failli.

Si Brock pouvait difficilement le contester, il choisit néanmoins de ne pas exprimer son approbation. Un silence s'installa entre eux.

Arrivés au haut de l'escalier, ils se frayèrent un chemin dans une salle déserte, parmi les pierres fracassées. Liza reprit :

– Écoute, je voulais te dire... Je sais que beaucoup de choses ont changé ces derniers temps, et à une vitesse ahurissante. L'un de ces changements est que Zed ne se repose plus autant sur toi. Mais nous comptons *tous* sur toi, Brock. Surtout... moi, conclut-elle après s'être raclé la gorge.

Brock gardait les yeux rivés au sol, comme s'il craignait de trébucher.

– D'accord, lâcha-t-il, conscient que sa réponse était totalement inappropriée.

Il sentait un tel flot d'émotions bouillonner dans son ventre et sa gorge, remonter jusqu'à ses yeux, qu'il n'osa pas en dire plus.

– Tu peux t'appuyer sur nous aussi, si tu veux, continua Liza. Tu n'es pas obligé de régler tous les problèmes toi-même... Enfin, bon, c'est tout ce que je voulais dire.

Brock hocha la tête.

À l'étage suivant, l'escalier débouchait sur une petite antichambre. La pierre y était moins richement décorée que dans les autres salles, et il n'y avait qu'une porte cintrée dont l'arche était gravée de caractères elfiques. Liza indiqua du doigt l'un des mots, qui leur était familier : *dro'shea*.

Au-delà du seuil s'étirait un long couloir aux murs tapissés de têtes de morts. Le plafond bas était de la même pierre blanche que le reste du mausolée, mais les parois n'étaient constituées que d'ossements – des crânes sans mâchoire entassés comme des briques, les orbites vides.

Brock voulut demander ce que cela signifiait. Tous les elfes de la nuit étaient-ils inhumés de cette façon ? S'agissait-il des restes de ceux qui étaient tombés à la guerre ou avaient été tués par les Dangers en dehors de la ville ? Était-ce ainsi que les habitants de Llethanyl punissaient les elfes de la nuit ?

Cette dernière et amère pensée s'attarda dans l'esprit de Brock. Si les elfes croyaient réellement à la résurrection, alors c'était là le châtiment le plus cruel qu'on pût imaginer.

Il aurait aimé demander son opinion à Liza, mais l'idée seule de prononcer un mot lui semblait irrespectueuse. À peine osait-il respirer devant ces milliers de regards vides.

Un éclat lumineux attira soudain son attention. Il tourna la tête et s'aperçut que l'un de ces regards n'était pas si vide que ça. Dans les orbites d'un crâne sur sa gauche, de petites flammes pourpres brûlaient doucement.

– Ça y était... tout à l'heure ? demanda-t-il.

– Par ici, appela le crâne d'une voix caverneuse.

Il n'avait pas de mâchoire, ne faisait aucun mouvement, mais Brock savait que c'était lui qui avait parlé.

À l'autre bout du couloir, tout près de Liza, les orbites d'un autre crâne s'allumèrent d'une lueur violette.

– Ils sont ici, annonça-t-il d'une voix faible et éraillée.

– Ici, appela un troisième crâne.

– Par ici, grinça un quatrième.

– Sauvons-nous ! hurla Liza.

Ils prirent leurs jambes à leur cou, poursuivis par les langues de feu pourpres jaillissant des crânes, qui s'animaient les uns après les autres sur leur passage. Brock sentait peser sur lui l'étrange lumière violette comme une multitude de regards malveillants. Si la voix de chaque crâne était faible, l'ensemble formait une épouvantable cacophonie qui devait s'entendre dans tout le monument funéraire.

Brock sur ses talons, Liza franchit au triple galop une série de portes au bout du couloir. Ils firent irruption dans une salle sombre et poussiéreuse, aux murs revêtus de fresques sculptées représentant des scènes de l'histoire elfique. À en juger par ce que Brock arrivait à distinguer, il s'agissait, pour la plupart, de batailles : des combattants se livraient une lutte sans merci sur des amoncellements de cadavres. Brock n'aurait su dire si c'étaient des humains ou des elfes, des *dro'shea* ou des *ain'shea*, seulement qu'ils se battaient et mouraient. Outre la porte donnant sur le couloir, la salle comptait trois issues.

– Par où on va ? demanda Brock.

Des bruits de pas précipités résonnaient derrière la porte de droite.

– À gauche ! décida Liza.

Ils suivirent un autre couloir à toute allure, grimpèrent encore un escalier. Après une semaine de marche en terrain plat, Brock avait les jambes en feu. Les montées l'épuisaient plus que jamais. Cependant, lorsqu'ils débouchèrent dans une petite salle sans issue, il aurait donné n'importe quoi pour un escalier supplémentaire.

– Il doit bien y avoir un moyen de sortir, insista-t-il.

Il promena ses mains sur les murs de pierre, essaya même de faire tourner une torche dans son applique. Mis à part deux rangées de bancs et un petit autel, la pièce était vide.

– Nous allons devoir faire front et nous battre, déclara Liza.

Et Brock aurait juré que l'épée verte brilla d'un éclat plus vif quand elle prononça ces paroles.

Une lueur pourpre s'engouffra par la porte derrière eux, annonçant l'arrivée d'une haute silhouette en armure. Celle-ci entra sans vaciller ni traîner les pieds. Elle avançait avec grâce et une détermination mortelle. De sa main droite, elle tenait une épée avec, en guise de pommeau, un globe de verre scintillant. Dans la gauche, il y avait un crâne aux orbites flamboyantes.

– Ils sont ici, siffla le crâne.

– Qui ? demanda la silhouette, le visage noyé dans l'ombre. Qui ose profaner ce lieu sacré ?

– Hum, fit Brock, en dégainant ses dagues, il me semble que cet endroit avait déjà été profané avant qu'on arrive.

– N'approchez pas, gronda Liza.

La silhouette émit un ricanement sinistre et fit un pas en avant.

– Ici, répéta le crâne.

À la lueur lugubre des orbites, Brock remarqua que l'armure de la créature, sale et cabossée, portait l'emblème familier de l'arbre couronné d'oiseaux.

– Une sœur d'épée ! souffla-t-il.

– Je l'étais, autrefois, dit la silhouette. Maintenant, je suis une revenante. Condamnée au regret. Maudite pour mon échec.

Elle avança encore d'un pas, et la clarté des torches révéla son menton anguleux, ses lèvres pulpeuses bleuies de froid.

– J'ai tué des sages et des éclaireurs. J'ai même assassiné un ministre. J'étais l'épée de ma reine, mais je ne me doutais pas qu'un autre guidait ma main.

Encore un pas, et la lumière la dévoila en entier. C'était une *ain'shea* aux pommettes saillantes. Brock vit de l'argent aux lobes de ses oreilles.

Elle avait dû être une elfe ravissante, mais à présent des asticots grouillaient dans ses orbites vides.

Brock et Liza eurent un mouvement de recul.

– Il m'a pris mes yeux pour que je ne le reconnaisse pas. Il m'a pris mes yeux et maintenant je ne vois que du rouge !

Avec une vivacité effarante, elle balança un grand coup d'épée en direction de Liza et Brock, qui n'eurent que le temps de l'esquiver en plongeant chacun de son côté. La lame heurta la pierre. La morte-vivante leva de nouveau son arme et effectua des mouvements de faux dans l'air, comme si elle les cherchait à tâtons – comme si elle essayait de deviner où ils étaient passés. Brock recula tant bien que mal, s'aplatit contre le mur. La revenante baissa son épée et éleva le crâne, qu'elle dirigea vers les quatre coins de la pièce.

Évidemment : elle n'avait pas d'yeux. Elle se servait du crâne pour voir.

Brock saisit avec précaution une de ses dagues par la lame, ajusta son tir et envoya l'arme voler dans les airs.

Il avait bien visé, mais la lame rebondit sur le crâne et alla s'écraser au sol avec fracas.

Ce qui ne manqua pas d'attirer l'attention de la revenante. Brandissant son épée, elle se rua vers Brock.

Liza se jeta en avant pour glisser sa lame sous celle de la créature. Le crâne vola en éclats dans une explosion de lumière pourpre.

La morte-vivante chancela en arrière, et Liza en profita pour se précipiter vers Brock. Elle lui fit signe de ne pas souffler mot. Ils avaient une chance d'échapper à leur ennemie désormais aveugle en s'éclipsant discrètement, mais, à l'évidence, Liza craignait qu'en ouvrant la bouche Brock fasse capoter son plan.

Je sais, articula-t-il en silence. *C'est moi qui en ai eu l'idée le premier !*

Incapable de déchiffrer ses protestations muettes, Liza haussa les épaules avec colère.

– Je n'ai pas besoin de vous voir, ricana la revenante.

La boule de verre au bout de son épée rougeoyait, des volutes tourbillonnaient à sa surface, comme des nuages d'orage dans un ciel d'été.

Un éclair jaillit de la sphère. La morte-vivante le propulsa vers l'endroit où Liza s'était tenue un instant plus tôt. Brock espéra qu'il ne rencontrerait que du vide et de la pierre, mais l'éclair changea de direction en plein vol, tel un oiseau de proie, et fonça droit sur Liza.

D'un revers d'épée, Liza envoya la flèche magique valser dans les airs.

La revenante décocha un nouvel éclair, puis un autre encore. Liza les abattit l'un après l'autre, aussi facilement que Calamité écrasait les mouches.

La troisième étincelle vint mourir contre sa lame sans lui causer le moindre dommage. Plus rien n'arrêtait Liza. Elle marcha sur leur adversaire.

– Sois maudite ! rugit la morte-vivante. Soyez tous maudits !

La sphère se mit soudain à flamboyer d'un éclat orange, et une chaleur torride envahit la pièce.

– Liza ! cria Brock.

Il se jeta sur la jeune fille, juste à temps pour l'écarter de la créature, qui projeta devant elle une onde de chaleur d'une puissance terrifiante.

Le vacarme de la détonation fut assourdissant, et sa force pulvérisa le mur derrière Brock. Les paupières fermées pour protéger ses yeux de la poussière, celui-ci recula, tout en faisant à Liza un rempart de son corps, certain que le plafond allait s'effondrer sur eux. Mais seul le silence s'abattit et, tandis que la poussière retombait, Brock risqua un œil autour de lui.

La revenante avait été catapultée en arrière par l'explosion. Hébétée ou inconsciente, en tout cas, elle ne bougeait plus.

– Regarde ça, se rengorgea Brock. Tu ne peux vraiment pas te passer de moi !

– Oh, je t'en prie, lâche-moi, rétorqua Liza. Tout de suite !

– Bon, d'accord, grommela-t-il en se relevant.

– Commençons par le commencement. Il faut mettre fin aux souffrances de cette pauvre femme.

Liza quêta du regard son accord. Après un instant d'hésitation, il opina gravement du chef et se détourna. Il entendit Liza récupérer son épée, le métal cliqueter sur le sol. Il sursauta lorsque la lame percuta de nouveau la pierre.

– Tu peux regarder maintenant, l'avertit Liza. C'est fini.

– Il faut être bien stupide pour le croire, répliqua la revenante de sa voix rauque.

Brock pivota sur ses talons et vit Liza frappée d'horreur.

La créature avait été proprement décapitée. Mais pas réduite au silence pour autant.

– Ma mission n'est pas encore terminée, déclara-t-elle. Pas tant que les enfants de Pierrefranche demeureront libres.

– Ça, c'est... super inquiétant, marmonna Brock.

– Les enfants ? demanda Liza. Vous en avez après nous, en particulier ?

– Je devais vous livrer à la Liche, mais, si ce n'est pas moi, d'autres le feront. Vous ne nous échapperez pas.

– C'est ce qu'on verra ! riposta Liza. Parce que je vous signale que nous n'avons pas l'intention de... Attendez une seconde ! Et si on se rendait ?

– Se rendre ? répétèrent en chœur Brock et la revenante.

– Vous avez raison, reprit Liza, avec un clin d'œil appuyé et parfaitement inutile à l'adresse de Brock. Nous n'avons aucune chance, nous luttons contre plus fort que nous. Disons que nous reconnaissons l'absurdité de notre démarche et souhaitons capituler devant la grande Liche en personne.

– Bien, acquiesça la tête de la morte-vivante. Dans ce cas, je vais vous conduire à elle en tant que prisonniers. Et vous connaîtrez la douleur, la souffrance et des choses encore pires, les martyres sans nom et sans nombre qui nous attendent au-delà de la porte grise de Mortis.

La tête de la revenante émit un ricanement sinistre avant de reprendre brusquement son sérieux.

– Bien entendu, je vous demanderai de me porter.

Chapitre dix-neuf

Zed

– Il va bientôt neiger, remarqua Frond. Nous n'avons plus le temps d'attendre.

Le regard soucieux, elle observait le ciel tandis que la reine et Selby effectuaient une série de gestes magiques compliqués dans l'alcôve par laquelle Liza avait disparu. Ils avaient beau tortiller les doigts dans tous les sens, ni Liza ni Brock ne revenaient des profondeurs du sortilège.

– Ils sont hors de ma portée, de toute façon, annonça la reine.

Elle fronça les sourcils, baissa les mains et essuya gracieusement une charmante perle de sueur sur son charmant visage.

– L'Ombre d'Elderon est incorporée à la ville. C'est peu probable, mais, s'ils ont réussi à se glisser entre les plis, ils ont très bien pu se retrouver n'importe où dans la vallée. Peut-être même en plein centre de Llethanyl.

Frond médita cette dernière remarque tout en serrant les lacets de son gant.

– Serait-il possible de s'en servir de la même façon ? Pour nous approcher de la Liche ? L'effet de surprise pourrait jouer en notre faveur et nous éviter de mettre la vie de Zed en danger.

Selby, qui s'acharnait toujours sur le sortilège, secoua la tête avant même qu'elle eût fini de parler.

– Pas à partir d'ici. L'Ombre possède des points précis d'entrée et de sortie. Si on ne les utilise pas, on risque de se retrouver coincés dans les cryptes.

À cette pensée, Zed fut secoué d'un frisson. Debout aux côtés de Fel et de Callum, il surveillait la reine d'un œil vigilant. La disparition de Brock les avait tous plongés dans une panique momentanée, mais, au fond de lui, Zed ne pouvait se défendre d'en tenir la reine pour responsable. Pour autant qu'il le sût, Me'Shala avait manigancé ce sortilège pour piéger ses amis. Si elle trahissait réellement les humains, sans doute voulait-elle en écarter le plus grand nombre possible de son chemin.

– La bonne nouvelle, continua Selby, c'est que, si les apprentis se sont simplement perdus dans l'Ombre, ils devraient être à l'abri pour le moment. Ça ne sera pas agréable, mais il n'y a rien dans le demi-plan qui puisse leur faire du mal.

– Un demi-plan ! hoqueta Jayna. C'est ça que nous avons traversé ?

– Oh là là, quelle chance ! s'exclama Micah avec un enthousiasme feint. Ça veut dire qu'on a droit à un autre cours de magie ?

– Les demi-plans sont des poches dimensionnelles séparées de notre..., commença Hexam.

Percevant enfin l'ironie contenue dans la remarque de Micah, il laissa sa phrase en suspens et se racla la gorge.

– Oui, bon. Quoi qu'il en soit, la création d'un demi-plan constitue une violation de plusieurs traités conclus entre nos cités.

Selby interrompit un instant ses opérations magiques pour balayer d'un geste le regard lourd de sous-entendus d'Hexam.

– L'Ombre a été élaborée bien avant ces accords. Quelle est cette charmante expression humaine que vous utilisez ? Elle en est « excusée ».

– Exclue, grommela Hexam.

– C'est plutôt discriminatoire, non ? ajouta allègrement le ministre.

– Ça suffit ! ordonna Frond en se pinçant la racine du nez. Cela ne change rien à notre plan. Hexam, Zed et moi pénétrerons dans la ville avec Callum et les éclaireurs. Pendant ce temps-là, les autres tâcheront de libérer Brock et Liza.

– Attendez ! s'écria Zed. Il y a autre chose. Micah...

– Il y a eu un changement de plan, le coupa Me'Shala. Mes ministres et moi prenons la tête des opérations. Frond, vous et votre équipe, vous attendez ici, à l'abri. Zed excepté, bien sûr.

La reine s'était exprimée avec désinvolture, comme s'il ne s'agissait que de rappeler à Frond une invitation à dîner de dernière minute, mais Threya et Selby échangèrent un regard entendu et modifièrent imperceptiblement leur posture. Soudain, ils s'étaient mis en alerte. Autour de Zed, les regards des éclaireurs se croisèrent avant de converger vers la reine. Leur expression résolue disait clairement qu'il se passait quelque chose. Quelque chose qu'ils attendaient depuis longtemps.

– Non, fit Frond, la mine de plus en plus sombre.

– J'ai bien peur de devoir insister. Il s'agit de *ma* ville. La libération de Llethanyl sera accomplie par des elfes.

– Zed est mon apprenti, Votre Majesté, protesta Frond. Sa sécurité est ma priorité. Vous m'avez confié le commandement, laissez-moi au moins...

– Alabasel, vous êtes un être humain exceptionnel, coupa la reine, et une excellente maîtresse de guilde. Mais je suis la souveraine d'un peuple ancien et fier. C'est lui ma priorité – pas vos petits durs d'Aventuriers. Je ne vous demande pas une grâce. À partir de maintenant, je prends le contrôle de cette mission. La situation est trop compliquée, elle dépasse votre entendement.

La reine était ni plus ni moins en train de chambouler leur plan. Épine porta furtivement la main à son épée.

D'un seul regard alentour, Frond prit la mesure de l'hostilité ambiante. Les Aventuriers étaient en infériorité numérique – deux contre un – et la moitié d'entre eux n'étaient encore que des apprentis. Ses épaules s'affaissèrent.

– Ne faites pas ça, Me'Shala. Pas à moi.

– Croyez-moi, répondit la reine. Ce n'est pas de gaieté de cœur. Mais nous voulons tous la même chose, Alabasel. Nous sommes toujours alliés dans cette quête.

– Mensonge !

L'accusation avait jailli de la bouche de Zed comme l'ambroisie déborde d'une cruche trop pleine. Il pointa un doigt réprobateur sur Me'Shala.

– Vous agissez contre nous depuis le début !

La reine plissa les yeux. Zed sentit dans son regard une puissance effroyable le viser. Une vague de picotements le submergea, les poils de ses bras se hérissèrent.

– Choisis bien les mots que tu vas prononcer, *demi-elfe*, conseilla-t-elle d'une voix traînante. De quoi m'accuses-tu exactement ?

– Vous… eh bien…, bredouilla Zed.

Son doigt retomba. Devait-il révéler ce que Callum lui avait confié ? Qu'arriverait-il au Grand Éclaireur s'il le faisait ?

– *Quelqu'un* a laissé un faux message au nom de Frond dans le refuge, commença-t-il avec précaution. Pour nous ordonner de faire demi-tour. Et, juste au moment où l'on découvrait la *véritable* lettre de Frond, le père décédé de Fel est apparu sous la forme d'une âme-en-peine et a essayé de la tuer !

Derrière la reine, Selby se renfrogna.

– L'elfe de la nuit ? Qu'est-ce que ça prouve ?

– Fel était la seule d'entre nous à connaître le chemin pour arriver à Llethanyl, poursuivit Zed. Si la Liche réussissait à se débarrasser d'elle, nous n'avions plus aucun moyen de vous rejoindre ici.

– Ridicule ! lança Threya. La mortelle ne faisait même pas partie de l'expédition au départ ! Comment la Liche aurait-elle su à qui s'en prendre ?

– Exactement, rétorqua Zed avec un claquement de doigts.

Il se sentait de plus en plus conforté dans sa conviction. Quelque chose clochait dans cette mission, et il entendait bien le découvrir. Il redressa les épaules et accrocha le regard furibond de la reine.

– Le seul moyen qu'elle avait de le savoir, c'était que *Lotte* le lui dise.

À l'autre extrémité de la clairière, Lotte blêmit.

– Moi ?

– Sans le faire exprès, bien sûr, s'empressa d'affirmer Zed en baissant la tête d'un air contrit. Lotte vous a dit en toute confiance qui elle avait emmené pour essayer de vous rattraper. J'ignore comment, mais l'un de *vous* a prévenu la Liche. C'est la seule explication qui tienne debout.

Me'Shala dévisagea Zed et Fel tour à tour. Elle garda le silence un long moment. Quand elle parla enfin, sa voix n'était plus qu'un horrible murmure :

– Est-ce la vérité, Felasege ? A-t-on essayé de t'éliminer ?

– Votre Majesté, intervint Threya, vous ne pouvez vous fier à la parole d'une mortelle...

– Oh, arrête ton numéro, Threya ! cracha Selby. Ta mesquinerie finira par nous faire tous tuer.

– Les elfes de la nuit ont *toujours* détesté Llethanyl ! riposta Threya sans s'émouvoir. Ce sont des adorateurs fanatiques de la mort qui...

– Suffit ! tonna la reine. J'attends ta réponse, elfe de la nuit.

Ses yeux brun roux rivés sur Fel flamboyaient.

La dernière fois que Fel avait dû faire face au regard scrutateur de la souveraine, elle s'était ratatinée. Mais, cette fois, elle carra les épaules et se campa sur ses jambes, le dos bien droit. L'intensité de son regard bleu cobalt n'avait rien à envier à celui de Me'Shala.

– Oui, c'est la vérité. La Liche a envoyé mon père sous la forme d'une âme-en-peine.

Elle se tourna pour jeter un coup d'œil furieux à Threya et ajouta :

– Au fait, mon père est mort pour cette ville. Il s'est battu pour Llethanyl. Insultez-moi encore une fois, juste une fois, et je vous montrerai quel genre de fanatique je peux devenir !

Threya la foudroya du regard, mais se garda de répondre. Pour le moment. La reine s'adressa de nouveau à Zed :

– Mais pourquoi, me soupçonnes-tu, *moi*, de trahir ma propre cité ?

– Parce que je lui en ai mis l'idée dans la tête, intervint Callum derrière Zed.

Zed sentit la main du Grand Éclaireur se poser sur son épaule.

– Vous ? s'étonna la reine, les yeux ronds de stupeur.

– Traître ! feula Threya, en sortant son énorme épée de son fourreau.

– J'ai dit à Zed que vous trompiez les Aventuriers. Que nous les bernions tous. Ce qui est la stricte vérité. Les membres de la Mer d'Étoiles sont nos seuls amis parmi les humains ! Ils ont tout risqué pour nous aider, et pourtant nous leur mentons et nous les trahissons !

– Les elfes n'ont nul besoin d'amis humains, déclara Threya. Ils ne sont pas nos égaux !

– À propos de quoi exactement nous avez-vous menti ? demanda Frond à Callum. Du plan réel de Me'Shala ?

Le Grand Éclaireur secoua la tête.

– À propos de tellement de choses. Il y a… des armes. Des instruments que nous avons gardés secrets, dont nous n'avons pas parlé à Pierrefranche. L'Ombre d'Elderon, entre autres. Comme vous l'avez constaté, on peut s'en servir pour contourner des barrières infranchissables. Mais l'Ombre n'est pas une structure fixe, comme un bâtiment. Elle peut être déplacée. Réorientée. Il suffit de disposer du focaliseur qui la contrôle. Et celui-ci est encore dissimulé dans le château ; seule la reine y a accès.

Les yeux de Frond jetaient des étincelles à mesure qu'elle entrevoyait les implications de ces révélations.

– Vous nous avez volontairement caché un instrument qui pourrait être utilisé pour envahir ma ville ?

Zed ne l'avait jamais vue dans une telle rage. Une colère noire bouillonnait dans ses yeux. D'instinct, il recula d'un pas.

– Envahir ? s'esclaffa la reine avec amertume. Votre roi détient mon peuple dans une prison en plein air ! Alors, ne venez pas me faire un sermon sur la confiance, Alabasel ! L'Ombre est une porte dérobée. Je pensais que, si j'arrivais à la retrouver ici, alors, même en cas d'échec aujourd'hui, mon peuple aurait peut-être une chance, le jour où vos chevaliers viendraient avec leurs épées. En tout cas, elle est bien cachée. La Liche ne peut pas accéder au focaliseur par ses propres moyens.

La reine hésita, baissa la tête.

– Mais il y a un problème plus urgent, murmura-t-elle dans un soupir résigné. Une arme dont la Liche risque de s'emparer. Quand il a pris la ville, Galvino a créé... une abomination. Il a ressuscité un vieux squelette, un trophée qu'on avait enfermé dans nos cryptes. C'est la forme ailée que nous avons vue à l'horizon. La « montagne » qui s'est envolée. Je savais que vous abandonneriez l'expédition si je vous racontais la vérité. Alors, je vous ai menti.

– Quelle abomination ? articula Frond avec une froideur délibérée.

– Je crois..., hasarda Hexam, les yeux dirigés vers le ciel. Je crois que je sais.

Des ombres se mirent à voleter au-dessus du sol – de petites taches de noirceur, comme des souris qui détalent. Zed leva les yeux vers les branches de l'arbre gigantesque qui surplombait la cité. De sombres silhouettes surgissaient des lanternes pour s'agglutiner en une masse frétillante.

– Ce sont... des chauves-souris ? demanda Jayna.

– Non, répondit la reine.

De cette nuée obscure, une silhouette commença à émerger dans le ciel gris. Une aile. Une griffe. Une queue fouettant l'air. Le nuage se solidifia, les formes individuelles se soudèrent pour former un grand tout. En quelques instants, un long museau apparut, puis deux yeux brillants d'une lueur pourpre.

La montagne était arrivée.

Zed n'avait jamais vu de dragon. Aucun être vivant à Pierrefranche n'en avait vu, même parmi les Aventuriers. Mais, malgré sa rareté, c'était l'un de ces Dangers que tout le monde dans la ville connaissait bien. Lézards géants ailés crachant du feu et doués d'une intelligence maléfique, les dragons figuraient dans d'innombrables récits de chevalerie, détruisant des villes entières et amassant de fabuleux trésors.

La créature qui, pour l'heure, grimpait dans les branches de l'arbre colossal était un dragon, Zed n'en avait aucun doute. Et pourtant ça n'en était pas un. Ses écailles visqueuses, aux bords déchiquetés, étaient d'un noir d'encre ; ses ailes laissaient, par instants, échapper de petites bouffées de fumée. Sa face décharnée présentait deux trous profonds dans lesquels luisaient des braises pourpres.

– Une *dracoliche*..., murmura Hexam, les yeux exorbités.

La créature avait dû l'entendre. Ou alors elle les observait depuis le début. Quoi qu'il en soit, son regard violet s'arrêta sur le petit groupe. Elle ouvrit sa gueule desséchée et poussa un rugissement. Zed le ressentit dans ses tripes autant qu'il l'entendit. C'était le hurlement d'une créature jadis fière et à présent déchue.

Dans le silence qui suivit, un grand tumulte s'éleva de la cité – des bruits de pas par centaines. Partout dans Llethanyl, des portes s'ouvraient avec fracas, et une foule monstrueuse se répandait dans les rues. Les morts marchaient en silence, sans gémir, crier ni respirer. Ils avançaient en titubant, envahissant peu à peu les larges avenues de la ville.

Zed prit alors conscience qu'il était impossible d'attaquer la Liche par surprise.

Les éclaireurs se hâtèrent de bander leurs arcs. Frond dégaina son épée, imitée par Épine quelques secondes plus tard.

– Hexam, demanda Frond à voix basse. Il nous faut un moyen d'accéder au palais.

– Alors, fais en sorte qu'on ne me dérange pas pendant un moment, s'il te plaît.

– Le *palais* ? s'exclama Lotte. Mais c'est trop tard ! La mission est un échec. Nous ferions mieux de battre en retraite !

– Ça me coûte de le reconnaître, intervint Micah, mais je suis d'accord avec elle.

– Oui, nous n'avons qu'à retraverser l'Ombre, approuva aussitôt Selby. Allons-y, par ici...

Il voulut pénétrer dans le renfoncement, mais se heurta à la solidité de la pierre. Là où il y avait eu une couche de magie, le mur avait repris un aspect normal de mur.

– Ah ! On dirait que l'entrée est... endommagée, remarqua Selby.

– Hexam ! appela Frond.

Tout autour d'eux, les morts-vivants affluaient en masse. Malgré le froid, Zed détectait des relents de pourriture.

– Ça va, je m'en occupe, répliqua le magicien d'un ton agacé.

Les yeux clos, Hexam s'appliquait à former avec ses doigts de curieuses figures. Des traînées de lumière suivaient ses mouvements, dessinant dans l'air un sigil circulaire plus complexe que tout ce que Zed avait vu au cours des leçons de magie dispensées par l'archiviste.

– Sans esprit et sans nom, psalmodia Hexam d'une voix bizarre. Gouffre sacré au-delà des dents. Paix qui attise la faim. Abominable barrière.

Ses yeux se rouvrirent brusquement. Ses iris brillaient d'une lueur bleue féroce, et Zed fut submergé par les puissants effluves de la magie.

– Arrière ! mugit Hexam, allant au-devant de la horde qui s'approchait.

Le sigil l'accompagnait, pivotant autour d'un axe invisible. Callum saisit les poignets de Zed et de Fel et emboîta le pas au magicien, suivi de tous les autres. Hexam leva les mains, écarta les doigts.

Le sigil se déploya.

Une énorme gueule bestiale, tout en dents et en langues de feu, fusa du sceau cabalistique à l'instant précis où la première vague ennemie l'atteignait. Des crocs flamboyants stoppèrent net l'avancée des attaquants morts-vivants, les anéantissant d'un seul coup. Puis la gueule grimaçante s'étira vers l'avant, le museau vorace se mua en un tunnel de flammes dont les parois se dilatèrent pour carboniser les morts-vivants qui se pressaient contre lui. En quelques instants à peine, un passage s'était formé et pénétrait dans la ville, calcinant au passage les Dangers malchanceux qui avaient eu la mauvaise idée d'en toucher la paroi extérieure.

– Allez-y… *maintenant* ! cria Hexam.

Et, avant que Zed ait eu le temps de comprendre ce qui lui arrivait, il fut aspiré dans les flammes.

L'intérieur du tunnel était étonnamment agréable pour une fournaise. Callum et Frond filaient en tête du groupe, Zed et Fel sur leurs talons. Calamité, perchée sur l'épaule de la jeune elfe de la nuit, surveillait d'un œil méfiant les parois brûlantes du tunnel. Zed était trop essoufflé pour jeter un regard par-dessus son épaule, mais il percevait des bruits de pas multiples derrière lui.

Vue à travers les flammes, Llethanyl semblait s'être embrasée. Zed ne voyait pas où ils allaient, il ne pouvait qu'espérer que la magie d'Hexam les envoyait dans la bonne direction.

Un grondement retentit à l'extérieur du passage, assourdi par le rugissement du feu. Une ombre s'abattit sur eux, si noire qu'on la distinguait même à travers le brasier. Soudain, une énorme serre noire transperça sans effort la barrière enflammée et souleva Zed de terre. Il atterrit brutalement sur le dos, et le monde vola en éclats de lumière clignotante.

Il s'était mis à neiger. Zed sentit les flocons lui picoter le visage avant de les voir. Dans le lointain, il entendit des hurlements de douleur et d'effroi, mais il avait trop de mal à respirer pour appeler.

L'ombre s'éleva dans les airs, et un coup de vent propulsa Zed encore plus loin. Il se força à rouler sur le côté et réussit vaille que vaille à se mettre à quatre pattes. Levant les yeux – sa vision commençait enfin à s'éclaircir –, il vit le tunnel noircir à l'endroit où les griffes de la dracoliche l'avaient percé, durcir pour former une croûte de cendre grisâtre. La cendre se répandit comme une traînée de poudre, étouffa les flammes au passage et fit s'effondrer le tunnel.

Mais le pire était encore à venir. Une armée d'elfes morts-vivants, accourant de toutes parts, se jetèrent sur les membres de l'expédition, alors que ceux-ci se remettaient à peine. Frond poussa un cri, se rua en avant et enfonça son épée dans la cage thoracique d'un squelette. Callum entreprit d'envoyer une volée de flèches sur la horde.

Zed chercha des yeux ses amis au milieu du chaos. Il trouva Jayna occupée à bombarder de fléchettes magiques une nuée de morts-vivants. Derrière elle, Jett et Micah se cramponnaient nerveusement à leurs armes.

La reine et ses ministres se battaient à coups d'épées et de sortilèges. Zed aperçut Épine affalée sur le sol, face contre terre. Son corps inerte était saupoudré de neige. Était-elle... ?

La sœur d'épée frémit. Un de ses bras bougea avec raideur. Elle se redressa, et Zed remarqua ses yeux grands ouverts, son regard vide. Elle se releva tant bien que mal, la tête inclinée sur le côté.

Puis elle brandit son épée et visa le dos de la reine.

Zed s'élança en titubant, et le monde explosa en une gerbe de brume autour de lui. Alors qu'il se hâtait de sortir du brouillard, son épaule percuta Épine de plein fouet. Ils tombèrent ensemble dans la neige.

Épine se ressaisit la première. En une seconde, elle fut sur Zed, lui griffant le visage, lui tirant les cheveux, lui enfonçant ses pouces dans les joues. Zed cria. Il tenta en vain de lui attraper les poignets, mais elle était trop forte pour lui. Les yeux de l'elfe étaient dénués de toute expression. De minuscules éclats violets étincelaient dans ses pupilles.

Zed entendit alors un terrible craquement, accompagné d'un éclair lumineux. Le poids qui lui écrasait le torse disparut. Haletant, il se redressa et vit l'elfe se convulser sur le sol à quelques pas de là. Un mince ruban de fumée s'élevait d'une brûlure sur sa poitrine.

Au-dessus de lui, Me'Shala, une main levée, contemplait en grimaçant le cadavre de celle qui avait été son garde du corps.

– Tous au palais ! rugit la voix de Frond par-dessus le tumulte.

La reine regarda Zed droit dans les yeux. Puis elle s'éloigna sans un mot.

Zed se remit debout et chercha Frond et les autres. La neige tourbillonnait dans l'air en épais rideaux blancs. Il ne voyait plus la reine ni ses compagnons de guilde. Il avança d'un pas hésitant, s'arrêta, se retourna.

De quel côté le palais se trouvait-il ?

Il pivota sur lui-même dans l'espoir d'apercevoir quelque chose de familier. La peur s'insinuait dans ses membres, les secouait de frissons.

– Ohé ? appela-t-il. Il y a quelqu'un ?

Pas de réponse.

Et puis...

Un horrible gémissement sortit de la tempête, à la fois aigu et rauque. Deux yeux luisants de méchanceté posèrent sur lui un regard de haine.

Un regard que Zed connaissait bien.

– Calamité ! s'exclama-t-il, soulagé.

Il voulut s'approcher de l'animal, qui recula en sifflant et crachant. La chatte le toisa avec méfiance. Sans doute le soupçonnait-elle de vouloir la caresser.

– Zed ! Par ici !

Il aperçut la petite silhouette de Fel, tout près, qui lui faisait de grands signes. Suivi de Calamité, il la rejoignit en toute hâte, espérant que la jeune elfe était encore capable de trouver son chemin au milieu de cette tempête.

Llethanyl avait disparu derrière un écran de neige. Des silhouettes floues erraient dans le blizzard, comme autant d'ombres menaçantes. Zed ne quittait pas Fel des yeux, tant l'idée de la perdre de vue, ne fût-ce qu'un instant, le terrifiait.

C'est la raison pour laquelle il ne remarqua pas le squelette en armure avant que celui-ci ne surgisse sans crier gare.

– Fel !

Calamité s'élança comme une flèche.

Mais tous deux avaient réagi trop tard. Fel poussa un hurlement lorsque le Danger lui empoigna le bras et la jeta violemment à terre. La créature brandit une javeline rouillée, la pointe tournée vers le bas, prête à frapper.

Une seconde silhouette émergea alors de la neige et plongea en avant. Threya planta ses redoutables épées dans le squelette, dont elle balança ensuite les deux moitiés dans une congère.

Le souffle court, la ministre contempla à ses pieds la jeune elfe dont elle venait de sauver la vie – avant de s'apercevoir que du sang avait commencé à s'écouler de son propre flanc, à l'endroit où la lance du mort-vivant était encore enfoncée.

– Oh, murmura-t-elle avec étonnement. Oh, non...

Elle chancela puis s'affaissa dans la neige.

– Non ! s'écria Fel en se relevant avec peine. S'il vous plaît, non ! Par pitié !

Elle arracha sa cape de ses épaules, en enveloppa la javeline pour étancher le sang. Calamité la rejoignit en trottinant, les yeux écarquillés de curiosité.

– Au secours ! appela Zed, les mains en porte-voix. Callum ! Micah ! Quelqu'un...

Aucune réponse ne leur parvint. La cité était retombée dans le silence.

– Ne faites pas de bruit, conseilla Threya. Ça ne ferait qu'attirer d'autres créatures.

– Mais pourquoi ? gémit Fel. Pourquoi m'avez-vous sauvée ? Je croyais que vous haïssiez les elfes de la nuit. Je croyais que vous me détestiez.

– Dis-moi, jeune mortelle..., commença la ministre, dont la poitrine se soulevait et s'abaissait au rythme de sa respiration crépitante. Me prends-tu vraiment pour un monstre ? Penses-tu que j'aurais laissé un enfant mourir sous mes yeux ?

Son regard s'embuait. Elle serra la main de Fel dans la sienne.

– Oui, siffla celle-ci. Oui, j'en étais sûre. En tant que ministre, vous vous en êtes souvent prise aux *dro'shea*. Vous n'avez pas loupé une occasion de nous en faire baver.

– Oh, subir la haine d'un être si jeune...

Threya ferma les yeux. Sa bouche se tordit en un rictus de douleur.

– Selby avait raison. Je n'attends pas que tu me pardonnes, mais tu dois...

Ses yeux se rouvrirent, mais son regard était désormais fixé vers un lointain invisible.

– Sauvez-vous ! grinça-t-elle.

– On ne vous abandonne pas ! décréta Fel. Tenez bon !

– Partez tout de suite ! Avant que je devienne... une arme de plus... à *son* service. Il faut arrêter la Liche... Je vous en supplie.

Zed se rappela avec quelle rapidité la sœur d'épée s'était retournée contre sa reine, une fois tombée. Il prit Fel par l'épaule et l'éloigna doucement de la ministre. Threya laissa retomber sa main sans résistance.

– Elle a raison, chuchota-t-il. Nous devons partir, avant qu'elle...

– Je sais, riposta Fel, en se dégageant d'un coup d'épaule.

Calamité miaula et frotta son museau contre la jambe de sa maîtresse. Fel la regarda, respira un grand coup.

– Je sais, répéta-t-elle sombrement. Excuse-moi, Zed. On y va.

Et ils déguerpirent sans demander leur reste.

*

Zed ne distinguait pas grand-chose à travers le blizzard, mais heureusement Fel semblait connaître le chemin. Côte à côte, ils progressaient péniblement, Calamité sur leurs talons. Autour d'eux, Llethanyl était plongé dans le silence. On n'entendait que le vent et le crissement de leurs bottes sur la neige. Ils avaient failli à deux reprises tomber nez à nez avec des bandes de morts-vivants, mais les rafales de neige les avaient dérobés à la vue de leurs poursuivants.

Toutefois, plus ils approchaient du palais, plus les Dangers se faisaient rares. À croire que les morts-vivants préféraient l'éviter. Zed n'était pas certain de vouloir en connaître la raison. En levant la tête, il arrivait tout juste à discerner les tours de formes et de couleurs variées qui s'élevaient dans les nuages. C'était un spectacle terrible et merveilleux.

Bientôt, une colonne surgit de la pénombre, aussi massive qu'un pâté de maisons. Zed mit un moment à comprendre qu'il ne s'agissait pas d'une tour comme les autres, mais de la base de l'arbre gigantesque qu'il avait aperçu depuis la périphérie de la ville.

– Le palais est construit entre les racines, expliqua Fel en voyant son regard étonné.

Zed hocha la tête, la mine soucieuse.

– Tu crois que les autres ont réussi à se tirer d'affaire ?

– Je ne sais pas. Je l'espère.

– Nous avons besoin de Micah. Il pourrait bien être la seule solution pour mettre fin à tout ça.

Zed se maudit intérieurement de ne pas l'avoir dit à Frond quand il en avait eu l'occasion.

– Frond a ordonné à tout le monde de se rendre au palais, rappela Fel en désignant une forme devant eux. Voici l'entrée. C'est probablement par là qu'ils vont tous passer.

Plissant les paupières, Zed aperçut une arche blanche, dissimulée dans la neige. Un grand arbre couronné d'une auréole d'oiseaux en vol en décorait le fronton. Le portail était entrouvert. Zed fit un signe de tête, et ils avancèrent vers l'entrée.

Avant même qu'ils soient arrivés à mi-chemin, une ombre immense apparut sans un bruit, tel un voile de ténèbres tombant du ciel. Zed recula en trébuchant tandis que la dracoliche atterrissait lourdement devant le portail, faisant trembler le sol sous son poids. Zed eut le plus grand mal à ne pas culbuter sous l'effet du courant d'air créé par le puissant battement d'ailes de la créature.

Le monstre de taille gargantuesque posa le regard étincelant de ses yeux pourpres sur Zed et Fel.

– *Hasss osss stahvraaaah*, articula la dracoliche dans une langue que Zed n'avait jamais entendue.

Ça ne ressemblait à rien ou, en tout cas, pas à quelque chose qu'une bouche fût susceptible de prononcer. Ça tenait à la fois du grondement, du crépitement et du sifflement de serpent. Zed en ressentit les vibrations jusque dans sa poitrine.

– Arrière ! ordonna-t-il.

Il s'empara de son sceptre et projeta, en guise de sommation, un jet de flamme verte dans les airs.

– Ne t'approche pas !

– Hmmm. Je sens une odeur de démon.

Zed en resta sans voix. Que venait de dire ce monstre ?

– Mon maître m'a ordonné de tuer l'ensorceleur sans détruire complètement son corps, continua l'énorme bête.

La dracoliche émit un bruit de crécelle sorti du fond de sa gorge puis ouvrit grand la gueule. L'intérieur offrait une vision cauchemardesque.

– Il souhaite l'incorporer dans son armée, reprit la créature. À mon avis, ce ne sera pas facile.

La dracoliche avança en ondulant, avec une rapidité effarante pour une créature de cette taille. Elle rappelait à Zed les lézards qu'on voyait détaler sur les pavés de Pierrefranche en été. Elle baissa la tête pour examiner les enfants de plus près. Sa gueule, aussi large qu'une maison de la Basse-Ville, exhalait des relents de putréfaction.

Les yeux flamboyants du dragon passèrent de Zed à Fel.

– Tous les autres, j'ai le droit de les dévorer, gronda-t-il. Sauf que je n'ai plus très faim. La mort a ralenti mes mouvements... embrouillé mon esprit. De mon vivant, j'étais redoutable.

– Laisse-nous passer et nous te libérerons ! proposa Zed en venant se planter devant Fel.

Lentement, avec précaution, il puisa dans ses réserves un peu de mana, qu'il déversa dans le sceptre.

– Nous sommes ici pour arrêter la Liche.

– Je sais ce que vous êtes venus faire, tonna le dragon. Et elle aussi. Vous vous êtes lancés dans une traque insensée. Vous ne comprenez rien à votre gibier.

La dracoliche se redressa de toute sa hauteur ; son museau s'éleva de plusieurs étages. Elle s'ébroua, et une gerbe de feu orange fusa de ses naseaux.

– Mais il n'est plus temps de discuter. Les flammes vous épargneront peut-être en partie.

Le monstre ouvrit sa gueule si grand que Zed entrevit des étincelles dans le fond de sa gorge.

Il leva son sceptre et lança tout ce qu'il put dans le gosier du dragon.

L'explosion fut sans commune mesure avec tout ce à quoi Zed avait déjà assisté, plus violente et plus terrible même que celle qui avait détruit Mère Brenner. Il y eut un bruit de succion pareil à une profonde inspiration, puis le silence retomba. Zed et Fel avaient été soulevés et projetés dans les airs.

Lorsque Zed revint à lui, il était affalé dans la neige, les vêtements encore fumants. À côté de lui, Fel marmonnait quelque chose, mais un sifflement aigu dans ses oreilles l'empêchait de comprendre ce qu'elle disait.

Le feu…

Il suivit des yeux l'index de Fel pointé en l'air.

Il brûle, Zed.

La dracoliche était en feu. Squelette noir aux contours soulignés de flammes émeraude, elle les observait depuis le centre d'un cercle de neige fondue. Et, au milieu de tout ce vert, deux lueurs pourpres brillaient avec éclat dans ses orbites.

Les langues de feu avaient goulûment dévoré la peau du dragon. Les écailles noires et visqueuses qui la recouvraient fondirent et commencèrent à dégouliner en grosses gouttes gluantes, réduites en cendres avant même d'avoir atteint le sol. Bientôt, les flammes vacillèrent, étouffées par le froid.

Le squelette fixait toujours Zed avec calme.

– Intéressant..., roucoula la dracoliche. Mais pas suffisant, je le crains.

Elle poussa un rugissement qui fit dégringoler la neige du sommet des tours environnantes, soulevant un nuage de blancheur autour de Zed et Fel.

Le dragon déploya ses ailes squelettiques – si longues que leurs extrémités disparurent dans le brouillard – et leva une énorme patte griffue.

Peu à peu, la neige retomba et, dans la brume, Zed vit des silhouettes remplir les rues de Llethanyl. Une armée de morts-vivants venait leur interdire toute issue. Ils étaient encerclés. Vaincus.

– *Seebul*, fit une voix.

Zed se retourna pour chercher d'où elle venait.

– *Grishta*.

Ces mots-là, il les connaissait. Il les avait entendus, il n'y avait pas si longtemps.

Les silhouettes alentour se mirent à émettre des ondes de lumière qui remplirent la place d'un éclat ambré. Elles chatoyaient joliment sur la neige, transformant chaque flocon en une goutte scintillante.

Et, soudain, la neige resta en suspension dans l'air.

Zed en eut le souffle coupé. Il tendit la main pour toucher un flocon, qui fondit à son contact. Puis ce fut toute la neige qui se transforma en pluie tiède et s'abattit comme un orage d'été. En quelques instants, le ciel devint clair et limpide.

Et Zed se retrouva entouré d'elfes. Des elfes bien vivants. Des druides avaient envahi la place, vêtus de leurs robes indigo. Tous arboraient un masque d'un blanc immaculé. À leur tête, le Druide Supérieur tenait à la main un bâton en bois ouvragé surmonté de champignons bleus, dont il se servit pour taper sur le sol de pierre. Un flot de lumière jaillit à ses pieds et se répandit alentour. Dans son sillage, des éclats de verdure sortirent de terre.

Derrière le dragon squelettique, l'arbre géant se mit, lui aussi, à resplendir. Des fleurs roses apparurent sur ses branches, embaumant l'air d'un doux parfum. L'écorce ruisselait d'une clarté si vive que Zed dut détourner les yeux.

– Cette lumière..., fit le dragon d'une voix pleine de convoitise.

Les branches du grand arbre firent entendre des grincements stridents et, soudain, dans un craquement effroyable, l'une d'elles s'étira pour empoigner l'aile de la dracoliche. Le dragon mugit. Au contact de l'écorce incandescente, le squelette commença à grésiller et à fumer. La créature tenta de se dérober, de griffer le tronc de l'arbre, mais, partout où ses pattes touchaient l'écorce, des lianes surgissaient pour la saisir et de la mousse engloutissait ses griffes.

Une druidesse s'approcha de Zed et de Fel pour les aider à se remettre debout.

– *Cresca dilane*, dit-elle, d'une voix assourdie par son masque en désignant le portail cintré.

Zed reconnut la voix de Lanaya, la jeune elfe avec qui il avait discuté au Havre-du-Crépuscule. S'il ne comprit pas ce qu'elle venait de dire, il en saisit le sens général.

– Vite, Fel, on y va, appela-t-il. Je crois qu'ils vont retenir la dracoliche pour nous permettre de passer.

Fel hocha la tête, regarda les elfes assemblés.

– Ils sont venus...

Un sourire radieux illumina son visage.

– Ils sont vraiment venus !

Elle se tourna vers la jeune druidesse.

– *Savasche* ! s'exclama-t-elle avec une conviction sincère. *Savasche, savasche, savasche !*

Lanaya éclata de rire et prit la main de Fel dans la sienne.

– *Al de nos*, répondit-elle avec chaleur, avant de pointer un doigt vers le portail et de répéter d'un ton grave : *Cresca. Unlat comini.*

– Il est temps de partir, supposa Zed.

– Oui, approuva Fel. Il est temps d'aller délivrer ma ville.

Chapitre vingt

Brock

– Je suis vraiment désolé, reconnut Brock. Vraiment.

– Enfin, des excuses de la part de Brock Dunderfel ! ironisa Liza. Et elles sont adressées à la tête coupée d'une morte-vivante. Classique !

– Il n'y a rien de *classique* dans cette histoire, grogna Brock. J'espère bien que ce genre de chose ne va pas devenir notre quotidien.

Ils avaient déniché une lanterne à volets qui, une fois débarrassée de sa mèche et de son huile, était juste assez grande pour contenir la tête de la revenante. Pour l'heure, Liza la tenait en l'air par sa poignée ronde, comme elle aurait porté n'importe quelle autre lanterne.

Si la morte-vivante avait fait de son mieux pour les tuer, Brock ne s'en sentait pas moins coupable de trimballer sa tête de cette façon. Il avait l'impression de se moquer de la mort de quelqu'un, et ça le mettait mal à l'aise.

D'un autre côté, le fait que la revenante fût une telle peste apaisait quelque peu ses remords. La créature s'obstinait en effet à se réjouir tout haut du tragique destin qui les attendait, ce qui n'était pas exactement le meilleur moyen de se faire des amis.

Quelques longues minutes plus tôt, ils s'étaient engagés dans un tunnel souterrain, et la pierre immaculée des cryptes avait cédé la place à de la terre battue. Brock supposait qu'on avait eu recours à la magie pour construire ce passage, car les parois en étaient parfaitement aplanies et des racines végétales retenaient la terre comme dans un filet. Plus ils avançaient, plus les racines grossissaient. Bientôt, il y eut plus de bois que de terre dans les murs, et Brock se rendit compte qu'il s'agissait des racines de l'arbre géant au centre de Llethanyl.

– La Liche vous arrachera la langue ! vociférait la revenante. Oh, ce que j'aimerais voir ça ! Pouvoir enfin savourer le silence, oh oui !

– Je crois que notre nouvelle amie nous demande de la fermer, traduisit Liza.

– Comment se fait-il qu'elle soit encore capable de parler ? Elle n'a même plus de poumons !

Liza haussa les épaules.

– Un effet de la magie, peut-être ? Bon, d'accord, la Liche va nous dévorer la langue. À mon avis, ça veut dire que nous allons toujours dans la bonne direction.

À dire vrai, il n'y avait pas d'autre chemin.

– Tu sens ? demanda Liza.

– Quoi ?

Elle s'arrêta.

– Comment dire ? J'ai l'impression qu'il est arrivé quelque chose... Mon épée bourdonne.

Brock haussa un sourcil.

– Tu as reçu un coup sur la tête ?

– Oh, laisse tomber. Viens, on continue.

– En avant ! les encouragea la revenante. Allez à la rencontre de votre destin.

Le tunnel commença à descendre en pente douce, et la terre battue ne tarda pas à disparaître complètement, remplacée par du bois poli. Brock s'émerveilla de voir à quel point la transition s'était faite naturellement et en douceur. Puis le couloir se termina en cul-de-sac.

– Continuez, grinça la tête.

– Vous ne voyez peut-être rien à cause des asticots qui grouillent dans vos orbites, objecta Brock, mais je vous signale que c'est la fin. Nous voilà au point mort.

– Ce n'est jamais la fin, répliqua la revenante. Et il n'y a pas de mort.

– Brock, regarde !

Liza avait posé la lanterne contenant la tête pour examiner le mur.

– On dirait... on dirait une porte.

Elle tapota légèrement la paroi avec ses doigts. Ça sonnait creux. Mais, lorsqu'elle essaya de pousser, rien ne se passa.

– Si ce passage débouche sur l'intérieur du palais, ce doit être une porte dérobée, raisonna Brock. Ne la pousse pas, essaie plutôt de la faire glisser.

Liza pressa ses paumes sur le mur et le fit glisser. Le panneau coulissa sans bruit. Derrière, un rideau masquait l'ouverture, mais, visiblement, l'endroit était bien éclairé.

– On est arrivés, annonça Brock.

– Quelle impatience ! remarqua la tête. Vous avez donc tellement hâte de mourir ?

Brock lui tira la langue.

– Et vous ? demanda Liza. Vous aimeriez mourir ?

– Je ne peux pas mourir, glousse la tête. Mon nouveau seigneur ne le permet pas.

– Mais si c'était possible, insista Liza. Si vous aviez le choix.

La tête se figea – ce qui n'empêcha pas les asticots de continuer à gigoter. Elle afficha un air songeur, triste même.

– Je... ne... Il n'existe pas d'alternative. Il n'y a que la Liche.

– Brock, prévint Liza. Ne regarde pas !

Brock se plongea dans la contemplation du rideau. Il y eut un éclair vert, un bruit de métal transperçant du métal. Liza avait planté son épée en travers de la lanterne.

– Ça a marché, cette fois ? s'enquit Brock avant de se retourner et de voir l'expression peinée sur le visage de Liza. Hé, tu pleures ?

– Oui, admit-elle, sans la moindre honte pour les larmes qui sillonnaient ses joues maculées de crasse. Ce qu'a fait la Liche est épouvantable. Ignoble. Tu ne vois pas ? On n'a pas seulement affaire à un assassin ou à un conquérant. Ce monstre a... *faussé* l'ordre naturel des choses. Il s'est emparé de quelque chose de sacré et l'a traîné dans la boue.

Brock approuva d'un signe de tête muet. Il savait ce qu'elle voulait dire. Il comprenait la pitié qu'elle éprouvait à l'égard de la sœur d'épée et de tous ceux que la Liche avait frappés. Et, surtout, il comprenait sa fureur – la rage que trahissait la crispation de ses mâchoires, le plissement de ses paupières.

– Eh bien, il est grand temps que quelqu'un le traîne, *lui*, dans la boue. Qu'en dis-tu ?

Il sortit un mouchoir pas trop sale de sa sacoche et le lui tendit.

Liza sourit. Mais, au lieu de sécher ses larmes, elle essuya la lame de son épée.

– Tu peux compter sur moi, affirma-t-elle.

– Super !

Brock désigna d'un geste le rideau.

– Euh... les dames d'abord ?

– Les poltrons ensuite, fit-elle avec un clin d'œil. Allons-y !

*

L'intérieur du palais était une merveille. On aurait dit qu'il avait été taillé dans le cœur même de l'arbre, à ceci près que le bois des cloisons était lisse au toucher et luisait d'un doux éclat. Les tapis, tentures et petites tables basses ornées de sculptures en argent qui décoraient les couloirs donnaient à l'ensemble un aspect tout à fait normal. Brock en aurait presque oublié qu'il se trouvait dans une structure vivante.

Mais une fine couche de poussière recouvrait tout, rappelant que cette résidence grandiose avait été abandonnée par les vivants. C'était une maison hantée, qui, par moments, frissonnait, comme effrayée... ou déterminée à s'enfuir.

Ou peut-être Brock ne faisait-il que projeter ses propres sentiments.

Ils passèrent devant plusieurs salles désertes aux fenêtres voilées de ténèbres et arrivèrent bientôt dans un vestibule majestueux.

Brock constata avec ahurissement qu'il était plein de visages familiers.

Avachis près de l'entrée, Zed et Fel, dans leurs vêtements à la fois trempés et roussis, reprenaient avec peine leur respiration. Jett recouvrait d'un pansement une entaille sur le bras de Jayna, sous l'œil attentif de Micah, lui-même en piteux état. Mais au moins étaient-ils vivants. Tous.

– Je te dis que je peux la guérir, ronchonnait Micah.

Liza arriva à temps pour lancer sa fameuse réplique :

– Économise ton anima, Micah !

Au son de sa voix, les cinq compagnons se relevèrent d'un bond.

– Tu es saine et sauve ! s'exclama Jayna en traversant le vestibule pour serrer son amie dans ses bras.

– Brock, où étais-tu passé ? demanda Zed, qui s'avança d'un pas plus hésitant.

– Je sais que j'ai une fâcheuse tendance à disparaître, répondit Brock. Mais cette fois ce n'était pas ma faute.

– Où sont les autres ? s'enquit Liza. Frond ? Lotte ?

Zed se mordit la lèvre.

– Nous avons été séparés. Tout est arrivé tellement vite. Il y avait un dragon… une *dracoliche*…

Micah leva les yeux au ciel en secouant la tête.

– Et voilà, ça recommence ! railla-t-il. Zed et Fel contre la dra-colique !

Fel en eut un hoquet d'indignation.

– Ce n'était quand même pas rien ! se vexa Zed.

Brock lui tapota l'épaule, soulevant du même coup un nuage de cendre.

– Je veux tout savoir, affirma-t-il.

– Plus tard, intervint Jett. Le dragon est maîtrisé pour l'instant, mais…

Le palais trembla.

– Mais, il y a ça, continua le nain.

– On devrait attendre Frond, déclara Brock.

Tous le dévisagèrent avec une stupeur non dissimulée.

– Quoi ? fit-il. Je ne dis pas ça comme un compliment ni rien de ce genre. Ce n'est qu'une question de stratégie et de logique.

– Je ne sais pas combien de temps nous pouvons attendre, souligna Liza. Arrêter la Liche est le seul moyen de prendre le dessus, et je ne veux pas perdre l'avantage de l'effet de surprise.

– On croirait entendre une elfe, ma chère petite. Je crois que je vais te garder.

Au son de cette voix, une onde de nervosité parcourut le groupe des apprentis. Lorsque la reine Me'Shala émergea de l'ombre, même Fel ne la salua pas en portant les doigts à ses lèvres en signe de respect.

– Par où êtes-vous entrée ? voulut savoir Micah.

La reine esquissa un sourire. La fatigue rosissait ses joues, ce qui, de l'avis de Brock, la rendait encore plus belle.

– Je suis ici dans mon palais, répondit-elle. Pourquoi ne pourrais-je passer par la porte, tout simplement ?

Micah haussa ostensiblement les épaules, désireux de montrer qu'il ne s'était pas donné la peine d'y réfléchir. Quel que fût le charme exercé par la reine sur Brock, Micah y était apparemment insensible.

– Vous êtes seule, Votre Majesté ? demanda Fel. Votre sœur d'épée...

La reine secoua la tête. Un voile de tristesse assombrit un instant son visage, avant de s'envoler en un clin d'œil.

– Ils ont tout donné pour me permettre d'arriver jusqu'ici. Nous devons maintenant agir pour rendre hommage à leur sacrifice. Mais où est Frond ? Et Callum ?

– La dernière fois que je les ai vus, répondit Zed, ils étaient avec vous.

Brock fut surpris par la froideur glaciale perceptible dans la voix de son ami.

– Euh... ce qu'il veut dire, c'est que...

– Elle sait très bien ce que je veux dire, le coupa Zed avec brusquerie.

– C'est le chaos dehors, expliqua la reine, impassible. Et, tels que je les connais, ces deux-là se sont arrêtés pour secourir tous les chatons perdus qu'ils ont rencontrés en chemin. Je suis sûre qu'ils s'en sortiront très bien. Nous ne pouvons pas attendre. Galvino est *ici. Chez moi.*

Elle tendit les mains vers Zed, comme pour lui accorder sa bénédiction.

– Heureusement que nous t'avons fait venir, Zed. Mon arme secrète.

Brock voulut échanger un regard entendu avec Micah, mais le guérisseur était trop occupé à essayer de déloger une crotte de nez particulièrement difficile à atteindre.

*

Les yeux exorbités, Me'Shala laissa échapper un cri d'horreur en découvrant l'état de la salle du trône. Brock s'efforça d'imaginer l'endroit tel qu'il avait dû être autrefois : un haut plafond voûté reposant sur des arcades de bois vivant, des murs drapés de lierre tressé formant de complexes motifs géométriques. Sortant du plafond et du sol, des branches s'étendaient vers l'intérieur de la pièce ; peut-être avaient-elles jadis servi de supports à des ornements sophistiqués, des babioles magiques – ou même de perchoirs à des oiseaux vivants.

À présent, le bois était mort, le lierre, pourri, et les branches, tordues et cassées. Si elles avaient bel et bien soutenu des objets décoratifs, ceux-ci gisaient probablement en mille morceaux sur le sol. Sauf qu'on ne voyait pas le sol. La salle entière, si vaste fût-elle, était noyée dans une vapeur bleu lavande, qui montait jusqu'aux genoux de Brock et l'empêchait de voir ses propres pieds.

Au cœur de la brume se dressait un trône de bois en décomposition. Et sur ce trône était la Liche.

Elle se dressa de toute son impressionnante hauteur. La peau tendue de son visage était gris pâle, fine comme du papier. Ses yeux brillaient d'une lueur pourpre au-dessus de ses joues creuses. Cependant, ses vêtements conservaient une élégance raffinée, avec leurs broderies étincelantes assorties au diadème d'argent qu'elle portait sur ses cheveux blancs aplatis.

– Me'Shhhala, siffla-t-elle, en s'avançant d'un pas chancelant.

Brock avait beau se trouver à l'autre bout de la salle, il tressaillit. La Liche marqua un temps d'arrêt avant de faire un autre pas en avant. Elle se mouvait d'une démarche maladroite, par à-coups, le corps tout tordu, les bras tendus selon des angles bizarres, les mains ballantes.

Brock recula instinctivement. La reine, elle, resta fermement campée sur ses jambes.

– Je t'interdis de m'adresser la parole, traître, décréta-t-elle. Pas avant que tu aies ôté cette coiffure ridicule.

La Liche émit un grincement râpeux. Brock n'aurait su dire si elle riait ou haletait. Ses lèvres minces et crispées s'entrouvrirent sur des dents jaunes.

– Qu'es-tu devenu, Galvino ? demanda la reine d'une voix chargée de pitié plus que de mépris. Est-ce *là* le pouvoir que tu recherchais ? Les forces de Mortis t'ont détruit. Tu es perdu, conclut-elle en tendant une main. Reconnais ta défaite. Mets fin à cette horreur.

– Shhhhala, répéta Galvino, sans cesser d'avancer.

Brock commençait à s'inquiéter sérieusement.

– Je vois que mes ordres n'ont plus autant de poids qu'avant, reconnut la reine en baissant la tête. Je vais donc le demander gentiment. Zed, aurais-tu l'amabilité de mettre un terme à cela ?

Zed n'hésita qu'un bref instant avant d'aller se placer devant la reine et de lever son sceptre. Le joyau lança des éclairs verts.

Un torrent de flammes en jaillit, si brusque et si violent que Brock, même s'il s'y était attendu, sentit son cœur bondir de terreur dans sa poitrine. Tous, y compris la reine, battirent en retraite. Brock se protégea le visage contre la chaleur et l'étrange lumière verdâtre.

La Liche, toutefois, demeura de marbre. Comme par magie, les flammes se détournaient de son corps brisé. Même ses beaux atours étaient épargnés.

Le feu s'éteignit.

– Qu'est-ce que... ?! s'exclama la reine.

– Oh, non, gémit Zed de manière peu convaincante. J'étais pourtant sûr que ça marcherait.

Il lança un clin d'œil à Brock, tandis que Micah se mettait en position pour exécuter le *vrai* plan qu'ils avaient échafaudé. Il fallait juste que la Liche se rapproche encore un peu...

– Shhhala, gémit Galvino, faisant claquer ses lèvres déchirées. Au secours. Aide-moi.

– T'aider ? répéta la reine, abasourdie.

Brock détacha son regard de Micah pour scruter Galvino. Une expression de réelle douleur se peignait sur ses traits.

À cet instant précis, Micah s'élança en avant, la main droite rayonnante, et flanqua à la Liche un coup de poing en pleine figure. Une lumière dorée illumina le point d'impact, et la chair flasque et putride qui pendait encore aux mâchoires de Galvino explosa. La créature recula en titubant, mais Micah l'attrapa par sa robe et la frappa encore, encore et encore. Au quatrième coup de poing, il ne restait plus de la tête de la Liche qu'un nuage de cendre grise.

Micah laissa tomber les restes de leur ennemi dans la brume à ses pieds. Il souffla un grand coup, puis dressa en l'air son poing toujours luminescent et cria :

– Pas mal, hein ? Qu'est-ce que vous attendez pour applaudir l'arme archisecrète ?

Quelque chose frôla les mollets de Brock.

Au fond de la salle, la brume s'épaississait. Brock vit des visages, des silhouettes fantomatiques prendre forme et sortir du néant.

– Ça n'a pas marché, constata-t-il. Nous avons vaincu la Liche, alors pourquoi est-ce que ça n'a pas marché ?

Il jeta des regards éperdus vers ses compagnons, dont les visages reflétaient sa propre frayeur.

Derrière eux, Selby franchit la porte de la salle.

– Ah, parfait ! Tout le monde est là, se félicita-t-il. Me'Shala, vos ministres ont un compte à régler avec vous. Car, voyez-vous, il y a un os, comme ceux qui saillent du corps de la pauvre Threya, ajouta-t-il avec un geste de la main en direction du plafond.

Un sifflement attira l'attention de Brock vers le haut. Threya était là, tapie dans les branches mortes. La moitié gauche de son torse n'était qu'une contusion géante, un amas de chair pourpre sillonnée de pourriture noircie. Ses yeux violets rayonnaient de malveillance.

Selby rit de sa propre plaisanterie.

– Vous êtes du côté de la Liche ? s'insurgea Liza.

– Non, mon enfant, répondit Selby. Tu y es presque ! Mais pas tout à fait. Car, vois-tu, je *suis* la Liche !

Brock n'en croyait pas ses oreilles. Muet de saisissement, il tâchait de donner un sens aux paroles de Selby.

– Ce n'est pas possible, déclara enfin la reine, d'une voix tremblante d'émotion à peine contenue.

– Non seulement c'est possible, riposta Selby, mais c'était inévitable. Jadis, notre peuple parcourait les routes de l'éternité. Nous étions immortels. Selon les légendes, il nous fallait reconquérir le droit de vivre éternellement, mais vous avez toujours manqué d'imagination et de courage pour faire le nécessaire. Comment, dans ce cas, un elfe véritable pouvait-il attendre, les bras croisés ?

– Il ment, assura Jayna. Forcément. S'il était vraiment responsable de tout ça, le pouvoir l'aurait consumé. Transformé en...

Elle désigna l'endroit où reposaient enfin les restes de Galvino.

Selby hocha la tête avec tristesse.

– Il est vrai que le pouvoir s'accompagne de... sacrifices, et l'aide de Mortis n'est pas gratuite, j'en ai peur. Plus on puise dans ce plan, plus le corps souffre. Mais j'ai trouvé un moyen de contourner cet inconvénient. Je n'ai eu que très *peu* recours à la nécromancie, juste assez pour ramener *un* cadavre à la vie. Ce cadavre a ensuite servi de focaliseur, grâce auquel les forces de Mortis ont pénétré notre plan et levé une armée. Je suppose que c'est maintenant au tour de cette chère Threya, mais Galvino a bien rempli son rôle, vous ne trouvez pas ? Il a toujours été le meilleur d'entre nous – le plus visionnaire. C'est pour cela que je lui ai fait cet honneur. Je commandais l'homme qui commandait les légions. Tous les grands dirigeants devraient savoir déléguer. Bien sûr, il a fallu d'abord qu'il meure, mais ce n'est pas comme s'il vous avait trahie de son plein gré.

– Galvino était mort depuis le début, gronda Jett. Nous avions tous peur de la marionnette, alors que nous recevions le marionnettiste à notre table.

– On m'a déjà traité de noms bien pires, reconnut Selby. Toutefois, pour parler franchement, l'hospitalité de Pierrefranche laisse quand même à désirer. Nous avons tous souffert un peu.

– Tes souffrances n'ont même pas encore commencé, fulmina la reine. Et elles ne sont pas près de finir, crois-moi.

– Tu peux toujours prendre tes grands airs, Me'Shala. Après tout, il n'y a que ça de majestueux en toi. Enfin, ça et l'accès au trésor royal. Là, je n'ai pas pu trouver de solution…

La reine se raidit.

– Tu comprends ton erreur, maintenant, n'est-ce pas ? continua Selby en joignant le bout de ses doigts. Celle que tu as faite en revenant ici. Je ne demandais pas mieux que de te laisser fuir à Pierrefranche. Son tour viendra de tomber, elle aussi. Mais ses protections magiques sont plus efficaces que je le pensais. J'avais besoin d'un autre moyen pour y entrer. Alors, vas-y, Me'Shala, ouvre-moi la porte.

– L'Ombre d'Elderon ! s'exclama Jayna en se tournant vers ses amis. Le demi-plan ! Les elfes ont créé un passage permettant à une armée de franchir nos barrières de protection. C'est le demi-plan que nous avons traversé pour arriver ici !

– Son focaliseur est à l'abri dans le trésor, expliqua Me'Shala. Dans un lieu que seule une personne de mon sang peut atteindre. Selby a besoin de moi vivante.

Brock fronça les sourcils. Au mot « trésor », un souvenir venait de remonter spontanément à sa mémoire. Dame Gray avait exprimé le désir qu'il lui rapporte un des trésors cachés dans les coffres des elfes. Se doutait-elle que la reine amassait, non pas des richesses, mais des armes ?

– En effet, j'ai besoin que *toi*, tu restes en vie, convint Selby. Mais combien de ces enfants es-tu prête à regarder mourir avant de me donn... ?

Une flèche l'atteignit soudain en plein cœur. Sa phrase s'acheva dans une toux sanguinolente, et il baissa avec épouvante les yeux sur son torse.

Brock se retourna. Fel avait tiré une de ses flèches et en encochait déjà une autre.

Selby agrippa la hampe et tira dessus pour arracher la pointe de sa poitrine, sans se soucier du sang qui s'écoulait de la plaie.

– Bon, eh bien, j'imagine qu'il est temps de prendre les choses en main, décida-t-il.

Une brume violette tournoya au-dessus de la blessure ensanglantée, et Brock comprit que, d'une façon ou d'une autre, les forces maléfiques de Mortis le maintenaient en vie.

– Je ne t'ai jamais aimée, grommela Selby en considérant Me'Shala avec froideur. Les elfes se porteront bien mieux sans toi.

Une flamme violette s'alluma dans ses yeux, et la reine fut propulsée à travers la salle. Threya fondit sur elle.

– Quant à vous autres, continua Selby en reportant son attention sur les Aventuriers, je vous ai observés avec soin. Et j'ai préparé quelque chose de spécial pour chacun de vous. Le demi-elfe se pose beaucoup de questions à propos de son père, je me trompe ?

Oh, non ! s'affola Brock. *Pas ça…*

Il se retourna vers le fond de la salle, où les silhouettes spectrales s'agitaient dans le brouillard. L'une d'elles avait pris une forme déguenillée et flottait lentement dans leur direction.

Dans la direction de *Zed*.

Brock sentit une vague de désespoir menacer de l'engloutir. Peut-être était-ce la terrifiante aura de l'âme-en-peine qui prenait déjà possession de son ami à distance. Mais, en entendant les sanglots étouffés de Zed, il s'avisa qu'il n'y avait rien de surnaturel dans ce que celui-ci ressentait.

L'âme-en-peine était floue, elle ondoyait, telle une bannière en lambeaux dans le vent. Pourtant, Brock lui trouvait un petit air de ressemblance avec Callum. Mêmes mâchoires, mêmes oreilles décollées.

Mais elle avait aussi la tignasse en bataille de Zed, les mêmes épis rebelles.

– *Aurais-je un fils ?* demanda le revenant d'une voix fluette en cherchant à tâtons autour de lui. *Non, je n'ai pas de fils.*

Brock s'interposa entre son ami et l'âme-en-peine.

– Sauve-toi, Zed ! Cours !

Comme Zed ne paraissait pas l'avoir entendu, il le força à faire demi-tour et le poussa vers la porte.

– Ne laisse pas cette chose te toucher !

– Non, mais regardez-vous ! ricana Selby. Le nain avec son marteau, la magicienne avec son bouclier ! Vous feriez bien d'apprendre de nouvelles ruses, tous autant que vous êtes !

Dans un coin de la salle, Jett se trouvait aux prises avec plusieurs mains crochues sorties de la brume. Elles empoignèrent son marteau de leurs doigts fantomatiques et l'entraînèrent dans une lutte acharnée qu'il n'avait aucune chance de gagner.

Jayna, de son côté, s'était précipitée aux côtés de la reine, son bouclier levé pour repousser les assauts de Threya qui tentait de griffer la barrière translucide de ses doigts déchiquetés et ensanglantés. La reine ne bougeait plus, et Jayna toussait sans pouvoir s'arrêter. Son bouclier ne la protégeait pas du brouillard, et quelque chose dans ce brouillard avait un effet toxique sur elle...

Micah se rua sur Selby, mais, avant qu'il ait pu lui asséner un coup de poing, le ministre lui saisit le poignet d'une seule main.

– Ah, oui, railla-t-il. J'oubliais l'exaspérant guérisseur. Je dois admettre avoir été surpris de constater que les forces de Mortis étaient si vulnérables à cette drôle de lumière que tu diffuses.

Les genoux de Micah flanchèrent, mais Selby le retint d'une poigne de fer.

– Cependant, je ne suis pas encore tout à fait mort. Et il se trouve que j'ai justement un nouveau tour que j'aimerais tester.

Horrifié, Brock vit la cage thoracique perforée du ministre commencer à se ressouder tandis que des ecchymoses noirâtres s'élargissaient sur les bras de Micah. Le garçon se tordait de douleur, suffoquant, incapable de se dégager.

Brock fonça vers eux et entreprit de larder l'avant-bras de Selby de coups de poignard. Le ministre lâcha Micah mais se contenta de rire : ses nouvelles blessures se refermaient déjà.

Brock attrapa Micah par les bras et l'entraîna hors de portée de Selby. Hélas, le garçon était lourd. Liza surgit alors à leurs côtés, en même temps que Jett, privé de son marteau, et tous se serrèrent les uns contre les autres pour faire bloc. Pendant ce temps, Zed exécutait des sauts d'elfe à l'aveuglette à travers toute la salle pour échapper à l'âme-en-peine qui le pourchassait. Il devait commencer à manquer d'énergie. Quant à Fel, elle continuait à se battre seule contre Threya. Jayna et la reine gisaient, inconscientes, à ses pieds.

– Le monde est mort, clama Selby. Il a péri il y a deux cents ans. Nous avons tenté de le nier, parce que les elfes refusent depuis toujours d'accepter la mort. Mais la mort n'est pas la fin. Il est possible de la maîtriser.

Il se mit à psalmodier à voix basse des mots que Brock ne reconnut pas, mais dont la sonorité à elle seule suffit à l'emplir d'épouvante. Le ministre exécuta ensuite une série de gestes effrénés avec ses mains, soumettant ses doigts à des torsions anormales qui en faisaient craquer les jointures. La température dans la salle chuta brusquement. Brock en eut la chair de poule.

Un flux d'énergie pourpre fusa des mains de Selby et traversa la pièce en frémissant, non pas comme de la lumière ou du feu, mais comme du givre sur du verre. On aurait dit que, sur son passage, l'air gelait, se fissurait, *mourait*.

Le flot glacé allait les engloutir.

Brock se couvrit le visage. C'était la fin. Mais, à la dernière seconde, un écran lumineux d'un bleu éclatant jaillit brusquement et intercepta l'attaque.

Sidéré, Brock vit les deux énergies se percuter avec violence. Ce sortilège de protection, Brock le connaissait bien. C'était le fameux Bouclier du Magicien de Jayna. Sauf que, cette fois, il provenait d'une source inattendue.

La jambe artificielle de Jett étincelait de sigils azurés. Le nain la contempla avec ébahissement, tandis que la bulle impalpable éclatait en une pluie scintillante autour d'eux.

– C'était quoi, ça ? demanda Brock.

– Jayna... elle a dû ensorceler le mithril en y incorporant son sortilège, supposa Jett avec un grand sourire. Il n'y a pas à dire, elle est vraiment géniale !

De toute évidence, Selby avait beaucoup donné de lui-même dans cette attaque. Un instant hébété, il recula en vacillant. Ses doigts se remirent en place avec de sinistres craquements. Cependant, il ne resterait pas longtemps abattu.

Brock se tritura les méninges pour trouver une solution, une issue à laquelle Selby n'aurait pas pensé. Rien. Il n'y avait rien !

Brock n'aurait jamais dû se trouver là pour commencer. Frond avait eu de bonnes raisons de le laisser à Pierrefranche. Il n'était ni magicien ni guérisseur. Il ne possédait aucune épée légendaire. Il n'était pas un héros.

Brock était un mouchard. Un contrebandier et un voleur. Et tout ce qu'il lui restait dans sa sacoche inutile, c'était un tas inutile de... un tas de...

Il agrippa Liza par les épaules.

– Suis-moi. Nous devons faire vite... Hé, *Selby !* brailla-t-il.

Lorsque le ministre releva la tête, Brock fonça et, de toutes ses forces, lança sa sacoche, qui alla percuter le ventre de Selby.

– Embroche-le ! hurla Brock. À travers le sac !

Liza ne se le fit pas dire deux fois. Elle poussa un grand cri, planta son épée dans l'estomac du ministre et, emportée par son élan, le plaqua contre le mur.

L'épée brilla d'un éclat vert doré, donnant à Selby un aspect d'outremonde. Il ricana une fois encore lorsque la nouvelle blessure qu'on venait de lui infliger commença à guérir spontanément. Mais son rire ne tarda pas à s'éteindre.

– Quoi ? Qu'est-ce que c'est que ça ?

D'innombrables petits champignons vénéneux sortaient de la sacoche et se répandaient sur son abdomen en grossissant à vue d'œil.

– Brock, qu'est-ce que… ? demanda Liza, hésitante.

– Quand nous étions au Havre-du-Crépuscule, Lanaya nous a dit que les champignons étaient de super décomposeurs. Alors… j'en ai pris quelques spores.

Selby tentait désespérément d'agripper la main de Liza pour lui faire lâcher son épée.

– Tiens bon ! cria Brock.

Liza s'arc-bouta sur ses talons et serra les dents. Selby avait beau se débattre et se contorsionner en tous sens, elle le maintenait cloué au mur. Ses mouvements frénétiques ne faisaient qu'aggraver son état. Au fur et à mesure que la plaie sur son ventre s'élargissait, le Crépuscule la remplissait d'une nouvelle vie, animée par la magie druidique de l'étincelante épée de Liza.

Les champignons recouvrirent le torse de Selby, des vrilles de moisissure apparurent sur ses bras et son cou. Sa langue se boursoufla. Le temps que ses yeux et ses oreilles soient envahis de végétation, son ventre avait pourri complètement, et ce qu'il restait de l'elfe s'affaissa en fragments visqueux sur le sol.

Aussitôt, le brouillard commença à se dissiper. Brock vit le cadavre de Threya s'affaler par terre comme une poupée abandonnée, à côté du corps sans connaissance de la reine qu'elle avait été forcée, dans la mort, de trahir. Épuisée, Fel reprenait son souffle avec difficulté. Micah gémissait de douleur. Le cœur battant à tout rompre dans sa poitrine, Brock chercha des yeux son meilleur ami.

Zed se tenait étrangement immobile, une main tendue vers l'âme-en-peine de son père disparu qui se désintégrait sous ses yeux. Comme s'il avait voulu prendre le risque de toucher le fantôme. Mais, avant qu'il ait pu faire un geste, le revenant s'était envolé.

– Qu'est-ce qui vient de se passer, exactement ? demanda Liza, en secouant son épée pour la débarrasser de la pourriture qui y restait collée.

Brock tomba à genoux. Si la peur, l'horreur et le chagrin l'avaient quitté, aucune joie ne venait les remplacer. Il ne ressentait plus qu'une chose : une immense fatigue. Dans ses membres, dans ses os et dans son cœur.

– On ne le dirait pas, remarqua-t-il. Mais nous avons gagné !

Chapitre vingt-et-un

Zed

Durant les jours qui suivirent la défaite de Selby, Zed regarda l'hiver céder le pas au printemps. Non au vrai printemps, qui ne devait pas arriver avant encore plusieurs semaines, mais à quelque chose qui y ressemblait étrangement grâce aux druides.

Après la disparition du nécromancien, la draco-liche avait explosé en une brume pourpre qui s'était dissipée dans le vent. Les morts-vivants qui hantaient Llethanyl avaient été fauchés sur place, transformant la ville entière en une sorte de crypte.

La reine Me'Shala et les apprentis étaient sortis du palais clopin-clopant, fourbus et pratiquement brisés. Ils avaient été accueillis par une petite armée de druides venue les attendre sur la place. Frond, Hexam, Lotte et les éclaireurs rescapés avaient été rassemblés en cercle, sous la menace d'une douzaine de flèches pointées sur eux. Ils avaient l'air… déconcertés.

Autant que Me'Shala, d'ailleurs. Zed n'avait jamais vu la reine des elfes aussi désemparée, pas même lorsque ses trois ministres s'étaient retournés contre elle.

Les explications étaient arrivées ensuite, consciencieusement relayées par l'intermédiaire d'instruments magiques. Elles avaient duré des heures, et pendant tout ce temps Me'Shala avait observé les druides avec une stupeur non dissimulée. Au terme du récit relatant l'histoire du Havre-du-Crépuscule, la reine avait surpris tout le monde en éclatant en sanglots.

– *La fael*, dit-elle – recourant à l'expression elfique qui signifiait « merci ». *La fael*, Havre-du-Crépuscule. *La Fael*, Frond. *La fael*, apprentis *il* humains *il dro'shea*. Les druides sont de retour parmi les elfes !

Me'Shala mit un genou à terre, l'expression de sa gratitude résonna en trois langues différentes à travers la place. Elle s'inclina très bas, en signe d'humilité.

Finalement, les elfes aussi savaient s'incliner.

*

Une fois que les cadavres eurent été déblayés et transportés dans les cryptes par les éclaireurs, les membres de l'expédition restèrent quelques jours de plus à Llethanyl pour se reposer. Micah soigna leurs blessures, prenant garde de ne pas trop frimer quand

Liza se trouvait à proximité. Malgré leur parfaite maîtrise de l'anima, les druides étaient apparemment privés du pouvoir de guérison, lacune qui ne manquait pas de laisser les Aventuriers perplexes.

Pendant qu'ils se rétablissaient, la reine Me'Shala enrichit l'une des bannières de la cité en y cousant quelques symboles supplémentaires.

Callum et les éclaireurs ratissèrent la ville et finirent par découvrir, dans les salles anciennement occupées par Selby, une cache secrète, où le ministre avait conservé de vieux grimoires de nécromancie ainsi qu'un poignard en os luisant de fantomatiques éclats pourpres. Où Selby les avait dénichés, cela demeura un mystère. Les druides détruisirent le couteau, et les livres furent confisqués par Frond, pour le cas où il y aurait quelque chose d'utile à glaner dedans. Personne parmi les elfes ne protesta.

Zed profita de son temps libre pour explorer la cité et visiter les tours qui miroitaient au soleil. Un après-midi, Callum l'emmena à la maison de son enfance, une étrange et ravissante construction en forme de bulbe d'oignon, située à la lisière de la ville. Le Grand Éclaireur invita son neveu à entrer, mais se contenta d'attendre nerveusement sur le pas de la porte pendant que Zed faisait un tour à l'intérieur.

Zed laissa courir ses doigts sur des meubles pour le moins inhabituels. Les chaises et les commodes aux lignes sinueuses étaient en bois blanc, d'où jaillissaient des arabesques, pareilles à des branches ondoyantes. La lumière du jour entrait à flots par d'immenses fenêtres ornementales percées dans le plafond.

Cette maison semblait tout droit sortie d'un rêve – superbe, spacieuse et totalement mystérieuse. Zed tenta d'imaginer ce que ça devait être de vivre dans un tel endroit – d'y grandir –, mais cela paraissait vraiment trop bizarre.

Bizarre et *merveilleux*.

Callum le conduisit ensuite dans ce qui avait été la chambre de son père. Ils y restèrent à bavarder jusqu'au coucher du soleil.

*

La veille du départ pour Pierrefranche, Zed s'assit contre un arbre et termina sa lettre à Brock. Il mit tout par écrit, jusqu'au moindre détail.

Il décrivit la curieuse vision dans laquelle Makiva lui était apparue, et la conversation qu'il avait eue avec elle dans la forêt d'outremonde. Il évoqua ses rêves étranges à propos du renard qui l'observait et de la chaîne brûlante autour de son cou.

Et il avoua la vérité au sujet du feu vert. La magie qui pouvait lui valoir la peine capitale.

Il n'était pas certain d'avoir le courage d'expliquer tout cela de vive voix à son meilleur ami, mais il savait qu'il trouverait celui de lui remettre une lettre. Une fois que Brock l'aurait lue, ils décideraient de ce qu'il convenait de faire ensuite. Ensemble.

Sa confession achevée, Zed plia soigneusement la feuille de vélin en quatre et la rangea dans son livre de sorcellerie. Il se releva et s'étira, savourant la douceur surnaturelle de l'air.

Il décida que c'était le bon moment pour tester l'un des exercices décrits dans le grimoire. Au début, Zed s'était méfié du livre – après tout c'était un cadeau de Selby –, mais les elfes lui avaient assuré que son contenu n'avait rien de répréhensible.

Zed cala ses pieds sur le sol, prit une profonde et lente inspiration, comme indiqué dans le premier exercice. Il ferma les yeux, se retira en lui-même, jusqu'à la source de sa mana. D'habitude, il se contentait de puiser en surface, ne prenant que de petites gorgées de magie à la fois par souci d'économie. Or, le but de cet exercice-là était d'explorer. De découvrir l'étendue de ses réserves.

Après avoir inspiré une seconde fois, Zed se plongea dans la magie.

Il commença à éprouver des picotements sur tout le corps – une vague de fourmillements agréables et vivifiants. Ses muscles débordaient de vitalité, il se sentait regonflé par une incroyable confiance en soi. La magie le tirait par la main, comme si elle avait *voulu* qu'il en fasse usage.

Selon les consignes de l'exercice, il était seulement question de vérifier la profondeur de sa mana, avant de remonter lentement à la surface, mais rien ne spécifiait expressément qu'il ne fallait pas jeter de sorts. Zed décida qu'il se bornerait à produire une petite flamme de rien du tout. Ça ne pouvait pas faire de mal.

Il leva la main droite. Il avait l'impression que la magie bouillonnait d'impatience au fond de lui. Comme une démangeaison qu'il ne pourrait soulager qu'en se grattant.

Une spirale de feu vert se déroula, petite et discrète. Elle zigzagua entre ses doigts, dansant comme un cerf-volant dans la brise, avec une remarquable précision. Zed sourit, étonné de sa propre maîtrise du feu. Il n'avait jamais réussi à...

– *Il brûle, Zed*, siffla une voix à ses oreilles.

Il sursauta. Secoua la tête, soudain alarmé.

– Qu'est-ce que... ?

– *Il brûle. Il brûle. Il brûle. Il brûle*, chuchota la voix, encore et encore.

Zed se couvrit l'oreille de sa main gauche. Il tenta d'endiguer sa mana et d'éteindre la flamme. Trop tard ! Il avait libéré la magie, il ne pouvait plus en reprendre le contrôle. Il sentit la mana vibrer dans tout son corps, devenir de plus en plus chaude, puis brûlante.

Le feu se détacha de sa main et se mit à tourner autour de lui, se transformant peu à peu en une chaîne enflammée. Plusieurs flammèches s'allumèrent, suspendues en l'air comme des lampions. Zed se rappelait en avoir déjà vu de semblables. Makiva avait appelé ça des feux follets.

– *Il brûle, Zed. Il brûle. IlbrûleZedilbrûleILBRÛLE-ILBRÛLEZEDILBRÛLE !!*

Zed ouvrit la bouche pour crier, mais aucun son n'en sortit. Ses oreilles bourdonnaient, la tête lui tournait. Il n'arrivait plus à respirer. La chaîne... la chaîne autour de son cou... *brûlait.*

– *ZED !*

Et soudain les flammes s'éteignirent d'un seul coup. Le corps de Zed s'avachit, sa tête et ses bras tombèrent en avant.

Un long moment de calme s'ensuivit. Une brise tiède agitait les herbes folles. Zed se leva, cligna des yeux, jeta un regard alentour. La clairière était déserte. Silencieuse.

En hâte, il ramassa son sceptre et son grimoire et les fourra dans son sac. Puis il fit demi-tour et s'en fut rejoindre ses compagnons.

*

Le voyage du retour fut long et épuisant. À plusieurs reprises, le convoi subit des attaques de Dangers enhardis par la fonte des neiges. Heureusement, un groupe important de druides les avaient escortés et les aidèrent à se défendre contre les monstres. Il n'y eut pas de morts à déplorer, mais l'une des éclaireuses fut mordue par une chose appelée « bagoutien », et il fallut la bâillonner avec un morceau de chiffon lorsque le venin de la créature fit son effet, la contraignant à débiter ses secrets les plus embarrassants.

Depuis que le récit de l'astucieuse trouvaille de Brock – subtiliser en douce des spores du Crépuscule pour combattre les morts-vivants et se servir de Liza et de son épée pour accélérer leur croissance – s'était répandu parmi les elfes, les amis de Zed suscitaient une sorte d'admiration envieuse, autant de la part des éclaireurs que de celle des druides.

On ne pouvait nier, bien sûr, que s'enfuir avec un sac plein de ce qu'il y avait de plus sacré pour les habitants du Havre-du-Crépuscule avait été un acte déloyal. Mais, au bout du compte, il s'était révélé utile quand tout le reste avait échoué, et les elfes ne pouvaient contester l'ingéniosité du garçon. Au moins Brock était-il remonté dans l'estime de Frond.

Même si, en revanche, Zed avait surpris Lotte en train d'observer l'apprenti avec méfiance.

Liza aussi jouissait désormais d'une certaine célébrité parmi les *dro'shea*. Parce qu'elle avait maîtrisé l'épée de leur champion – un exploit que nul n'avait accompli depuis deux siècles –, les druides l'avaient surnommée « le chevalier vert ». Zed ne l'avait jamais vue aussi heureuse.

– Quel titre donne-t-on à une femme chevalier ? s'interrogea Brock tout haut, un soir autour du feu de camp. Est-ce qu'on doit t'appeler « sire Liza » maintenant ?

– Il y a déjà eu une femme dans ce cas – ça doit bien faire mille ans – qui se faisait appeler « dame chevalier », intervint Micah avachi contre un arbre. Ça rime avec casse-p...

– Ça va, on a compris, le coupa Jett, occupé à soupeser son marteau.

Jayna foudroya Micah du regard.

– Micah, tu te souviens de ce dont nous avons parlé ? demanda Liza. Au sujet de la *gentillesse qui tue* ?

Micah lança un sourire mielleux à sa sœur.

– La *gentillesse* est un nom un peu bizarre pour désigner une épée.

– Au fait..., interrompit gaiement Fel, qui commençait à savoir s'y prendre avec le frère et la sœur. Liza devrait donner un nom à sa nouvelle arme. Toutes les épées légendaires en ont un. Il y a le fameux « Oiseau qui danse joyeusement dans la tempête ».

Et, bien sûr, le « Dernier enfant solitaire de l'ermite de la montagne ».

Jayna secoua la tête.

– Ben, dis donc, on peut dire que la langue elfique est drôlement... imagée.

– J'ai déjà trouvé un nom, annonça Liza.

À la lumière du foyer, l'épée luisait joliment, on aurait presque dit qu'elle émettait sa propre clarté.

– Je vais l'appeler « La Solution ».

Les apprentis restèrent un instant silencieux. Puis Fel se racla la gorge.

– C'est quand même un peu tiré par les cheveux, comme nom.

*

Fel, pour sa part, était traitée comme la sauveuse des elfes, rien de moins. Elle était un pont entre le présent et le futur, celle qui avait réuni Llethanyl et le Havre-du-Crépuscule et réinstauré les anciens druides. L'aide qu'elle avait apportée à Liza pour résoudre l'énigme et son appel à la coopération avaient finalement convaincu les druides que Llethanyl valait la peine d'être sauvée.

La reine ne tarissait plus d'éloges sur la jeune elfe. Souvent, même, elle demandait à Fel de l'accompagner pour discuter avec elle de l'avenir.

Le troisième jour, Callum rejoignit Zed à l'arrière du convoi. Il observa longuement le garçon, mais Zed garda les yeux fixés droit devant lui, un sourire désinvolte sur son visage. Ils marchèrent sans dire un mot pendant un moment.

Pour finir, le Grand Éclaireur brisa le silence.

– Zed, commença-t-il nerveusement, j'ai beaucoup pensé à l'avenir ces derniers temps. Et à toi. Je me suis dit que peut-être je pourrais...

Le garçon lâcha un rire dont le son discordant arrêta net Callum dans sa lancée.

– Écoutez, dit Zed, j'apprécie ce que vous faites. C'est gentil, vraiment. Vous vous sentez coupable de m'avoir abandonné, mais, en réalité, je vais très bien. Je n'ai pas eu besoin de vous à l'époque, et je n'ai pas plus besoin de vous aujourd'hui. Alors, si jamais vous envisagiez de rester pour jouer les figures paternelles, je peux tout de suite vous éviter une perte de temps. Votre cité est libérée. Tout s'est bien terminé. Restons-en là.

Tournant enfin le regard vers l'éclaireur, Zed vit son visage se crisper de chagrin.

Au bout d'un moment, Callum hocha la tête.

– Très bien, murmura-t-il d'une voix rauque.

Et il pressa le pas pour rattraper la tête de la colonne. Quelques secondes plus tard, sa cape avait disparu.

Alors que Zed caressait doucement la chaîne autour de son cou, il aperçut, du coin de l'œil, un mouvement qui capta son attention. Parmi les arbres, Calamité le fixait de ses immenses yeux jaunes.

La chatte feula et cracha, son poil se hérissa tout le long de son échine.

Zed riposta en grondant et en montrant les dents.

*

Lorsque les Fils de la Pierre les aperçurent de loin sur la Route Incertaine, la première chose qui attira leur regard fut une bannière flottant au vent.

On fit sonner les cors pour annoncer l'arrivée de l'expédition. Le temps que les portails s'ouvrent, un attroupement s'était formé à l'entrée de la ville, parcouru de murmures étonnés et curieux.

La reine Me'Shala entra la première, Fel à ses côtés. La jeune elfe portait un immense étendard arborant l'emblème de Llethanyl : un grand arbre couronné d'oiseaux.

Mais les armoiries de la cité comportaient désormais un nouveau symbole, que la reine en personne y avait ajouté. Au pied de l'arbre, un cercle de champignons entourait les racines. Avec l'ancien emblème des *dro'shea*, la reine avait tenu à honorer les elfes du Havre-du-Crépuscule.

Me'Shala se rendit directement au marché de la ville. Malgré les fatigues du voyage, elle n'avait rien perdu de sa grâce et de son aisance. Zed et les autres lui emboîtèrent le pas ; les druides fermaient la marche, leurs masques blancs s'inclinant de plus en plus à mesure qu'ils découvraient avec étonnement cette étrange cité humaine. Aucun chevalier ne fit un geste pour les arrêter. À la place, ils tinrent la foule à distance pour laisser passer le cortège.

Quand Me'Shala arriva sur la place du marché, les elfes sortirent de leurs tentes pour venir se presser autour de leur souveraine. De la main gauche, Me'Shala effleura leurs mains tendues. De la droite, elle tenait doucement Fel par les épaules.

Derrière elles, les Aventuriers et les druides s'attiraient les regards curieux à la fois des humains et des elfes.

La fontaine de la place, qui avait été nettoyée, était pour l'heure entourée d'une escouade de Chevaliers. Lorsque Me'Shala et sa suite y parvinrent, ils trouvèrent le roi Pierrefranche venu les attendre sous les statues des Défenseurs. Son visage de marbre reflétait nettement moins d'adoration que celui des elfes qui avaient envahi la place.

Les deux monarques se saluèrent d'une inclinaison de tête.

– Votre Majesté, dit le roi d'un ton bourru. Bien que les gens de votre peuple aient essayé de le cacher à mes Chevaliers, il n'a pas échappé à mon attention que vous aviez disparu depuis plusieurs jours. Vous *et* la maîtresse de la guilde des Aventuriers.

Le regard glacial du roi transperça Frond, qui ne broncha pas.

– Pas disparu, mon cher Pierrefranche, répondit la reine. Je me suis seulement absentée. Nous avons toujours su où nous étions. Et je suis heureuse d'être de retour pour vous apporter une nouvelle des plus excellentes. Nous avons reconquis Llethanyl, et mon peuple va pouvoir rentrer chez lui.

Le roi en resta sans voix.

La déclaration de Me'Shala se propagea comme une traînée de poudre, soulevant une vague de rumeurs parmi les elfes. Ils semblaient en croire à peine leurs oreilles. Zed vit un jeune elfe des bois se couvrir la bouche de ses mains, les yeux inondés de larmes.

– Comment… ? demanda le roi.

– C'est une grande et belle histoire, pleine de retournements miraculeux.

La reine désigna de la main les elfes masqués qui se tenaient derrière elle et reprit :

– Ce jour marque le début d'une nouvelle ère pour Llethanyl. Ce sera une époque de changements, car il ne faudra rien de moins si nous voulons éviter de répéter les erreurs du passé. Mais tout d'abord, mon vieil ami, je vous demanderai d'avoir l'obligeance de faire reculer vos Chevaliers.

*

Les jours suivants, les elfes s'affairèrent aux préparatifs du long voyage qui les ramènerait chez eux. Fel, devenue en quelque sorte la dame de compagnie favorite de la reine, se montrait de moins en moins à la Maison de la guilde.

L'annonce de la découverte d'une communauté secrète de druides avait provoqué des ondes de choc, tant chez les elfes que chez les humains. Le roi Pierrefranche convoqua plusieurs conseils extraordinaires pour en débattre, réunions auxquelles la présence de Frond était requise des heures durant. Zed et ses compagnons n'étaient pas conviés à y participer, mais ils avaient l'impression que, sur les nombreuses questions posées, seules quelques-unes recevaient des réponses. Les *dro'shea* du Havre-du-Crépuscule se montraient toujours très distants – même pour des elfes – et particulièrement méfiants à l'égard de cette ville de pierre qui s'était coupée du reste de Terryn.

Pourtant, de nouveaux liens s'étaient tissés. Aux yeux des Pierrefranchois, la petite constellation dispersée que formaient les derniers survivants de Terryn brillait désormais d'un éclat un peu plus vif, et ça, c'était une victoire inestimable.

Zed, quant à lui, restait à l'écart. Il participait toujours aux exercices d'entraînement avec ses camarades et continuait à suivre assidûment les cours donnés par Hexam, mais il demeurait lointain. Lorsque, au cours d'une des leçons les plus incohérentes du magicien, Jayna finit par s'emporter contre Hexam et lui reprocha sa réticence à lui enseigner des sortilèges utiles sur le terrain, Zed ne broncha pas.

Le bureau d'Hexam étant sens dessus dessous, ils s'étaient installés sur le terrain d'entraînement ce jour-là. Quelques membres de la guilde firent semblant de ne pas écouter, tandis que Jayna racontait comment elle n'avait pas pu venir en aide à ses compagnons durant la bataille contre Selby. Elle eut recours à tous les gros mots qu'elle connaissait, et même à certains qu'elle ne connaissait pas, mais qu'elle essaya quand même.

– Je ne serai plus jamais, jamais, incapable de protéger mes amis, vous entendez ? Même si je dois pour cela aller à la Tour des Éclats d'Argent et réclamer un enseignement digne de ce nom. Vous... vous ne vous rendez pas compte de la chance que vous avez !

Jayna ravala sa salive, soudain gênée. Une salve d'applaudissements avait éclaté parmi le public des Aventuriers.

– De m'avoir, je veux dire, conclut-elle.

Ce jour-là, elle quitta le cours avec trois nouveaux sorts à mémoriser.

*

Vint ensuite le jour des adieux.

Les Aventuriers s'étaient rassemblés à l'extérieur des portes de la ville pour aider les éclaireurs à veiller à la bonne marche du cortège des elfes qui quittaient Pierrefranche. Debout au milieu des autres apprentis, Zed regarda Syd faire au revoir de la main à une famille de jeunes elfes du soleil. La mère pleurait de joie en prenant son enfant à la peau dorée dans ses bras avant d'entamer le long voyage du retour.

– Je n'arrive pas à croire que Fel ne soit pas venue nous dire au revoir, s'étonna Liza en séchant une larme sur sa joue.

– Nous la verrons quand elle sortira, supposa Jett, la mine sombre.

Lui aussi fouillait la foule des yeux.

Zed aperçut Callum, occupé à conduire un groupe d'enfants elfes vers le centre de la colonne, où ils seraient plus à l'abri des attaques de monstres. Depuis son retour, Zed n'avait pas une seule fois parlé de Callum à sa mère, et encore moins de leurs liens familiaux.

Le Grand Éclaireur dut se sentir observé. Il leva les yeux et, l'espace d'un instant, leurs regards se rencontrèrent. Puis, impassible, Callum fit à Zed un léger signe de tête.

Zed répondit de la même façon. Une seconde plus tard, Callum était parti, appelé par les devoirs de sa charge.

Toute la matinée, le cortège des elfes continua de défiler par les portes de la ville. Au bout d'un moment, Frond rejoignit les apprentis, apparemment satisfaite de la manière dont les choses se déroulaient.

Puis ce fut au tour de Me'Shala d'arriver au grand portail, flanquée de deux nouvelles sœurs d'épée en armure étincelante.

– Alabasel, je...

La reine sembla se recroqueviller en approchant de Frond. Elle baissa les yeux, les releva.

– Merci, dit-elle enfin. De nous avoir aidés. De nous avoir *sauvés*.

Le visage de Frond s'était figé. Les coins de sa bouche s'abaissèrent en une petite moue sévère.

– Pierrefranche et Llethanyl seront toujours alliées, répondit-elle froidement. Souvenez-vous-en lorsque vous ferez usage de vos instruments magiques illégaux pour vous infiltrer dans ma ville.

La reine pinça les lèvres.

– Nous ne sommes pas si différentes, Alabasel, murmura-t-elle. Existe-t-il quelque chose que vous ne seriez pas prête à faire pour protéger Pierrefranche ? Pour que continue à briller l'un des derniers phares de Terryn ?

La maîtresse de la guilde ne répondit pas.

Me'Shala poussa un soupir, puis se redressa quelque peu.

– En l'honneur de cette alliance entre nos deux cités, et en témoignage de ma gratitude pour tout ce que vous et votre peuple avez fait pour nous, permettez-moi au moins de vous remettre un modeste présent.

La reine tendit la main. Aussitôt, l'une des sœurs d'épée y plaça une fiole de cristal remplie d'un liquide d'un bleu laiteux.

– C'est une teinture rare, une potion dont la formule s'est perdue il y a bien longtemps. Mon peuple n'en possède plus que quelques flacons. J'aimerais vous en offrir un.

Me'Shala posa la fiole dans la main de Frond et se pencha pour lui chuchoter quelque chose à l'oreille. Puis elle déposa un baiser sur sa joue balafrée.

Le masque glacial de Frond fondit. Ses yeux s'agrandirent de saisissement.

La reine recula avec un sourire entendu. Elle se tourna vers les apprentis.

– Merci à vous aussi, les enfants. Vous m'avez sauvé la vie et celle de ma cité. Frond a beaucoup de chance de vous avoir pour l'épauler. Vous serez toujours les bienvenus à Llethanyl.

Son regard s'attarda sur Zed. Son expression devint indéchiffrable.

– Au revoir, Zed. La route d'un demi-elfe est solitaire, et pour cela tu as droit à ma compassion. Mais tu es entouré de bons et loyaux amis. Garde-les précieusement.

Zed opina de la tête. Il regarda la reine rattraper le convoi, escortée de ses gardes, puis disparaître dans la foule.

Frond partit précipitamment, laissant les apprentis accompagner les derniers éclaireurs hors de la ville. Les elfes serrèrent les mains des Aventuriers, leur donnèrent l'accolade avant de prendre leur place dans la colonne qui s'éloignait en serpentant parmi les arbres.

Une fois tous les elfes de Llethanyl partis, les Fils de la Pierre refermèrent les portes de la ville.

Les apprentis dirigèrent leurs pas vers la maison de leur guilde. Le regard rivé au sol, Liza tenait Jayna par l'épaule. La jeune magicienne s'essuyait les yeux. Brock et Jett suivaient les deux filles d'un pas pesant. Le nain ne quittait pas du regard les arbres où les elfes s'étaient évanouis.

– Elle ne nous a pas dit au revoir..., marmonna-t-il.

Arrivé à la porte d'entrée, Micah tendit la main pour saisir la poignée. Mais celle-ci lui échappa des doigts lorsque quelqu'un tira la porte de l'autre côté.

Plantée sur le seuil, Fel regardait les apprentis, les yeux brillants de joyeuse excitation.

– Oh, non, pourquoi avez-vous tous l'air si tristes ! Il ne faut pas vous inquiéter, j'ai entendu Frond dire qu'on n'aura pas besoin d'attendre six ans avant la prochaine visite.

– Fel ! s'écria Liza en bondissant en avant pour prendre la jeune elfe dans ses bras. Que fais-tu encore ici ? Tous les tiens sont déjà partis !

– Lotte ne vous a rien dit ? La reine m'a proposé de me faire ministre, mais j'ai décidé d'attendre un peu. Elle devait s'imaginer que ma présence à ses côtés impressionnerait les druides. Ou apaiserait sa conscience. Jusqu'à la découverte du Havre-du-Crépuscule, la reine Me'Shala était trop heureuse d'abandonner mon peuple à son sort. Je suis ravie qu'elle se soit enfin décidée à changer, mais elle va devoir faire face à de dures vérités à propos d'elle-même. Je n'ai pas envie d'être un instrument entre ses mains, ni de la flatter.

– Dans ce cas, ne serais-tu pas justement la meilleure candidate pour le poste de ministre ? s'étonna Jayna.

– Je ne suis qu'une enfant, répondit Fel en secouant la tête. Et, à mon avis, c'est pour ça qu'elle m'a choisie. Les druides lui expliqueront les choses comme elles sont. Je veux être une *vraie* ministre un jour, et j'en ferai une bien meilleure quand je connaîtrai mieux les autres cultures. Vous l'avez peut-être remarqué, les elfes peuvent parfois se montrer assez fermés.

– Maintenant que tu le dis…, sourit Brock.

– Enfin, bref, je suis désormais la représentante officielle des elfes auprès de la guilde des Aventuriers, annonça Fel, rayonnante. Calamité et moi, nous restons à Pierrefranche !

*

Zed regardait.

Il regardait les Aventuriers errer sans but dans leur salle commune soudain devenue trop vaste.

Il vit Frond convoquer Hexam et Lotte de toute urgence dans son bureau, serrant dans sa main tremblante la fiole que lui avait donnée Me'Shala. Une fois tous les trois à l'intérieur, la maîtresse de la guilde claqua la porte derrière eux.

Il vit Brock se tourner vers lui en haussant les sourcils d'un air interrogateur.

– Il faudrait vraiment qu'elle fasse des efforts en matière de délicatesse, commenta son ami.

La bouche de Zed s'ouvrit, des paroles s'en échappèrent :

– Oui, sans doute.

Sauf que ce n'était pas lui qui les avait prononcées. Zed n'avait pas dit un mot depuis qu'ils avaient quitté Llethanyl. Il n'avait pas non plus bougé un muscle. Il ne pouvait que regarder, pendant que *quelqu'un d'autre* commandait ses mains et parlait avec sa voix. Et cet autre se détournait pour l'heure de son meilleur ami.

– *Brock ! Brock ! Aide-moi ! BROCK !* supplia-t-il dans sa tête.

– Hé, Zed...

Le corps de Zed s'arrêta, se retourna vers Brock.

– Quand nous étions au Havre-du-Crépuscule, je t'ai dit qu'il y avait quelque chose dont je voulais te parler, commença Brock d'un air gêné. Et tu m'as répondu que toi aussi tu avais quelque chose à m'avouer. Est-ce que... tout va bien ?

– *Brock, ce n'est pas moi ! Tu ne le vois pas ?*

Le visage de Zed arbora un petit sourire suffisant.

– Ah, oui, désolé. Je crois que je devais être un peu énervé à cause de tout ce qui se passait. Franchement, je ne me rappelle même pas ce que je voulais te dire. Mais si toi tu as envie de vider ton sac, vas-y, ne te gêne pas.

– Je… quoi ? bredouilla Brock, abasourdi. Pourtant, ça avait l'air important ! Tu semblais avoir des ennuis.

– Ce ne devait pas être si important que ça, sinon je m'en souviendrais.

Un long moment s'écoula. Brock dévisageait Zed d'un regard incrédule.

– Tu sais quoi ? Laisse tomber. Ce n'est rien.

Le corps de Zed fit demi-tour sans une seconde d'hésitation.

– C'est déjà oublié.

Zed eut beau crier, ses jambes l'emportèrent loin de son ami visiblement déboussolé. Elles lui firent gravir l'escalier jusqu'aux quartiers des apprentis et entrer dans sa chambre. La plupart des Aventuriers étaient encore en bas, aussi les lieux étaient-ils déserts et silencieux. La main de Zed referma doucement la porte derrière lui.

– Bien essayé, Zed, dit la présence qui s'exprimait avec sa voix.

C'était la première fois qu'elle reconnaissait son existence. Cela faisait tellement bizarre de s'entendre interpeller par lui-même que Zed en resta muet d'ahurissement.

– Je regrette, mais je ne peux pas te laisser déballer nos secrets, pas vrai ? Notre pacte ne concerne que *nous*.

Le corps de Zed traversa la pièce et s'assit sur son lit. Lentement, patiemment, ses mains dénouèrent les lacets de ses bottes.

– Je t'ai observé, tu sais. Je gardais un œil sur toi depuis le collier. Je te protégeais, comme n'importe quel mentor l'aurait fait. Je t'ai prévenu qu'une fois que tu aurais fait ton chemin dans le monde, nous reparlerions du remboursement de ta dette. Mais je n'aurais jamais imaginé que ce moment arriverait aussi vite. Tu es plus fort que Foster l'a jamais été. Le feu brûle avec tellement d'éclat entre tes mains !

Makiva.

Les lèvres de Zed se retroussèrent sur un sourire.

– Tu es un élève doué. Avec mon aide, tu accompliras de grandes choses. De grandes, terribles et épouvantables choses. Quand nous en aurons terminé, ce monde, si triste et si ennuyeux, s'évanouira comme un rêve, et tu assisteras à des horreurs telles que tu n'en as jamais imaginées. Cette fois, nous nous y prendrons comme il faut, Zed, sans nous laisser interrompre.

Makiva débarrassa doucement Zed de ses bottes.

– Mais nous avons encore beaucoup de préparatifs à faire, soupira-t-elle. Nous devons nous montrer patients, toi et moi.

Alors que Zed la regardait, impuissant, deux yeux étincelants s'ouvrirent au fond de la pièce. Des flammes vertes en sortirent pour prendre la forme d'un renard flamboyant. C'était l'animal que Zed voyait dans ses rêves, celui qui l'observait et lui avait parlé avec une telle insistance.

La silhouette de la créature enfla, explosa en fumée. Les flammes s'éteignirent. Les nuages se dilatèrent pour prendre l'apparence d'un homme au visage émacié, aux yeux hagards et aux oreilles pointues.

On aurait presque dit que l'homme était constitué de cette étrange fumée. Sa silhouette s'enroulait et se tortillait de la plus curieuse façon.

– J'ai essayé de te prévenir.

Zed entendit une voix ironique résonner dans sa tête, comme si elle occupait le même non-espace depuis lequel il regardait Makiva commander son corps.

– Elle se cache à l'intérieur de la chaîne. Elle utilise le feu pour s'insinuer en toi. Tu t'en es trop servi, et maintenant elle va prendre ce qui lui est dû.

– *Foster*, hoqueta Zed. *Foster Pendleton.*

Sa propre voix désincarnée était empreinte de dégoût.

Le panache de fumée hocha légèrement la tête.

– Bienvenue au club, petit.

Chapitre vingt-deux

Brock

Après tant de journées passées sur les Routes Incertaines, Brock se sentait à l'étroit dans les labyrinthes souterrains de Pierrefranche. Il avait hâte de régler ses affaires et de retourner à la Maison de la guilde. De rentrer *chez lui*, se dit-il, histoire de voir quel effet cela faisait. L'idée lui plut.

Il mit son masque, entra dans le bureau de dame Gray, souleva le panneau dans le mur et en retira la carte ancienne. Il ne marqua un temps d'arrêt qu'après avoir trempé sa plume dans l'encre. Était-il vraiment prêt à faire cela ?

– Il y a un village caché, annonça-t-il. Des elfes masqués… Vous en avez déjà entendu parler, non ?

La Dame inclina la tête.

– Vous devriez envoyer chercher maître Malédiction, conseilla Brock.

Et il se mit au travail sur la carte. À partir des Chutes de Céladon, il remonta la route que ses compagnons et lui avaient suivie. Lorsqu'il eut terminé, maître Malédiction les avait rejoints. Appuyé contre une étagère, le mage fixait Brock d'un regard mauvais.

– Il y a une ville entière camouflée au milieu de la forêt. Elle est peuplée de druides elfes, sans muraille pour les protéger, et ce, depuis le Jour des Dangers.

– Comment est-ce possible ? interrogea Malédiction.

– Je n'arrive pas tout à fait à mettre le doigt dessus.

Brock extirpa de sa sacoche neuve un petit paquet solidement emballé dans un mouchoir, de la taille d'une grenade.

– Oh, attendez, il faut d'abord que vous sachiez... qu'il y a un doigt là-dedans.

Malédiction eut un mouvement de recul. Brock, qui trouvait sa plaisanterie très drôle, sursauta lorsque la Dame s'approcha de lui.

– Expliquez-nous, ordonna-t-elle.

– C'est le doigt de la Liche. Tout ce qu'il en reste. Et c'est bourré de moisissures – de la même espèce que celles dont se servent les druides pour défendre leur cité.

– Magiques ? demanda dame Gray. Comme nos barrières de protection ?

– Quelque chose comme ça, mais leur variante à eux a la forme d'un champignon géant qui pousse au centre de la ville. Il éloigne les Dangers et empêche même la neige de tomber. D'après leurs légendes, il proviendrait du plan des Fées.

– Intéressant, remarqua Malédiction. Véridique ou pas, c'est assurément intéressant.

– J'avais un sac plein de spores pour vous. Mais je... je l'ai perdu. Je n'ai réussi qu'à vous rapporter ce doigt.

– Pouvez-vous en faire quelque chose ? demanda dame Gray à Malédiction.

Celui-ci fronça le nez.

– Si j'y suis obligé.

Il tendit la main pour s'emparer du paquet. Brock éprouva une pointe de remords.

– Faites-y attention. Les druides... Ce truc est sacré pour eux.

– Ce n'est qu'un doigt en décomposition, lâcha Malédiction en arrachant l'objet des mains de Brock. Et potentiellement une arme redoutable. Rien de plus.

– En fait, objecta Brock, ça ressemble plus à un bouclier qu'à une arme.

– Naturellement, ronronna dame Gray. C'est ce qu'il voulait dire, j'en suis sûre.

Une fois Malédiction reparti, Brock laissa échapper un soupir de lassitude.

– J'aimerais vous dire que je me suis bien amusé, mais, même moi, je ne sais pas mentir assez bien pour ça. Avons-nous terminé ?

La Dame souleva un de ses livres de comptes et se mit à le feuilleter.

– Vous connaissez le chemin.

– Je vous demande si nous en avons terminé ? répéta-t-il avec virulence. Je viens de trahir toute une civilisation pour vous. Je vous ai rapporté une sorte de magie dont on ne soupçonnait même pas l'existence. Et, sans vouloir me vanter, en arrêtant une Liche assoiffée de pouvoir avant qu'elle n'anéantisse Pierrefranche, je vous ai aussi *sauvé la vie*. Même si cela s'apparente plus à un effet secondaire regrettable.

– Vous avez raison, admit-elle avec un hochement de tête. Vous avez sans aucun doute démontré votre valeur, Brock Dunderfel ! Je crois que, finalement, je vais vous garder.

Elle reposa le livre pour lui offrir une vue imprenable sur son sourire.

– Vous ne pensiez tout de même pas que j'allais vous laisser partir aussi facilement, si ?

Une colère sans nom monta alors en Brock. Toutefois, il possédait assez de jugeote pour savoir qu'il valait mieux ne pas la laisser exploser. Une longue expérience lui avait appris à la contenir, à la maîtriser et...

– N'y comptez pas, riposta-t-il. J'en ai assez. De vous, de Zed, qui visiblement ne veut pas de mon aide. De notre imbécile de roi et de cette ville pourrie pleine de gens horribles. J'en ai marre !

Il arracha son masque, le jeta par terre et l'écrasa sous le talon de sa botte.

– J'arrête.

Il ne prit même pas le temps de savourer la mine consternée de dame Gray avant de lui tourner le dos et de sortir en trombe du bureau.

Ça lui avait pris plus longtemps qu'il ne l'avait pensé, mais il avait finalement réussi à effacer cet insupportable sourire goguenard sur le visage de la Dame.

*

Il était tard lorsque Brock rentra à la Maison de la Mer d'Étoiles. Il se glissa sans un bruit par la porte, espérant pouvoir, pour une fois, se coucher sans avoir à mentir à l'un ou l'autre de ses amis.

Bien entendu, aucun de ses camarades ne se trouvait dans la salle commune. Alabasel Frond était assise, seule, dans le noir, le menton appuyé sur ses poings, le regard perdu au loin.

Brock retint son souffle. L'espace d'un instant, il craignit de se faire prendre. Il se força à garder son calme. Peu importait ce que Frond savait de ses escapades, il arriverait toujours à se tirer d'affaire en l'embobinant.

Mais, lorsqu'il s'avança dans la pièce, Frond lui lança un regard sévère et dit :

– Je ne t'avais pas vu.

Puis elle se replongea dans sa contemplation silencieuse. Brock se rendit compte qu'elle ne regardait pas dans le vide, mais qu'elle fixait la statue au fond de la salle.

Brock ravala une bonne dizaine de plaisanteries qui lui vinrent spontanément. Le spectacle de la maîtresse de la guilde plongée dans ses pensées lui paraissait si comique qu'il se sentait pratiquement obligé de faire un commentaire ironique. Sauf qu'il avait entendu raconter l'histoire du garçon transformé en pierre que Frond avait ramené chez les Aventuriers, seule pendant des jours, entourée de Dangers, les doigts en sang et le dos si douloureux qu'elle avait finalement dû accepter de recevoir les soins des guérisseurs de la Voie d'Or qu'elle haïssait au plus haut point.

– Tu savais que les elfes n'ont pas de mot pour désigner les regrets ? demanda-t-elle.

– Je l'ai peut-être entendu quelque part, répondit Brock. Mais cela ne signifie pas qu'ils n'en éprouvent pas.

– Je n'en suis pas si sûre, rétorqua Frond, le regard toujours fixé droit devant elle. Pas après tout ce que Me'Shala a fait, tout ce que son peuple a subi – tout ce qu'elle *nous* a fait risquer pour elle. Elle a essayé de justifier ses actes, mais je sais que, si c'était à refaire, elle ne changerait rien. N'est-ce pas, ça, justement, le sens du mot « regret » ? L'envie de faire mieux. D'être meilleur.

Brock eut un petit sourire narquois. Frond réussissait à parler des émotions comme d'un simple exercice d'entraînement.

– Les elfes ne croyaient pas à la mort, pas vraiment, et ça a failli leur coûter très cher, continua-t-elle en se levant. Je suis peut-être pareille. Plus j'essaie de sauver tout le monde, plus la mort m'entoure.

Elle se dirigea à grandes enjambées vers la statue.

– Puisque tu es là, autant que tu restes pour regarder.

– Euh, regarder quoi ?

C'est alors que Brock vit ce qu'elle tenait dans la main. C'était le cadeau que Me'Shala lui avait offert – l'étrange liquide bleu dans son joli flacon délicat.

Frond fracassa la fiole sur la tête de la statue.

– Hé ! fit Brock en reculant. Vous auriez pu prévenir...

Il s'interrompit, les mots lui manquèrent. Il regarda le liquide visqueux dégouliner sur le front du garçon pétrifié, couler sur ses épaules et sa main tendue.

Partout où le liquide touchait la pierre, un entrelacs de veines bleues se répandait comme un filet sur le gris de la statue. Sauf que ces veines n'étaient pas liquides et que ce n'était pas un filet. C'étaient des fêlures.

La statue se fissurait.

Brock décela de l'inquiétude sur le visage de Frond, et il craignit qu'il ne s'agît là d'une sorte d'étrange miséricorde : le garçon qui avait été transformé en pierre allait maintenant se désagréger sous leurs yeux. Mais, à mesure que la pierre s'effritait, Brock s'aperçut qu'il y avait quelque chose en dessous : du tissu. De la chair. Des yeux terrifiés. Le garçon était toujours là, entier, et vivant.

Il s'affaissa dans les bras tendus de Frond, frêle et tremblant.

– Brock, de l'eau ! aboya-t-elle.

Reprenant ses esprits, Brock se hâta d'aller chercher une cruche.

Le garçon restait bouche bée.

– Comment... ? Où... ?

– Tu es en sécurité, répondit Frond.

Elle l'allongea avec précaution sur le sol, lui soutenant la nuque d'une main, les épaules de l'autre.

– Tu es à la maison, Nirav.

Nirav semblait en proie au délire. Ses cheveux et sa peau étaient couverts de poussière, mais il n'essayait même pas de l'essuyer. Il clignait des yeux, comme ébloui par la faible lumière de la salle ; sa voix était rauque, à peine audible.

– Bois, ordonna Frond en portant la cruche à ses lèvres.

Nirav but une gorgée d'eau et s'endormit. Brock resta un long moment planté là, sans rien dire, à regarder Frond tenir le garçon inconscient dans ses bras. Lorsqu'il tourna enfin les talons pour se retirer, la voix de Frond retentit derrière lui :

– C'est comme ça qu'on sauve le monde, Brock. Une vie à la fois.

Remerciements

Si écrire un livre est une aventure, alors écrire une série est une quête épique, impossible à mener à bien sans l'aide et le soutien d'une équipe de choc. Nous sommes immensément reconnaissants à nos familles et amis : ceux qui nous ont encouragés, aiguillonnés, inspirés et – comme nous le soupçonnons – ont jeté un sort ou deux pour nous guider en cours de route. Il n'y a pas d'autre explication à la chance qui nous a souri : ça tient de la magie.

Nous tenons en particulier à exprimer nos remerciements à l'extraordinaire équipe de Disney Hyperion, les véritables héros de ces livres. Merci aux guerriers du travail éditorial, Kieran et Mary, à la magicienne de la conception graphique, Mary Claire, et au reste de la bande : Cassie, Seale, Dina et Kevin. Ainsi qu'aux dizaines d'autres dans cette maison d'édition, héros méconnus dont le travail acharné permet de mettre nos livres entre les mains des lecteurs du monde entier. Merci. Nous n'aurions pu rêver meilleurs compagnons de guilde.

Un grand merci de nouveau à Manuel Sumberac et Virginia Allyn pour avoir prêté leur immense talent respectivement à la création de la jaquette du livre et de la carte de Pierrefranche. Ce sont de splendides œuvres d'art et nous sommes très touchés de voir le monde que nous avons imaginé prendre vie de façon si remarquable.

Nos agents, Ammi-Joan Paquette et Josh et Tracey Adams, possèdent une sagesse infinie. Nous avons beaucoup de chance de pouvoir bénéficier de leurs conseils et de jouir de la confiance qu'ils ont placée en nous.

Nous sommes aussi particulièrement reconnaissants à la perspicacité de nos *sensitivity readers*, Kati Gardner et Natasha Razi, ainsi qu'envers notre irremplaçable première lectrice (et fan inconditionnelle de Frond), Laura Bisberg. Merci également à Damien Mittlefehldt pour nous avoir fait profiter de ses compétences de vidéaste – et pour avoir déniché le dernier coin tranquille dans New York.

Notre plus profonde reconnaissance va aux enseignants, bibliothécaires, parents et libraires qui ont organisé les nombreuses visites que nous avons faites dans les écoles. Votre générosité, votre attitude positive et votre engagement nous ont laissé une impression inoubliable, et nous nous sentons très honorés d'appartenir désormais à cette communauté d'amoureux des livres et de défenseurs passionnés de la lecture.

En fait, la possibilité d'échanger avec nos jeunes lecteurs a été, et de loin, ce que nous avons préféré dans toute cette aventure. Un immense et sincère merci, donc, à tous les enfants qui se sont joints à la guilde – surtout ceux qui se reconnaissent comme *nerds*. Vous avez été notre source d'inspiration quand il devenait parfois difficile d'écrire, et nous avons hâte de voir les histoires que *vous* écrirez un jour.

Enfin, merci à Zack et à Andrew. Vous avez rendu ce voyage encore plus digne d'être vécu.

Pierrefranche
Caverne
des Halfelins
Attaque
des pitécureuils
Routes incertaines
Embuscade
des morts-vivants
Refuge des Chutes
de Céladon
Havre-du-Crépuscule
Accès
à l'Ombre d

Lethanyl
on
Quartier des elfes de la nuit
Académie de magie
Cryptes souterraines
Maison de Callum
QG des Éclaireurs
Porte principale

Cet ouvrage a été mis en pages
par DV Arts Graphiques à La Rochelle

Impression réalisée par Grafica Veneta, Trebaseleghe (Pd)
en février 2021
pour le compte des Éditions Bayard

Imprimé en Italie